GILBERT BORDES

Gilbert Bordes est né en 1948 à Orliac-de-Bar, en Corrèze. Membre de l'école de Brive, cet écrivain du Limousin obtient de nombreux prix pour ses romans. En 1992, le prix RTL-Grand Public vient récompenser *La nuit des hulottes*. La même année, le prix des Maisons de la Presse et divers prix régionaux saluent *Le porteur de destin*, œuvre d'un écrivain qui excelle à reconstituer par des portraits vivants la vie fragile et pleine de saveur de nos campagnes.
Nouvelliste avec *Le chat derrière la vitre*, merveilleux conteur dans *Un cheval sous la lune*, Gilbert Bordes sait aussi s'éloigner de la littérature chère à l'école de Brive et aborder de poignants sujets de société comme dans *L'année des coquelicots* ou *Le silence de la Mule*, sans oublier le roman historique avec *Les frères du Diable*, suivi de *Lydia de Malemort*. Plusieurs de ses romans, tel *Le roi en son moulin*, seront adaptés pour la télévision.
Il a également fait une incursion dans la comédie de mœurs avec *Lumière à Cornemule*, paru en 2002.
Ses passions : le jardinage et la pêche, qu'il pratique entre Etampes et la Corrèze.

LYDIA DE MALEMORT

DU MÊME AUTEUR
CHEZ POCKET

LA NUIT DES HULOTTES
LE PORTEUR DE DESTINS
LES CHASSEURS DE PAPILLONS
UN CHEVAL SOUS LA LUNE
CE SOIR, IL FERA JOUR
L'ANNÉE DES COQUELICOTS
L'HEURE DU BRACONNIER
LA NEIGE FOND TOUJOURS AU PRINTEMPS
LES FRÈRES DU DIABLE

GILBERT BORDES

LYDIA DE MALEMORT

ROBERT LAFFONT

ISBN 2-266-11946-X

Prologue

L'ENFANT VOLÉ

Fanchette court, court de toutes ses jambes frêles, les bras tendus, en poussant des cris stridents qui déchirent le calme de cet après-midi d'été. Un couple de tourterelles s'envole du chêne qui surplombe la rivière. Les cheveux noirs de l'enfant battent autour de ses épaules maigres comme des ailes de corbeau. Son visage rond est plein d'épouvante, ses grands yeux sombres voient encore avec effroi la scène qui s'est déroulée à quelques pas de là, dans un sous-bois tranquille qui sent la mousse fraîche et la mûre sauvage. Une boule d'aiguilles noue sa gorge, transperce sa chair, la mord et elle crie toujours. Petit animal perdu, ses jambes l'emportent pour échapper à cet homme surgi soudain du bois, diable gesticulant, cet homme qui frappait Ninette à grands coups de pied pour lui prendre le petit Jean qu'elle serrait contre ses seins. La fillette traverse la route de Tulle, pleine d'ornières et de touffes d'herbe. Les roues des chariots ont creusé deux sillons profonds dans la boue, pourtant les charrois sont peu nombreux depuis que les Anglais et les routiers ravagent le Bas-Limousin. Fanchette entre dans la ville fortifiée de Malemort et court vers la première maison au bord de la rivière.

— Lydia !

C'est un cri d'épouvante, d'animal aux abois. Elle se jette dans les bras de la jeune femme, se blottit contre elle, enfonce son visage contre sa poitrine pour fuir ces images horribles qui défilent encore devant ses yeux.

— Voyons, Fanchette, que t'arrive-t-il ?

Fanchette ne peut pas parler. Son petit corps d'oiseau à la respiration rapide est parcouru de contractions, de mouvements désordonnés.

— Calme-toi. Que se passe-t-il ?

Fanchette voudrait parler mais ne le peut ; un nouveau cri sort de sa bouche. Enfin, maîtrisant son tumulte, elle met ses mains aux petits doigts écartés devant sa figure et dit :

— Il a frappé ma maman, il a pris le p'tit Jean.

Lydia reste un moment sans comprendre, puis son visage blêmit.

— Qu'est-ce que tu dis ?

— Il a emporté P'tit Jean.

— Quoi ?

Elle a crié aussi, le cri d'une mère, aigu, plein d'une peur oppressante. Ses grands yeux bleus se voilent. Une mèche de cheveux blonds se détache du chaperon et coule sur sa figure, lourde et soyeuse. Patte-Raide qui se trouve à l'étage passe la tête à la fenêtre. On l'appelle ainsi parce que, nourrisson abandonné sur le parvis de la cathédrale de Tulle, la botte d'un bourgeois pressé blessa son genou droit qui, depuis, reste bloqué. Son visage est maigre, anguleux ; il serre ses lèvres fines.

— Vite !

Il a compris, lui aussi, et descend l'escalier aussi rapidement que ses jambes mal remises des anciennes tortures le lui permettent. Lydia a repris son aplomb. Chaque seconde compte et il faut se hâter, tant que le voleur est encore dans les parages.

— Montre-moi où vous étiez, demande-t-elle.

L'enfant tend le bras droit vers la porte nord. Une lumière aveuglante pleut d'un ciel tendu et léger entre les collines.

— Dans le bois des Combes, près de la vieille carrière.

Patte-Raide passe à l'écurie attenante à la maison. Un jeune valet sort son cheval et l'aide à monter en selle. Près de la vieille carrière, Ninette est couchée sur l'herbe et pleure à gros sanglots. La servante retrouve un peu de courage en voyant Patte-Raide.

— Il m'a frappée ! dit-elle d'une voix rauque. Un homme seul. Je n'ai pas vu son visage, mais seulement ses yeux pleins de lumière. Il était grand et fort. Il a pris P'tit Jean puis s'est enfui à longues enjambées.

— Il n'avait pas de cheval ?

— Je ne sais pas ! Je ne sais rien ! Il s'est enfui vers la route de Brive.

Patte-Raide éperonne sa monture et part dans la direction indiquée par la servante. Il parcourt une lieue, fait demi-tour, questionne les vilains qui travaillent sur les pentes près de la Corrèze. Personne n'a vu un homme à pied ou à cheval portant un petit enfant.

De retour à Malemort, Patte-Raide avertit les sergents de la sénéchaussée que les bohémiens viennent de voler son enfant. Ils n'en sont pas étonnés, cela arrive souvent en cette année 1330. Les enfants se vendent un bon prix dans les fermes où ils travaillent pour un croûton de pain. Les guerres, les épidémies ont privé le royaume de ses forces vives et les bras manquent. Les chemins regorgent de reîtres qui cherchent le profit facile et le commerce des petits esclaves est florissant. Pourtant Jean n'avait que deux ans, l'âge où l'on donne encore de la peine, et c'est ce qui préoccupe Patte-Raide. Les sorcières paient cher les enfançons pour les sacrifier sur l'autel du diable ou préparer avec leur sang si précieux des philtres, des poudres spéciales destinées à redonner vigueur à un vieil homme qui vient d'épouser une jeune pucelle, ou bien à guérir de la goutte, des douleurs de vieillesse ou encore à effacer les rides d'une bourgeoise coquette.

Les sergents ratissent les alentours, questionnent les vilains et les manœuvriers, fouillent les taillis, cherchent des traces dans les sentiers, mais reviennent à la nuit bredouilles. Ils chercheront encore demain mais avec moins de conviction. Patte-Raide et Lydia doivent se faire une raison : Jean, leur fils unique, a été volé et ils ne le retrouveront jamais. Peut-être est-il déjà mort, saigné sur l'autel du diable.

Lydia pleure sans relâche pendant plusieurs jours. Sa grande beauté fascine, illumine l'âme de ceux qui l'approchent. À trente ans, âge où la plupart des femmes ont le corps déformé par les couches successives et perdent leurs dents, elle conserve la splendeur de la jeunesse. Son visage rayonne ; la regarder rend heureux, allège les peines et les douleurs. Orpheline à la suite d'une épidémie, elle fut recueillie par une vieille tenancière qui l'offrait au plaisir de ses clients. Un jour qu'elle pleurait derrière le rideau de ses beaux cheveux blonds, un jeune garçon à la jambe droite raide et aux grands cils noirs relevés comme des cils de fille vint lui poser la main sur l'épaule. Ils avaient douze ans, ils ne se sont plus quittés...

L'absence du petit Jean dans leur grande maison étale un silence pesant et triste. Rien n'est comme avant ; ce coffre avait hier des motifs joyeux que l'enfant suivait du bout de ses doigts potelés, les motifs sont aujourd'hui rigides et montrent la maladresse du couteau qui les a taillés. Et le soleil, qui pleut à pleine fenêtre dans cette pièce, n'éclaire qu'un tapis dont les taches ternissent la laine soyeuse. Lydia ne quitte pas sa chambre, refuse les repas que Ninette lui apporte. Sans un mot, Patte-Raide reprend son travail de copiste ; ses lèvres sont un peu plus serrées, son regard est plus froid. Il s'enferme dans un mutisme qui fait mal et copie avec application les textes sacrés de l'Ancien Testament, les enlumine de miniatures peintes avec la même minutie, mais parfois son pinceau tremble entre ses doigts. Il a beau se dire que la perte ou la mort d'un petit enfant sont choses courantes, que jamais personne n'en a fait un grand drame, et qu'il peut encore avoir un autre fils, la disparition de Petit Jean l'ampute d'une partie de lui-même, comme un arbre dont on vient de couper la branche maîtresse.

L'automne succède à l'été, puis l'hiver coiffe de blanc les collines et les années passent, toujours aussi sombres en ce siècle maudit, voué au mal. Lydia et Patte-Raide vivent bourgeoisement dans la maison qu'Enguerrand de Niollet, le maître et père adoptif de Patte-Raide, leur a donnée. Le temps n'efface pas le passé mais ils ont appris à vivre avec leur peine. Les soirs d'été, ils s'assoient tous les deux sous l'olivier qu'Enguerrand a rapporté d'un voyage et qui, jusque-là, a échappé au gel. Ils se laissent bercer par le bruit de la rivière. Lydia conserve l'espoir que Jean est vivant, qu'un jour il reviendra. Patte-Raide est du même avis :

— J'ai consulté son ciel. Les astres ne le condamnent pas, bien au contraire. Sa vie sera longue, comme l'indique Jupiter dans le signe du Verseau. Et puis, il y a le soleil en conjonction avec Mars, signe de noblesse... Les astres ne mentent jamais !

Lydia repousse les lourdes boucles soyeuses de ses abondants cheveux blonds.

— Certes, les astres ne mentent jamais, répond-elle, mais savons-nous déchiffrer ce qu'ils disent ?

Première partie

LES RATS

Patte-Raide nettoie ses pinceaux et ses plumes d'oie dans une eau additionnée de vinaigre. Le soir tombe sur la Corrèze dont le bruit puissant arrive jusqu'à lui. Un orage a fait monter le cours de la rivière et l'eau déborde dans les prairies basses, mais cette inondation n'a rien de comparable avec celles des années de grandes pluies 1315 et 1316. Les gens de la vallée s'étaient réfugiés sur les collines voisines de l'abbaye de Sainte-Féréole et à Donzenac. La rivière formait un vaste fleuve d'où ne dépassaient que les toitures des maisons. La misère fut grande durant l'hiver 1316.

Tant d'années ont passé depuis ce temps de jeunesse. Patte-Raide a du mal à les cerner toutes, elles se chevauchent, se mélangent sauf une, l'année 1330, quand un homme de grande taille a volé son fils.

Des pas de chevaux, des cris se font entendre sur la route de Brive. Les chiens aboient puis se mettent à gémir comme ils le font quand ils connaissent l'arrivant. Patte-Raide va à la porte ; un chariot couvert, entouré de six hommes en armes, s'arrête dans la cour. Les cottes de fer luisent sous la lune. Les cavaliers mettent pied à terre et déchargent du chariot, allongé sur un brancard, un très vieil homme dont Patte-Raide remarque la grosse tête osseuse et disgracieuse.

— Mon père, mon maître ! Que se passe-t-il ?

Enguerrand de Niollet tourne vers Patte-Raide ses petits yeux bridés brillant sous ses sourcils restés noirs.

— C'est la fin. Je le sais. Tu ne dois pas être triste. Je vais sur septante-huit, c'est un fort bel âge pour un homme qui aurait dû périr sur le bûcher à la fleur de sa jeunesse.

À cet instant, le vieil homme se revoit sur le chemin de la potence... C'était en 1307 ; Philippe le Bel avait fait arrêter tous les templiers au matin du 13 octobre. Enguerrand de Niollet, torturé, fut condamné à être pendu. Mais Dieu en avait décidé autrement : le chariot qui le conduisait avec ses frères au gibet se renversa, il roula au fond d'un taillis où les bourreaux l'oublièrent...

— C'est la fin ! répète-t-il.

— Mon père, quelques jours de repos ici et vous serez sur pied ! dit Patte-Raide, rassurant.

Il aide les brancardiers à emporter le vieil homme dans une chambre où la servante vient de faire le lit.

— Et je n'ai pas voulu mourir ailleurs qu'ici, dans ma maison, près de toi ! dit encore Enguerrand. L'Ordre a son nouveau maître, moi j'appartiens désormais à Dieu !

Deux jours passent pendant lesquels Enguerrand ne quitte pas son lit. L'été s'abîme dans l'automne. Le vent froid du nord coule entre les collines et emporte des vols tournoyants de feuilles mortes. Les vilains ramassent les châtaignes, par pleines charrettes qu'ils sèchent au four après la cuisson du pain. Les glands sont grillés pour les porcs. Chaque saison ramène ainsi sa cohorte de travaux et, en automne, les fruits de toute une année doivent être soigneusement engrangés pour ne pas pourrir avant l'hiver...

Un soir, Enguerrand, qui est resté silencieux et

sombre depuis son arrivée, fait appeler Patte-Raide. La nuit tombe, mais le ciel encore clair baigne la chambre d'une lumière qui ne s'accroche à rien et ôte tout relief aux objets.

— Viens, mon fils ! dit Enguerrand en souriant, et ce sourire enlaidit son visage osseux. Viens, j'ai à te parler et il faut que je le fasse tant que mon âme, encore assez forte, me laisse des pensées claires.

Patte-Raide s'assoit sur un tabouret près du lit. Enguerrand respire rapidement comme quelqu'un qui a couru longtemps. Il tient dans ses mains la croix rouge à larges bords des templiers. Appuyée contre le mur, son épée reflète la lumière froide de la fenêtre. Enguerrand regarde la poignée qui se termine par le discret pommeau *en ovale du nombre d'or*, signe secret de reconnaissance.

— Le nombre d'or ! Nous l'avons hérité des bâtisseurs de pyramides. Regarde la perfection de cette forme ! L'œil en est ravi et la reconnaîtrait entre mille autres formes voisines...

Il respire rapidement, les yeux levés au plafond, puis se tourne vers Patte-Raide, le visage grave :

— J'ai peur ! dit-il, après un long silence.

La servante vient d'allumer du feu et les flammes font miroiter dans ses petits yeux profonds une lueur chancelante qui s'anime tout à coup.

— Tu sais pourquoi Philippe le Bel fit arrêter tous les templiers en 1307 ? Simplement parce que l'Ordre était plus riche, plus puissant que lui et voulait gouverner le royaume à sa place. Son filet était bien tendu, mais beaucoup de frères passèrent à travers les mailles et nous avons refait l'Ordre, secrètement. J'ai consacré ma vie à lui redonner sa puissance, mais j'ai commis beaucoup d'erreurs. J'ai regretté que tu ne sois pas des nôtres. Mais Dieu veillait et il avait raison. Tu sais, le pouvoir des templiers est énorme et leur haine pour le royaume sans limite.

Il reprend son souffle puis agite sa grosse main. Ses ongles grattent le drap avec un bruit insistant de râpe.

— Le monde est comme un château de pierres mal jointes. Il va s'écrouler au premier vent. Ce vent, c'est l'Ordre qui va le souffler. Je te dis, l'Ordre est terrifiant. C'est moi qui l'ai fait ainsi parce que ça ne peut être autrement...

Le feu pète, une braise vole sur le plancher. Patte-Raide la ramasse du bout des doigts.

— Dieu t'a donné ce qu'on appelle un destin. Tu devais mourir à ta naissance, abandonné sur le parvis de la cathédrale de Tulle. Une vieille femme t'a recueilli blessé à la jambe, a trouvé pour toi une nourrice et tu as vécu. Mon frère Perrot t'a remarqué et enseigné l'écriture et les sciences ordinaires. Après la mort de mon frère templier, c'est moi qui t'ai adopté pour faire de toi un templier, mais il y avait Lydia... Alors, tu es resté ici avec elle dans cette maison et moi, je suis devenu le grand maître d'une organisation secrète qui s'est infiltrée partout... Je te dis : j'ai peur !

Patte-Raide veut protester. Enguerrand secoue sa grosse tête. Ses ongles grattent toujours le drap.

— L'Ordre veut tout dévorer, tout commander et jamais les rois n'ont été aussi faibles. Mes frères sont des hommes de prières, mais aussi des hommes de guerre. J'ai réussi à les contenir jusque-là, mais le nouveau maître, André d'Ivry, a la fougue d'un jeune taureau lâché dans l'arène. Prends garde à lui, c'est un loup !

Sa respiration fait un bruit de cuiller sur le fond d'une marmite. Patte-Raide s'est levé pour ajouter une bûche au feu. Il rassemble les tisons, et les flammes montent en bouquet dans la cheminée. Dehors, un âne braie, un homme lui parle d'une voix rude. Enguerrand soupire de nouveau.

— Le roi d'Angleterre est un grand ami de l'Ordre dont il sert les idées. Le roi de France, Philippe VI, n'a pas grand entendement... Dans la guerre qui les oppose, l'Ordre veut la victoire de l'Anglais...

Ses yeux se sont plissés, sa main droite s'est fermée en poing qui veut frapper.

— Les rois se manipulent aisément si tu leur laisses croire qu'ils prennent les initiatives. Jusque-là, j'ai œuvré à mettre les gens en place, un tel auprès du pape, un autre confident du roi, un templier dans chaque seigneurie. Je te dis, un pouvoir infernal qui me fait trembler à l'heure ultime.

Son regard parcourt les poutres du plafond que le feu allume d'une lueur tremblante.

— Ne donne jamais à l'Ordre le butin que les Pastoureaux ont volé aux Juifs et qui dort dans les caves de deux chapelles en ruines près de l'Orb.

Les Pastoureaux... Patte-Raide et Lydia avaient dix-huit ans quand, à force de famine et de misère, la jeunesse de tout le royaume s'était soulevée avec en tête un rêve fou : rejoindre la Terre Sainte, reprendre le tombeau du Christ que leurs pères avaient abandonné aux infidèles. Très vite, Patte-Raide s'était imposé comme un grand capitaine. Cette troupe désordonnée pillait pour se nourrir et laissait derrière elle des villes dévastées. Ils passèrent l'année 1319 à saccager le Midi et à rançonner les Juifs. Ils purent ainsi constituer un énorme butin avant de se faire massacrer par les troupes du comte de Foix...

— Toi seul connais l'endroit où se trouve ce butin. André d'Ivry et d'autres templiers le convoitent. Ne le leur donne jamais ! Ils veulent dominer le monde.

— Je ferai ce que vous me demandez ! dit Patte-Raide.

La tête d'Enguerrand roule sur l'oreiller. Patte-Raide prend cette main aux doigts noueux qui grattent toujours le drap et la serre. Le silence qui s'installe entre les deux hommes donne vie au murmure des flammes. La servante apporte une boisson chaude à Enguerrand qui la refuse.

— Je n'ai plus besoin de rien, dit-il.

Puis, se tournant de nouveau vers Patte-Raide, il ajoute :

— À cette heure ultime de ma vie, Dieu me montre l'avenir, les malheurs du royaume vont encore durer des années. Ce qui se prépare est terrible ! Les chemins seront bientôt jonchés de cadavres pourrissants ! Ce siècle est maudit !

Lydia entre dans la pièce. Son visage est toujours aussi éclatant, ses yeux aussi bleus et profonds, ses cheveux blonds aussi fournis. Le temps l'épargne, sublime sa beauté. Les petites rides qui se sont formées au coin de ses paupières ajoutent à son charme la force de la maturité qui inspire le respect.

— Moi aussi, je me sens fatigué et las ! dit Patte-Raide. Je vais avoir quarante-six ans...

— Tu n'es point si vieux ! Dieu a pour ces choses-là un discernement qui nous échappe. Après ma mort, tout va basculer et tu seras entraîné dans un tourbillon contre lequel tu ne pourras rien. C'est ton destin, écrit dans les astres, mais sois confiant, Dieu t'aime...

Enguerrand soulève son énorme tête noire et se tourne vers la porte.

— Approche, Lydia. Tu sais combien j'ai souhaité ta mort pour que Patte-Raide puisse devenir un frère templier et pour cela prononcer le vœu de chasteté. Dieu ne l'a pas voulu et je sais maintenant qu'il a eu raison.

Discrètement, la servante en profite pour rassembler

les tisons et ajouter une bûche. Tous pensent à Jean, l'enfant perdu. Une larme roule sur la joue de Lydia. Enguerrand, à cette heure ultime, a une conviction qu'il ne cache pas :

— Dieu me permet de voir le monde sous mes paupières closes, et je vous assure que Jean est vivant !

Lydia se mouche et s'agenouille auprès du lit.

— Dites-moi ce que vous voyez ! Je vous en conjure, où est-il ? Est-il esclave et malheureux ?

— Non, il est maître d'un immense fief. Il n'est pas malheureux !

L'agonie d'Enguerrand de Niollet dure deux longues journées pendant lesquelles il reste immobile sur son lit, les yeux clos. Parfois un sourire passe sur son visage disgracieux. Il vagabonde dans les prairies de sa Touraine natale, il est redevenu un petit garçon aux mollets nus dans l'herbe fraîche de rosée. Il se laisse rôtir par le soleil sur les galets de la Loire majestueuse. Ah, cette lumière de Touraine, que Dieu lui en fasse cadeau au Paradis ! Autour de lui, ce ne sont que des ombres. Patte-Raide ne quitte pas son chevet. Par moments, il lui prend la main et Enguerrand sent monter dans son vieux corps une bouffée de chaleur et de vie, la dernière peut-être. Il glisse ainsi dans la mort comme dans le sommeil tranquille d'un enfant...

Des quatre coins du royaume, de Picardie, de Champagne, mais aussi d'Aquitaine, des provinces par-delà le Rhône, des chevaliers en arme accourent vers le rendez-vous du solstice d'hiver, celui de la fin et du recommencement, de la mort qui accouche d'une étincelle de vie. Le lieu : une colline déserte sur le causse, la forteresse de Chantebise, proche de Gramat. L'endroit est sinistre, le vent hurle sur les murs éventrés. Quelques huttes perdent leur chaume dans les replis de terrain qui abritaient le hameau. Les hommes et les bêtes ont déserté les maigres pâturages. Les champs sont redevenus des roncières, les aubépines poussent où se trouvaient autrefois des vignes, des plantations d'arbres fruitiers. La terre est pauvre, mais les vilains savaient l'apprivoiser à force de soins. Depuis que les âmes damnées des templiers errent sur ces landes, personne ne s'y aventure.

La forteresse de Chantebise fut construite par eux, comme tant d'autres, et obéit aux mêmes plans intérieurs que celle de Siotux au nord de l'Escault, de Brunehaut sur les rives du Rhin ou de Perteclus au pied des Alpes. Tout initié aux ordres majeurs du Temple en connaît les moindres recoins, la signification des inscriptions sur les pierres des souterrains, le secret des dalles carrées ou ovales, des figurines peintes à la sanguine sur les voûtes... Ils accourent, les maîtres, comme chaque année à la même époque, pour célébrer la renaissance de l'année qui est aussi celle de Dieu. Ils arrivent vêtus de fer et ne redoutent pas les routiers, ni les tire-bourses qui pullulent en ces temps troublés où l'autorité manque, ces hommes de prière manient l'épée mieux que n'importe quels chevaliers. À mesure qu'ils se rapprochent du but, ils se regroupent, et gare à qui se met en travers de leur chemin, car ils aiment la guerre.

La nuit tombe quand ils arrivent à Chantebise, la plus grande nuit de l'année, linceul du monde. Les templiers entrent dans la cour, se saluent, l'épée au clair devant eux, et descendent l'escalier de grosses pierres sombres. Dans la salle voûtée où ils pénètrent en silence, ils s'agenouillent pour prier selon leur rite. La lumière est faible, mais illumine les beaux cheveux blonds du grand maître, André d'Ivry, qui fait face aux autres, un solide guerrier aux épaules larges d'où tombe la cape beige à la croix rouge. Son visage carré marque sa détermination. C'est un homme sans pitié qui ne recule jamais.

— Salut à toi, Raymond de Meaune, et toi, Jean de Montlaud !

Jean de Montlaud, très brun, le regard incisif, s'incline à son tour devant le maître. Les muscles de son visage se contractent ; ses poings sous sa cape se durcissent...

— Et vous, Jacques Granvet, Gaétan de Jargeau, Gilles de Reuilly ! Que Dieu vous protège, mes frères... Le maudit royaume de France est à l'agonie ! Enfin, nous allons l'obliger à mettre un genou en terre !

Les frères rangés en ligne lèvent leur épée en guise d'acceptation. Le grand maître secoue ses cheveux bouclés, la lumière semble s'en échapper comme les gouttes d'eau d'une toison d'animal.

— Bientôt le roi d'Angleterre coiffera la couronne de France !

Un templier s'approche alors et demande :

— Et l'or, frère André, l'or qui nous est tant utile pour manipuler les puissants ? Nous l'attendons toujours, cet or des Pastoureaux que nous avons perdu.

André d'Ivry tend ses mains vers l'intervenant :

— Il dort en quelque cachette. Nous allons demander à Patte-Raide, que notre grand maître Enguerrand de Niollet aimait au point d'en faire son fils adoptif dans les règles de notre ordre, de nous aider dans ce grand œuvre de paix.

— Et s'il refuse ?

André d'Ivry sourit :

— Nous avons les moyens de le faire céder ! Tu sais, mon frère, combien les femmes sont méprisables et dangereuses parce qu'elles appartiennent au diable. La sienne est paraît-il d'une grande beauté. S'il refuse de nous aider, nous pourrions la défigurer quelque peu... Mais ce n'est pas tout. Frère Roger, montre ce que tu as rapporté d'Orient !

Frère Roger prend une torche qu'il approche d'une petite cage métallique. Les templiers découvrent à l'intérieur une dizaine d'énormes rats noirs, comme ils n'en ont jamais vu.

— Nos meilleurs alliés. Ils dévorent tout sur leur passage ; ils prolifèrent à tel point que, dans moins de deux années, ils seront des millions dans le royaume pour dévaster les champs et les moindres jardins, pour piller le grain dans les greniers ! Le royaume sera réduit à la plus grande famine de tous les temps...

André d'Ivry sourit ; ses dents blanchent brillent à la lueur des flammes qui crépitent. Frère Roger prend la cage d'où s'échappent des petits cris aigus et sort dans la nuit froide accompagné des autres templiers. Il pose la cage sur le sol, l'ouvre. Les rats noirs hésitent un moment avant de se hasarder sur cette terre qu'ils ne connaissent pas. L'un d'eux, le plus gros, franchit enfin la porte et court entre les cailloux puis va se cacher dans une touffe d'ajoncs. Il est rapidement suivi par les autres.

— Allez et croissez ! dit André d'Ivry.

Les maîtres templiers rentrent à l'abri. Seul, Jean de Montlaud reste en retrait. Il a fait le vœu, après une grave maladie de jeunesse, de passer chaque première nuit de la nouvelle lune en prière dehors, par tous les temps. Aussi s'éloigne-t-il de ses frères et marche-t-il seul dans le sentier sombre, la main sur la poignée de son épée. Il arrive à un croisement de chemins et se dirige vers un bosquet de châtaigniers, toujours aux aguets. Plusieurs fois, en de telles circonstances, il a dû se battre contre des loups, mais Jean de Montlaud est habile bretteur et ne craint pas les fauves. Enfin, il s'agenouille au pied d'un arbre, face à la lune, et s'abîme dans une prière intense.

Tout à coup, un bruit de brindille cassée le fait sursauter. Il se tourne vivement, l'épée dégainée, prêt à faire face à un adversaire. Dans la pénombre, il aperçoit alors la lourde silhouette qui s'approche de lui.

— Mon frère Bernard ! Te voilà enfin, je t'attendais...

— Mon frère, Jean...

Les deux hommes s'étreignent.

— Reconnais, dit Jean, que ce vœu de prière sous la lune nous permet de nous rencontrer sans attirer l'attention !

Bernard est essoufflé. C'est un petit homme rond, bien qu'appartenant à un ordre de moines mendiants qui vont les pieds nus de maison en maison. Les chants des autres templiers arrivent jusqu'à eux.

— Ils sont donc tous là, les maîtres de l'ombre ! Maudits soient-ils, mon frère ! Nous en viendrons à bout maintenant que tu as réussi à les abuser et à te faire admettre parmi eux !

— Sois tranquille ! réplique Jean de Montlaud. Nous vengerons notre père qu'ils ont tué et les empêcherons de mener au bout leur funeste dessein contre le royaume de France. André d'Ivry est un fauve assoiffé de richesse et de pouvoir. Plusieurs rêvent de prendre sa place de grand maître, dont Raymond de Meaune, Jacques Granvet... Ils se haïssent mais se font bonne figure ! C'est une fosse à serpents venimeux ! Mon frère, il faut, sans plus attendre, que tu partes vers le nord !

Les yeux de Jean de Montlaud reflètent la lumière froide de la lune.

— Vers le nord ? demande Bernard, une pointe d'anxiété dans la voix.

— André d'Ivry m'a demandé de rester près de lui. Il va partir pour le fort royal d'Étampes, en Hurepoix. Tu dois être prêt !

— Mon fils ! Où est mon fils ?

Guillaume de Capestang arrête son cheval à l'orée d'un bosquet. L'animal, blessé à une cuisse, peine à courir. Le chevalier, hors d'haleine, ventaille levée au mépris du danger, regarde anxieusement autour de lui, cherche dans ces heaumes qui cachent les visages celui qu'il reconnaîtrait entre tous avec ses trois plumes de cygne. Autour de lui, c'est la débandade, l'armée française fuit en désordre devant la charge anglaise où fleurit sur les poitrines de nombreux chevaliers la croix rouge à larges bords des templiers. Et les masses d'armes frappent les tôles des cuirasses qui se gondolent avec un bruit de marmite cassée. La plaine entière est jonchée de cadavres hérissés de flèches. Les lamentations des blessés, les hennissements des chevaux qui tentent de fuir, leurs entrailles répandues sous eux, font une clameur sourde, un bruit de mort, qui s'amplifie à mesure que la bataille s'éloigne. Et cette odeur insoutenable de viscères écrasés, de sang, de terre remuée ! Une chaleur de four avive les blessures, la poussière sèche la gorge.

Guillaume de Capestang est seul ; ses hommes se sont perdus dans la débandade, beaucoup sont probablement morts. Il bout dans son armure trop lourde, la sueur lui colle la chemise à la peau. Il a mal partout, ses bras sont lourds d'avoir tant manié l'épée, un feu vif brûle dans son estomac, mais il ne se plaint pas ; la chance l'a une fois de plus favorisé, il s'en tire bien là où tant d'autres ont péri. Pourtant, l'absence de Jean creuse en lui un puits sans fond, une douleur lourde taraude sa poitrine.

— Mon fils ! crie-t-il de nouveau. Jean, où es-tu ?

Ignorant le danger, il abandonne sa place bien protégée des flèches qui continuent de pleuvoir de la colline où les Anglais ont dressé leur camp, et retourne à pied vers le champ de bataille, enjambe des corps mutilés, des blessés qui s'agrippent à lui. La nuit tombe en ce 26 août 1346, une nuit lourde sous un ciel épais qui attend l'orage. À l'horizon, les murs de Crécy-en-Ponthieu dressent leur barrière où s'échouent des groupes de fuyards que les Anglais saignent sans se presser.

— Fuyez, monseigneur ! Vous allez vous faire tuer !

— Baltazar !

Guillaume s'approche de plusieurs corps immobiles, une main se tend vers lui.

— Baltazar, je vais t'aider !

— Ce n'est point la peine, gémit l'homme allongé. Me voilà saigné par une mauvaise blessure au cou. Fuyez, je vous en conjure...

— Jean ?

— Je l'ai perdu de vue quand ce maudit coup de lance m'a traversé de part en part...

Une flèche se casse contre la poitrine d'acier de Guillaume avec un bruit sec. Il recule jusqu'au tertre où se trouve son cheval qui s'est couché. Le sang coule toujours de la cuisse de l'animal ouverte par un coup de godendart.

La victoire des Anglais est totale. Ils ne prennent

même plus la peine de poursuivre les vaincus. Jamais une armée française n'a connu telle déroute ! Les archers rangent leurs arcs et les chevaliers sortent enfin de leurs tôles, souvent gondolées au point qu'il faut un forgeron armé de grosses tenailles pour les délivrer. Ils plaisantent. Édouard III va des uns aux autres en les félicitant. Ils n'ont pas eu beaucoup à combattre. Leurs piétons très mobiles armés de courtes lances et de couteaux ont fait merveille.

— Monseigneur...

Une main s'est tendue vers Guillaume, claire dans la nuit, une main qui n'a plus rien à attendre de ce monde, mais s'agrippe, s'accroche à ce rayon de lumière que la lune allume sur un heaume. Guillaume détourne la tête ; que peut-il pour ce blessé dont la moitié de la face a été arrachée ? Jean ! Où est-il à cette heure tardive de la débâcle où l'absence d'un être cher est pire que la défaite elle-même ?

Guillaume passe entre les corps dont certains bougent encore, les morceaux d'armure cabossés, les cadavres de chevaux. Des blessés se traînent dans une boue de sang, rampent, atrocement mutilés et dont on se demande comment une âme peut encore les habiter. Demain, au jour, les corbeaux et les loups auront de quoi faire bombance.

Guillaume appelle de nouveau son fils, tend l'oreille à cette rumeur de cris, à cette houle de douleur, tente de discerner un appel, une voix familière, mais rien. La lune déverse un flot de lumière bleue. Un léger vent court sur les herbes sèches et apporte enfin un peu de fraîcheur. Guillaume s'éloigne vers un groupe de rescapés qui ont allumé un feu et font rôtir des lapins.

— Je cherche Jean... Jean de Capestang ! dit-il d'une voix enrouée par l'émotion.

— Nous ne le connaissons pas !

Un cheval broute les branches basses d'un charme. Guillaume s'en approche ; l'animal n'est pas blessé, mais il a perdu son maître. Malgré le poids de son armure, le chevalier réussit à se mettre en selle et s'éloigne du champ de bataille. Si son fils n'est pas parmi les morts, dans cette multitude de corps mélangés, il a fui dans cette direction, avec les autres. Sur la colline, les Anglais fêtent leur victoire et chantent, mélangeant leurs cris de liesse aux cris d'agonie de la plaine. La joie et la douleur se rejoignent dans un mélange d'ombres et de lueurs furtives. Éclairé par une torche, à côté d'une tente montée sur quatre piquets, un chirurgien extrait des flèches de blessés légers.

Un peu plus loin, Guillaume longe un champ de blé mûr dont l'or se voit la nuit. Les épis se frottent et bruissent. Ils sont prêts pour la faucille, mais les mains manquent, les mains sont occupées à saigner, à tailler, à tuer, labeur qu'elles préfèrent à la moisson. Des éclairs allument l'horizon. À l'orée d'un bosquet, un homme sur son cheval est repoussé vers le taillis par des cavaliers dont l'épée luit. Guillaume reconnaît des Anglais à leur chapeau de fer à large bordure et leur cotte légère. N'écoutant que son ardeur, il se porte au secours de l'homme. Son intervention surprend les deux cavaliers qui s'enfuient.

— Pendards ! Ils sont meilleurs avec leurs arcs et leurs flèches, hors de portée d'une lame, qu'en bon combat de chevalier ! s'écrie Guillaume.

Il fait faire demi-tour à sa monture et s'approche du malheureux qu'il vient de sauver. Celui-ci n'a plus son heaume, Guillaume voit sa figure épaisse, ses cheveux gris sur son front large. Il reconnaît le roi de France.

— Sire, vous ?

Philippe VI pousse un soupir. Son escorte s'est évanouie tout comme son armée. Il se retrouve seul dans la nuit, comme le plus simple des manants.

— Voilà ! dit-il. En quelques heures, le roi de France est devenu aussi pauvre que le plus pauvre de ses sujets. Il ne me reste que mon cheval.

Philippe VI est abattu, déchu, humilié. Vaincu par une petite armée qu'il devait écraser en un après-midi. Le destin vient de frapper de plein fouet ce « roi trouvé » comme on l'appelle, le neveu de Philippe le Bel. Il comprend son erreur, mais c'est trop tard. Au fond, son défaut n'est-il pas de comprendre toujours en retard ? Ce clinquant dépensier a le défaut des cervelles faibles. Incapable de prévoir les conséquences de ses décisions, il s'obstine souvent contre ses conseillers, car il pense que l'entêtement est la marque des fortes personnalités. Et cela l'a conduit à un désastre dont le royaume ne se relèvera pas de sitôt. Les Anglais ont gagné parce qu'ils ont profité des moindres replis de terrain, des haies, des touffes d'arbustes pour embusquer la piétaille et leurs archers. Ils ont aussi bénéficié de l'élan et de l'art guerrier des moines-soldats, les templiers qui encadraient chaque bataille, ordonnaient chaque mouvement. « Des tricheurs ! » a dit le roi de France. Mais n'est-ce pas la victoire seule qui compte ?

— Je vous dois de ne pas avoir été fait prisonnier ! dit-il encore d'une voix lasse.

Philippe VI a perdu son arrogance. Où aller ? À quelle porte frapper ? Le voilà seul et sans toit pour dormir.

— Ils ne se sont pas battus ! ajoute-t-il.

Puis, baissant la tête devant l'ampleur du désastre, il ajoute :

— Je suis las !

— Sire, dit Guillaume de Capestang, je suis à la

recherche de mon fils et de mes bannerets qui se sont volatilisés. Mais permettez-moi de vous servir en ce mauvais passage ! Je suis certain que Dieu veille sur vous et vous donnera la victoire finale. Le roi de France peut perdre une bataille, mais il gagne toujours la guerre.

— Puissiez-vous dire vrai !

Ils arrivent à une maison forte aux lourdes portes ferrées. Des mâtins aboient dans la cour, un âne braie, des porcs dérangés dans leur sommeil lui répondent par des cris aigus. Des anciennes douves monte une odeur de vase. Les grillons chantent ; dans le fossé, le son aigu d'un crapaud ponctue l'ombre de sa régularité entêtante. La nuit est calme, sereine, avec sa chaleur moite ; des éclairs dessinent par moments l'horizon noir. Le roi cogne à la porte avec le pommeau de son épée.

— Ouvrez ! crie-t-il. Ouvrez à l'infortuné roi de France qui n'a pas de toit pour passer la nuit.

— Partez d'ici ! crie une voix rude, ou nous lâchons les chiens.

— Je vous dis que je suis le roi de France qui vient de perdre la bataille.

La porte s'ouvre. Plusieurs hommes en armes encadrent un vieillard chenu, bossu, au menton pointé en avant. La lampe à huile qu'il tient de sa main tremblante éclaire sa silhouette maigre, sa robe longue du siècle dernier. Sa barbe pend en laine sèche. Malgré son grand âge, il se met à genoux sur les cailloux de la cour.

— Sire, pardonnez à mes fils impétueux. Je suis le sieur de Couttemont. Que Dieu protège ma maison le temps que vous souhaiterez y demeurer. Tout ce qui est ici est à vous.

Il se tourne vers Guillaume de Capestang resté en retrait.

— Ce courageux chevalier est avec moi ! dit le roi.

Philippe VI a retrouvé sa superbe. La soumission des autres l'élève et le rend souverain. Il se tourne lentement vers Guillaume de Capestang, se donne des gestes qu'il veut posés et majestueux, des mouvements mesurés, pleins de gravité et de ce qu'il croit être de la noblesse.

Le vieillard tape dans les mains et donne ses ordres de sa voix criarde qui, avec l'âge, a retrouvé, dans son tremblotement, comme des intonations d'adolescent en train de muer. Des valets se hâtent dans cette cour boueuse où les porcs de nouveau dérangés grognent. Un jeune homme d'une vingtaine d'années vient au-devant du roi et tient une torche pour le conduire jusqu'à l'escalier de pierre.

— Qu'on se dépêche ! crie le vieillard. Allez vider le vivier, tordez le col aux chapons de l'année ! Allons, pressez-vous, le roi a faim.

Ils entrent dans une pièce aux murs nus. Malgré le feu, Guillaume ressent la fraîcheur de cave qui contraste avec la chaleur orageuse du dehors. Des torches que le sire de Couttemont gardait en réserve depuis longtemps crépitent à cause de l'humidité ; en temps ordinaire, il se contente de la lumière de l'âtre. Le vieux seigneur se place au milieu des siens ; les dentelles du col de sa robe sont jaunes et mitées. Son fils aîné, brun et barbu, les cheveux en broussaille, ressemble plus à un vilain qu'à un chevalier, sa bru porte un chaperon en toile aux couleurs passées.

— Nous sommes pauvres ! dit le sieur de Couttemont. Pardonnez, sire, les désagréments que cette pauvreté va vous occasionner...

Il se tait un instant. Le roi s'est assis près du feu et tend les mains, comme il le ferait en plein hiver.

— Je regrette, sire, mon grand âge m'a tenu à

l'écart de cette bataille. Mais ma lignée est de la plus haute noblesse.

Il ne dit pas pourquoi ses fils n'y ont pas participé, mais Guillaume comprend que la pauvreté est seule à l'origine de cette défection. Beaucoup de petits nobles, souvent moins aisés que des vilains, ne peuvent entretenir un cheval et refusent de se battre avec la piétaille.

Le roi manifeste alors l'intention de se reposer un peu. Couttemont donne des ordres brefs dans cette immense bâtisse froide en plein mois d'août. Aussitôt, des chandelles sont allumées dans la chambre du maître, la seule à peu près habitable. Des valets apportent des fagots qu'ils jettent dans le feu. Le vieil homme se démène, court dans tous les sens, rabroue ses domestiques et ses filles. Cette soirée va lui coûter les revenus d'une année entière, mais il ne sera pas dit que le roi de France a été mal reçu à Couttemont.

— Qu'on nous laisse jusqu'au dîner ! dit le roi.

Couttemont et ses gens quittent la pièce. Capestang veut en faire autant.

— Restez !

Les flammes qui lèchent la pierre noire de la cheminée répandent une chaleur humide. Ça sent la suie, le lard rance, la toile d'araignée poussiéreuse. Le silence de cette lourde bâtisse lépreuse pèse sur les épaules de Philippe VI avec ses bruits de vieux bois qui craque. La douleur de sa défaite lui mord le ventre. Il va devoir former une nouvelle armée et combattre encore, mais la confiance est perdue. Pourquoi le destin s'obstine-t-il à faire échouer tout ce qu'il entreprend ?

— Quand le malheur s'abat sur un pays, c'est pour longtemps ! dit-il d'une voix monocorde, sans quitter les flammes des yeux. Que s'est-il passé sous mes prédécesseurs, les trois fils de Philippe le Bel, qui tua les templiers ? Des malheurs, des famines, des maladies, le royaume à genoux, les bonnes terres en friche et pas de bras pour semer. Cette malédiction dont on parlait à l'époque va-t-elle se poursuivre ainsi jusqu'à la fin des temps ?

— Sire, l'Anglais protège ceux que le roi Philippe le Bel voulut détruire au point qu'ils ne se cachent pas... Les templiers sont les pires ennemis du royaume !

— Certes, mais où les trouver ? Où les poursuivre ? S'ils se montrent à découvert sous les bannières anglaises pour bien nous rappeler leur existence, ils restent aussi sournois que des serpents dans le royaume de France.

La présence du roi flatte Guillaume, mais le gêne aussi. D'ordinaire, ce n'est pas lui qui baisse la tête, qui obéit. Dans son fief, le baron de Capestang est le maître, le voilà ce soir au rang des serviteurs. Les flammes mordent sa peau. Par la minuscule fenêtre vient le lointain roulement du tonnerre...

La pensée de son fils ne le quitte pas. Un autre visage effleure un court instant sa mémoire, ce visage de femme qui le poursuit depuis tant d'années et qui reste en lui toujours aussi net, aussi beau.

Après un silence pesant, le roi poursuit son monologue.

— Lorsque je fus fait roi, une vieille sorcière, brûlée depuis, me dit que de tous les biens de cette terre une couronne mal acquise est le pire. Depuis, le malheur me suit comme la meute qui a flairé le cerf...

— Sire, ose enfin Guillaume de Capestang, le malheur est un compagnon à plusieurs visages. Il suit chacun d'entre nous...

— Vous m'avez dit être à la recherche de votre fils ? demande le roi qui, dans ses rares moments de sincérité, peut être attentif aux autres. Que Dieu vous le rende !

— Il doit être avec les seigneurs de ma bannière. J'espère que les flèches l'ont épargné, car ce fils...

Capestang baisse la tête. Ses cheveux gris forment des petites boucles au-dessus de son front. Il recule sa chaise tant le feu est vif.

— Ce fils, dit-il, c'est tout ce qu'une vie ratée m'a laissé. Un rayon de soleil au milieu de la nuit terrible dans laquelle je me débats et qui jamais ne s'achèvera. La nuit de l'absence, de l'espoir à jamais enfui, de la solitude que les proches ne peuvent combler. Parfois, je me dis que la mort est un doux refuge.

Guillaume a baissé la voix. Il regarde les flammes mais ne les voit pas.

— La mort ? demande le roi.

Ce soir, il éprouve le besoin d'entendre le malheur des autres qui rend le sien plus facile à porter.

— Oui, la mort, mais elle ne veut pas de moi ! répond Guillaume en s'animant. Regardez, tous ceux qui avaient mille raisons de s'accrocher à la vie et qui sont ce soir étendus dans la poussière. Tandis que moi...

— Vous blasphémez, Capestang. Dieu seul connaît l'heure du passage et c'est lui seul qui décide ce que vous devez endurer sur cette terre.

— Certes, sire.

Il se tait un instant pendant lequel sa respiration se mêle à celle du roi puis reprend.

— Je fus dans l'armée du comte de Foix qui alla combattre les Pastoureaux en 1318 ! Une tuerie sans pareille de vachers et de manants. Parmi eux, je remarquai une jeune fille d'une beauté inouïe, d'une grâce d'ange, une fille sûrement de grande noblesse qui me dit être ancienne ribaude !

Le roi lève les yeux, intéressé. Les femmes, dont il ignore tout, l'intriguent. Par quels moyens réussissent-elles à retenir les hommes les plus décidés ? Pourquoi n'a-t-il jamais trompé la sienne, Jeanne de Bourgogne, qu'il fouette de temps en temps et qui n'a que des disgrâces ? Il la hait pourtant, d'une haine exclusive qui l'empêche d'en aimer une autre.

— Parlez-moi de cette fille... Quel est son nom ?

— Lydia, sire. Elle s'appelle Lydia. Une beauté qui ne se décrit pas, la perfection en tous points ! Dès que je la vis, je fus pris d'amour fol. Devant moi s'ouvrait un gouffre dans lequel je plongeai avec délices. L'enfer m'ouvrait ses portes et je m'y précipitai. Sire, je vous le répète, cette femme n'était pas femme ordinaire, mais sûrement tombée du ciel, tant sa grâce avait quelque chose de divin. Jamais au monde femme plus belle me fut montrée. Et connaissant le luth et chantant d'une voix qui vous enveloppait, vous emportait vers le paradis...

Une larme roule sur la joue de Capestang, va se perdre dans sa barbe de plusieurs jours.

— Mais pourquoi ne l'avez-vous point gardée auprès de vous ?

— Elle aimait un autre... Un certain Patte-Raide. On l'appelait ainsi parce que sa jambe droite ne se pliait pas au genou. Ce Patte-Raide fut un grand capitaine des Pastoureaux bien que connaissant le latin et les sciences ordinaires aussi bien qu'un clerc. Ils avaient été séparés pendant la bataille...

— Et vous dites que cette beauté sans pareille a préféré un manant au grand baron que vous êtes ?

— Sire, ils étaient l'un à l'autre depuis leur enfance. Un soir de juin, Lydia, apprenant qu'il n'était pas mort, est partie le rejoindre à Malemort, en Bas-Limousin. Le désespoir est entré à Capestang par la grande porte, il a eu la haie d'honneur et désormais s'y comporte en maître.

— Votre histoire m'émeut, Capestang. Votre astrologue vous a-t-il dit que vous la retrouveriez ? Car si j'en crois vos cheveux blancs, vous n'êtes point tout jeune !

— Sire, il m'assure que je la retrouverai ! Et la revoir une fois, une fois seulement, quel que soit mon âge, paiera ces longues années d'attente.

— Voyons, vous êtes grand seigneur. Vous pouvez aller la voir quand il vous en prend le désir...

— Je l'ai fait, sire, en me cachant comme un voleur. Jamais je ne me présenterai devant elle, dans sa maison... Je ne veux plus rien lui prendre.

Le roi replace un tison qui a roulé sur les dalles de pierre. Visiblement cette histoire le distrait, lui fait oublier un instant sa petite destinée.

— Et ce fils...

Les flammes s'emparent du tison. Ce secret protégé, gardé au fond de lui depuis tant d'années, Capestang a tout à coup envie de l'avouer au roi de France.

— Mon histoire est ainsi, faite de fuites et de rapts. Après la tuerie des Pastoureaux, j'ai emmené Lydia au château de Capestang. J'ai fait casser mon mariage avec Amélie de Puysserguier pour l'épouser, mais elle a refusé...

— Tout ceci est complication pour rien ! s'écrie le roi qui se sent fort lorsqu'il s'agit de parler. Que n'avez-vous pris quelques hommes décidés pour aller quérir la belle ?

— Que nenni, sire. On ne force pas le cœur de Lydia. Sa beauté a la pureté de l'eau qui sort des rochers. Elle ne ment pas et son âme est métal poli... Lydia et Patte ont eu un enfant en 1318...

Ils se taisent un moment. Le roi envie cette passion folle, cet amour impossible, lui qui n'a que méandres dans son cœur, et renonciations.

— Mon fils..., poursuit Capestang, puis il se tait, le regard perdu sur l'âtre qui meurt lentement.

L'absence de Jean transforme cette masure vide en un immense désert dans lequel il a envie de crier.

— Mon fils, c'est l'enfant de Lydia et de Patte-Raide. Il ressemble tellement à son véritable père qu'il ne peut y avoir de méprise. Il a surtout les mêmes beaux cils noirs relevés, comme des cils de fille. Je l'ai volé alors qu'il n'avait pas deux ans. Je l'ai emporté loin de son nid ! Avec le temps, j'en ai fait un Capestang, mon héritier. C'est ainsi que je le veux !

Le roi de France entend cette confession avec surprise. Les grands sentiments lui sont étrangers, mais il en comprend le poids dramatique sur une vie qu'ils enrichissent tout en la détruisant.

— Nous sommes inséparables, même s'il sait qu'un mystère plane sur sa naissance. Après avoir connu sa mère, j'ai juré que je ne connaîtrais jamais aucune autre femme, la survie de mon lignage passait par elle.

— Allez, mon ami, la justice du roi ne peut rien contre ce qui est voulu par Dieu lui-même. Mais j'entends qu'on vient. Peut-être allons-nous pouvoir souper.

Capestang se sent tout à coup léger. Pour la première fois il s'est soulagé de cet énorme secret qu'il porte depuis seize années. Il se revoit encore, courant à travers les taillis avec l'enfant volé dans les bras. Et ce retour à Capestang en évitant les villages, en risquant chaque jour de se faire détrousser par les routiers et les chercheurs d'aventures...

Le lendemain, le roi et Guillaume de Capestang sont sur pied de bonne heure. Ce qui reste des batailles de la veille s'est regroupé devant la porte de la maison forte. Les bannières de Guillaume sont là. Le roi monte à cheval et demande à son chancelier un rapport sur les faits de la nuit. Il apprend que les Anglais ont quitté la colline et se dirigent vers la côte. Philippe VI décide de rentrer à Paris pour reconstituer son armée.

— Capestang ! dit-il en se tournant vers Guillaume. Je vous prie de chevaucher à mes côtés.

Guillaume n'a pas entendu. Il parcourt des yeux ses chevaliers qui sont graves. L'un d'eux s'avance. C'est le vieux Louis de Tressant, qui approche les soixante ans. Ses cheveux blancs ressemblent à de l'herbe sèche que le vent agite. Il baisse la tête.

— Monseigneur, Jean n'est pas avec nous !

Guillaume sent son corps se vider de sa vie. Il murmure quelques mots incompréhensibles, regarde autour de lui. Une nuée de corbeaux tournent dans le ciel, attirés par l'odeur de la charogne. Guillaume a mal partout.

— Vous dites ?

— Jean n'est pas avec nous. Nous l'avons perdu hier dans le feu du combat.

Alors, tout d'un coup, Guillaume se libère de cette énorme tension qui comprime ses poumons, cette douleur qui le brûle.

— Incapables ! Qu'on me conduise où vous l'avez perdu.

— Monseigneur...

— Eh bien, je vais aller le chercher !

Il éperonne son cheval. Tressant et quelques autres l'accompagnent. Ils traversent le champ de bataille d'où montent des gémissements. Des grappes de corbeaux s'acharnent sur des corps qui bougent encore. Capestang, du haut de son cheval, fouille des yeux cet amoncellement de cadavres.

— Jean, où es-tu ?

Puis, comme la seule rumeur des mourants lui répond, il se tourne vers Tressant :

— Je vous avais dit de veiller particulièrement sur lui !

Ils arrivent à l'orée d'un bosquet de charmes. Tressant explique qu'ils étaient là, à l'abri des flèches et qu'ils faisaient face à une avancée anglaise. Tout à coup, le groupe s'est éparpillé et, quand il s'est reformé, Jean n'était plus avec eux.

— Nous l'avons cherché, nous avons passé en revue tous les morts et, Dieu soit loué, il n'y est pas.

Un espoir, comme une vague chaude, brûlant comme de l'eau tiède que l'on boit trop vite s'empare de Capestang. Un groupe de cavaliers arrivent dans le chemin. Ce sont des Anglais, mais ils ont attaché un tissu blanc à leur lance et ne portent qu'une cervellière de maille.

— Nous cherchons le sieur de Capestang ! dit l'un d'eux en langue d'oïl.

— C'est moi ! répond Guillaume dans la même langue qu'il parle avec un fort accent.

— Nous sommes au comte de Chiefield et avons un message pour vous.

— Vas-y, parle.

— Votre fils, Jean de Capestang, a été fait prisonnier par notre maître qui a décidé de l'envoyer en son castel de Chiefield près de Londres où il sera détenu jusqu'à ce que rançon soit payée !

Guillaume est tout à coup heureux. Son fils est vivant, c'est l'essentiel. Certes, il faudra trouver de l'or pour payer la rançon et il a dû déjà fortement s'endetter pour se rendre à l'ost du roi, mais les coffres des Juifs ou des Lombards sont toujours bien remplis, il saura les mettre à contribution.

— Va dire à ton maître que j'attends lettre de lui et confirmation de mon fils.

Malemort en Bas-Limousin, ce 18 octobre 1346. Quand les guetteurs annoncent l'arrivée des Anglais, la ville est frappée de stupeur. Près de la rivière, les mégissiers cessent de nettoyer les peaux de bœufs, les cordonniers arrêtent l'aiguille plantée dans le cuir, les lavandières ramassent leur linge et courent chez elles. Les femmes se signent et serrent leurs enfants dans un geste protecteur. Les vieux se mettent à genoux et demandent à Dieu, sinon de les épargner, au moins de leur procurer une mort rapide. Car chacun sait ce que signifie ce rassemblement d'hommes derrière les murs, chacun connaît le sens des colonnes de fumée noire qui montent sur l'horizon. Les Anglais ne font pas de quartier, une ville prise est une ville mise à sac, les habitants sont massacrés, les maisons flambent après que tout ce qui peut s'emporter, se vendre a été déménagé. La présence parmi eux de ces diaboliques chevaliers à la croix rouge à larges bords peinte sur leur bouclier augmente le désarroi des assiégés tant on dit de monstruosités sur eux. Les portes restent fermées depuis que les reîtres courent la vallée de la Corrèze, mais les Anglais savent les ouvrir avec d'énormes béliers faits d'un tronc de chêne.

Les sergents et les piétons de la milice se préparent

courageusement à résister à l'assaillant ; ils font chauffer l'huile, sortent les grandes perches à bec qui permettent de renverser les échelles et distribuent des armes aux volontaires.

À l'église, une foule apeurée se presse et prie. Une sorte de grondement sourd monte de cette populace entassée, où l'individu se noie dans la masse. Au cou de certains pendent des amulettes, pierres d'Égypte que toucha Moïse, fausses reliques achetées chez un revendeur juif. Tous savent que la mort n'est rien, et pourtant ils la redoutent, du vieillard chenu qui avance en sautillant, appuyé sur un trépied de bois, à la jeune femme qui ressent les premières douleurs de l'enfantement. La mort, c'est une voisine qui vous regarde à chaque instant, qu'on apprend à supporter jusqu'à ce qu'elle s'acoquine avec les Anglais et les vauriens du pays qui se tassent sous les murs de la ville. Et la peur ronge les entrailles, plombe chaque pas. Cette servante qui remonte de la fontaine peine à porter son seau. Elle écoute les cris, les bruits qui viennent de la porte sud. Jusque-là elle a voulu croire que saint Grégoire protégeait le bourg, jusque-là elle a espéré que le malheur était pour les autres, et puis voilà...

Les Anglais creusent des tranchées le long du mur pour en déterrer les fondations. Des coups puissants font vibrer le chemin de ronde. Des meurtrières, les assiégés laissent tomber de grosses pierres qui retardent le travail, mais inexorablement l'ennemi avance. Patte-Raide a enfourché son cheval blanc. Seul, devant la milice des bourgeois où il s'est rapidement imposé comme chef, il inspecte les hommes d'armes, mais ne se fait pas d'illusions.

— Nous ne sommes pas assez nombreux ! dit-il. Il faut protéger nos murs en attendant du secours.

Quand les sergents sont venus lui annoncer que les

Anglais mettaient le siège autour de la ville, Lydia a vu son visage s'ouvrir, une étincelle de joie a brillé dans ses yeux.

— La guerre te manque-t-elle autant ?

Il n'a pas répondu. Patte-Raide ne peut pas justifier ce besoin de bataille toujours fort au fond de lui. Sa vie bourgeoise lui pèse, l'action lui manque. Il aime le danger, ce pincement au ventre qui précède la mêlée. En enfourchant son cheval, il se souvient de l'épopée des Pastoureaux dont la nostalgie se confond avec celle de ses jeunes années.

Il redoutait une attaque sournoise des templiers, elle a tardé presque une année pleine mais les voilà avec les Anglais qui mettent le siège autour de Malemort. Il ne se fait aucune illusion, cette action est destinée à le capturer.

— Notre messager est parti par le souterrain nord avertir la garnison de Tulle, mais nous devons surtout compter sur nous-mêmes. Les Anglais savent que nous manquons d'hommes et vont tenter de prendre la ville au plus vite.

Les coups sourds des assiégeants répercutent leur menace dans l'ombre de chaque maison. Terrorisés, les enfants sanglotent et les mères ne trouvent plus les mots qui rassurent. Vers minuit, un groupe d'hommes tente une sortie pour surprendre les Anglais dans leur sommeil et en égorger le plus grand nombre. Des cris stridents percent le silence, des lames s'entrechoquent, puis le calme retombe avec sa menace contenue.

La nuit est lourde, épaisse et humide. Chacun s'est barricadé chez soi. Les murs ou les portes céderont, demain ou dans deux jours, mais céderont ; aucun village n'a jamais réussi à résister aux Anglais ! Les gros chiens de la milice sont lâchés dans les rues pour avertir de tout mouvement de foule. Avec les quelques hommes d'armes et les volontaires prêts à intervenir, Patte-Raide passe la nuit dans la maison commune où loge l'échevin. Lydia est restée chez elle avec les domestiques, le vieux Raoul, Baptiste, le garçon d'écurie et la jeune Jeannette. Ils n'ont pas peur : Patte-Raide les protège ; pourtant, Lydia a le pressentiment que sa vie va tout à coup basculer.

Dans la bourgade, personne ne dort, même si on sait que les Anglais n'attaqueront pas avant l'aube. La peur mange le ventre ; on sursaute au moindre bruit, tant l'ombre est complice des assassins. Certains bourgeois restent dans leur écurie à côté du cheval qui représente une vie de labeur.

Le ciel s'est dégagé ; la lune énorme verse sur les maisons sa lumière crue et froide. Mais déjà les étoiles pâlissent à l'horizon, déjà la lumière revient et la femme seule, recroquevillée dans le coin le plus reculé de son taudis, le vieillard oublié près d'un feu éteint et qui grelotte, retrouvent un peu d'espoir : en plein jour, même les Anglais ont des visages humains.

Avec la lumière, les coups frappés contre les murs reprennent leur cadence infernale. « Ils sont à la porte sud ! » crie quelqu'un. Les gens courent vers la porte nord par où ils espèrent pouvoir s'échapper. Courageusement, les miliciens se sont rangés en ordre de bataille et attendent, hallebarde à la main. Tout à coup, un grondement comme venu du centre de la terre, un long roulement de tonnerre éclate dans ce petit matin blanc et humide. La tour de garde s'effondre dans un bruit de pierre roulée, de charpente fracassée. Un nuage de poussière lourde noie les maisons voisines. Une énorme brèche vient de s'ouvrir dans le mur de défense et les Anglais, hurlant, brandissant leurs armes, escaladent l'amoncellement de gravats. Patte-Raide et ses hommes font face à la vague hérissée de lames qui déferle sur eux. Mais ils ne résistent pas longtemps. Que peuvent une poignée de bourgeois aux bras mous contre des hommes de guerre que la vue du sang rend enragés ? La mêlée tourne vite à l'avantage des assaillants. Les cris d'attaque se mêlent aux cris de douleur ; les cadavres chauds jonchent déjà les rues tandis qu'à coups d'épaule, les pillards font sauter les portes des maisons et des entrepôts. Très vite, les Anglais ne rencontrent plus aucune résistance. Devant eux fuient ceux qui le peuvent. La porte nord de la ville a cédé, les gens se bousculent, se piétinent pour sortir par la brèche béante. Bourgeois aisés, artisans honnêtes et bons pères jouent du couteau pour se frayer un passage. D'autres sautent du chemin de ronde et se fracassent sur les rochers en dessous. Ceux qui réussissent à sortir courent vers la forêt où ils espèrent trouver un trou, un arbre creux où se cacher jusqu'à ce que cette bande d'enragés déguerpisse. Personne ne les poursuit, les assaillants sont trop occupés à piller et à brûler ce qu'ils ne peuvent emporter. Des flammes sortent des fenêtres, des toitures s'effondrent. Une épaisse fumée noire monte dans le ciel limpide. Et toujours ces cris de haine ou de douleur, ces supplications hurlées suivies de râles d'agonie... Les barrières volent en éclats ; les tonneaux sont défoncés dans les caves ; ce qui intéresse surtout les assaillants, c'est l'or, les réserves de nourriture, tout ce qui peut se monnayer, et les jeunes femmes qui vont servir à leur divertissement et qu'ils vendront comme esclaves dans des châteaux reculés. Déjà, des chariots pleins de coffres partent en direction de Brive.

Le cheval de Patte-Raide s'effondre sous lui. À pied, il est une victime facile, mais les coups l'épargnent. Une odeur âcre de fumée, de suie et de chair brûlée se répand dans l'air, cette odeur que Patte-Raide connaît bien. Il est vite maîtrisé. Plusieurs hommes l'encerclent et il ne peut opposer aucune résistance. Il sait alors ce qui l'attend et pense à Lydia.

— Aucun mal ne doit lui être fait ! dit un capitaine. Il est à moi.

— Lydia... Je veux qu'on emmène Lydia avec moi ! dit Patte-Raide qui tente, mais en vain, de se dégager.

— Je n'ai pas d'ordre. Et tu dois te taire.

De leur côté, Lydia, la petite Jeannette, les deux valets d'écurie savent ce qu'ils doivent faire quand la tour sud s'écroule. Patte-Raide avait prévu une telle attaque et a fait creuser un souterrain dont la sortie est située en dehors de la ville dans un puits à côté d'un vieux moulin. Ils s'y précipitent tandis que des hommes cassent la porte, renversent les écritoires. Les quatre fugitifs, en se donnant la main, marchent dans l'ombre feutrée de ce boyau taillé dans une roche rougeâtre. Une salle a été creusée à mi-distance, des vivres s'y trouvent, du lard salé, de quoi tenir le temps que la tourmente s'apaise. Car le principe des Anglais est simple : tout raser, tout brûler et partir ailleurs. Ce soir ou demain ils quitteront Malemort pour une autre ville, Tulle peut-être, qui tient toujours.

Lydia, Jeannette et les deux valets d'écurie ont bloqué l'entrée de la salle souterraine, et attendent, blottis les uns contre les autres. L'absence de cris augmente leur impression d'être pris dans un piège d'où ils ne pourront sortir.

Jeannette tremble, son cœur bat très vite. Elle a vécu jusque-là dans cette maison, heureuse et insouciante. Ce matin, elle pense au jeune apprenti de Patte-Raide qu'elle aime d'un amour simple qui se contente de quelques regards appuyés, de sourires furtifs et d'un baiser échangé il y a trois jours sous la charmille, près de la rivière. C'est son secret, mais qu'est-il devenu, ce Pierrot qui la faisait rire avec ses mimiques ? Il est peut-être mort, comme elle va probablement mourir. Le ciel s'est à jamais caché pour elle.

— T'en fais pas, la porte est solide ! dit Lydia en lui caressant les cheveux.

Lydia aime tant Jeannette ! Elle l'a recueillie à la mort de ses parents lors d'une épidémie de diarrhée et l'a élevée comme sa propre fille. Après le rapt de Jean, Dieu lui a refusé un autre enfant, et la fillette est venue au bon moment pour combler son besoin d'amour et occuper ses longues journées.

Des pas se rapprochent. Raoul et Baptiste se sont armés d'un gros bâton de vacher et attendent près de l'entrée, courageux et résignés.

— Ça ira ! dit Raoul d'un ton qui se veut rassurant.

Non, ça n'ira pas et il le sait. La mort arrive avec ces pas, ces éclats de voix, une mort d'animal qui ne reçoit pas le coup de grâce. Alors, il se met à genoux et joint les mains, son bâton posé à terre. Derrière la porte, les bêtes immondes frappent le bois, et parlent un langage horrible. Jeannette se cache la figure contre Lydia. Seul Baptiste ne bronche pas, son bâton levé, prêt à frapper le premier homme qui va entrer.

À chaque coup de bélier, des pierrailles se détachent du plafond et tombent avec un bruit de grêle. Les attaches en fer se tordent et s'arrachent de la roche, les planches se fendent.

La porte cède d'un coup, éclate en volée de bûches. Trois hommes en cotte de fer, l'épée levée, entrent prudemment, le visage caché derrière la lumière de leur torche. Baptiste ne pense plus à frapper, son bâton tombe au sol et il s'agenouille à son tour :

— Pitié ! Ayez pitié d'un pauvre vieux !

Ils ne font même pas attention à lui, ni à Raoul qui reste dans l'ombre. Seules les femmes les intéressent.

L'un d'eux soulève sa torche et siffle. Il saisit Jeannette par le bras, la jeune fille pousse un cri. Lydia veut la retenir et la serre contre elle.

— Laissez-la tranquille !

Un rire gras lui répond. Un des deux hommes restés en retrait donne un ordre bref. L'autre du bout de l'épée oblige Jeannette et Lydia à avancer dans le souterrain.

Ils arrivent à l'escalier qui conduit à la lumière. De hautes flammes montent au-dessus du bourg en ruine. Une colonne de fumée noire obscurcit le ciel. Des charpentes s'écroulent dans un bruit de tonnerre. La rue est jonchée de cadavres ; des bourgeois sont pendus aux poutres de leur maison et Lydia, en voyant ces visages grimaçants, ces langues bleues énormes, la bosse des sexes durcis dans une dernière érection, pense aux Pastoureaux. Jeannette pleure, les épaules soulevées de gros sanglots, mais sans larmes, elle fixe ses pieds, n'osant croiser le regard vide et terrifiant de ces morts qui baignent dans leur sang. Une forte odeur de cendre âcre, de poussière chaude rend l'air épais, gras et écœurant.

Jeannette s'accroche à sa maîtresse de toutes ses forces, enfonce ses ongles dans le tissu de sa robe et la chair de son bras. Lydia lui caresse les cheveux. Ce petit corps d'oiseau tremblant et chaud, c'est tout ce qui lui reste d'une vie entière. Sa maison flambe ; les écritoires de Patte-Raide ont été jetées par la fenêtre et ne sont plus que morceaux de bois épars ; ses manuscrits ont été brûlés.

— Ça va aller, je suis avec toi !

— Allez, dépêchez-vous ! dit l'homme derrière elle en lui piquant le dos de la pointe de sa lance.

Jeannette ne pense pas. Son esprit est bloqué, incapable de dire une parole devant l'horreur qu'elle découvre. La voilà tout à coup dans ce monde horrible de la guerre qui l'avait épargnée jusque-là. La voilà perdue dans ce qui fut son village. Peut-être vaudrait-il mieux mourir tout de suite, rejoindre Dieu dans son ailleurs de bonheur. Elle a tout à coup envie de se laisser tomber au sol et de ne plus bouger.

L'homme les pousse jusqu'à une brèche dans le mur d'enceinte. Le va-et-vient des chariots des pilleurs n'en finit pas. D'autres femmes sont parquées près de la rivière dans un petit enclos où hier encore les deux porcs du compère Coupelas broutaient tranquillement. Prostrées, elles s'agglutinent en groupes peureux qui surveillent les alentours d'un regard vide. Ces femmes seront vendues aux bordels de Bordeaux ou gardées quelque temps pour le plaisir des soudards. Certaines à genoux dans la boue prient, les mains jointes. D'autres, complètement abasourdies, marchent droit devant elles, levant sur Lydia et Jeannette leurs yeux vides de folles. Toutes se connaissent ; hier encore elles étaient voisines et se rendaient volontiers service ; hier encore, la Fanchette du Tonin et la Mathurine de Jandot se disputaient de porte à porte en se traitant de tous les noms ; aujourd'hui, elles se croisent et s'ignorent ; le malheur les a rendues étrangères en les chassant du quotidien rassurant de la vie, des petites choses de chaque jour. Et elles regardent les chariots emporter le seul tonneau de vin de leur cave, leur saloir ou les deux sacs de blé, soigneusement mis à l'abri pour les prochaines semailles. Elles ne voient pas ces gros rats noirs, hideux, courir en file le long du mur et pénétrer dans les maisons...

Lydia et Jeannette avancent parmi ces silhouettes familières qu'elles ne reconnaissent plus quand un homme s'approche d'elles.

— Toi, viens avec moi.

Un gardien arrache Jeannette des bras de Lydia. La jeune fille pousse des cris, s'agrippe de toutes ses forces à la robe de sa maîtresse. Lydia veut repousser l'assaillant, mais elle n'est pas la plus forte.

— Jeannette ! Je veux rester avec Jeannette !

— Suis-moi et ne fais pas de manières. Ici, c'est moi qui commande.

Il emporte Lydia qui se débat jusqu'à une tente plus grande que les autres et située en retrait de la rivière, dans ce qui fut autrefois une carrière. Les aubépines ont repoussé sur la paroi abrute de la pierre et pendent au-dessus du vide. La fumée des incendies se heurte à un ciel gris et s'étale en larges volutes au-dessus des collines.

Devant la tente se tient un homme grand et massif qui porte la cotte de mailles, et l'épée dont Lydia remarque aussitôt le pommeau en *ovale du nombre d'or*. Son regard fixe a la détermination des hommes de guerre et la résignation de ceux pour qui prier est une obligation quotidienne. Il n'est plus tout jeune, les cheveux de ses tempes grisonnent sous sa cervellière, mais son visage reste ferme et lisse, ses épaules droites et solides. Une balafre traverse en oblique sa joue droite.

— Je savais bien qu'on finirait par te trouver ! dit-il.

Il parcourt Lydia du regard avec un air satisfait et curieux. Ses petits yeux clairs ont la froideur de l'acier. Sa tête est carrée, le menton volontaire. Il a l'immobilité hautaine d'une statue.

— On m'avait dit que tu étais belle, mais je ne croyais pas à ce point que...

Il ne finit pas sa phrase, poursuit sa pensée au fond de lui, comme si les mots pouvaient la déformer, en ternir l'éclat. Il sait à cet instant que le monde vient de s'ouvrir à lui pour le broyer, l'écraser en lui donnant un peu de ce qu'il refuse à tant d'hommes et fait toujours payer au plus gros prix.

— Je ne savais pas..., dit-il encore.

Il porte la main à son épée, touche la garde du bout des doigts, et se tourne vers la colline que l'automne jaunit. Une lumière épaisse coule dans la vallée. Le bruit de la rivière lui semble tout à coup étrange. Une odeur de terre humide, d'herbe écrasée monte jusqu'à ses narines, la première odeur de vie qu'il sent depuis cette attaque surprise. Son esprit vagabonde d'une pensée à l'autre, de son enfance austère, consacrée à l'étude, à une adolescence solitaire...

— Messire Granvet, demande un capitaine, que faisons-nous de la femme ?

Jacques Granvet continue de penser, le regard perdu dans ce fouillis de chênes rabougris, de châtaigniers sauvages qui poussent sur la pente rocheuse. La présence de Lydia transforme la perception du paysage et de chaque chose. Voilà qu'il en oublie son état, qu'il pense à braver l'interdit, comme s'il n'avait rêvé que de ça depuis son premier jour. Dans ses yeux clairs se reflètent les ors des feuilles. Son nez assez fort, ses lèvres fines marquent sa détermination mais aussi sa délicatesse. La barbe n'a pas repoussé sur l'ancienne blessure de sa joue droite qui fait une traînée claire.

— Emmenez-la chez moi et que personne n'y touche ! Compris ?

Lui part devant, au hasard de ce sentier entre les grandes herbes sèches. Il arrive à la rivière, des étoiles dansent sur le courant. Une cascade invisible chante comme un air lointain que Granvet a appris dans son enfance et dont il ne se souvient que du plaisir éprouvé à l'entendre. À quarante ans passés, il ne sait de la vie que la contrainte quotidienne des prières imposées, l'art des armes qui l'a tant passionné, et le vide qui s'est creusé dans son âme au fil du temps. La pente est devant lui, glissante, une pente qui l'emporte vers la déchéance, le désuet. Que lui a-t-il pris ? Pourquoi en cet instant, cette femme occupe-t-elle toutes ses pensées, illumine son esprit ? Comme lui, Lydia se trouve dans cet âge qui reprend ce que la maturité a donné, et pourtant, sa peau appelle encore la caresse, son corps qui a conservé des proportions de la jeunesse est fait pour le plaisir interdit, une jouissance diabolique à laquelle aucun homme ne résiste, même au prix de l'enfer. Dieu l'épargne encore, lui évite de contempler son cheminement contraint vers la déchéance, la fragilité, la dépendance.

— Jusque-là, j'ignorais tout du monde ! dit Granvet sans quitter des yeux la masse sombre de la rivière.

Le voilà comme un fugitif au pied d'un mur trop haut pour l'escalader. Lydia a la beauté d'une mère universelle, idéale, et en même temps d'une femme désirée, en laquelle tout homme a envie de se dissoudre pour former l'être parfait devenu l'égal de Dieu. Jacques Granvet éprouve une immense tristesse, comme l'envie de pleurer.

— À coup sûr, c'est une sorcière.

Il frissonne. La fraîcheur tombe sur la berge, un peu de brume, claire dans la nuit, flotte au-dessus de la prairie. Il pense à son enfance, tout en dureté, en coups de pied au cul. Son père commerçait avec l'Anglais à Bordeaux, vins de Cahors, épices, étoffes d'Espagne, soies d'Orient... Très vite le jeune homme comprit qu'il n'était pas fait pour ce métier. La mort de sa mère alors qu'il n'avait que douze ans le mit en face de la réalité de ce monde, la fragilité de chaque instant, la futilité de ce qui peut paraître essentiel : il décida de donner à sa vie un sens profond, fait d'action pour modifier le monde sensible, de prière pour accéder jusqu'à Dieu. Et ce soir, il se demande si cette austérité n'a pas été le mur qui l'a coupé de la réalité. Tout à coup, il a peur et tremble.

— Enfermez-la dans la pièce voisine et servez-lui à dîner !

Il retourne à sa tente. Des loups hurlent dans le bois au-dessus du village saccagé. Quand les hommes d'armes seront partis, demain, peut-être cette nuit quand ils dormiront, les pilleurs de cadavres viendront faire une orgie de chair humaine qu'ils préfèrent à toutes les autres. Et ils danseront sous la lune, remercieront les forces sataniques de leur offrir autant de ruines où ils prospèrent.

L'homme qui arrive par la route de Brive marche lourdement. Petit, mais épais, il s'appuie sur un bâton de noisetier. Son épaisse robe de bure pèse sur ses épaules. Il roule autour de lui des yeux blancs apeurés. Sa tonsure, ses pieds nus indiquent qu'il est un moine mendiant même si sa figure est large.

En voyant les flammes qui montent encore au-dessus des ruines, il tombe à genoux :

— Mon Dieu, vous m'avez fait arriver trop tard ! Mon frère Jean avait donc raison. Je ne me suis pas suffisamment hâté. Ils ont pris Malemort et sûrement capturé Patte-Raide.

Il regrette amèrement la semaine passée dans une maison bourgeoise de Cahors à distraire le maître de ses tours de cartes et à manger des mets succulents.

— Je m'en confesserai...

Il joint les mains, implore un instant le pardon divin quand le bruit d'une patrouille le fait sursauter.

— Je suis frère Bernard, un pauvre moine mendiant ! dit-il en se dirigeant vers les hommes en armes.

— Va ton chemin ! dit l'un d'eux et prie pour nous.

Mais par là tu ne trouveras personne pour t'offrir le gîte et le couvert !

— Eh bien, je dormirai dans un arbre creux ! dit humblement frère Bernard qui ne peut s'empêcher de penser au bon lit en duvet d'oie du bourgeois de Cahors...

L'énorme donjon quadrilobé du château royal d'Étampes domine majestueusement les collines voisines, la riche plaine de la Beauce jusqu'à Chartres et Orléans, l'immense forêt de Fontainebleau qui pousse un tentacule jusque-là. Une place forte jamais prise depuis sa construction commencée après l'an mille. Trois cents hommes d'armes la gardent jour et nuit, car l'endroit est stratégique. Position avancée des défenses de Paris, elle surveille les routes du sud et de l'ouest.

Il fait doux en ce mois d'octobre 1346. Les laboureurs s'activent dans la plaine, les vignerons se penchent sur les rangs de ceps. Sur les collines de sable où poussent le genévrier et une herbe sèche paissent les troupeaux de moutons et de chèvres. Ici, la terre n'est pas avare de ses bienfaits : froment, vin, viande, tout abonde.

Le capitaine Louis de Borincourt ripaille en compagnie de ses amis. Un si bel homme avec son visage parfait qu'il fait raser tous les matins, ses yeux d'un bleu profond, ses cheveux noirs, luisants et bouclés avec grâce ! Âgé d'une trentaine d'années, il est élégant et coquet ; il porte un surcot noir brodé et une grosse chaîne d'or au cou. Raffiné, il aime être entouré de poètes et de musiciens. En face de lui se tient Dalila, son épouse, petite brune au regard de braise. À côté, le bel André d'Ivry devise sur les malheurs du royaume. Ses larges épaules lui valent les regards envieux des femmes, mais André n'y prête pas attention. Le grand maître de l'ordre du Temple a la détermination de ceux qui ont accès aux secrets des anciens bâtisseurs d'Égypte et la volonté souveraine des maîtres de l'ombre qui influencent les rois et le pape. Il s'adresse à ses compagnons, Raymond de Meaune et Jean de Montlaud.

— Après Crécy, le royaume va rester à genoux pendant des années !

Du bout du doigt, Dalila gratte délicatement son front haut sous son hennin de voiles fins. Elle mange lentement, décomposant chacun de ses gestes, comme pour leur imprimer une perfection féminine qu'elle cherche à incarner dans cette assemblée d'hommes. Ses joues colorées d'un léger fard mettent en valeur un teint parfait. Ses mains fines aux ongles taillés en ovales bougent avec la légèreté des plumes. Tant d'hommes célèbrent la beauté, l'intelligence, le savoir de cette femme et envient le chevalier de Borincourt.

Des valets de bouche s'affairent autour de la table, remplissent les hanaps, apportent les plats de venaison, d'autres s'occupent du feu qui flambe car il fait toujours froid dans cette forteresse où les pièces les mieux exposées conservent une humidité de cave.

Un gardien vient annoncer à André qu'un coursier en cotte de mailles et chapeau de fer demande à lui parler. André retient un mouvement d'humeur.

— Que me veut-il encore ?

— Je ne sais, monseigneur.

— Fais-le entrer.

L'homme, épuisé, marche les jambes raides, le cheval l'ayant blessé aux cuisses. Son visage est creusé de profonds cernes noirs. André demande :

— D'où viens-tu ainsi mal en point ?

— De fort loin, monseigneur, pour annoncer à monseigneur d'Ivry que les Anglais ont eu raison de la petite ville de Malemort en Bas-Limousin.

André d'Ivry regarde Raymond de Meaune qui sourit et Jean de Montlaud qui reste sérieux.

— Que me racontes-tu là ? C'est une très bonne nouvelle ! Holà, qu'on donne à boire et à manger à ce coursier.

— Monseigneur, on m'a chargé de vous dire que Patte-Raide a été capturé et qu'il sera ici dans quelques jours.

— Tout cela est fort bon ! dit André d'Ivry.

Jean de Montlaud baisse les yeux. Sa main droite, cachée par la nappe, se crispe sur son épée.

Le dîner se poursuit, personne ne reparle de la capture de Patte-Raide ; un montreur d'ours amuse beaucoup André en faisant danser son animal au son d'une vielle. Enfin, vers minuit, tandis que l'on corne la relève des gardes, les chevaliers partent se coucher en bavardant.

Dalila remonte dans son appartement qui depuis deux ans ne se trouve plus à côté de celui de son époux. C'est elle qui a demandé à déménager. Elle s'est retirée dans une aile du château où personne ne vient l'importuner. Elle vit dans une pièce froide, sans tentures aux murs, sans voiles sur le lit, avec seulement sa dame de compagnie et deux servantes. Dame Irénée est sa marraine et son amie. Veuve du chevalier de Haraque, Irénée a quitté son fief du Périgord pour s'installer ici avec sa filleule. Les deux femmes s'entendent à merveille, même si vingt années les séparent.

Irénée a les cheveux blancs, d'une blancheur céleste, plus légère que la neige, ce qui augmente l'attrait de son visage ; à cinquante ans, malgré ses rides, elle a gardé une beauté qui retient le regard.

Les deux femmes dorment dans le même lit, unissent leurs détresses, l'une sans rémission, l'autre qui ne veut pas s'avouer vaincue.

— Encore une journée ! Une de plus dans ce dénuement total ! Ma pauvre Irénée, commence Dalila, nous ne valons pas cher l'une et l'autre pour le maître des lieux. Dieu n'entend pas mes prières : mon époux continue de déserter ma couche !

Dalila est en effet bien seule. Ses cheveux défaits tombent sur ses épaules couvertes d'une chemise blanche. Par quel sortilège, quel travers sa beauté laisse insensible le beau chevalier de Borincourt ? Voilà deux années qu'ils sont mariés, deux années qu'il la délaisse. Louis a passé la première nuit auprès d'elle, tassé à l'autre bout du lit, frissonnant chaque fois qu'il effleurait le corps chaud de son épouse. La seule vue de la peau nue de Dalila lui arrache un haut-le-cœur. Au début, la jeune femme a voulu parler avec lui, essayer de comprendre, mais il a fui ses questions. Elle a alors pensé qu'il était envoûté et a dépensé beaucoup d'or en philtres et remèdes divers, pour rien. Désormais, il ne lui reste que ses prières.

— Mon sacrifice appartient à Dieu ! dit-elle à Irénée. Je ne suis qu'une pauvresse à qui on a tout pris. Je dois contraindre mon corps à cette solitude forcée. Je dois, à coups de prières, oublier les regards des hommes qui me désirent et ne me laissent pas insensible...

— La vie est longue ! dit Irénée. Si pour moi elle ne risque pas de changer, pour toi, tout reste possible. Tu n'as que vingt-deux ans !

Dalila a un mouvement d'humeur. Ses mains s'envolent, ses doigts s'écartent comme pour saisir une proie invisible.

— Vingt-deux ans, l'âge qu'avait la reine Clémence à la mort de Louis le dixième et qui vit en blanc depuis. Elle, au moins, a eu un enfant, moi je n'aurai rien, pas d'enfant, un mari si distant que j'ai parfois envie de me donner au premier valet qui passe.

— T'en fais pas ! reprend Irénée. L'amour frappe aux portes quand on ne l'attend pas.

— La mort aussi ! Maintenant, laisse-moi prier ! dit Dalila en s'agenouillant sur la peau de mouton au pied du lit.

Tout à coup, un minuscule bruit aigu monte de l'ombre entre le coffre et le mur, un curieux cri d'animal. Dalila regarde Irénée, puis se tourne et voit deux petits yeux ronds qui la fixent.

— Le diable ?

Dalila soulève sa lampe à huile qui éclaire faiblement et voit alors un énorme rat noir, monstrueux. Elle pousse un cri.

— Mon Dieu ! Quelle horreur !

Irénée recule devant l'animal qui n'est point effrayé. La porte de la chambre s'ouvre et Louis de Borincourt entre précipitamment.

— Que se passe-t-il ?

— Le diable ! fait Dalila en approchant sa lampe du rat qui n'a pas fui.

Surpris, Louis a aussi un geste de recul. Alors, il dégaine son épée et veut frapper l'animal qui évite le coup et va se cacher derrière le coffre.

— Sale bête ! crie Louis en déplaçant le meuble, mais le rat a disparu.

Le capitaine se tourne enfin vers sa femme qui s'étonne.

— Ne me dites pas que vous veniez me rendre visite à cette heure ! Ce n'est pas dans vos habitudes de visiter votre épouse dans sa chambre.

— Je visite qui je veux, madame, mais laissons cela ! Je suis venu vous annoncer que vous quittez ce château. Je vous somme de préparer vos affaires pour demain à prime.

Alors Dalila se trouble. Ce qu'elle redoutait depuis si longtemps se produit donc. Son mari se débarrasse d'elle. Il veut la faire enfermer dans une fosse froide et humide, peut-être la faire tuer, et elle veut vivre. Alors, se dressant sur le lit, elle fait face.

— Qu'est-ce que cela signifie ? Ma présence est-elle un si grand affront ? Je quitte ce château pour quelle destination ? Vous avez tué mon frère pour vous emparer de ses biens ! Et cela ne vous suffit pas ?

Le chevalier de Borincourt détourne la tête. Il ne peut soutenir le regard de cette femme. Par un curieux tourment de l'esprit il ne sait être homme qu'avec les hommes.

— Vous aurez bonne escorte ! dit-il en tournant les talons. N'oubliez pas, à prime.

— Quand cesserez-vous d'être un pantin ? Quand deviendrez-vous un véritable chevalier ?

Elle a crié si fort que les archers de la tour, les guetteurs sur chaque partie du donjon ont entendu sa détresse.

Louis ne répond pas et s'éloigne de ce pas qui n'appartient qu'à lui, une certaine fermeté qui ne réussit pas à s'affirmer complètement. Dalila revient vers le lit, se laisse tomber la figure contre la couverture de laine. Irénée lui prend la main. Après quelques sanglots, Dalila dresse la tête. Ses yeux rouges n'ont plus de larmes. Elle pousse ses abondants cheveux noirs sur son dos dénudé.

— Il veut ma mort et je n'ai pas envie de lui offrir ce plaisir ! dit-elle décidée.

Le lendemain, à prime, un sergent vêtu de fer vient frapper à leur porte.

— C'est l'heure ! dit-il.

— Où nous emmenez-vous ?

Il ne répond pas. Deux valets emportent le coffre où sont rangés les vêtements des deux femmes. Dans la cour, un chariot couvert les attend. Dalila et Irénée y prennent place et l'attelage escorté de cavaliers s'éloigne sur la route mal empierrée. Le soir, à la tombée de la nuit, les deux prisonnières aperçoivent la silhouette sombre de la tour de Blanpain en bordure de la Marne. Construite en une pierre noire, cette tour servit autrefois à défendre la ville de Meaux des incursions des Normands, puis au début du siècle des routiers qui poussaient leurs expéditions jusqu'aux portes de Paris. Désormais, c'est une prison, propriété de l'archevêque de Sens qui en a confié l'administration à son jeune frère, Bertrand de Molligny, seigneur de Meaux et autres lieux. L'édifice est sinistre, avec ses lourdes murailles rongées d'une lèpre de mousses verdâtres, ses minuscules ouvertures. Située sur une hauteur qui domine la rivière, elle est exposée à tous les vents, surtout celui du nord et on y grelotte même en été.

Durant cet hiver 1346, le froid n'est pas très rigoureux, mais les prisonniers que Bertrand de Molligny y oublie cherchent les coins abrités pour se protéger des courants d'air glacés. Le feu n'est allumé que pour les pensionnaires de qualité. Dès son arrivée, Irénée a fait un tel vacarme, menaçant le gardien d'alerter le roi en personne, qu'il a préféré prendre sur lui l'achat de quelques fagots...

Les jours passent, identiques. Dalila et Irénée

habitent le premier étage, un lieu sombre où l'on a placé un lit, une table, des chaises et un coffre pour le linge. Irénée a pu soustraire à la convoitise de Louis de Borincourt une bourse de pièces d'or qui lui permet d'améliorer l'ordinaire.

Dalila reste des heures assise sur ce qui leur sert de lit et où elles dorment toutes les deux, sous la même couverture, pressées l'une contre l'autre pour se réchauffer. L'or d'Irénée leur permet d'avoir de l'eau, des cendres pour se laver les dents et du savon pour le corps et les cheveux.

Dalila regarde, par l'ouverture minuscule, le jour gris. Sortir d'ici, pour quoi faire ? Pour aller où ?

— Nous partirons en Périgord ! poursuit Irénée qui a compris ses pensées. Là-bas, les hommes sont aussi vigoureux qu'ici.

Dalila rêve d'un jeune chevalier au corps ferme pour se blottir contre lui, pour l'aimer comme les hommes et les femmes s'aiment depuis toujours et échapper à ce simulacre de mariage qui l'a unie à Louis de Borincourt.

— Ce n'est pas chrétien, dit-elle, que de rêver d'un autre homme que mon époux, mais...

Un pas lourd les avertit d'une visite, la première depuis leur arrivée à l'exception du soldat qui leur apporte à manger. Un moine essoufflé entre dans leur chambre dont le gardien ne prend pas la peine de fermer la porte à clef.

— Je suis frère Bernard, d'un ordre mendiant qui visite ainsi tous les établissements de la ville, commente les Évangiles avec les uns et les autres pour un morceau de pain sec.

Dalila parcourt des yeux l'épaisse silhouette du moine et a envie de rire.

— C'est vrai, dit-il, les gens sont généreux avec moi.

Frère Bernard pratique des tours d'illusion, fait disparaître des objets, sort des colombes d'un chapeau... De l'hôpital aux prisons, dans les maisons pauvres comme les maisons nobles, son visage large et poupin, ses joues tombantes, ses yeux de chien battu assurent son succès. On le dit un peu simplet, mais sa bonté, son dévouement lui valent l'amitié de tous. Il porte son index sur ses lèvres gourmandes et dit à voix basse :

— Je suis là pour vous aider !

Il mesure à peine cinq pieds de haut. Jovial, il ne cesse de bouger, de se déplacer et de faire du vent avec sa grosse robe de tissu épais et râpeux. Il pousse sa cuculle, gratte du bout des doigts sa tonsure piquée de poils blancs et durs.

— Ce lieu est tellement sinistre ! Comment peut-on y retenir d'aussi grandes beautés ? dit-il en souriant. Vous êtes les soleils de cette maudite tour...

— Des soleils que l'on tient en prison sans raison...

— Dieu seul décide ce qui est juste ou ne l'est pas. Il jugera les hommes...

— Non, frère Bernard, poursuit Dalila en s'animant. Savez-vous dans l'antre de qui nous sommes ?

Il prend un air étonné et dit sur le ton de la confidence :

— Oui, je le sais. Laissez-moi vous raconter une histoire. Je suis de petite noblesse, les Montlaud, qui avaient un fief à côté de Vincennes. Nous étions encore des enfantelets, mon frère Jean et moi, quand les templiers ont tué notre père. Nous avons échappé à la mort par miracle...

Son regard s'est allumé d'une lueur froide. Ses joues en sont moins rondes et son visage plus volontaire.

— Ils ont tué votre père, mais pourquoi ?

— Ce sont des hérétiques que Dieu commande de combattre. Ils ont tué notre père qui avait contracté une dette envers leur banque pour se rendre à l'ost du roi de France qu'ils haïssent ! Que le diable les emporte !

— Ainsi, nous avons les mêmes ennemis ! dit Dalila, le regard dur.

— Taisez-vous. Ici, les murs ont des oreilles ! Vous devez tout me dire. Avez-vous entendu parler d'un certain Patte-Raide ?

— La veille de notre arrivée ici, un coursier est venu pendant le dîner ; il a dit que la ville de Malemort en Bas-Limousin avait été prise et que Patte-Raide arriverait au fort d'Étampes dans quelques jours. André d'Ivry a dit : « C'est une fort bonne nouvelle ! » Malemort, Patte-Raide, ce sont des noms que l'on retient facilement !

— Ont-ils parlé de Lydia, la femme de Patte-Raide ?

— Non, personne n'a prononcé ce nom. Je ne l'aurais pas oublié.

— Dans ce cas, fait Bernard en se dressant sur ses petites jambes, il n'y a pas une minute à perdre, il faut avertir le roi !

Guillaume de Capestang rentre à Paris auprès du roi qui lui témoigne une confiance spontanée. La haute stature du baron, son regard mélancolique, sa voix ferme, tout dénote en lui un aspect tragique qui rassure le souverain dans sa médiocrité.

— Capestang, je songe sérieusement à vous confier une charge importante. J'ai compris combien les honneurs en ce monde vous sont futiles. J'ai besoin d'un homme comme vous pour vaincre mes ennemis !

— De qui voulez-vous parler, sire ?

— Des Anglais, messire, des Anglais et des templiers !

Philippe VI a, comme son père Charles de Valois, le goût des tenues chatoyantes, la facilité à dépenser abondamment, mais la magnificence lui manque. Charles savait être royal et enrobait son esprit creux d'une dignité, une grandeur qui en imposaient. Ce fils et frère de roi, candidat à toutes les couronnes vacantes, savait donner du panache à ses actes les plus insignifiants, il rendait glorieuses ses défaites, et si Philippe VI en a le physique avantageux, les rondeurs qui rassurent, il ne reste qu'une pâle copie de son père.

Après le cuisant échec qu'il vient de subir, il éprouve le besoin de sentir près de lui une présence forte et fidèle, quelqu'un qui ne pense pas à tirer bénéfices de sa position.

— Je comprends que vous ayez hâte de régler la libération de votre fils, Capestang, mais la chose peut se faire de Paris.

— Sire, je ne suis qu'un petit baron du lointain Languedoc et ne puis vous être d'un grand secours dans une œuvre aussi vaste !

Le roi et sa suite sont arrivés à Paris à la mi-septembre. Guillaume de Capestang loue une maison à quelques pas du Louvre que le roi préfère au Palais-Royal. Il envoie un coursier chercher à Capestang certains de ses vieux serviteurs qu'il aime avoir près de lui, car son séjour à Paris risque de durer. Il s'ennuie ; il s'était fait une joie de passer par le Limousin en retournant à Capestang, de séjourner près de Malemort. Respirer l'air de Lydia lui aurait permis de mieux supporter l'absence de Jean qui pèse en lui comme une chape de plomb. Le jeune prisonnier lui a écrit :

Mon père, je vous assure que je suis fort bien traité en ce château gris et triste. Tout ce qui me manque c'est vous et le soleil de Capestang, la chaleur. Ici, il pleut tout le temps et nous grelottons.

Chaque matin, le roi le convie à son conseil. Sont présents le dauphin Jean et quelques grands barons familiers du roi. La question est toujours la même : où trouver l'or nécessaire pour aller secourir Calais assiégée depuis l'été ? Ce matin d'octobre, un portier annonce au roi :

— Sire, voilà plusieurs jours qu'un moine demande à être reçu par Votre Altesse.

— Un moine ? demande Philippe VI. Que veut-il ?

— Un moine mendiant. Il vient de Meaux et ne veut

parler qu'à vous. Nous l'avons éconduit plusieurs fois, mais il insiste.

— Bon, je vais le recevoir, on ne sait jamais quelle voix utilise Dieu pour vous montrer le chemin.

Jean de Normandie s'indigne de tant de faiblesse.

— Mon père, voilà que vous ouvrez votre porte à quiconque ? Un moinillon venu d'on ne sait où !

Il a un mouvement dédaigneux de la tête. Il se force à contrarier la nature qui lui a fait le dos rond et marche en se dressant pour avoir une attitude plus digne, plus royale, mais ne fait qu'accentuer la raideur de sa silhouette.

— Qu'on le fasse entrer ! dit le roi qui a toujours aimé contrarier son fils, surtout en public.

Les hommes en armes encadrent un petit moine au crâne plat, comme usé par les tonsures répétées, qui jette autour de lui des regards apeurés. Il arrive devant le roi et se met à genoux.

— Sire, ce dont j'ai à vous entretenir est d'une importance capitale.

— Lève-toi. Que me veux-tu ? demande rudement le roi.

Le moine roule ses gros yeux des uns aux autres, s'arrête sur le surcot en velours d'un vert éclatant du dauphin.

— Je ne veux parler qu'à vous et à vous seul !

Agacé, le roi fait un signe. Les autres se retirent et ferment la porte. Alors l'homme, d'une voix à peine audible tant il redoute qu'on l'entende, dit :

— Sire, je viens vous apporter une nouvelle terrible. Je suis frère Bernard, d'un ordre mendiant.

— Ça ne te réussit pas mal. Pour quelqu'un qui quête son pain, te voilà bien gras !

Bernard ne prend pas garde à cette remarque. Sa voix baisse encore d'un ton.

— Sire, les templiers ont toujours la haine du royaume qu'ils veulent mettre à genoux ! Ils vous haïssent aussi et n'ont qu'un but : vous abattre et livrer le royaume au roi d'Angleterre.

— Crois-tu que je ne le sache point ?

— Sire, souvenez-vous, lors de cet étrange embrasement de la jeunesse en 1318, ces fameux Pastoureaux, sous le roi Philippe V que Dieu ait en sainte garde...

— J'étais au Louvre avec mon père et mon cousin le roi, quand ces jeunes vachers par milliers sont arrivés. Ils ont dévasté plusieurs villes avant de se faire tuer par le comte de Foix. Tu vois que ma mémoire est fidèle.

— Oui, sire, les Pastoureaux étaient manipulés par les templiers. Ils ont ramassé un énorme butin volé aux Juifs, plusieurs tonneaux d'or. Une seule personne au monde sait où est caché ce trésor. C'est Patte-Raide qui fut leur chef et qui vivait à Malemort en Bas-Limousin. Les templiers l'ont capturé et veulent lui faire avouer l'emplacement... Avec cet or, ils peuvent dominer la Chrétienté. Sire, il faut arrêter tous les templiers, comme le fit le roi Philippe le Bel !

Le moine baisse la tête et se signe. Il jette de brefs regards à la porte fermée, comme s'il redoutait que quelqu'un écoute ses propos.

— Il faut rétablir l'Inquisition !

— Que me dis-tu là ?

— Il faut les arrêter tous.

Le roi soupire. Il sait que le moine a raison, mais comment être le plus fort face à cette organisation si secrète dont les espions voient tout, et savent tout ? Il n'a ni la volonté ni les moyens de son oncle, Philippe le Bel.

— Sire, l'avenir du royaume est en jeu.

Le roi se lève de son faudesteuil, fait quelques pas. Sans ses conseillers, sans sa garde et ses hommes qui l'escortent tout le temps, il se sent comme nu, incapable d'avoir une idée à lui.

Frère Bernard ajoute :

— Leur grand maître est André d'Ivry qui reste en votre château d'Étampes. C'est le pire de tous ! Un loup, sire qui ne rêve que de destruction et de mort !

Philippe VI fait comme s'il n'avait pas entendu, ce qui est un aveu de sa faiblesse. Il claque dans les mains, la porte s'ouvre. Les hommes d'armes emmènent le moine qui voudrait encore parler et tourne ses gros yeux blancs dans tous les sens.

Le roi va de nouveau vers la croisée et dit :

— Ces porteurs de grandes nouvelles, ces sauveurs du royaume, j'en vois tous les jours, et qu'en reste-t-il ?

Il se tait un moment, regarde dans la cour le moine qui s'éloigne et se retourne une dernière fois. Le roi revient sur ses pas.

— Dites-moi, Capestang, vous fûtes de ceux qui combattirent ces groupes de jeunes vachers partis dans les chemins et qui ruinaient villes et villages. On les appelait les Pastoureaux ! Vous fûtes avec le comte de Foix qui les combattit...

Le roi n'a pas oublié la confidence de Guillaume dans le vieux manoir de Picardie.

— J'en fus, sire...

Le visage de Guillaume s'est assombri. La pensée de Lydia le mord au plus sensible de son être.

— Vous souvenez-vous comment les choses se passèrent ?

— Comment pourrais-je l'oublier, sire ?

— Je vous attends tout à l'heure dans mon petit cabinet.

Le conseil se déroule comme chaque jour autour d'une question essentielle : comment obtenir la levée d'un nouvel impôt pour reformer l'armée et aller secourir Calais ? Les bourgeois de Paris se rebellent. Les États de langue d'oil sont bien conscients qu'ils doivent accepter une nouvelle contribution, mais pas n'importe comment. Ils sont d'accord sur le principe d'un impôt permettant de payer et de subvenir aux besoins d'un homme d'armes pour cent feux, mais ils demandent d'être plus étroitement liés aux opérations de recrutement. Les États de langue d'oc sont du même avis : tous souhaitent contrôler l'utilisation de leur argent.

— Sire, vous ne pouvez accepter cette mise en tutelle ! dit le dauphin. C'est la fonction royale qui est en cause !

Pour une fois, le père et le fils partagent la même opinion. Enfin, après une matinée de délibérations qui n'apportent rien de nouveau, le roi accueille Guillaume de Capestang avec cette majesté appuyée, cette hauteur lourde qu'il voudrait royale et qui manque de naturel. Il demande qu'on ferme la porte du petit cabinet et qu'on les laisse seuls.

— Je vous ai fait venir, Capestang, parce que l'histoire que m'a racontée ce moine vous touche personnellement et touche aussi le royaume. Elle concerne Patte-Raide.

Guillaume sent comme une lame lui traverser la poitrine. Ce Patte-Raide tant haï le poursuit donc partout, même à la cour du roi de France. Combien de fois a-t-il rêvé d'aller le passer au fil de l'épée, de le provoquer en duel ! Mais il a toujours renoncé : tuer Patte-Raide serait s'attirer la haine de Lydia. Il repense à ce soir de juin plein d'un soleil et d'une lumière qui n'existent plus, ce soir d'été quand Lydia l'avait quitté... Et puis, il y eut Jean quelques années plus tard, Jean pour le sauver de l'enfer, Jean, désormais prisonnier en Angleterre...

— Je vais ajouter deux cents cavaliers avec leur piétaille à votre suite. Vous allez partir en Bas-Limousin pour aider les chevaliers locaux qui me sont fidèles à chasser les Anglais et les routiers qui mettent le pays à sac... Vous aurez pour mission de retrouver ce Patte-Raide...

Les préparatifs durent plusieurs jours pendant lesquels les chevaux sont ferrés, harnachés, les chariots de fourrage chargés et les roues vérifiées. Enfin, l'armée de Capestang, bannière aux fleurs de lys en tête, s'éloigne des portes de Paris. L'automne est là. Il pleut une petite pluie fine et froide. Du ciel gris tombe une lumière sans relief. Le long convoi croise des huttes de paysans, des villages gris. Les vilains s'activent aux labours d'automne, certains avec une vache, d'autres un âne. Dans les grands domaines, les journaliers bêchent en rangs.

Guillaume chevauche en tête avec ses hérauts. La nuit dernière, il a rêvé que Lydia l'appelait au secours avec une telle vérité qu'il est resté un long moment à se demander s'il ne l'avait pas vue réellement. À mesure qu'il se dirige vers le sud, des bouffées d'espoir montent en lui, comme si sa jeunesse revenait, et il se sent la force de repousser les Anglais jusqu'à Bordeaux. Comme au premier jour où son regard a croisé celui de Lydia, un pressentiment lui indique que ce chemin boueux le conduit vers un autre destin. Il croyait sa vie finie, voilà qu'elle recommence !

Tout est gris ; le brouillard englue la campagne. Le froid humide s'infiltre partout jusqu'au cœur de cette haute tour du château de Chiefield. Jean de Capestang s'ennuie. Il reste des heures immobile à la meurtrière, regardant les corbeaux s'approcher des hautes murailles et disparaître dans la grisaille. La campagne en dessous est cachée par cette blancheur épaisse. Seuls quelques bruits la traversent, arrivent jusqu'au prisonnier dépossédés de leur sens, bribes de paroles qu'il ne comprend pas. Le soleil de Capestang, la bonne chaleur de son fief lui manquent.

Au début de sa captivité, le jeune homme comptait les jours, comme tous les prisonniers qui espèrent partir très vite, il conservait la date, mais, avec le temps, ce brouillard qui se dresse comme un mur, il n'a plus envie de rien. Que fait son père ? Pourquoi n'a-t-il pas trouvé l'argent nécessaire à sa libération chez un usurier juif ? Jean attend. La lettre que lui a passée son geôlier, l'automne dernier, est glissée sous sa chemise, entre sa peau et le tissu :

Mon cher fils, tout va bien. Le roi me retient à la cour et m'envoie en mission sur les bords de l'Aquitaine. J'ai dépêché deux hommes de confiance à Capestang pour trouver la somme de ta rançon. Tu seras de retour avant l'été prochain. Je me languis de ton absence.

L'hiver est revenu et chaque jour qui passe reste vide, sans la moindre nouvelle. Jean se dit que la somme a été volée et qu'il va rester ici toute sa vie.

Il n'est pas mal traité ! Son geôlier a ordre du comte de Chiefield de le garder en vie et en bonne santé, de lui donner à manger à sa faim, et de lui apporter du bois pour son feu, selon les règles de la chevalerie. Il dispose à sa convenance de cette pièce à l'étage où il dort, et du rez-de-chaussée où il peut s'entraîner aux armes. Deux fois par semaine, sous bonne garde, il peut monter à cheval. Pourtant, l'ennuie le ronge. Il ne peut communiquer avec son geôlier et ses accompagnateurs qui parlent le langage vulgaire du peuple anglais. Seul son barbier qui vient le raser une fois par semaine connaît un peu de langue d'oïl, mais il n'est pas bavard.

Quel jour est-il ? Lundi, ou dimanche ? Pourquoi les cloches de la collégiale sonnent-elles à cette heure ? Est-ce la vesprée ou l'angélus ? Maudit brouillard qui cache la cour où le prisonnier ne discerne que des ombres, de vagues silhouettes.

Des pas de chevaux arrivent jusqu'à lui. C'est un événement si rare qu'il court à la fenêtre, le cœur battant. Peut-être vient-on le chercher ! Non, une litière est arrêtée dans la cour, mais il n'en voit que la masse sombre. Et là, tandis que le comte de Chiefield dit quelque chose, un rire de jeune fille éclate dans la grisaille, un rire merveilleux de gaieté, puis se répète encore avant de s'éteindre, mais il fleurit dans l'esprit de Jean, comme un bouquet de printemps.

Le silence retombe. On a emmené les chevaux et la litière. La jeune fille a dû entrer se chauffer, mais son rire illumine encore l'esprit du jeune homme avec toutes ses couleurs et sa jeunesse. Le prisonnier imagine alors une jeune fille blonde bien faite de sa personne, avec un beau visage clair. Elle a son âge et se languit seule dans son immense demeure. Elle rêve sûrement d'un jeune chevalier venu du pays du soleil et qu'on retient injustement prisonnier dans une tour froide près de Londres...

Par petites étapes, les chevaliers du Bas-Limousin regagnent les collines que baigne la Corrèze. Le comte de Tulle, Gérald de Masvallier, a échappé aux flèches de Crécy et se hâte. Massif, gigantesque, il semble invincible. Son abondante chevelure noire, sa barbe qu'il ne coupe pas, ses petits yeux noirs brillant sous d'épais sourcils qui se rejoignent lui font une tête d'ours. Pesant près de trois cents livres, Gérald monte un énorme cheval qui peine à le porter. Il parle fort et sans gêne. La guerre l'amuse ; il aime les batailles rangées, les corps-à-corps où sa force lui donne toujours le dessus, les bons coups d'épée et de masse d'arme, pas cette guerre à distance où les lourds chevaliers essuient les traits d'archers cachés derrière une haie, ou se font renverser par des coutiliers qui se faufilent entre les pattes des chevaux. Dans cette guerre-là, son poids, sa puissance deviennent des inconvénients.

À mesure qu'il approche de Tulle, il découvre combien le pays a souffert de son absence. Champs de blé brûlés, hameaux entièrement détruits, fermes abandonnées, la désolation est partout. Sur les chemins, il croise des groupes d'hommes et de femmes en haillons qui marchent de ruine en ruine en cherchant de quoi manger.

— Ah, enfin ! s'écrie un vieillard dont la chemise est déchirée à l'épaule droite et qui grelotte dans ses braies. Voilà notre maître pour nous défendre de cette canaille !

L'air est presque doux, l'hiver n'a pas encore figé la campagne boueuse. Des nuages pressés sautent d'une colline à l'autre, poussés par un vent irrégulier.

— Dunois a fait bonne garde ! dit Gérald. L'ennemi a respecté notre ville.

Ce n'est pas le cas des faubourgs et des fermes hors des fortifications. Les maisons ont été incendiées, les potagers retournent aux orties, les champs aux ronces. Un vieux vilain qui gratte le sol pour y déterrer des racines dont il fait son ordinaire depuis longtemps reconnaît son seigneur, s'agenouille pour remercier Dieu de le lui avoir rendu :

— Enfin ! dit-il. Vous allez chasser ces brigands !

— Ventrebleu ! s'écrie le comte de Tulle, j'en fais le serment. Tu m'entends ! Rentre chez toi, désormais tu pourras y vivre en paix et gare à qui viendra mettre le feu à ton blé !

Des enfants, des femmes édentées en haillons sortent des fourrés et s'agenouillent devant les arrivants. Gérald met pied à terre. Une femme lui prend les mains qu'elle serre contre ses lèvres.

— Dieu soit loué ! Notre maître, vous voilà !

— Que s'est-il passé ?

— Ils ont tout brûlé ! dit cette femme en pleurant. Tout volé, tout détruit. Nous n'avons plus rien. Ils ont renversé nos maisons, ils ont pendu ceux qui voulaient se défendre !

— Que le diable les emporte ! s'écrie Gérald en serrant les dents et en montrant le poing à l'horizon. Ils vont avoir à faire à moi ! Et je peux vous dire qu'ils finiront tous au bout d'une corde !

— Et il y a pire que les Anglais ! Les rats...

— Quoi ? Quels rats ?

— De gros rats noirs qui passent partout, mangent le grain dans les greniers, le pain sur les râteliers...

Gérald remonte à cheval et se hâte dans la côte qui conduit au château où les hérauts cornent son arrivée. Les trompes font un son clair plein de lumière dans la grisaille de ce soir d'automne. Gérald est pressé de retrouver Hélène Dumonteil dont l'envie monte en lui, chauffe son ventre. Depuis une année entière, il n'a calmé son corps qu'avec des ribaudes, et son cœur s'emballe à la pensée de sa maîtresse dont il aime les ardeurs. La beauté d'Hélène est célèbre dans la comté. Les chanteurs de rue vantent ses grands cheveux aussi noirs que la nuit, ses yeux de jais, pleins de lumière. Ils chantent surtout les formes de son corps, la souplesse de ses gestes et la vivacité de son esprit. Hélène est la fille d'un marchand enrichi dans le commerce des vins de Bordeaux. Raymond Dumonteil habite un hôtel particulier au bord de la Corrèze, près du prieuré. C'est un homme discret, un peu voûté, que l'on pourrait croire insignifiant. Il parle à voix basse, mais ceux qui le servent savent que ses ordres doivent être exécutés avec promptitude. Hélène a grandi dans l'opulence avec des rêves plein la tête. Elle n'avait pas dix-sept ans quand Gérald de Masvallier fit arrêter son père, l'accusant d'être un espion du duc d'Aquitaine, le roi d'Angleterre. Raymond Dumonteil avait été condamné à être pendu quand la jeune Hélène, qui, jusque-là, n'avait fréquenté que le couvent des bénédictines, s'en alla pleurer au château. Ses larmes, mais surtout sa grâce, son corps magnifique touchèrent le comte qui accorda le pardon à Dumonteil. Depuis, le riche commerçant a multiplié par deux le nombre de ses gabarres qui naviguent sur la Dordogne entre Bordeaux et Argentat...

En passant le pont-levis, le comte Gérald pense à cette première rencontre avec sa maîtresse. Hélène pleurant, se traînant à ses pieds, Hélène qu'il eut tout de suite envie de serrer dans ses énormes bras, et qui ne connaissait de la vie que ce qu'elle avait lu dans les livres sacrés du couvent. Elle n'était cependant pas farouche, ce qui n'échappa point à Constance de Gimel, l'épouse du comte qui ne cessait de la rabrouer...

À mesure que son cheval avance entre les serviteurs qui se sont rangés au bord de l'allée pour l'accueillir et manifester leur joie, il doute. Hélène aura-t-elle pu rester une année seule sans le tromper ? Et avec qui ? Dunois, son solide capitaine ? Dunois, comme lui, mesure plus de six pieds de haut et ne craint personne au combat. Pas de risque : Dunois a fait un stupide vœu de chasteté auquel il tient plus que tout et Gérald n'a jamais pu l'emmener dans aucun bordel ou taverne à filles !

— Il faut de tout pour faire un monde, et Dieu a eu la bonne idée de ne pas donner à tous les hommes le même modèle, mais respecter un vœu de chasteté, c'est accepter l'enfer en ce bas monde ! dit-il, poursuivant sa pensée à haute voix.

Il éclate d'un grand rire sonore.

— Au fond, j'aurais mauvaise façon de me plaindre que ce gueux ne touche pas ma mie !

Les trompes n'en finissent pas de répandre sur la ville leur musique d'airain ; les cloches de la cathédrale sonnent à toute volée. Dans les cuisines du château, on se hâte à préparer le banquet. Gérald s'étonne :

— Dunois ? Où est Dunois ?

Il s'étonne aussi, sans le dire, de ne pas voir Hélène Dumonteil parmi ceux qui lui souhaitent la bienvenue. Peut-être est-elle chez son père, chassée par Constance de Gimel. Gérald va envoyer quelqu'un la chercher.

— Mais que fait Dunois ? demande-t-il encore.

— Il était là hier ! dit un sergent. Peut-être s'est-il absenté pour la journée.

Sa mère, dame Iseult, vient le saluer. Gérald la retrouve comme il l'avait laissée. À peine son visage est-il un peu plus ridé. Arrive aussi son épouse qui a quitté sa chambre pour s'incliner devant lui et espère sa visite en sa couche.

— Ma mie, je vous vois avec une bonne mine ! dit-il en regardant autour de lui comme s'il cherchait quelqu'un d'autre. J'en suis bien aise !

Constance rougit de plaisir et baisse la tête. Depuis son mariage, il y a trois ans, Gérald l'a-t-il visitée dix fois ?

— Tout cela est bien ! fait le maître, mais j'ai une faim à manger mon cheval et sa selle !

Il rit fort. Les valets de bouche cornent l'eau, les convives se rassemblent. Hélène Dumonteil arrive enfin. En la voyant, Gérald retient son souffle. Un frisson le parcourt et il baisse la tête, ne pouvant soutenir ce regard de braise. Hélène est vêtue d'une ample robe rouge et noir qui la moule et met en relief les formes de son corps.

Elle s'incline devant le maître qui lui tend son énorme main.

— Ma mie, soyez la bienvenue !

Les cheveux noirs de la jeune femme sont savamment attachés sur l'arrière de son crâne et mis en valeur par un hennin bleu aux voiles roses.

— Me voilà bien aise ! ajoute Gérald. Je me suis langui de vous pendant ces longs mois !

Il accompagne parfois ses allures sans gêne d'une certaine finesse dans sa manière de s'exprimer.

— Vous me ferez grand honneur, madame, en vous asseyant à ma droite !

Son sourire ne manque pas de grâce. Ce colosse capable de renverser un cheval d'une main a aussi appris les manières galantes des chevaliers de langue d'oc. Certes, toujours prêt à donner un coup d'épée, à renverser une bergère derrière une haie, à pendre un Anglais ou quelque routier, il goûte aussi la musique et se laisse séduire par les chansons des troubadours qui s'arrêtent au château.

— Banquetons, mes amis.

C'est alors que le capitaine Dunois arrive, vêtu de guerre. Tout aussi grand et massif que Gérald, il se rase le visage, ce qui ajoute à son regard clair une force froide et incisive. On ne sait pas d'où il vient. Un jour d'automne 1345, quelques mois avant le départ de Gérald à l'ost du roi, il est arrivé à Tulle et a défié le comte en tournoi singulier.

— Je suis le chevalier Robert Dunois, a-t-il dit aux gardes du château. Je viens de Provence et j'ai entendu parler de la force redoutable du comte de Tulle. Aucun homme ne m'a jamais vaincu. Allez donc dire au chevalier Gérald de Masvallier que je le défie en joute.

C'est ainsi que Gérald de Masvallier et Robert Dunois se sont rencontrés l'épée à la main dans la cour du château. Et ils se sont battus une journée entière sans que ni l'un ni l'autre puisse prendre l'avantage. Le soir, épuisés, ils se sont embrassés et juré une amitié fidèle.

Gérald accueille son capitaine avec son habituelle gouaille :

— Ah, te voilà, pendard ! Je te croyais en quelque bordel à mignarder une pucelette ! Que fais-tu avec le bassinet sur la tête et la cotte de fer ?

— Monseigneur, nous avons pourchassé et envoyé en enfer une bande de ribauds qui tourmentaient les vilains de Laguenne et en ont même navré plusieurs.

Justice a été faite comme il se doit, de la manière la plus rapide.

— Ribaud toi-même ! Tu as bien fait !

Tout en parlant, les deux hommes s'observent, recherchent ces petits détails qui montrent que le temps a passé. Hélène Dumonteil lève les yeux vers Dunois et leurs regards se croisent, l'instant d'un éclair, mais cela n'a pas échappé à Gérald qui se dit : « Le gueux, il m'a trompé ! Il a oublié son vœu de chasteté pour servir la belle qui n'a pas pu rester toute une année sans se faire dérouiller ! Je le lui ferai payer. »

La salle à manger est à l'image du comte de Tulle. Une foule de courtisans s'entassent autour de la table, des jongleurs, des musiciens. Les chiens qu'aucun valet n'attache montrent les crocs à qui leur marche sur les pattes. Enfin, le maître s'assoit et tout à coup le silence se fait, ce qui étonne Gérald lui-même.

— Eh bien quoi ? Voilà qu'on se met à bouder ! Ce silence montre la joie que l'on éprouve à me voir céans !

— Il ne s'agit pas de cela, dit Iseult. Il s'agit d'implorer votre grâce.

— Ma grâce ? Que les gueux qui ont commis quelque faute soient punis, comme cela se doit. N'attendez pas.

Sans se démonter, Iseult s'est levée et fait face à son fils. Elle sait que Gérald l'écoute volontiers.

— Un homme que vous connaissez est condamné au bûcher. Nous avons réussi à obtenir de l'évêque de surseoir à son exécution jusqu'à votre retour. Vous êtes là, nous vous demandons tous de le gracier parce que c'est un maître d'armes et un clerc.

— Un maître d'armes ? Vous voulez parler de Richard Bonneville, la meilleure épée que je connaisse !

— Oui, monseigneur, reprend Dunois. Nous vous demandons tous sa grâce.

— Hé quoi, ventrebleu ! Ma clémence pour un ribaud qui a été condamné. Qu'a-t-il fait ?

— Graves hérésies, monseigneur. Refus d'admettre l'existence des anges !

— Ouais... Mais je ne puis me permettre de juger ce qui n'est pas ma responsabilité ! Peut-être est-ce faute grave, alors tu voudrais que j'intervienne...

— C'est pour votre tranquillité, monseigneur. Certains hommes ont le pouvoir de se venger, même après leur mort.

Piqué au vif, Gérald s'écrie :

— Eh bien j'accepte le défi, entendez-vous ! Cet homme n'a que ce qu'il mérite.

Il sourit, ce sourire hautain des Masvallier ; dans son regard brille une lueur froide, une détermination cruelle, le goût de jouer, d'accepter la provocation et de l'affronter.

— D'ailleurs, ce n'est pas moi qui l'ai condamné, c'est l'évêque et ses prélats.

Gérald se met enfin à manger, très vite imité par les autres. Iseult regarde son fils s'empiffrer, engloutir des morceaux de viande qu'il prend dans le plat avec la pointe de son couteau. La sauce coule sur sa barbe et ses doigts qu'il essuie de temps en temps après la nappe. Il vide hanap sur hanap sans pour cela sombrer dans l'ivresse. Et elle pense à son oncle, Barbe-Noire, à qui il ressemble tant. Rien, dans ce géant, ne rappelle son père, le comte Foulque, mort en 1343.

— Mon fils, reprend Iseult, vous seriez bien inspiré de réclamer la clémence du tribunal. Vous avez tous les pouvoirs sur l'évêque qui est un faible et un fat. Et, puisqu'il faut le dire, vous savez à quel point certains ont la reconnaissance haute, mais aussi la haine tenace.

Il fait un mouvement des bras.

— Tout ceci est menteries et moult menaces pour maintenir le monde dans la peur. Moi, je ne recule devant personne, j'ai mon épée et je sais m'en servir.

— Certes ! poursuit Iseult, mais les Anglais, aidés par les templiers, ont pris Malemort, ceci n'est un secret pour personne. Ils ont capturé le fameux Patte-Raide qui enlumina pour vous les chansons de Bernard de Ventadour. Ils ont aussi capturé sa femme. Les chanteurs de rue parlent d'un butin volé aux Juifs et caché quelque part...

— Que voulez-vous que cela me fasse ?

— Cela peut vous faire que demain, s'ils le décident, les Anglais, aidés de ces diaboliques moines, peuvent mettre le siège sous les murs de Tulle !

— Raison de plus pour le faire griller ! Je ne redoute personne !

À cet instant Dunois jette un regard froid à son maître. Hélène Dumonteil pose son hanap qu'elle a effleuré du bout des lèvres et dit :

— Vous me permettrez d'être de l'avis de madame votre mère. Ce qui va se passer demain est mauvais, pas seulement pour vous, mais pour toute la province et votre comté.

Constance de Gimel ne participe pas à la conversation. Un peu bossue, la tête penchée sur la droite, elle semble insignifiante, mais son regard reste dur. Elle parle peu, ce qui ne l'empêche pas de se faire comprendre, et ses femmes la redoutent. Ses rares mots ont le tranchant d'une lame de rasoir, surtout lorsqu'elle s'adresse à Hélène Dumonteil.

— Dunois !

Gérald a crié si fort que les chevaux dérangés hennissent. Une flopée de paons qui attendent les miettes autour des chevaliers, parmi les chiens de toutes tailles,

les valets, les danseurs et les jongleurs, poussent leur cri rauque.

— Monseigneur ?

Près de la table, entre les valets de bouche qui tentent de se frayer un chemin, un bossu réussit à se faufiler jusqu'à Gérald. Personne ne le connaît, mais la garde n'est jamais efficace et n'importe quel manant, avec un peu de ruse, peut atteindre le maître.

— Un jour, vous vous ferez occire ! lui dit Hélène. Vous devriez être plus vigilant.

— Je ne crains que Dieu !

L'homme qui s'approche en jouant des coudes est un vieillard vêtu d'une robe d'un autre temps, sale et râpée. Ses cheveux blancs tombent en mèches sèches sur ses épaules maigres.

— Monseigneur, fait-il en s'inclinant devant Gérald, je vous prie de m'accorder un instant d'attention.

— Par l'enfer, que me veux-tu encore ? On ne me laissera pas manger en paix après une année d'absence !

— C'est à propos du bûcher, monseigneur...

— Eh bien quoi, le bûcher ?

— Je viens vous demander la grâce de maître Bonneville.

— C'est une conspiration ! crie alors Gérald. Me voilà à peine descendu de cheval qu'on commence à me demander des grâces. Qu'on emporte ce bossu hors de ma vue. Je ne demanderai pas la grâce de Bonneville. Ce serait mal venu auprès de l'évêque après tant d'absence !

Des valets s'emparent du bossu dans cette cohue permanente, un chien qui s'est fait marcher sur la queue montre les crocs.

— Monseigneur, vous voilà averti ! crie le vieil

homme qu'un valet a pris sous le bras comme un fétu de paille.

Gérald éclate d'un grand rire. Il se sent la force d'un titan. Enfin, après cette guerre perdue sans livrer une véritable bataille, il retrouve une adversité qui lui convient. Le danger le stimule ; il est revenu de l'ost convaincu de son invincibilité.

L'intervention du bossu a refroidi l'ambiance et les convives parlent moins fort. Gérald explose :

— J'accepte le défi. Il ne sera pas dit que Gérald de Masvallier a reculé devant la menace de ces templiers qui s'entourent de tous les mystères. Qu'on renforce la garde autour de Bonneville et qu'il soit exact au rendez-vous de l'enfer.

Hélène Dumonteil ne cesse de regarder Robert Dunois. Elle s'attendait, après le départ de Gérald à l'ost du roi, à subir les assauts de celui qui agissait désormais en maître, mais le printemps a cédé la place à l'été qui, d'ordinaire, chauffe le sang des hommes, puis à l'automne, et Robert Dunois s'est bien gardé du moindre geste, de la moindre parole équivoque. Pourtant Hélène sait, aux regards du chevalier, qu'elle ne le laisse pas indifférent. Un soir, tandis que ses dames dormaient, elle voulut en avoir le cœur net et le rejoignit dans sa chambre. Son étonnement fut grand de trouver cet homme de guerre à genoux sous le crucifix.

— Messire Dunois, pardonnez-moi de vous déranger, mais je viens vous demander d'imposer aux hommes de ronde un peu de retenue. Nous ne pouvons dormir.

— Ce sera fait, madame, vous pouvez retourner en votre chambre.

Elle s'approcha du géant.

— Savez-vous que vous êtes fier chevalier. Que les femmes dont j'entends les confidences sont très attirées par vous ! Elles disent que vous ne les regardez même pas.

Dunois se tourna vers Hélène, la contempla un instant. Ses yeux brillaient d'un désir contenu.

— Je vais être franc avec vous. Si je ne m'intéresse point aux femmes, ce n'est pas par impuissance ou nouaison d'aiguillette, c'est tout simplement qu'en mes vingt ans je reçus une grosse blessure au ventre. Les chirurgiens me crurent mort et je fis un vœu de chasteté si je guérissais. Ce vœu, je l'ai respecté parce que je n'ai jamais été parjuré d'aucun de mes engagements.

Il s'était approché de la jeune femme, se délectait de cette peau d'un blanc de satin, de cette poitrine qu'il devinait sous le tissu de la robe et qui devait être si douce à caresser.

— Cela doit vous coûter !

— Cela me coûte, surtout quand vous êtes près de moi.

Il avait parlé d'une voix raclée, qui trahissait son trouble. Il recula d'un pas, se dirigea vers la fenêtre.

— Il ne fait pas chaud, messire, en votre chambre, ajouta Hélène. Je vais retourner dans la mienne où l'on tient un bon feu.

Dunois avait regardé partir Hélène ; sa robe légère ne cachait rien de ses formes. Quand le bruit de ses talons de bois s'arrêta dans le couloir, il se mit de nouveau à genoux, sous son crucifix, joignit les mains.

— Donnez-moi surtout la force de l'âme, mon Dieu. Faites revenir au plus tôt Gérald qui éloignera de moi la tentation... Vous seul savez combien le feu brûle en moi pour cette femme et combien je suis faible !

Il défit son ceinturon et posa à côté de lui son épée au pommeau en ovale du nombre d'or.

Le jour s'est levé comme à regret, un de ces petits jours de fin d'année qui donne envie de rester en sa couche et de ne point bouger. Robert Dunois éperonne son cheval, sort de l'enceinte du château et galope en direction du prieuré, près de la cathédrale. Il se fait annoncer au gardien de la tour sombre qui domine la rivière. Ici, tout le monde connaît le capitaine du comte et les portes s'ouvrent.

— Je veux voir le condamné. J'ai ordre du comte de recueillir ses dernières volontés. Conduis-moi.

Un sergent le précède dans un escalier humide et froid. Ils descendent jusqu'à une cave voûtée où l'eau suinte entre les pierres taillées.

— Mets l'échelle et laisse-nous.

Dunois, une torche à la main, descend dans le puits creusé à même le rocher. Le prisonnier patauge dans trois pouces de boue. Un peu de paille lui sert de couche sur des planches surélevées. Une forte odeur d'excréments et de suint prend à la gorge. Robert Dunois soulève la torche.

— Mon frère !

Les deux hommes se saluent selon le rite templier. Bonneville est plus frêle que Dunois, mais ses muscles saillants montrent l'homme d'action. Seule la tonsure piquée de poils gris indique son état de clerc.

— C'est pour aujourd'hui, mon frère ! commence Dunois. Mais cela n'a pas d'importance.

— Non, cela n'a pas d'importance ! La mort ne trouble pas l'esprit des frères du Temple. Seule compte la mission.

— Patte-Raide et sa femme sont partis sous bonne escorte au château d'Étampes où le grand maître les fera parler. Seul cela compte, mon frère. La victoire de l'Ordre est au bout du chemin !

— Et nos ennemis paieront !

— Ils paieront ! dit Dunois. Et dans peu de temps ! Maintenant, il faut te préparer. Un de nos coursiers m'a averti que le grand maître a besoin de moi. Je vais donc partir à la fin de l'hiver. Toi aussi, tu pars. Recommande-moi à Dieu, je suis faible.

— Mon frère, je peux t'entendre en confession.

Robert Dunois joint les mains, s'agenouille sur les planches et baisse la tête. La torche grésille et répand une fumée qui chasse un peu les lourdes odeurs. Il inspire et commence :

— Tu sais, mon frère, comme j'étais heureux dans ma Provence, parmi les miens. Mais Dieu m'avait fixé une autre mission, celle de servir l'Ordre et de venir ici, pour mon malheur.

— Une femme, mon frère ? demande Bonneville qui sait que le malheur pour un templier ne peut venir que des femmes.

— Une femme, mon frère. Et qui me défie chaque jour, qui me hante dans mes prières, qui ne cesse de me jeter des œillades, de m'inviter du regard. Mon frère, je t'en prie, parle de moi à Dieu. Demande-lui de faire cesser mon tourment !

— Comment s'appelle cette femme ?

— Hélène Dumonteil. Une pauvre fille, au fond. Elle a obtenu la grâce de son père condamné à être pendu en donnant son pucelage au comte de Tulle qui ne peut plus se passer d'elle. Mais elle n'a pour lui aucun amour. Je me dis souvent qu'elle en a pour moi !

— Les femmes sont les servantes du diable. Je demanderai à Dieu de la punir !

— Non, elle n'a rien fait. Demande à Dieu de me protéger.

— Je le ferai dès ce soir puisque c'est aujourd'hui que mon âme va s'envoler ! répond Bonneville sans la moindre appréhension dans la voix.

Sur la place, devant la cathédrale, où d'ordinaire se tient le marché aux herbes, on a dressé le bûcher. Des fagots de fines branches, genêts, ajoncs et bouleaux qui brûlent rapidement en faisant beaucoup de flammes. La clémence de l'évêque a été de prendre du bois sec dans sa propre réserve, le supplice en sera abrégé. On a vu des bûchers en bois vert brûler si mal qu'il fallait dépêcher au couteau les condamnés à moitié consumés. La nuit tombe, c'est l'heure où les laboureurs, les manœuvriers quittent leur travail et aiment se distraire un peu pendant ces longues soirées de fin d'automne. Il ne fait pas froid, c'est une chance. La foule s'entasse autour de l'église et dans les rues voisines, manants venus des différents quartiers, vilains accourus des hameaux proches pour assister au supplice et voir de près la mort qui, pour une fois, les épargne et qu'on a habillée en spectacle, marchands de toutes sortes qui vendent des beignets frits dans l'huile de noix, des crêpes de sarrasin fourrées au miel, les indispensables reliques qui assurent santé et prospérité, ou bien cette fameuse pierre de Moïse qui peut modifier le cours des astres et le destin des hommes. Des diseurs de bonne aventure, des conteurs débitent leurs litanies, mais personne ne stationne longtemps auprès d'eux. Ce qui fascine, attire, c'est le bûcher, ces charrettes de bois sec où trois des leurs vont griller tout à l'heure en poussant des cris horribles dont ils riront beaucoup parce que ce spectacle les délivre de leurs peurs. Et puis n'est-il pas réjouissant de voir des âmes vendues au diable partir en fumée ? Ce soir, l'un des condamnés n'est pas comme les autres. A-t-on vu, de mémoire de Tulliste, un évêque condamner aux flammes un des siens, un clerc, de surcroît maître d'armes et si habile qu'il fallut dix hommes pour en venir à bout ? Qu'a-t-il fait, ce maître Bonneville, qui entourait sa vie de tant de mystères ? On dit qu'il avait un démon enfermé dans une cage, une bête immonde, au regard d'homme, mais avec des dents de loup, et qui calomniait Dieu à longueur de journée. Les gueux en frémissent d'horreur. Quand les sergents de l'Inquisition l'ont emmené, le démon s'est transformé en poule qui s'est aussitôt perdue parmi les autres poules de la rue. Maître Igelot, le savetier, a tordu le col à toute sa basse-cour. Il paraît que l'un des volatiles, quand il a voulu le saigner, s'est transformé en vipère et s'en est allé. C'est dire que la peur est grande !

Des enfants jouent à la ronde autour des fagots en chantant. Attachés à des anneaux de fer pris dans le mur de la cathédrale, trois voleurs sont exposés, prisonniers d'un carcan de bois qui leur immobilise la tête et les deux bras. Le jeu des badauds consiste à leur lancer des pierres et à les toucher au visage. L'un d'eux saigne abondamment d'une plaie ouverte à la tempe, mais personne ne lui porte secours, il n'a que ce qu'il mérite ! Sur le parvis, des enfants contrefaits, attachés les uns aux autres par une chaîne, exhibent leurs infirmités, têtes hydrocéphales, bras manquant, mains à six doigts, siamois collés par le dos, mongoliens de toutes sortes, débiles au regard vide. La femme qui les a achetés dans les campagnes voisines tend vers les curieux une écuelle dans laquelle ils laissent parfois tomber une piécette de cuivre.

Enfin, les trompes annoncent l'arrivée à cheval du comte Gérald de Masvallier et de sa suite, plusieurs chevaliers de ses vassaux, dame Iseult montée en amazone, dame Constance dont tout le monde remarque la disproportion entre la grosse tête et les épaules frêles, mais aussi le regard incisif, et quelques dames d'honneur dont Hélène Dumonteil si belle qu'on ne voit qu'elle. L'arrivée du comte met la foule en liesse. Le voilà celui qui va mettre fin aux malheurs, enfin le roi de France a daigné le laisser revenir en sa comté ! La bousculade est énorme, hommes et femmes se piétinent pour approcher Gérald, toucher sa cotte ou ses étriers. Arrive aussi, dans sa litière, l'évêque qui, d'un geste distrait, bénit la foule. Protégée par des hommes de guerre, il rejoint l'estrade surélevée où les maîtres assisteront au spectacle.

— Où est Dunois ? s'inquiète Gérald.

— Personne ne l'a vu, monseigneur ! Il doit vérifier que tout se passe bien.

— Bah ! On verra ! fait le géant en riant. Qu'on sonne le début des réjouissances, le froid tombe tellement vite en cette saison !

L'évêque, Mgr de Ruffec, tout vêtu de violet, accompagné de ses trois petits chiens qui occupent toute son attention, s'est assis dignement à son faudesteuil de chef de l'Inquisition, une marche au-dessus des autres, mais cela ne lui donne aucun avantage sur Gérald qui le domine encore de sa tête massive et noire.

— Alors, l'évêque, vos chiens ont-ils été purgés par vos médecins ? Je leur trouve la mine défaite !

Il rit de ce rire communicatif qui entraîne l'échevin et toute l'assemblée. Fanfaron, le géant poursuit :

— Mes mâtins n'en feraient qu'une bouchée, de vos mignons ! Mais dites-moi, vous ne les quittez jamais, ils vous accompagnent au lit ? Et au réduit ?

L'évêque hausse les épaules. Son esprit n'a pas suffisamment de vigueur pour contrer les propos sans gêne de Gérald.

— Moi, je préfère quelque belle gueuse à vos chiens, je vous le certifie !

— Vous irez en enfer ! réussit enfin à dire l'évêque.

— Bah, je supporte mieux la chaleur que le gel !

Iseult sourit à ses souvenirs, pense à Foulque, son époux, et à Barbe-Noire, son beau-frère, au temps heureux de sa jeunesse. Les années ont passé si vite qu'elle se demande si Dieu ne les a pas accélérées à l'insu des hommes. Les saisons ont défilé comme montées sur un cheval au galop et se confondent dans son esprit. Voilà déjà l'hiver alors qu'hier encore c'était à peine l'été.

Enfin on sonne l'arrivée des condamnés, sur un chariot que tire une mule. Deux femmes vêtues d'une robe rouge sont placées à l'avant. L'une à genoux prie en silence et l'autre, attachée aux ridelles, les cheveux défaits, roule des yeux terrorisés sur la foule. Sa grande maigreur montre bien qu'elle a eu commerce avec le diable. Derrière, debout, dans une attitude digne, maître Bonneville prie, les mains jointes ; son assurance en impose, même à Gérald de Masvallier qui s'y connaît en hommes courageux. La foule hurle, se déchaîne, lance des pierres. Un prêtre tourne autour de la charrette dressant devant lui un crucifix à longue hampe. « Faites repentance ! Dieu vous accueillera chez lui ! Ce supplice n'est pas une punition, il est destiné à vous purifier l'âme ! Dieu vous aime quelles que soient vos fautes ! »

La charrette s'arrête près du bûcher où le bourreau et ses aides s'activent. La foule se tait maintenant ; le silence est seulement troublé par quelques plaisanteries grossières suivies de rires gras. Chacun se défend comme il peut de ce qu'il va voir, qu'il redoute plus que tout et qui pourtant l'attire, cette mort sournoise qui les guette, et qui, pour une fois, va frapper à l'heure prévue.

Les aides du bourreau s'emparent des femmes qui poussent des cris aigus de porc et les emportent sur le bûcher comme des sacs. Ils doivent s'y reprendre à plusieurs fois pour les attacher au tronc de charme dressé entre les fagots. Elles se démènent en hurlant, tentent de faire céder les liens, mais les cordes sont solides. Digne, Bonneville éloigne d'un geste méprisant l'homme en rouge qui veut le ligoter. Il descend lentement de la charrette avec des gestes précis. Il ne tremble pas devant l'ultime supplice. Le prêtre tend vers lui son crucifix que le condamné repousse avec assurance.

— Je n'ai fait aucun mal ! s'écrie tout à coup la femme maigre. J'ai prié Notre-Seigneur comme tout le monde. J'ai simplement voulu que mon fils guérisse !

— Et pour cela tu t'es donnée au diable ! dit le prêtre. Repens-toi, la vie de ton fils n'appartient qu'à Dieu !

La longue robe des hérétiques ne cache pas les épaules puissantes de Bonneville. On espérait que ce maître d'armes capable de terrasser cinq adversaires à la fois allait tenter quelque chose pour se libérer, le spectacle en aurait été plus complet, mais non, il monte à l'échelle, se dirige vers le poteau qui lui est destiné entre les deux sorcières.

— Mourir est peu de chose ! dit-il à sa voisine qui pleure maintenant et supplie qu'on l'épargne, non pour elle, mais pour son fils malade et sans secours. Votre véritable vie va commencer aujourd'hui !

Elle le regarde avec ses gros yeux blancs, comme tout à coup touchée par la grâce.

Déjà les aides du bourreau mettent le feu aux fagots. Les flammes montent vite. Entre les deux femmes, Bonneville regarde tour à tour Gérald de Masvallier et l'évêque. Une femme suffoque et hurle. La foule rit, accompagne de sa liesse les cris de douleur. Tout à coup, Bonneville s'écrie :

— Je meurs, peu importe. Ceux qui m'ont jugé

comprendront leur erreur : le tonnerre grondera dès que j'aurai rendu mon dernier soupir !

Sa voix se perd dans un râle rauque. Les premières flammes lèchent son visage, mordent sa peau. Ses cheveux s'embrasent comme une poignée de paille. Le bourreau avait promis de l'étrangler, il ne l'a pas fait. À côté de lui les deux femmes se contractent en hurlant des sons aigres. Les flammes coupent leurs liens et elles tombent en gesticulant dans le brasier qui libère un nuage d'étincelles. Puis c'est au tour de Bonneville qui, dans un dernier mouvement, semble prendre son élan pour sauter par-dessus le feu et s'affale à son tour, se recroqueville.

Alors, dans un silence soudain de la foule, le roulement puissant du tonnerre monte de l'horizon, gagne les collines, secoue le cœur de la ville. Le bûcher d'où vient une puissante odeur de chair grillée s'effondre. Les spectateurs se regardent, apeurés ; des mères serrent les mains de leurs enfants et rentrent chez elles, les hommes finissent leur hanap et quittent la taverne. Ferdinand de Ruffec, d'une main rapide, attire ses chiens près de lui. Un peu de sueur perle sur son front.

— Vous avez entendu, le tonnerre...

— Eh bien quoi, le tonnerre ?

— Le templier a annoncé le tonnerre.

— Et vous allez vous laisser impressionner par cela ? Mais vous êtes aussi couard que vos chiens !

Le brasier rougeoie encore, palpite comme un énorme cœur rempli de sang, mais la fête est finie. Gérald remonte sur son cheval suivi de l'évêque et de tous les autres. Ce soir, il y a encore festin au château. Tandis que les derniers tisons s'éteindront devant la cathédrale, les maîtres se goinfreront de vénerie et de vin. Les miséreux chercheront une couenne dans les détritus que l'on s'obstine à jeter à la rue...

La nuit est tombée. Gérald s'amuse beaucoup en comparant les chiens de l'évêque à des lapins.

— Ils ne sont guère plus grands, sautillent de pareille manière, mais je ne sais si en civet...

Ruffec lui envoie un regard méchant par la fenêtre de sa litière. Ce soir, il est de mauvaise humeur et se demande si son obstination à brûler Bonneville n'a pas été une erreur.

— Le tonnerre a vraiment grondé ! C'est la preuve que Dieu désapprouvait ce supplice.

Gérald ne répond pas ; cette façon de geindre lui déplaît. Il passe la rivière et remonte vers la Bachellerie quand son cheval fait un écart. Devant lui, des rats, de gros rats noirs, qui ne semblent pas avoir peur, se tiennent sur le sentier et le regardent.

— Voilà donc ces fameux rats qui dévorent tout ? fait Gérald. En effet, je n'en ai jamais vu d'aussi gros !

Il saute de cheval et s'approche des rongeurs qui ne montrent aucune peur. L'homme, d'un coup de talon, réussit à en tuer un tandis que les autres s'enfuient en poussant des cris aigus. Il prend par la queue le cadavre et le soulève.

— Un pied de long ! dit-il. Et cette queue d'un pied et demi ! Quelque nouvelle espèce née des charognes qui se multiplient un peu partout ! Il faut montrer cela à nos physiciens.

Il monte à cheval et le cortège repart. Pas pour longtemps. Devant eux, à quelques brasses du château, des hommes en armure surgis de l'ombre les arrêtent. Ils portent la croix rouge à larges bords bien visible sur leur poitrine, mais leur heaume baissé cache leur figure.

— Comte de Masvallier, évêque de Ruffec, s'écrie le premier, soyez maudits ainsi que ce royaume ! Tous ceux qui ont osé s'en prendre à nos frères périront de la male mort !

Dans sa litière, l'évêque demande ce qui se passe, comprend tout à coup, s'affole et s'écrie :

— Vous n'oseriez pas vous en prendre à un ministre de Dieu ?

— Pas de cette manière, monseigneur. Ce serait une mort trop douce pour vous !

Alors, n'obéissant qu'à son impétuosité, Gérald dégaine son épée et se jette sur ses agresseurs en poussant des rugissements de lion. Les chevaliers à la croix rouge refusent le combat et battent en retraite.

— Ce n'était qu'un avertissement ! s'écrie celui qui doit être leur capitaine. Nous reviendrons.

— Je ne vous crains pas ! hurle Gérald.

Louis de Borincourt, capitaine du fort royal d'Étampes, ouvre les yeux, regarde de son lit le jour se lever par la croisée, un jour blafard, gris, de fin d'automne. Des bruits feutrés, atténués par le brouillard, viennent de la cour. En bas de la colline, derrière ses hautes murailles, la ville se réveille, une ville opulente de quatre mille feux. Les quarante auberges reçoivent les nombreux marchands, colporteurs et les vachers qui accompagnent les troupeaux des provinces du sud jusqu'aux boucheries parisiennes. Les rues sont encombrées de porcs, de moutons, de vaches qui entrent chaque soir par la porte du Midi et sortent le matin par la porte de Paris.

C'est l'heure où les valets d'écurie apportent aux chevaux leur ration d'avoine et de foin. Le château s'anime. Dans la cour, les factions de surveillance se remplacent et présentent les armes. Les ordres brefs succèdent au bruissement des lames qui sortent des fourreaux.

Louis s'étire et bâille. Dans la cheminée, un feu nourri que vient de réactiver une servante répand une bonne odeur de suie et de cendre chaude.

André d'Ivry se fait annoncer et entre dans la

chambre. André passe beaucoup de temps dans la forteresse d'Étampes, autant par amitié pour le capitaine Borincourt que pour sa sécurité. Son vieux château d'Ivry ne résisterait pas à un siège et s'écroulerait au premier boulet. Ici, il ne risque rien derrière ces murailles qu'aucune armée n'a pu renverser et sous la protection des trois cents hommes de la garnison.

Les deux amis se saluent, puis Louis, tapant dans les mains, s'écrie :

— Holà ! Voilà qu'on flemmarde, on a faim !

Des valets et des chambrières apportent des plats, la chaise percée pour l'aisance du maître, la bassine pour son bain.

— J'ai mal dormi ! dit André en repoussant ses abondants cheveux. Des rats monstrueux n'ont cessé de courir et de se poursuivre au pied de ma couche !

— Maudites bêtes ! Plus nous en tuons, plus il y en a. Qu'est-ce que cela signifie ?

— Le courroux de Dieu. Ces rats nous apportent le malheur !

Arrivent Raymond de Meaune et Jean de Montlaud.

— Ah, mes amis ! fait André. Quelles nouvelles ?

— Le prisonnier a passé la nuit calmement dans la fosse comme tu l'as souhaité ! dit Raymond de Meaune.

André prend un pâté de viande sur le plateau.

— Très bien, mon frère, dit-il. Personne ne doit le voir et il ne doit voir personne. Qu'en est-il de sa femme ?

— Je n'ai aucune nouvelle, mais je garde confiance !

Dans la cave voûtée et humide, deux hommes ont monté la garde toute la nuit à côté de la fosse dans laquelle se trouve le prisonnier. Ils ont juré de le surveiller, de ne pas fermer l'œil un instant et répondent de sa captivité sur leur propre vie. Assis sur les planches, Patte-Raide attend. Les templiers vont probablement le torturer une fois de plus, mais sa détermination reste intacte.

Des sergents en armes arrivent par l'escalier sonore. Le bruit de leurs pas s'amplifie contre la voûte de la cave, pleins d'une menace que Patte-Raide n'a pas oubliée après tant d'années douillettes et bourgeoises et qui, peut-être, par un travers curieux de son être, lui a manqué. Combien de fois ses rêves l'ont emporté dans cet incroyable embrasement de la jeunesse en 1318, ces hordes qui partaient vers Paris pour décider leur jeune roi à les suivre jusqu'en Orient ?

Maintenant, il pense à s'évader et trouvera sûrement le moyen : personne ne résiste à l'attrait de l'or, mais il n'a plus la force de ses vingt ans. Il marche difficilement et ne peut monter seul à cheval...

— Sors de là !

L'homme qui s'est approché de la fosse laisse descendre une échelle de bois. Patte-Raide monte péniblement les barreaux par la seule force de ses bras. Les deux soudards pointent leur lance sur lui.

— Tu nous suis et ne tente pas de t'échapper.

— Comment le pourrais-je ? fait Patte-Raide en posant sur lui son regard froid sous ses beaux cils noirs. Donnez-moi mes cannes !

Ils le conduisent jusqu'à une grande pièce froide aux murs nus. Un feu flambe, seule lumière chancelante et faible qui dessine de grandes ombres au mur. Assis sur des sièges de bois, trois hommes tendent leurs mains aux flammes. Patte-Raide remarque tout de suite leurs épées au pommeau en ovale du nombre d'or.

— Te voilà ! dit le plus grand des trois sans bouger, tout en continuant de regarder le feu. Je t'attendais. Tu sais qui je suis ?

— J'ai appris les signes de reconnaissance de l'Ordre par Enguerrand de Niollet, mon père adoptif, qui voulait faire de moi un templier ! dit Patte-Raide qui ne peut rester longtemps debout sans avoir mal aux jambes.

— Mais tu as préféré ta femme à l'épée du Temple. Tout cela nous le savons. Nous savons aussi que dans ton enfance à Tulle, tes dons ont étonné un de nos frères qui t'apprit à lire, et t'enseigna les sciences ordinaires !

— Maître Perrot ! reprit Patte-Raide. Que Dieu le garde près de lui.

— Bien. Ainsi, tu es un peu des nôtres. Alors tu sais pourquoi je t'ai fait capturer. Tu sais aussi comment tu peux te libérer à l'instant même.

— Certes, mais je n'ai pas changé d'avis. Vous ne saurez rien.

L'autre se fait conciliant, se tourne vers Patte-Raide qui aperçoit le contour de son visage carré, ses yeux à l'éclat froid et ses beaux cheveux dorés.

— Voilà ce que je te propose : tu gardes pour toi une partie du butin, de quoi t'installer en bonnes terres nobles et tu me donnes le reste. Ton père serait d'accord : c'est pour le bien des hommes...

— Je ne l'ai pas fait jusque-là, alors je ne vois pas pourquoi je le ferais maintenant !

— À ta guise. Nous avons d'autres méthodes. Ta femme sera ici dans peu de temps. Tu sais combien les femmes sont des êtres impurs. Peut-être pourrais-tu lui éviter beaucoup de désagréments.

Des bruits de voix viennent soudain de la cour, suivis d'une bousculade. Quelqu'un s'écrie : « Ordre du roi ! » André d'Ivry regarde tour à tour Raymond de Meaune et Jean de Montlaud en fronçant les sourcils et s'en va à la fenêtre. L'homme qui se tient à cheval devant une garde d'une vingtaine de cavaliers répète d'une voix pleine d'autorité :

— Je veux voir André d'Ivry et Louis de Borincourt ! Ordre du roi !

— Brienne ! s'écrie André en se tournant. Que fait-il ici ? Je le croyais captif du roi d'Angleterre depuis Crécy !

Puis, s'adressant aux gardes qui se trouvent toujours debout de chaque côté de Patte-Raide :

— Quoi qu'il en soit, personne ne doit voir le prisonnier. Emmenez-le par les souterrains que vous connaissez. Le roi me fait sûrement demander pour une affaire importante. Je suis obligé de faire entrer Brienne, même s'il est mon ennemi.

Déjà les pas des lanciers résonnent dans le couloir. Patte-Raide est emporté par une porte dérobée. Borincourt fait signe qu'on laisse entrer le visiteur.

Raoul de Brienne, connétable de France depuis la mort de son père tué en 1345 par les templiers, est comte d'Eu et possède des fiefs en Normandie, Touraine, Bourgogne. Il n'a pas encore trente ans, mais son embonpoint, son visage sanguin, ses joues molles le vieillissent. André d'Ivry se porte à son devant :

— Quelle agréable surprise, monseigneur ! Je vous croyais captif à Londres et vous voilà ! Édouard a décidé de vous faire grâce !

Brienne conserve un visage dur et ne répond pas au sourire de bienvenue d'André d'Ivry.

— Messieurs de Borincourt et d'Ivry, dit-il, je vous prie de me donner vos épées. Vous êtes en état d'arrestation. Ordre du roi !

André d'Ivry fait un pas en avant et s'écrie :

— Que se passe-t-il ? Pourquoi le roi nous arrêterait-il ! C'est une méprise !

— J'ai ordre de vous emmener en la prison du Châtelet. Et c'est pour moi un bonheur d'arrêter le grand maître de l'ordre du Temple qui œuvre pour la destruction du royaume de France !

Raymond de Meaune a porté la main à son épée, Jean de Montlaud reste impassible.

— Vous vous méprenez, messire ! reprend André d'Ivry. Et si vous êtes à l'origine de tout cela, vous m'en rendrez compte !

— Le roi a pris cette décision après avoir reçu un moine mendiant qui a dénoncé vos agissements sournois et en particulier la mise à sac de la ville de Malemort en Bas-Limousin !

— Un moine mendiant ? s'étonne André d'Ivry. Et quel est son nom ?

À cet instant, le regard de Jean de Montlaud croise celui de Brienne, s'y accroche. Jean a un imperceptible mouvement des paupières.

— Je ne sais son nom ! dit Brienne.

Ivry garde la tête haute. Il accepte le défi et le relèvera ; il est vaincu pour l'instant, mais Brienne lui paiera ce déshonneur !

— Permettez que je fasse une dernière recommandation à mes gens...

Sans attendre l'autorisation, André d'Ivry entraîne Raymond de Meaune et Jean de Montlaud à l'écart :

— Emmenez le prisonnier au château de Pellegarde près d'Orléans, l'endroit est sûr. Et si l'on vous cherche quelque ennui, fuyez en Aquitaine.

Puis, se tournant vers Brienne, il dit à haute voix :

— Monseigneur, me voici à votre disposition.

Encadrés par les lanciers de Brienne, Ivry et Borincourt sortent enfin de la forteresse. Le froid les saisit, le vent coule du nord, puissant, un vent qui apporte l'hiver.

Ils sont au Châtelet à la tombée de la nuit. Sans un mot d'explication Brienne les fait enfermer dans deux cellules éloignées au fond d'une cave humide et froide. Ivry demande à parler au roi, mais Brienne tourne les talons et s'éloigne.

— Je te tuerai ! murmure Ivry entre ses dents.

Guillaume Capestang arrive à Tulle au début de l'hiver 1346. Ses hérauts l'ont précédé et ont averti Gérald de Masvallier de cette visite et de son but avoué : l'aider à repousser les Anglais à l'intérieur des frontières d'Aquitaine.

Pour respecter les usages, Gérald et ses vassaux partent à la rencontre de l'armée royale qu'ils trouvent à Égletons. Il fait froid. Le soleil brille ce jour-là, un soleil qui illumine les prés gelés et allume des langues de neige. Les hameaux qu'ils traversent sont désertés ; à la clameur des hommes de guerre, les hommes de la terre s'enfuient, partent se cacher avec leurs troupeaux qu'ils ne veulent pas abandonner aux soudards affamés. Guillaume et Gérald échangent des compliments et chevauchent côte à côte en direction de Tulle. Guillaume s'étonne de la taille impressionnante de Gérald et de Robert Dunois qu'il imagine terrifiants sur un champ de bataille.

— C'est simple, explique Gérald, nous avons combattu en tournoi une journée pleine sans pouvoir nous départager. Depuis, nous ne nous quittons plus !

Un banquet est donné au château de la Bachellerie en l'honneur de l'arrivant. La population accueille l'armée royale sans enthousiasme. D'accord si elle vient pour faire reculer les Anglais et nettoyer le pays de sa vermine, mais qui va la nourrir ? Les pilleurs sont déjà assez nombreux ! C'est ainsi que l'échevin, Hugues Lebreuilh, a officiellement demandé au comte de Masvallier de rappeler leurs devoirs aux troupes à fleurs de lys.

Tandis que la cour intérieure du château est envahie par une foule d'hommes en armes, de piétons qui montent des tentes derrière la deuxième enceinte, Guillaume de Capestang et les nobles de sa suite sont reçus dans la grande salle d'apparat du château. Sur le sol, on a étalé de la paille. Un grand feu brûle dans la cheminée, mais les ouvertures nombreuses laissent quand même entrer l'air gelé de l'extérieur. Sur les murs de pierres où fleurit le givre, on a tendu des étoffes bleues et rouges. Des torches brûlent aux murs, la résine émet des étincelles qui menacent à chaque instant d'embraser la paille que surveillent des enfants.

Une foule importante se presse autour de la longue table aux armes des comtes de Masvallier. On parle si fort que personne ne s'entend et les chanteurs, les joueurs de vielle ne peuvent placer leur refrain. Au centre, Gérald, énorme, dépassant tout le monde de deux têtes, ne cesse de se goinfrer et de raconter des histoires. Iseult, sa mère, en face de lui s'étonne toujours d'avoir donné le jour à ce colosse. Hélène Dumonteil est placée entre Gérald qui lui malaxe la cuisse de son énorme main et Guillaume de Capestang, silencieux et réservé. Un peu plus loin, à côté de Constance de Gimel, se tient l'évêque de Tulle. Sa tête est minuscule, son nez pointu lui donne un aspect d'oiseau. Il ne prend pas part à la conversation, son regard va des uns aux autres, mais il ne peut placer un mot, son entendement réduit ne lui permet pas de faire la moindre remarque. Et pour ne pas perdre les vieilles coutumes irrespectueuses de la maison, Gérald ne manque pas de le taquiner.

— Alors, l'évêque, on ne vous entend guère. Serait-ce la peur de la mort ? Tranquillisez-vous, celui que vous avez brûlé ne vous importunera plus !

Puis il se tourne vers Dunois :

— Au fait, pourquoi n'étais-tu point à ce bûcher ? Je t'ai attendu, pendard ! Si je ne te savais plus chaste qu'une nonne, je t'aurais fait chercher en quelque bordel de la ville !

Dunois sourit, mais son visage impénétrable exprime un ressentiment contenu.

— Il se trouve que je suis homme d'armes et que je respecte ceux qui manient l'épée aussi bien que Bonneville. Voilà pourquoi je ne voulais pas assister à son supplice.

— Tu as eu tort ! Il a brûlé fort convenablement ! s'exclame Gérald. Il nous fit bel embrasement de flammes et de fumée grasse ! Et pour corser le tout, ses frères templiers se sont mis en travers de mon chemin. Cela me fit un peu d'exercice et ce fut fort bonne chose parce qu'il commençait à faire froid !

— Vous ne devez pas prendre à la légère la menace des templiers ! dit Guillaume de Capestang.

De temps en temps, la belle Hélène Dumonteil lève ses grands yeux noirs sur lui. Elle admire sa beauté hautaine et digne. Le malheur, la solitude ont marqué son visage qui reste sérieux, ses lèvres qui ne sourient jamais, ses yeux noirs qui brillent d'un feu contenu.

— Tout ceci me fait bien rire ! s'écrie Gérald. Je ne les crains pas !

Enfin, Guillaume arrive à ce qui le préoccupe le plus.

— Je crois savoir que la ville de Malemort a été rasée par les Anglais...

— Il n'en reste que ruines. Cette attaque a tellement surpris qu'ils ont obtenu une victoire sans pratiquement dégainer leur épée. Ils ont capturé un copiste qui fut grand capitaine des Pastoureaux et qu'on appelle Patte-Raide. Ils ont aussi capturé sa femme, la superbe Lydia. Nous les avons cherchés partout. Impossible d'en trouver la moindre trace.

Lydia, Guillaume baisse la tête. Une forte douleur lui comprime la poitrine. Lydia. Sa présence durant des années dans ce pays en a transformé chaque détail, chaque colline, chaque maison.

— Ce sont les templiers qui les ont capturés ! dit Guillaume. Le roi m'a donné pour mission de les retrouver.

Se tournant vers un jongleur, Gérald demande :

— Connais-tu la chanson que l'on chante sur toutes les places ?

L'homme s'approche. Sur son chapeau en forme de bonnet, une plume de geai reflète une lumière bleue précieuse. Tandis que Gérald tend les mains pour obtenir le silence dans cette assemblée indisciplinée, le musicien chante en s'accompagnant d'une vielle à archet :

Ils étaient des milliers,
Des Juifs ils ont pris
L'or par sacs entiers.
Mais où l'ont-ils mis ?

Le butin est bien caché
Quelque part au pays.
Un seul en a la clef.
Mais où l'ont-ils mis ?

Un seul en a la clef,
Un boiteux que l'on dit
Prisonnier des templiers.
Mais où l'ont-ils mis ?

Le banquet dure tard dans la nuit. Les valets apportent de grosses souches de châtaignier pour recharger le feu qui pète. Les hanaps se vident. Gérald gourmande les servantes. Guillaume éprouve de la sympathie pour ce géant sans gêne dont la voix a la force du tonnerre. Pourtant sa bonne humeur, son allant continuel ne réussissent pas à chasser cette grosse boule d'angoisse qui lui comprime la poitrine. Il est venu de Paris en pensant se rapprocher de Lydia et, ce soir, il prend conscience de sa véritable mission : retrouver Patte-Raide, ce Patte-Raide dont il a tant de fois souhaité la mort, qu'il voudrait effacer d'un simple geste, dont il voudrait supprimer la silhouette déformée qui se dresse entre lui et Lydia.

— Mais vous en faites une tête ! s'écrie Gérald. Voulez-vous que je vous trouve quelque bonne garce pour garnir votre couche et vous faire oublier les idées noires ?

Capestang refuse et va se coucher la tête pleine de désirs contradictoires.

Jacques Granvet s'est allongé au pied de l'autel, la face contre la pierre, l'esprit entièrement pris par la pensée de Dieu. Sa taille n'est pas celle d'un clerc ordinaire, mais d'un rude guerrier qui ne redoute pas la masse d'arme et n'hésite pas à fracasser les crânes. La guerre lui plaît, il la préfère à la prière, mais son attachement à Dieu est irrévocable. Durant son enfance, il était près de mourir, le ventre tordu par des douleurs insupportables qui duraient depuis plusieurs jours, il vivait l'enfer, quand un vieux prêcheur à la robe blanche est entré dans cette maison bourgeoise qu'il occupait avec sa famille à Bordeaux. L'homme vint poser les mains sur le front du jeune Jacques et lui dit :

— Veux-tu guérir ?

— Assurément, je le veux.

Son père montra à l'homme une bourse remplie de pièces d'or. L'homme secoua la tête en signe de négation.

— Nous ne voulons pas d'or. Dieu ne veut pas d'or. Il veut ce jeune homme qui va guérir à la seule condition de lui donner sa vie.

C'est ainsi que Jacques Granvet est devenu clerc. Comme la guerre lui convient, il a aussi fait le métier des armes en devenant frère templier. Bien que n'étant pas de race noble, ses exploits sur les champs de bataille lui ont permis d'être armé chevalier et de posséder en propre le petit fief de Brunemare, à quelques lieues de Périgueux, qu'il conduit avec beaucoup de savoir-faire. Mais l'action l'appelle, il ne peut rester trop longtemps dans sa maison forte, et, en cette période troublée, des hommes comme lui sont indispensables au duc d'Aquitaine, le roi Édouard III.

Ce soir, Jacques Granvet comprend que Dieu lui envoie l'épreuve la plus difficile de son existence. Il est là, grave ; la marque de l'ancienne blessure sur sa joue droite lui démange comme chaque fois qu'il est préoccupé.

— Je préférerais me trouver encerclé par l'ennemi, je préférerais mourir dans les pires douleurs. Mon Dieu, faites que je ne sois pas parjure, infidèle à mon serment...

Jacques Granvet est un homme de parole, mais voilà, dès le premier regard de Lydia, quelque chose s'est brisé en lui, une barrière qui le coupait des préoccupations de la chair a volé en éclats. Lydia a balayé ses résolutions et ses certitudes. Il ne pense qu'à elle, à son corps, au feu de son regard, à sa peau qu'il aimerait caresser. L'image de cette femme vient le troubler dans ses prières, son sommeil s'agite de rêves sublimes et diaboliques. Cela lui fait mal à hurler.

— Mon Dieu, je sais ce que j'ai à faire. Donnez-moi la force de résister.

Mais cette force l'aura-t-il pendant les jours, les semaines qu'il doit passer avec sa prisonnière, ces jours de voyage où ils dormiront au hasard du bivouac ou dans des auberges ? Il doute, allongé sur les dalles froides, son grand corps écrasé, vaincu. Pourquoi cet embrasement soudain et brutal, ce réveil tardif de sentiments qu'il croyait avoir terrassés ? Pourquoi, lorsqu'il s'est trouvé près de Lydia, une chaleur agréable est montée en lui, a submergé sa poitrine et lui a fait oublier jusqu'à l'existence de Dieu ? Il pense à ses frères dont il n'est plus digne, à tous les templiers qui préféreraient mourir de la male mort plutôt que de renier leur vœu.

— Je suis ensorcelé ! dit-il à haute voix. C'est une sorcière, voilà la vérité.

Il se décide et se dresse. La lumière divine vient de l'éclairer : pour échapper au danger, il doit fuir, se montrer lâche et partir loin de Lydia en confiant à un autre le soin de l'acheminer. Il sort. Du ciel d'un bleu profond tombe un froid intense. Cette année encore, l'hiver sera rude et la famine grande. Les cheminées des chaumières en dessous de la forteresse fument encore, mais bientôt le bois sec manquera aux vilains et ils iront, grelottant dans leurs braies, au gré des chemins, égarés par cette douleur de l'estomac qui ne laisse aucun repos. Déjà, en cette mi-novembre, des groupes de mendiants se pressent aux portes des maisons riches et risquent le fouet pour quelques épluchures.

Granvet traverse la cour encombrée de chariots, d'hommes d'armes qui jouent à croiser l'épée pour se réchauffer. Dans un coin de mur, sur un feu de vieux bois, rôtissent des tranches de courge.

Il entre par une porte basse en se baissant, suit un escalier froid et arrive dans une grande salle nue, une eau jaune suinte des murs.

On vient l'avertir d'une visite. Il s'étonne, car il n'attend personne. De la fenêtre, il aperçoit l'imposante silhouette de Robert Dunois. L'homme est grave ; son visage fatigué marque une préoccupation profonde. Un vol de corbeaux tourne dans l'air sonore.

— Mon frère, commence Robert Dunois, tu me vois

fourbu d'avoir crevé trois chevaux pour venir te trouver, mais le temps presse !

Jacques Granvet et Dunois échangent le salut des templiers, puis Dunois s'étonne :

— Que t'arrive-t-il, mon frère ? Tu as une drôle de tête. Es-tu malade ?

— Non ! fait Granvet, mais sa voix n'a pas son habituel timbre clair.

— Ce n'est pas le moment, mon frère. Je suis venu te dire... Ils ont brûlé notre frère Bonneville sur la place de Tulle !

— Que le diable emporte le comte de Tulle et l'évêque dans les tourments de l'enfer !

— Ils paieront, chacun à leur tour ! Mais je suis venu te demander d'emmener la prisonnière au plus vite chez notre grand maître. Une armée royale vient d'arriver au château de Tulle pour tenter de la retrouver, elle et Patte-Raide.

— Nous partirons dans deux jours, le temps de rassembler une escorte convenable ! dit Jacques Granvet d'une voix de plus en plus altérée.

Dunois le regarde fixement et Granvet sent la morsure de ce regard qui le fouille, qui découvre ses pensées les plus profondes. Il éprouve le besoin de parler.

— Tu dis une armée du roi ?

— Oui, conduite par le seigneur de Capestang, un homme tout en silence et en sérieux.

Pourquoi, à cet instant, Robert Dunois pense-t-il à Hélène, à ses beaux yeux si noirs et si brillants, à son corps interdit ? Alors il ajoute :

— On m'a dit que la prisonnière est très belle. Tu sais, mon frère, que notre vœu de chasteté est ce que nous avons de plus précieux.

— Je le sais...

À cet instant, les deux hommes comprennent qu'ils

éprouvent le même sentiment impur, la même douleur qui est en même temps jouissance. Ils n'en disent rien, mais se sentent unis par cette faute. Alors, Granvet porte la main à sa cicatrice qui l'agace et, se tournant vers un domestique, ajoute :

— Mandrin ! Fais vite maraud, va chercher la femme.

Des pas aux semelles cloutées s'éloignent, des bruits de voix montent des profondeurs d'une cave. Enfin, Lydia arrive, toujours fière, le regard assuré posé d'abord sur Granvet qui visiblement se sent mal, ensuite sur Dunois qui murmure :

— Mon Dieu... Est-ce possible ? Mon frère...

Granvet a un regard résigné. « Je te l'avais bien dit ! » pense-t-il. Dunois n'en revient pas de tant de beauté, tant de grâce et cette assurance d'une dame de noblesse.

— C'est le diable ! ajoute encore Robert Dunois. Es-tu certain que tu n'as pas besoin d'aide ? Tu n'ignores pas l'importance de cette femme ! C'est avec elle que nous allons retrouver l'or volé aux Juifs.

La main est tendue. Il suffirait à Jacques Granvet d'un mot, un seul mot pour éloigner le péché, ou du moins son accomplissement, mais n'est-ce pas ce qu'il désire le plus au monde ?

— Ne t'en fais pas, mon frère ! s'entend-il dire.

Robert Dunois repart le lendemain à prime dans une campagne blanche de gelée. Il galope vers Tulle et pique son cheval qui peine sur le sol dur. Il vient d'apprendre l'emprisonnement du grand maître, André d'Ivry, et va devoir se rendre auprès de ses frères, mais il ne se décide pas à partir. Chaque jour, il trouve une nouvelle raison pour rester et sait bien ce qui se cache derrière son obstination. Des vagues brûlantes submergent sa poitrine malgré le froid. Ce matin, en pensant qu'au bout de cette route Hélène Dumonteil va lui sourire, lui lancer un regard espiègle et engageant, il entend la voix du diable lui souffler qu'un vœu n'est qu'un vœu et que Dieu lui pardonnera de faillir une fois, mais une fois seulement ! Est-ce l'image de la superbe Lydia qui lui met en tête de telles horreurs ? La beauté de cette femme a excité son désir et avivé le feu qui brûle en lui. Il n'a qu'une hâte : revoir Hélène dans sa beauté de brune et s'assurer qu'elle égale en beauté la blonde Lydia. C'est déjà un péché !

De son côté, Jacques Granvet comprend que son frère a percé son secret, mais son désir dépasse sa force de renoncement. Il a envie de se précipiter aux pieds de Lydia, de lui prendre les mains, d'y porter ses lèvres. Il voudrait lui demander pardon, mais son visage reste impassible. La lumière de Dieu l'éclaire encore assez pour lui laisser le courage de l'apparence. Et c'est ainsi que ses pas le conduisent près de la geôle où est enfermée la prisonnière. Il ouvre la porte, contemple Lydia un long moment.

— Lydia ! dit-il comme pour lui-même, c'est un nom bien curieux, ça !

Étonnée, Lydia recule d'un pas. Une larme a roulé du coin de son œil et brille sur sa joue droite. La lumière blanche du jour éclaire faiblement son visage en gommant les rides et l'âge. Elle n'a jamais été aussi belle.

— Tu sais où je t'emmène ?

— Vous ne m'en avez rien dit. Je veux retrouver Patte-Raide.

— Tu le reverras sûrement, mais prie le ciel que ce soit le plus tard possible.

Le désir monte en lui puissant, il a envie de se jeter sur elle, de l'écraser contre lui. Une douce ivresse brouille son regard, enserre ses tempes comme s'il venait de boire un agréable vin. Il pense à cette autre femme qui avait, un soir, tenté de le séduire. Sa peau lui semblait rugueuse, comme couverte d'écailles, et il l'avait repoussée sans le moindre regret alors que celle-là, au contraire, l'attire, lui donne envie de promener ses lèvres sur ses mains, ses bras, sur tout son corps.

— Lydia ! répète-t-il, nous allons partir en voyage. Nous passerons de nombreux jours ensemble.

— Je n'ai qu'une envie ! dit-elle, retourner chez moi avec mon mari et y finir mes jours avec lui.

— Ton mari ? Je doute que ce soit possible.

Il baisse les yeux, c'est un aveu de faiblesse, d'infériorité. Lydia comprend le pouvoir qu'elle a sur lui mais n'en montre rien. Elle espère de nouveau.

— Nous partirons demain à prime ! décide-t-il.

Il remonte dans la grande salle de l'étage puis se tourne vers le crucifix, content d'avoir résisté, mais au fond il ne s'est montré complaisant qu'envers lui-même. Il n'a pas vu Lydia pour la combattre, mais pour se repaître de son image, pour s'illuminer de sa beauté.

La nuit, un rêve sublime vient le hanter. Le diable lui souffle ce qu'il ne connaît pas, ces gestes de l'amour auxquels il n'avait jamais pensé, les merveilleuses sensations de sa chair. Lydia est blottie contre lui, nue. Il découvre son corps de femme, ses formes, sa douce chaleur. Enfin, il se réveille en sueur, prend conscience de son péché et passe le restant de la nuit en prière. Alors, il se décide : il ne partira pas avec Lydia demain ; cette résolution le rassure un peu. Au petit matin, il fait appeler Mandrin.

— As-tu écouté ce qu'elle faisait cette nuit ?

— Oui, monseigneur, je l'ai écoutée. Le diable était avec elle. Et ils faisaient un tel bruit à se mignarder que j'ai allumé une torche pour voir. Et le silence est revenu.

— Le diable ?

— Ou quelqu'un d'autre, mais elle n'était pas seule, assurément !

— Enfin, si quelqu'un lui avait rendu visite, tu l'aurais vu !

— Pas le diable, monseigneur. Il peut aller où il veut sans être vu ! La Pierrette le recevait chez elle pendant que son mari dormait et il ne le vit jamais !

Granvet est maintenant persuadé qu'il n'a pas rêvé ; le diable a fait le miracle de le transporter dans son sommeil avec Lydia ; le voilà déjà du côté de l'enfer.

— Tu vas aller chercher le chevalier de Lacastral. Il va partir à ma place. Je ne me sens pas bien en ce moment.

— Mais, monseigneur, il est vieux et ne pourra tenir tout ce chemin.

— Justement, il est vieux ! C'est ce qui m'a fait le choisir...

Le chevalier Hugues Lacastral arrive dans la soirée. Vassal de Granvet, il a longtemps rechigné face à ce suzerain sans noblesse. C'est un homme de grande taille, maigre, au visage grave. Ses cheveux blancs, son front parcouru de profondes rides indiquent son âge et pourtant il semble solide. Toujours volontaire, déterminé, d'une grande franchise, il vit chichement dans son vieux château délabré, entouré de quelques hommes d'armes, souvent des vilains robustes qu'il a formés aux techniques de la guerre.

— Ah, mon ami, dit Granvet, je suis bien aise de vous voir céans, vous allez me rendre un service infini, celui de convoyer en toute sécurité une femme en un lieu que je vous indiquerai.

Lacastral partira demain au lever du jour avec une escorte de dix hommes. Ce long voyage dégourdira ses vieilles jambes. Ce soir, un banquet est donné au château. Granvet est sombre et ne rit pas quand un convive raconte une blague.

La nuit, il fait de nouveau de délicieux cauchemars. Se séparer de Lydia lui semble impossible et pourtant il le doit !

Le lendemain, au petit jour, Lacastral est sur pied, tout content d'aller courir les chemins et l'aventure. Quand il voit Lydia, le vieil homme s'écrie :

— Quelle femme !

— C'est une sirène, dit Granvet. N'allez pas écouter son chant sinon vous succomberez.

Lacastral tourne ses gros yeux blancs vers Granvet :

— Serait-ce parce que vous avez peur d'elle que vous me la confiez ?

— Partez vite ! La route est longue.

Les cavaliers entourant le chariot fermé donnent le signal du départ. Granvet s'est interdit de revoir Lydia et, à mesure que le groupe s'éloigne du château, il le regrette. La revoir une fois seulement, se plonger dans ses yeux et ne plus jamais rien admirer que leur lumière, ne respirer que l'air qui a caressé ses joues. Mourir enfin, car il en prend bien conscience, cet amour de chair est un hymne de mort.

Il rentre et va se recueillir dans sa chapelle. Il s'allonge de nouveau sur les dalles et la pensée entièrement tournée vers Dieu, fait contrition.

Des heures passent, Jacques Granvet est toujours là, la face contre la pierre froide, son âme plus lourde que du plomb. Il gît sur ces dalles comme un tronc que le courant a rejeté sur la berge. Son corps est figé ; il ne sait plus qui il est ni ce qu'il attend. Peut-être est-il mort puisqu'il ne pense pas, ne bouge pas. Ses joues sont froides, dans ses yeux ne passe aucune lumière vivante. Il est parti pour un autre monde, n'ayant vécu jusqu'à ce jour que pour cet anéantissement ; il n'a connu l'insensibilité du cœur que pour cet embrasement, il n'a été un homme droit que pour faillir, car même en restant là, en ne pensant qu'à sa prière, qu'à Dieu omniprésent entre ces murs, il a déjà failli. L'idée du péché couvre ses prières comme les gros nuages d'orage un ciel bleu d'été.

Le jour se lève, d'une pâleur de vieillard, un jour d'hiver. La vie revient lentement dans les membres engourdis de Jacques Granvet qui se dresse enfin à genoux. Ses pensées ne suivent pas les mots de sa bouche, des mots vides dont il n'entend même pas la musique.

— Ne me laissez pas fléchir, ne me laissez pas flancher vers ce que je ne veux pas, que je redoute ! J'ai si peur de céder...

Au château, tout le monde s'étonne de le voir si pâle. Les cuisines s'activent pour lui préparer à manger, mais il n'a pas faim. Il n'est plus de ce monde, l'enfer a ouvert sa bouche et il y plonge ayant déjà oublié sa prière.

— Que l'on selle mon cheval ! dit-il sans autre explication.

— Monseigneur, vous n'allez pas...

— Mon cheval ! Je pars.

— Mais vous n'allez pas partir seul ! Attendez, on va vous demander une escorte.

— Non, je pars seul !

Le voilà sur son destrier, vêtu d'une simple cotte ferrée et d'une cervellière. Mandrin lui apporte un manteau fourré en loup.

— Où que vous alliez, monseigneur, il fait frais !

Il pique son cheval. Courir ainsi, s'éloigner de son château, de sa vie habituelle allège sa douleur. La tête pleine du bruit de ce galop, il oublie le brasier qui le consume. Il quitte son carcan pour un monde de mouvement, de vie, abandonne son corps pour se glisser dans un autre. Il ne court pas, il vole, il fuit enfin.

Le soir, il arrive en vue du chariot qu'encadrent toujours les dix hommes d'armes. Lacastral chevauche en tête avec cette tranquillité d'un âge qui a perdu le goût de l'infidélité, des chemins de traverse, où seul le devoir procure du contentement. Le cheval de Granvet arrive à leur hauteur, tout écumant. Lacastral s'étonne et fait signe d'arrêter.

— Vous, monseigneur ! Voilà que vous vous êtes décidé à nous accompagner ?

— J'ai changé d'avis ! Je vais conduire cette personne, rentrez chez vous !

— Mais vous ne pouvez seul...

— Si, rentrez chez vous. Je vais la conduire seul !

Lacastral, qui a bien compris, lève sa main droite dans un signe fataliste.

— Monseigneur, serait-ce que...

— Tais-toi ! dit Granvet en haussant le ton et portant la main à son épée.

— Allez, les gars, on s'en va ! fait le vieil homme vexé.

Ils partent, le bruit des chevaux s'éloigne, remplacé par la rumeur de cette campagne déserte. Pas un hameau à plusieurs lieues. La lande n'en finit pas, entrecoupée de petits boqueteaux où se cachent les loups, les sangliers et les voleurs. Granvet pousse le rideau de la charrette. Lydia tourne vers lui ses grands yeux bleus.

— Voilà ! dit-il. Je suis revenu pour vous sauver.

Lydia s'étonne.

— Oui, vous sauver car je ne veux pas qu'on vous fasse de mal, poursuit-il. Je ne veux pas que d'autres hommes touchent votre corps, y marquent les empreintes de la question.

— La question, mais pourquoi donc ?

— Vous n'avez donc pas compris ? fait Granvet en sortant de sous sa cotte de fer la croix rouge aux larges bords des templiers.

— Cela, je l'avais compris, j'ai vu le pommeau de votre épée. Ce détail que personne ne remarque ne peut échapper quand on le connaît. Mais je ne comprends pas pourquoi ils m'appliqueraient la question.

— Pour obliger Patte-Raide à donner son secret.

Patte-Raide ! C'était donc vers lui que l'emmenait ce chariot, et la voilà condamnée à ne pas le rejoindre.

— Et où allons-nous ?

— J'ai renié cette croix, j'ai renié mon engagement, mes vœux en décidant de vous sauver ! Je mérite les pires tortures en ce monde et l'enfer dans l'autre...

Il soupire, se tait un long moment. Un cheval s'ébroue.

— Vous n'aurez rien de moi ! précise Lydia en baissant les yeux.

— Vous ai-je demandé quelque chose ? Nous allons changer de route. Nous passerons en Angleterre où je possède un petit fief. Ils finiront par nous trouver, mais nous aurons un peu de temps pour décider autre chose.

— Mais pourquoi faites-vous ça ? Pourquoi vous obstiner à me sauver, à sauver mon mari ?

Il se tait de nouveau. Un minuscule filet d'eau, entre les herbes, chante comme un oiseau de printemps.

— Parce que je n'ai pu résister à cette folie qui m'occupe tout entier. Parce que je ne pense qu'à ça depuis des jours, depuis que je vous ai près de moi, parce qu'il me semble que je n'ai vécu, que je n'ai respecté les règles strictes de l'Ordre que pour les transgresser avec vous !

Lydia a déjà vécu cette scène avec Guillaume de Capestang, au temps des Pastoureaux, mais à cette époque elle était jeune, belle, alors que maintenant...

— Vous êtes bon ! dit-elle doucement en posant sa main sur la sienne. Patte-Raide...

— En Angleterre, nous pourrons leur échapper ! ajoute Granvet. Le plus dur sera d'arriver jusqu'au port.

Les chevaux s'impatientent et piétinent. Devant eux, en file indienne, des rats énormes traversent le chemin. Lydia pousse un petit cri. Les chevaux reculent, Granvet doit les prendre par la bride pour les calmer.

— Sales bêtes ! dit-il. Ils sont partout !

Dalila frissonne. Irénée va chercher une cape qu'elle pose sur les épaules de sa filleule accoudée à la meurtrière de la tour qui surplombe un pays de petites collines figées.

— Je m'étonne que nous n'ayons point eu la visite de frère Bernard ! Voilà plus d'un mois qu'il nous boude.

— Peut-être qu'il trouvait la chair trop abondante ici et qu'il est parti mendier en d'autres lieux pour maigrir et faire pénitence de ses nombreux péchés de gourmandise !

Elles se taisent un instant et regardent dans le chemin en contrebas un charretier piquer ses bœufs pour sortir d'une ornière. La lumière blafarde découpe le visage fin de Dalila, son nez droit, ses lèvres, son menton délicat. Elle tend la main vers le chemin.

— Regarde... Il suffit de parler du loup pour... Cette silhouette épaisse serait bien frère Bernard !

— C'est lui, assurément !

Il arrive, essoufflé comme d'habitude, et gesticule. Ses gros yeux en perpétuel mouvement observent tour à tour les deux femmes.

— Finalement, la captivité ne vous va pas mal. Vous avez toutes les deux une superbe mine !

— Ah ! frère Bernard, quelles nouvelles nous apportes-tu ?

— J'ai vu le roi ! fait le moine en se dressant fièrement. Il m'a écouté. André d'Ivry et votre époux sont en prison au Châtelet. C'est une première victoire. Je sais où se trouve Patte-Raide !

Son regard s'est allumé de cette haine contenue qui est le ressort même de sa vie.

Des bergers ramènent un troupeau de moutons vers une chaumière hors des murs de la forteresse. Des enfants apportent des fagots de bois sec aussi gros qu'eux. La vie continue en dessous, mais Dalila et Irénée en sont exclues.

— Alors nous pouvons partir ? Nous sommes libres ?

— Certes, fait le moine, mais pour aller où ? Deux femmes sans personne pour les protéger sont des proies faciles. Croyez-moi, je vous ferai sortir bientôt, mais en attendant, restez sagement ici où vous ne risquez rien !

— Rien ? s'indigne Dalila. Et les punaises dans notre lit, ce n'est rien ?

— C'est un moindre mal ! Je vous en prie, faites-moi confiance. Le bras de fer est engagé et il faut que le roi de France en sorte vainqueur.

Bernard se dresse sur ses jambes courtes. Parler ainsi du roi le grandit, le hisse au niveau des hauts personnages qu'il semble protéger.

— Mais, frère Bernard, la vengeance n'est-elle pas un péché grave ? Il me semble que les hommes de Dieu insistent sur la nécessité de pardonner !

Bernard marche de long en large dans la petite pièce. Sa grosse robe vole autour de lui. Il remue les bras comme un oisillon trop lourd qui tente de s'envoler.

— Le pardon n'est que pour les enfants de Dieu. Ceux qui obéissent au diable doivent être détruits !

— Au fait, comment as-tu su qui nous étions ?

Son visage s'anime.

— Je suis un moine mendiant. Et j'étais dans les parages du fort d'Étampes puisque mon frère, Jean, était avec le grand maître André d'Ivry quand Brienne est venu l'arrêter. Maintenant Jean est à Pellegarde, près d'Orléans, d'où il va bientôt partir pour l'Aquitaine...

Un valet entre, portant une brassée de bois, et réanime le feu. Le froid tombe d'un coup, piquant. Les premiers flocons de neige tourbillonnent dans l'air du soir, épais comme de la cendre.

— Mais je parle alors qu'il y a à faire ! Dieu ne me pardonnerait pas de perdre du temps en futilités !

— Où allez-vous ainsi ?

Le moine prend un air de profond dévouement ; ses bras s'immobilisent le long de ses flancs épais.

— Partout où Dieu me conduit, partout où je peux combattre ces serpents venimeux. Je pars pour les bords de Loire ! Devant un modeste moine mendiant, toutes les portes s'ouvrent...

En Bas-Limousin, Guillaume de Capestang et Gérald de Masvallier chassent inlassablement les Anglais des terres du royaume, nettoient le pays des nombreuses bandes qui écument les villages les plus reculés et fouillent toutes les maisons fortes, les châteaux qu'ils prennent, mais toujours sans résultat : Patte-Raide et Lydia restent introuvables. Guillaume s'est fait conduire jusqu'à Malemort, parmi les ruines que les survivants tentent de reconstruire. Pour une fois, il peut regarder au grand jour, sans se cacher, la maison de Lydia. Une boule de tristesse au cœur, il reste longtemps face à ce bâtiment à la charpente calcinée. Le toit s'est effondré et il voit par un trou dans le mur une pièce où se trouve encore une table et des chaises. Lydia a marché sur ce plancher, respiré cet air, elle s'est assise sur ces chaises ! Les larmes roulent sur le visage de Capestang. Ah ! la revoir, une seule fois avant de mourir, avant de se plonger l'épée dans le cœur ! La revoir puis fermer les yeux et ne jamais les rouvrir pour garder cette image dans l'éternité !

Gérald et Guillaume s'entendent bien, l'un volubile, bruyant, tapageur, l'autre calme, silencieux, discret, Guillaume a vite découvert les tensions, les rancœurs sous-jacentes qui pourrissent la cour de Tulle.

Constance, l'épouse de Gérald, sa grosse tête penchée sur l'épaule droite, va d'une pièce à l'autre en maugréant. Iseult comprend cette colère permanente mais ne fait rien. Entre les deux, Hélène Dumonteil triomphe dans sa beauté outrageante qui retient tous les regards, attire une foule de musiciens, de poètes qui ne cessent de célébrer ses charmes. Robert Dunois, visiblement amoureux de la jeune femme, tourne autour comme un renard près d'une poule qu'il convoite et dont il n'ose s'emparer. Gérald n'ignore pas la jalousie de son prétendu ami et, par jeu, la provoque en toute occasion.

— Venez donc dans mes bras, ma mie ! L'envie de vous me brûle plus qu'un bûcher. Demain, nous allons, avec notre ami Capestang, prendre la dernière place forte anglaise du pays, le château de Poissac. J'espère enfin y retrouver Patte-Raide.

— Vous allez mettre le siège ?

— Certainement pas. Quelques boulets avec notre bombarde et nous entrerons par la brèche. Ils sont peu nombreux à l'intérieur.

— Permettez-moi de me retirer dans ma chambre. Je meurs de sommeil.

— Pas avant d'avoir éteint le feu qui brûle en moi, ma mie !

Hélène se prête de mauvaise grâce aux désirs de Gérald. Son odeur puissante révulse la jeune femme qui lui a souvent demandé de se laver, mais l'homme sent le sanglier et la chair rance malgré les parfums qu'il se fait répandre sur le corps.

Quand il est parti, elle ordonne à une servante de pousser la porte. Que fait-elle dans ce château ? En devenant la maîtresse de Gérald, elle a simplement cédé au leurre de la noblesse. Comme beaucoup de ces filles attirées par les clinquants des chevaliers, elle a espéré construire avec le jeune comte de Tulle une entente solide qui l'aurait soutenue tout au long de sa vie. Certes Gérald était marié depuis son adolescence à Constance, mais cela n'avait pas d'importance, il y avait de la place pour deux. Les exemples ne manquent pas de seigneurs qui délaissent leur épouse pour leur maîtresse. Mais bien vite Hélène a compris que Gérald ne pouvait aimer personne que lui-même.

Au petit jour, un bruit de fer, des hennissements, des voix qui s'interpellent réveillent les paresseux de la ville de Tulle, les autres sont déjà dans leur atelier ou en chemin pour les champs. Au château, le seigneur se prépare à aller bouter hors de Poissac les Anglais qui, de là, narguent tout le pays. La longue file des chevaliers sort de la ville et remonte sur la colline voisine. En tête chevauchent Gérald de Masvallier et Guillaume de Capestang. Des bœufs tirent les lourdes bouches à feu qui devraient avoir raison des murs épais. Les chevaliers suivent en bavardant, ventaille du heaume levée, puis les hommes de pied dans un ordre approximatif. Les portes se ferment au passage de cette longue file de soudards qu'un coup d'épée n'effarouche pas et qui ont la main leste pour s'emparer d'un objet ou d'un animal convoité quand ce n'est pas une femme.

Le soleil se lève dans un ciel blanc. Un peu de vent coule au ras du sol, agréable. Gérald de Masvallier est content d'aller prendre un peu d'exercice et ne cesse de plaisanter. À côté de lui, Guillaume de Capestang reste grave comme avant chaque attaque : si, par chance, Lydia se trouvait enfin dans ce dernier bastion anglais !

Autour du château de Poissac, les maisons se sont vidées. Chacun a fui avec son petit avoir, son âne, sa vache, les porcs ont été lâchés dans les bois. Ceux qui ont encore du blé l'ont caché dans un puits préparé à cet effet. Les vilains fuient par bandes, les femmes portant les enfants, les vieillards traînant la jambe à l'arrière. On ne fait pas demi-tour pour ramasser ceux qui tombent. Déjà le bruit du fer, les cris encourageant les chevaux et les mulets de trait arrivent à leurs oreilles. Déjà des hommes en cotte de mailles prennent position dans les replis de terrain. Les maigres masures qui gênent l'agencement des batailles sont aussitôt brûlées et des colonnes de fumée montent sur la colline, avertissent les manants qu'on fait la guerre une fois de plus. Sur le donjon les ordres pleuvent dans une langue que personne ne comprend ici.

Robert Dunois commande la deuxième bataille qui va contourner le château par le nord. Les Anglais ont préparé la poix bouillante qu'ils vident sur les assiégeants ; une odeur entêtante et lourde d'huile brûlée se répand dans la campagne. Gérald a décidé de ne pas perdre de temps et demande qu'on bourre la gueule des bombardes, deux superbes fûts en fonte. Les boulets sont glissés derrière l'étoupe et la forte charge de poudre transportée dans un tonneau. Le boutefeu est sourd, ses tympans ont éclaté lors de son premier tir. Depuis, dans le silence total, il ressent les vibrations du sol et admire la flamme muette qui sort du canon. Le premier boulet ouvre une brèche sur le flanc nord du château, Gérald le savait très ancien. Un deuxième boulet perfore une ouverture suffisante pour que les assiégeants tentent une offensive, mais les archers déversent sur eux des volées de flèches.

— Laissez les guêpes tirer leurs traits ! dit Gérald, ils n'ont pas grande réserve.

Il est heureux dans l'action. La guerre est sa raison d'être. Son grand corps a besoin de cet exercice violent et il est infatigable.

Enfin, les archers cessent de tirer et se préparent au

corps-à-corps. Gérald et quelques chevaliers s'approchent de la brèche. Son entrain dans l'offensive, sa voix puissante encouragent les hommes. Il se lance en tête à l'assaut de la brèche. L'huile bouillante l'épargne mais touche ses suivants qui hurlent de douleur. Plusieurs dizaines de combattants réussissent cependant à passer, les armes s'entrechoquent dans les cris et la poussière.

Le soir même, tout est fini. Les Anglais en nombre inférieur se rendent. Les prisonniers de marque sont conservés pour exiger une rançon, les autres sont pendus aux arbres voisins.

Gérald de Masvallier se fait servir à dîner dans la grande salle du château qu'il vient de reprendre. C'est une manière à lui de montrer qu'il est désormais le maître de la place. Il parle fort, rit tout en regardant du coin de l'œil les femmes prisonnières que l'on oblige à faire le service et se demande laquelle tout à l'heure calmera l'ardeur de son corps.

— Et Dunois ? Où est Dunois ?

Personne ne l'a vu.

— Celui-là, il est toujours ailleurs quand j'ai besoin de lui !

La nuit tombe, sereine. La haute fumée sur Poissac indique au voyageur qu'il doit au plus vite trouver une auberge dans une ville bien abritée par ses murs. Ce soir, les fuyards, les vaincus mêlés aux vainqueurs ont soif de sang, d'écus et de femmes. Dans les clairières, les vilains délogés se sont armés de leurs faux. Ils ont attaché leur bétail à l'intérieur d'un enclos construit à la hâte et montent la garde...

Tandis que les autres ripaillent et commentent les faits d'armes de l'après-midi, Robert Dunois s'enfuit à bride abattue jusqu'au château de la Bachellerie où les vigiles s'étonnent de le voir revenir seul. Il ne pense pas, il agit, conscient de sortir de ce chemin tout tracé par ses engagements.

— La victoire est à nous ! dit-il aux sergents de garde.

Il abandonne son cheval et se fait ôter son armure. Il court dans les vastes couloirs froids. Hélène se trouve dans sa chambre. Quand le maître n'est pas là, elle n'en sort que peu, tant elle redoute de croiser Constance.

Elle est en train de broder près de la fenêtre, regardant le ballet incessant des chauves-souris dans la lumière rouge du ciel. Robert Dunois la surprend en train de rêver aux émois de ses quinze ans quand, l'été revenu, elle s'imaginait enlevée par un beau chevalier...

— Vous, ici ?

— Oui, je pars...

La jeune femme regarde par la fenêtre des enfants tenter de regrouper des oies dans la prairie à côté des douves. Le silence retombe entre eux ; alors, Dunois tend sa main vers elle, effleure son épaule du bout des doigts, inspire profondément.

— Vous partez vraiment ? demande-t-elle.

La respiration rapide, Dunois se contient difficilement. Sa main s'éloigne de l'épaule, descend vers le sein droit, s'arrête encore.

— Il vaut mieux que je parte..., fait-il d'une voix rauque. Mon devoir m'appelle ailleurs...

Son regard brille d'une lueur dont le sens n'échappe pas à Hélène.

— Allez-vous enfin me dire votre secret ! Et que faites-vous ici ?

— Je pourrais vous poser la même question.

Il sort son épée, Hélène recule d'un pas.

— Vous voyez cette épée, dit enfin Dunois. Elle est au service de Dieu !

Il marque un silence et ajoute :

— Au service de Dieu et de l'ordre du Temple !

Hélène ouvre de grands yeux. Tout à coup le comportement de Dunois, invincible au combat et battant en retraite devant les femmes, s'éclaire. Elle parcourt des yeux le corps du capitaine, ce corps interdit pour lequel elle a du désir.

Il baisse la tête.

— Je voulais vous dire avant de partir... Je voulais vous dire combien votre présence me réchauffait le cœur et combien je souffrais de voir les grosses pattes de votre amant se poser sur vous !

Hélène à son tour baisse la tête et soupire.

— Je ne le supporte plus ! dit-elle. Il parle si fort qu'on dirait le tonnerre. Il sent si mauvais que j'en ai l'estomac retourné. C'est un bouc et moi une bien pauvre fille.

Ils se taisent un instant, unis par ce silence, eux qui ne peuvent l'être par aucun lien de la chair. Elle inspire brusquement, se dirige vers lui.

— Emmenez-moi avec vous !

Il semble hésiter ; le diable lui souffle une pensée terrible : Gérald pétrira de nouveau ce corps de ses grosses mains de rustre. Un feu le brûle, le mord au gras du ventre.

— Non, ce n'est pas possible.

Il recule d'un pas, mais n'arrive pas à détacher ses yeux de ceux d'Hélène.

— J'ai toujours eu envie de vous ! fait-elle en baissant les paupières.

Le grand corps de Dunois tangue comme un arbre qui va tomber, puis il se tourne vivement.

— Pas moi ! Jamais ! dit-il en s'éloignant d'un pas rapide.

Quelques instants plus tard, Hélène entend son cheval traverser le pont-levis. Il n'a pas cédé, mais sa victoire sur lui-même l'accable comme une défaite. Chaque pas de ce cheval l'éloigne de ce qu'il désire et le voilà déjà plein de regrets. Mais Dunois est un guerrier : il ne fera pas demi-tour, la douleur de l'âme peut se vaincre, même si c'est l'ennemi le plus terrifiant.

Le lendemain, les chanteurs de rue racontent que les chiens de l'évêque sont morts et que le prélat est tellement désespéré qu'il envisage d'aller se noyer dans le premier étang...

Gérald et Guillaume fouillent la forteresse et interrogent les prisonniers. Personne n'a entendu parler de Patte-Raide et de Lydia. Ils sont une fois de plus bredouilles et Guillaume doit admettre le demi-échec de sa mission. Certes, il a réussi avec les nobles locaux à chasser les Anglais et les reîtres, à rendre les routes plus sûres, mais il repart sans Patte-Raide.

L'hiver n'est pas très froid ; pourtant, la faim fait des ravages en Bas-Limousin et dans les autres provinces du royaume. Une fois de plus, les files de mendiants vont de maison en maison, de village en village. Certains, trop faibles pour continuer leur marche, tombent sur le sol dur où le froid les saisit. Les prêcheurs se multiplient, demandent l'extermination des Juifs, d'autres retrouvent d'anciens instincts et pensent qu'une vierge innocente sacrifiée sur un bûcher bénit pourrait apaiser le courroux divin.

Sa mission terminée, Guillaume repart pour Paris où il arrive à la fin du mois de janvier 1347. Il a dépêché plusieurs émissaires à Capestang pour trouver l'argent et payer la rançon de Jean, mais les coursiers circulent mal et il reste sans nouvelles. L'absence de son fils le ronge, lui qui pendant des années ne le quittait que pour dormir se sent comme amputé d'un membre. Il avait entrepris ce voyage à Tulle avec le sentiment de revivre, de retrouver une parcelle de jeunesse en retrouvant les traces de Lydia, mais Lydia lui échappe une fois de plus.

À Paris, le roi le reçoit en son petit cabinet. Philippe VI constate que ses rides se sont creusées.

— Sire, je suis triste de n'avoir pu retrouver Patte-Raide. Une chose est certaine, il est entre les mains des templiers. Pourvu qu'il ne donne pas son secret.

Le roi est songeur.

— André d'Ivry que je tiens en basse fosse au Châtelet ne cède en rien, je l'ai fait questionner, mais c'est un soldat de Dieu... Cela n'empêche pas ses frères d'aider Édouard dans le siège de Calais qui se poursuit.

Ce siège en plein hiver, c'est une épine de bois dur plantée au plus sensible de sa personne, une écharde qui ne cesse de répandre sa douleur en lui. Le roi n'ignore pas les conséquences désastreuses de la prise de cette ville par son ennemi, mais reçoit surtout en pleine face l'affront des Anglais et de l'Ordre sur son propre territoire.

La ville est cependant bien défendue par des doubles remparts, des fossés profonds et un sol mou qui empêche l'ennemi d'approcher ses lourdes machines de guerre. Toutes les routes d'accès sont coupées et les Calaisiens ne peuvent attendre d'approvisionnement que par la mer. Quelques bateaux ont réussi à passer, mais, très vite, le gouverneur Jean de Vienne a compris que les vivres allaient manquer et a expulsé les bouches inutiles, mille sept cents *povres hommes mal pourvus* que les Anglais n'ont même pas pris la peine de poursuivre. Ont quitté aussi la ville, mais par des souterrains secrets, les derniers templiers qui s'y trouvaient encore. Ils ont rejoint le roi d'Angleterre qui est maintenant parfaitement renseigné sur la détresse à l'intérieur des murs. Les assaillants ont établi leurs campements et attendent le printemps pour passer à l'offensive en se nourrissant sur la région qu'ils mettent à sac.

Philippe VI ne sait plus quoi faire. Les caisses sont vides, bien sûr, et il faut lever encore et toujours une armée. Il s'est installé dans la défaite, le goût de la lutte l'a quitté. Il est vaincu au fond de lui-même, vaincu par le temps, par les Anglais.

— La ville de Calais attend du secours ! précise encore Philippe VI en levant ses gros yeux de chien battu sur Guillaume de Capestang ; ce secours, le roi de France ne peut pas le refuser à ses sujets.

— Sire, mon désir le plus cher est de vous servir au mieux.

— J'ai pensé vous confier la charge de rassembler toutes nos forces. Nous devons intervenir et le connétable de Brienne est de nouveau en Angleterre. Ce n'est pas un prisonnier attaché à l'étroit. Il reviendra à la fin de l'hiver pour me faire de nouvelles propositions de paix. Il faudrait qu'à ce moment nous puissions disposer d'une force suffisante pour appuyer notre point de vue.

Guillaume s'investit tout entier dans cette nouvelle mission. Le travail, les soucis d'organiser l'armée du roi le gardent de trop penser à Lydia. Il a reçu des nouvelles de son fief : la rançon est rassemblée, Jean pourra être libéré au plus tôt et cela suffit pour lui donner du cœur au ventre. À la fin de l'hiver, Philippe VI peut compter sur quinze mille hommes, mais Édouard a eu le temps de renforcer sa position dans le Calaisis et a reçu du renfort. Pourtant, la ville résiste courageusement, même si chaque jour qui passe augmente la détresse des habitants. Les riches ne sont guère mieux lotis que les pauvres. Les réserves de blé sont rares dans les greniers, les saloirs vides dans les caves.

Le gouverneur, Jean de Vienne, a écrit au roi et conserve l'espoir qu'il entendra sa supplique. Il a fait pendre ceux qui parlent de se rendre et passé un accord secret avec les Anglais : si, en août, la ville n'a reçu aucun secours, si elle n'a pas réussi à vaincre les assaillants, elle se rendra sans condition.

Édouard III a accepté car il est, lui aussi, excédé par ce siège qui s'éternise. Dans ses troupes, la contestation se généralise. Les hommes s'ennuient dans le froid humide, la neige qui ne cesse de tomber. Ils sont mal payés et demandent qu'on en finisse au plus vite. Seuls les chevaliers portant la croix rouge aux larges bords insistent sur la nécessité de poursuivre le siège et le roi tient bon ; il lui faut Calais !

Le printemps glisse lentement vers l'été. Dans les prairies, les vilains coupent le foin à la bonne odeur de fleurs sauvages ; les vaches conduisent leurs troupeaux dans les communs et sur les prés fauchés où les bêtes mangent tout ce que le râteau n'a pu rassembler. Une bonne année où la pluie a été abondante au printemps, maintenant un soleil généreux mûrit les épis. Un nouveau fléau menace pourtant les récoltes, ces gros rats noirs, nés de la pourriture des cadavres et de l'abandon des maisons. Ils sont partout et dévorent tout, le grain oublié dans un coin de grenier, les noix rances, le lard, ils grignotent le pain sur les râteliers, les pois secs, les fèves. Dans les fermes, on leur fait une chasse continuelle, mais les genettes, les fouines que l'on élève pour tuer mulots et souris ne sont pas assez nombreuses. Ils s'attaquent aux potagers, aux champs de raves, au blé encore en lait. Et ils sont diaboliquement malins, ils dévastent un lieu, puis s'en vont au moindre danger, toujours aussi insaisissables. Et cette odeur qu'ils répandent, de pourriture, de fleur de soufre, d'enfer !

Ils ont envahi tout le royaume, campagnes et villes. À Paris, ils ont commencé à proliférer au bord de la Seine puis dans les rues, les caves, les greniers. Ils se contentent généralement d'une nourriture végétale, mais peuvent dévorer un cadavre car ils semblent apprécier la chair humaine. On a retrouvé une pauvre vieille, morte de faim dans sa maison, à moitié grignotée par ces infectes animaux.

À Pellegarde, près d'Orléans, les vilains ont posté leurs enfants armés de branches autour des champs de blé. Cette surveillance n'est pas d'une grande efficacité : il faudrait un enfant toutes les brasses et encore n'arriveraient-ils pas à arrêter ces bêtes sournoises capables de se rendre invisibles. Leurs cris aigus sont des lames qui tranchent la chair, qui rendent fous. Certains prêcheurs disent que ce sont les âmes des condamnés qui errent ainsi jusqu'au pardon divin, d'autres pensent que ces créatures du diable sont venues pour exterminer les enfants de Dieu. Bientôt la terre entière sera couverte de rats, une masse grouillante qui aura dévoré les arbres, les bêtes et tout ce qui vit.

Le château est bien défendu. Des hommes en armes montent la garde jour et nuit ; des guetteurs surveillent du haut du donjon. Les vilains ne se posent pas de question : le vieux seigneur de Pellegarde n'est pas causant et ne se gêne pas pour faire fouetter les curieux. Aussi, quand, à la tombée de la nuit, ils entendent des chants religieux monter de la cour intérieure, ils se contentent de hausser les épaules en fermant la porte de leur chaumière.

Ce soir, des torches ont été disposées aux murs et ils sont tous là, les dignitaires de l'Ordre, réunis face à Raymond de Meaune qui remplace le maître André d'Ivry. De retour de Calais, ils regagnent l'Aquitaine, mais le solstice d'été les a contraints à faire halte. Demain, le premier rayon de soleil viendra frapper le plomb de l'indifférence qu'il transmutera en pierre de sagesse. Enfin, Raymond de Meaune tend les mains vers l'assistance :

— Mort à Philippe de Valois ! Mort au royaume de France qui a tué nos frères !

— À mort ! répondent les autres en chœur.

— À mort Raoul de Brienne, connétable de France et notre ennemi qui a arrêté le grand maître André d'Ivry.

— À mort !

— La ville de Calais est sur le point de céder. Édouard possédera bientôt la France. Il ne faut pas être grand astrologue pour voir dans la disposition du ciel l'annonce de grands malheurs. Dieu sert notre cause ! Où en est-on avec la femme ?

Un homme s'avance vers le maître. Il est très grand et ses larges épaules sont à l'étroit dans sa robe d'officiant.

— Frère Robert, où en sont tes recherches ?

Robert Dunois serre les poings.

— Notre frère maudit, Jacques Granvet, a cédé au charme de cette femme qui a la séduction du diable. N'aie crainte, mon frère, je te la livrerai.

Sa voix ferme est pleine de rancœur et de détermination.

Raymond de Meaune demande ensuite qu'on amène le prisonnier. Patte-Raide est toujours accompagné de quatre hommes, épée dégainée. La nuit est légère, animée par les torches. Patte-Raide regarde tour à tour les douze dignitaires. Ses yeux s'attardent sur Jean de Montlaud. À cet instant, il ressent un grand réconfort en lui, comme si ce templier-là n'était pas son ennemi.

— Une dernière fois, et devant les frères ici réunis, acceptes-tu de nous livrer le butin pris aux Juifs ?

Patte-Raide est debout, appuyé sur ses béquilles. Son visage conserve toujours la même détermination.

Ses yeux, sous les beaux cils noirs relevés, restent fixes.

— Non ! dit-il.

— Je regrette que tu refuses de coopérer à la grande œuvre à laquelle ton maître a consacré toute sa vie.

— C'est lui qui m'a demandé sur son lit de mort de ne pas vous donner cet or.

— Sa raison s'égarait et il ne serait pas content que tu en fasses profiter quelqu'un d'autre, le prétendu roi de France, par exemple.

— Vous pouvez me tuer ! Je ne crains pas la mort, dit-il en regardant de nouveau Jean de Montlaud.

— Ta femme nous a échappé en séduisant notre frère qui l'avait en garde, mais pas pour longtemps, poursuit Raymond de Meaune. En attendant de la retrouver, l'air des basses fosses est malsain pour un homme de ton âge. Et nous voulons te garder en vie pour que tu nous livres ton secret. Un commerçant de nos amis possède une galère qui vogue entre l'Orient et les côtes du royaume. Tu rameras... Tu sais bien qu'on ne s'évade pas d'une galère !

Les galères... Si les rames sont totalement abandonnées sur l'Atlantique, en Méditerranée, les vents capricieux, les nombreux récifs impliquent encore le recours à des esclaves, prisonniers de guerre ou pauvres bougres qui s'assurent ainsi de quoi manger chaque jour. Patte-Raide est las : sur le banc d'un bateau ou au fond d'une geôle, cela ne change pas grand-chose ; pourtant, il reprend espoir : Lydia est libre !

Guillaume de Capestang se rend chaque matin au Louvre pour veiller à la bonne organisation de l'armée qui s'est rassemblée dans une vaste prairie en bordure de Seine et attend les ordres pour partir délivrer Calais. Il vérifie tout, les réserves de fourrage pour les chevaux, le bois pour les forges que l'on transportera sur place, la poudre pour les bouches à feu sur lesquelles Philippe VI compte beaucoup. La campagne sera courte, et Guillaume espère rentrer à Capestang à l'automne, en compagnie de Jean enfin délivré.

— Vous n'y resterez pas plus d'un mois ou deux ! a précisé le roi. Je ne peux pas me passer de vous ! Je vous attendrai avant l'hiver.

Guillaume s'étonne encore de cet attachement du roi qui le flatte mais l'entrave.

Ce matin, alors qu'il sort de chez lui, un petit moine assez rond, vêtu d'une ample robe brune, la tête plate et les gros yeux blancs en perpétuel mouvement, l'aborde.

— Monseigneur ! dit le moine, je vous apporte une information de la plus haute importance.

— Eh bien, parle !

— Pas ici, monseigneur ! C'est trop dangereux. Les murs ont des oreilles !

— Allons, que veux-tu ? Je suis pressé.

Alors, le moine les mains en cornet devant sa bouche se dresse sur la pointe des pieds pour atteindre l'oreille de Capestang.

— Monseigneur, je suis frère Bernard, un moine mendiant. Le roi refuse de me recevoir et pourtant je voulais lui dire que Patte-Raide que vous avez tant cherché en Limousin se trouve à côté d'Orléans, dans le château de Pellegarde, en bordure de Loire ! S'y trouvent aussi tous les maîtres du Temple ! Une occasion unique puisqu'ils s'enfuient en Aquitaine.

— Es-tu certain de ce que tu dis ?

— Certain ! Mon frère Jean est avec eux !

— Ton frère est templier ?

— Les templiers ont ruiné notre famille, monseigneur, tué notre père en l'attachant derrière un cheval fougueux. Nous avons juré de le venger, car ce sont des hérétiques...

Guillaume laisse le moine sans le remercier et se rend au Louvre. Le roi est avec ses médecins en train de subir une saignée car son tempérament sanguin a besoin ainsi de se purger régulièrement de ses excès d'humeurs.

— Sire, dit Guillaume, j'ai retrouvé Patte-Raide !

Le roi sursaute, se dresse sur les coudes.

— Patte-Raide ?

— Oui, il est dans un château à Orléans retenu par qui vous savez.

— Il n'y a pas un instant à perdre. Vous deviez rencontrer Raoul de Brienne ce matin, de retour d'Angleterre, je le ferai patienter deux ou trois jours. Partez vite avec une cinquantaine d'hommes.

Guillaume ne perd pas une minute. Ses ordres pleuvent et les sergents s'activent. Son escorte est vite prête ; il chevauche vers Orléans sous un soleil de plomb, un pincement aigu au cœur. Il ne veut pas voir celui qui l'a privé de Lydia. Il n'a pas pour lui une haine ordinaire, mais un ressentiment curieux : il souhaite sa mort mais se sait incapable de lui plonger l'épée dans le cœur.

La troupe arrive à Pellegarde à la nuit, une de ces petites nuits de la fin juin, légères et douces. Les hommes n'ont pas pris le temps de se restaurer et ont soif. Guillaume frappe à la porte du château. Le vieux chevalier de Pellegarde les reçoit avec un air étonné. Il ne cesse de regarder Guillaume, sous ses longs sourcils blancs.

— Monseigneur, vous fûtes bien mal renseigné. Qui est ce fameux Patte-Raide qui fait déplacer un émissaire du roi ?

Guillaume connaît le grand art de la dissimulation des templiers, mais remarque cependant un chapeau de fer oublié sur la table, des capes restées au portemanteau ; un ceinturon pend encore sur le dossier d'un fauteuil. Il est sûr que des hommes de guerre sont partis précipitamment et demande la permission de fouiller le château. Pellegarde ne peut refuser, mais son regard est dur en se posant sur l'envoyé du roi.

La fouille ne donne rien. Guillaume envoie plusieurs hommes questionner les vilains des alentours. Ils découvrent vite que des cavaliers sont partis de Pellegarde quelques instants avant leur arrivée. Le lendemain, après quelques heures de repos, Guillaume décide d'abandonner les recherches.

— Ils nous ont filé entre les doigts ! dit-il à ses sergents. Nous n'avons plus qu'à rentrer à Paris.

Philippe VI est déçu, mais il a d'autres soucis. Le connétable Raoul de Brienne est reparti en Angleterre avec de nouvelles propositions de paix qu'Édouard III refusera comme Philippe a refusé celles de son cousin. Quelques jours plus tard, il prend la tête d'une armée de quinze mille hommes. Guillaume de Capestang chevauche à ses côtés, peu fier de ces batailles équipées de bric et de broc, mais il a fallu parer au plus pressé et surtout contourner la plus grosse difficulté, l'or, qui manque cruellement. Calais doit être délivrée avant la fin août, mais le roi n'a pas confiance. Il a conservé le goût amer de sa défaite à Crécy et redoute d'affronter de nouveau Édouard III. Il ne sait pas avec quel argent il va payer les soldes ; alors, dans ces conditions, comment exiger des sacrifices de la piétaille qui ne mange pas à sa faim et des chevaliers qui n'ont pas d'avoine pour leurs chevaux ?

La chaleur écrase la petite ville d'Arras. L'armée du roi fait halte dans la plaine voisine, à côté d'un hameau désert. Les tentes sont montées, en ligne, les seigneurs déploient leurs bannières, tandis que la valetaille prépare les cuisines. Plus loin, dans un champ abandonné aux ronces, les piétons s'installent tant bien que mal. Beaucoup dorment à la belle étoile, quelques-uns accrochent un simple drap entre quatre piquets. La question qui préoccupe tout le monde, c'est le ravitaillement. La forêt est vide de gibier et les rats sentent si mauvais que personne n'ose les faire rôtir.

Philippe VI, assis dans sa tente, écoute ses conseillers. Son hésitation gagne tout le monde. Une escarmouche aujourd'hui avec une bande d'Anglais a montré que ses hommes n'avaient pas la tête à la guerre. Son astrologue l'a averti : les astres ne sont pas favorables, pourtant le maréchal de Clermont et Guillaume de Capestang sont du même avis : il est possible de vaincre les Anglais en les prenant par le revers, mais il faut pour cela afficher plus d'optimiste et de cœur à l'ouvrage.

Le dauphin Jean ne se préoccupe pas de la victoire. Il profite de l'inactivité pour organiser des fêtes et des banquets. Accompagné d'un sien cousin nouvellement arrivé à la cour, Charles de La Cerda, qu'on appelle Monsieur d'Espagne, un bellâtre efféminé qui ment avec une aisance déconcertante, il profite de l'été pour inviter ses amis à des dîners sur l'herbe où l'on sert des mets raffinés. Jean de Normandie et Monsieur d'Espagne logent dans la même tente de draps fleurdelisés qui comprend plusieurs pièces dont une réservée uniquement aux bains de ces messieurs. Dans cette armée où tout manque, ils affichent un luxe et un gaspillage inouïs qui choquent le roi lui-même.

L'astrologue d'Édouard III a prédit une victoire totale à son maître. Les templiers lui apportent une aide stratégique précieuse. Pour empêcher l'accès au port, ils ont construit un fort pendant l'hiver et désormais aucun vivre ne peut venir de la mer. Calais cuit dans une chaleur de soupière et souffre. La faim fait chaque jour des centaines de victimes. Les plus anciens se souviennent des famines du début du siècle, pendant l'hiver 1316, mais celle qu'ils endurent est plus sévère encore. Des bandes hagardes errent dans les rues, les regards blancs dans des visages décharnés ne se posent sur rien. Les mères abandonnent les nourrissons sur le parvis des églises où des hommes sans foi se les arrachent. Jean de Vienne a beau pendre, rien n'y fait : on mange de la chair humaine et personne ne s'en offusque. Chaque matin, les charrettes de la voirie ramassent les morts de la nuit, des morts qu'on entasse dans la même fosse, squelettes recouverts d'une peau flétrie.

Enfin, le 27 juillet, dans une chaleur moite et brumeuse, les troupes françaises arrivent sur les hauteurs de Sangatte. Les bannières claquent au vent marin et les assiégés se tassent sur les remparts pour accueillir leurs sauveurs et crier leur joie. Enfin ils vont pouvoir ouvrir les portes, enfin, ils vont trouver du pain ! Leur sacrifice a duré onze longs mois, il était temps d'en finir !

Sous sa tente, le roi a réuni ses maréchaux. Le comte de Clermont estime qu'il faut attaquer sans laisser le temps à l'ennemi de se préparer. Les renforts viendront de la ville elle-même. Guillaume de Capestang partage cet avis et se porte volontaire pour partir avec la première bataille déloger Édouard du tertre sur lequel il s'est replié, bien défendu par ses archers.

— C'est à la mort que vous partez, Capestang !

— Sire, ma vie a été douloureuse. Que ma mort soit au moins utile à mon roi.

Cette envie d'action monte du fond de son être. L'impression d'avoir vécu pour rien et surtout la conscience de sa lourde faute lui donnent envie de rachat, d'acte expiatoire et il se sent la force, par son élan guerrier, de conduire ses hommes à la victoire. Des images défilent devant ses yeux, celles d'un voleur qui courait à travers bois emportant un petit enfant pour le faire sien, pour avoir à jamais la femme qui avait refusé son amour.

— Sire, je vous assure que les Anglais ne s'attendent pas à une attaque aussi rapide. Nous avons une chance...

Le roi se gratte le front moite de sueur. Il tourne autour de lui un regard indécis qui va des uns aux autres. Enfin, il se décide :

— Non, Capestang. Je ne vous laisserai pas partir dans cette aventure qui vous vaudrait la mort à coup sûr. Nous attaquerons demain. Prenons le temps de réfléchir.

Le lendemain, les guetteurs apprennent que les archers ont pris leurs positions et sont prêts à riposter à toute attaque. Le roi redoute cette guerre d'hommes de pied qu'il ne connaît pas. Il hésite toujours.

— Sire, reprend Capestang qui a mal dormi. Je suis toujours volontaire pour lancer la première bataille.

— Non, nous allons attendre. L'ennemi ne comprendra pas notre tactique et baissera sa garde. Alors nous attaquerons.

Deux jours passent et le roi ne se décide toujours pas. Les Calaisiens s'impatientent. Après une semaine d'hésitations, Philippe VI annonce qu'il n'est pas de taille à vaincre les Anglais et ne veut pas d'un nouveau Crécy. Ses maréchaux tentent de le convaincre du contraire, mais il s'est définitivement installé dans la défaite et n'en sortira plus. Au matin du huitième jour d'espoir, les Calaisiens voient l'armée française lever le camp et s'éloigner. Alors, le désespoir envahit la ville. Tant de sacrifices n'ont servi à rien. Le roi les abandonne, eux qui ont tout enduré pour lui rester fidèles ! À quoi bon attendre encore, supporter de nouvelles tortures puisqu'il faut mourir ! Beaucoup préfèrent se passer eux-mêmes au fil de l'épée. Jean de Vienne, un homme tout en force, en détermination, baisse sa tête de taureau. Il a résisté, mû par la seule volonté de sa fidélité au roi de France, mais le roi a décidé de sacrifier Calais. Le gouverneur qui a tenu la population de sa poigne de fer ploie à son tour, et cet homme de guerre qui semble insensible à la douleur pleure amèrement. Onze mois d'un dévouement total sont ainsi méprisés par le premier de la maison de Valois, ce roi vain conclut tant de souffrances par un demi-tour de son cheval. Il n'envoie aucun message à ceux qu'il abandonne. Il fuit en lâche, laissant derrière lui le plus bel exemple de fidélité au royaume de France. Calais va donc se donner à Édouard III, Philippe VI ne mérite pas Calais ! La nuit tombe sur une ville qui ne vit plus, une ville où les moribonds n'espèrent rien. Que leur importe désormais d'être de ce côté de la Manche, ils n'ont plus d'âme ! Jean de Vienne marche seul sur les remparts. Le soleil est passé derrière l'horizon, puisse-t-il ne plus jamais se lever : la lumière d'été ne convient pas aux vaincus !

Le 4 août au soir, Jean de Vienne agite le drapeau blanc. C'en est fini, les Calaisiens vont mourir en vaincus. Il ne leur reste plus qu'à ne pas se montrer lâches à l'ultime moment.

Enfin Édouard III tient cette ville orgueilleuse qui n'a pas voulu plier le genou devant lui, enfin il gagne même si la victoire lui a beaucoup coûté ! Sa colère éclate devant Jean de Vienne qui l'a nargué si longtemps. Calais va être livrée au pillage et les Calaisiens massacrés comme des animaux de boucherie.

— Sire, dit courageusement Jean de Vienne, vous

ne massacrerez que pauvres malheureux sans défense et si faibles que vous n'aurez point besoin d'épées.

Les barons anglais connaissent leur roi, ses colères furieuses qui tombent vite. Ils laissent passer l'orage et quand, enfin, Édouard III s'assoit, plus calme, le visage contracté de tics, le baron de Country s'approche. C'est un vieillard vénérable écouté pour ses avis toujours sages et prudents.

— Sire, ils ont tué beaucoup des nôtres, ce qui n'était que juste défense. N'oubliez pas que les bourgeois calaisiens ont moult facilités dans l'art du tissage, dans la connaissance des laines et tissus et que tout ce savoir-faire va nous être ôté. Je vous en conjure, sire, laissez les Calaisiens poursuivre leurs industries pour le bien de votre royaume.

Le roi réfléchit un instant. Pourquoi pense-t-il à cet instant à l'attaque qu'il conduisit autrefois contre Mortimer, l'amant de sa mère ? Le souvenir de cet homme de fer, traîné sur une claie de bois par un cheval à travers les rues de Londres s'impose à son esprit.

— Très bien ! dit-il, distrait. Que six bourgeois des plus notables de Calais, nu-pieds et nu-chef, en leur chemise seulement et la corde au cou m'apportent ici les clefs de la ville et du château. Je ferai d'eux ma volonté et accorderai grâce au restant des hommes de la ville !

Ce soir, les cloches sonnent, un son que l'on avait oublié depuis longtemps. Jean de Vienne est sombre, il n'apporte pas de bonnes nouvelles, mais manants et bourgeois, miséreux ou riches, n'attendent rien du lendemain. Ils ont eu le temps de se préparer au pire et mourir reste sûrement la manière la plus simple d'oublier la faim.

Jean de Vienne explique les exigences du roi d'Angleterre. La foule se rebelle. Que ne les a-t-il refusées !

Jamais les riches bourgeois n'accepteront de se sacrifier pour le peuple. Les pilleurs peuvent entrer, il n'y a plus rien à faire qu'à se jeter du haut des remparts !

Dans le brouhaha, les cris de protestation, un vieillard frappant sa canne contre le pavé, car il marche avec difficulté, sort de la foule et rejoint Jean de Vienne. Tout le monde le connaît : c'est un des plus riches Calaisiens, Eustache de Saint-Pierre.

— Ce serait grand-pitié de laisser mourir un tel peuple par famine ou autrement ! déclare-t-il. Pour moi, j'ai si grande espérance d'avoir grâce et pardon de Notre Seigneur si je meurs pour sauver ce peuple que je veux être le premier à me mettre de mon plein gré en la merci du noble roi Édouard !

Eustache de Saint-Pierre n'oublie pas que Dieu a beaucoup à lui pardonner. Propriétaire de plusieurs maisons à Calais, certaines sont réputées pour les belles filles qu'elles abritent, mais son exemple est aussitôt suivi par Jean d'Aire, puis sire Jacques de Wissant, son frère Pierre, Jean de Fiennes et enfin Andrieus d'Andrès.

— Nous voici prêts ! dit enfin Eustache de Saint-Pierre.

Ils sont conduits sous la halle où ils se dévêtent, ne conservant que leur chemise. On apporte des cordes, pas trop rugueuses, qu'ils se passent eux-mêmes au cou, puis Jean de Vienne leur donne les clefs de la ville et du château.

Ainsi vêtus de la plus humble façon, les six hommes marchent dignement vers la porte, suivis de la population silencieuse. Ce matin encore, ils étaient riches et respectés ; ce soir, ils sont les plus pauvres de la ville qu'ils sauvent. Le soleil s'est caché derrière des nuages blancs, fins et légers comme des draps. Enfin, ils franchissent l'enceinte. La chaleur écrase leurs épaules.

Gauthier de Mauny annonce à Édouard III que les six bourgeois sont arrivés. Le roi se rend au-devant de ces miséreux accompagnés d'une foule de seigneurs et de la reine Philippa près d'accoucher. Il contemple un peu ces hommes décharnés qui acceptent de s'humilier pour sauver le peuple de Calais puis ordonne :

— Qu'on fasse venir le bourreau.

La reine Philippa de Hainaut est d'une nature généreuse et, en dépit de son état, s'agenouille devant le roi :

— Sire, dit-elle, j'ai traversé la mer en grand péril pour vous rejoindre et ne vous ai rien demandé. Mais maintenant, je vous prie, humblement, pour le fils de sainte Marie et pour l'amour de moi, d'avoir de ces six hommes merci...

Le roi a un geste des bras, puis s'écrie, encore hors de lui :

— Madame, laissez-moi en mes affaires ! Que ne fussiez-vous ailleurs en cet instant !

— Sire, mon doux seigneur, je vous en prie...

Alors le roi, visiblement contrarié, dit :

— Bien que je le fasse malgré moi, tenez... Je vous les donne. Disposez-en à votre guise !

Ainsi, les bourgeois de Calais sont sauvés, mais pas la ville que le roi veut repeupler d'Anglais. L'exode des Calaisiens qui se sont si bravement battus commence, laissant derrière eux leurs biens, les tombes de leurs parents. Hier marchands aisés, les voilà mendiant leur pain, beaucoup auraient préféré être massacrés !

Le malheur n'est pas qu'à Calais...

La guerre éprouve tout le monde dans cet été 1347 trop chaud. La récolte sera mauvaise, trop de blés brûlés piétinés par les chevaucheurs. Et les rats, ces maudits rats noirs qui coulent en vagues nauséabondes dévorent tout, pires que les sauterelles. On en tue des milliers, leur chasse serait un jeu s'ils n'étaient aussi répugnants, s'ils ne répandaient cette forte odeur qui retourne l'estomac.

Tout le monde voit dans ces bêtes immondes une image du diable. Un grand malheur se prépare, cela personne n'en doute. Les astrologues annoncent que les étoiles sont disposées dans la pire des conjonctures. Certains parlent d'apocalypse.

— Pensez dès aujourd'hui à vous mettre en règle avec votre conscience ! tonnent les prêcheurs de rue. Dieu est en colère, l'univers tout entier est bouleversé !

Les églises se remplissent chaque jour de pauvres miséreux, rongés par la peur. Et comme Dieu n'est pas le seul en cause, d'autres réunions plus secrètes se font dans les fourrés, les caves, où l'on prie ces divinités que la lumière effarouche. L'Inquisition fait son travail, méthodiquement, sans la moindre faiblesse, les tourmenteurs obtiennent des aveux et les bûchers s'allument, mais cela ne change rien, mages et prophètes sont toujours plus nombreux.

Dans les prairies en dessous du château de Chiefield, au bord de la Tamise, les vilains coupent l'herbe dès le lever du soleil et l'odeur du foin sec embaume. L'été est chaud cette année en Angleterre, même si le soleil n'a pas la force que Jean de Capestang lui connaît en Languedoc. Ici, il ne brûle pas ; les rivières ne s'assèchent pas comme dans son fief de Capestang et la campagne reste verte.

L'ennui le ronge. L'arrivée du printemps, la venue de l'été l'ont distrait un moment puis il a plongé de nouveau dans l'indifférence, le laisser-aller semblable à celui d'un morceau de bois sur l'eau, suivant le moindre courant, butant sur le premier obstacle. Le rire de la jeune fille qui l'a pourtant rendu si heureux pendant l'hiver s'est noyé dans la profondeur de son âme, si loin qu'il n'y pense presque plus. Le voilà insensible ; il se réfugie dans le sommeil, l'immobilité de la pierre. Bouger lui demande un si gros effort qu'il préfère souvent endurer la soif plutôt que d'aller chercher l'aiguière posée sur sa petite table. Il pourrait rester ainsi un siècle tant sa vie se consume lentement.

L'été passe. Le matin, Jean regarde le jour se lever, les premiers feux de l'aube blanchir le ciel sur la colline, puis illuminer la Tamise. Les bruits familiers des garçons d'écurie, des hommes d'armes, les charretiers qui passent au pied de la forteresse indiquent l'heure, mais pas le jour. Il pense être au mois d'août puisque le soleil se lève à droite de la marque qu'il a faite au couteau sur la pierre.

Cet après-midi, il regarde la campagne par la petite ouverture, comme tous les jours à cette heure. Il n'attend rien car rien n'arrive jamais. Du fleuve montent les cris des bateliers. Un groupe de cavaliers entourant une litière portée par quatre chevaux se rapproche du fort. La bannière qui se déploie à l'avant est trop loin pour en reconnaître les armes. Jean se distrait ainsi à regarder briller les heaumes d'acier au soleil, la couleur chamarrée des housses sur le dos des chevaux et se dit que c'est là un important personnage qui se déplace en si grand appareil.

Comme le groupe se dirige vers le château, il descend à l'étage inférieur pour le voir de plus près. Il reconnaît alors le comte de Chiefield qui met pied à terre et confie son cheval à un valet d'écurie.

Un laquais ouvre la portière de la litière, une vieille femme en descend, très élégante, puis une jeune fille d'une grande beauté. Son visage parfait est surmonté d'un hennin aux voiles rouges et bleues. Elle porte une robe bleue richement brodée d'or. Ses cheveux blonds sont savamment coiffés et retenus par des rubans légers.

— Nous voici enfin dans cette masure ! dit-elle en langue d'oïl, de cette voix que Jean a entendue rire l'hiver dernier. Ces murs me donnent la chair de poule.

La vieille dame prend un air offusqué :

— Voyons, Élisabeth, vous n'allez pas faire une histoire parce que votre père donne un dîner en son fort deux ou trois fois l'an !

— Certes, mais notre hôtel de Londres et quand même plus accueillant que ce repaire de soudards !

La jeune fille parcourt le château des yeux puis son regard s'arrête sur l'étroite fenêtre de la tour. Elle voit Jean, s'immobilise. Comment se fait-il qu'on ne l'ait pas avertie de la présence de ce jeune homme ? Un frisson parcourt son dos, elle n'ose plus bouger, par peur que cette apparition s'en aille.

— Miss Monckley... qui est-ce ?

La vieille marque son agacement, fait quelques pas, se tourne vers la jeune fille, le regard plein de reproches.

— C'est un Français. Le prisonnier de votre père qu'il libérera contre rançon.

— Qu'il est beau ! murmure la jeune fille à sa gouvernante. Avez-vous remarqué combien ses yeux sont bleus sous de grands cils noirs que toute fille voudrait avoir. Et ses cheveux, bouclés, d'empereur romain...

— Taisez-vous, Miss Élisabeth. Si votre père vous entendait, il serait de fort mauvaise humeur. Cet homme est votre ennemi.

La jeune fille éclate de rire, ce rire qui avait mis du soleil dans l'hiver de Jean. Lui ne bouge pas, fasciné par cette apparition dans la grisaille de son quotidien. Il se sent tout à coup très heureux, comme si ses longs mois de détention n'avaient eu d'autre but que de le mettre en présence de cette jeune fille. Pour la première fois depuis qu'il est ici, son cœur s'est mis à battre et son corps retrouve l'envie de vivre.

— Ce jeune homme est mon ennemi ? s'étonne Élisabeth. Mais pourquoi, voyons ? Parce qu'il a été pris sur un champ de bataille ! Miss Monckley, il parle la langue d'oïl comme moi, il est sûrement de la meilleure noblesse sinon mon père ne l'aurait pas gardé en vie, et vous dites que c'est mon ennemi !

— Taisez-vous ! Vous parlez comme une fille de rien. Une personne de votre condition se doit d'avoir de la retenue dans ses propos ! Dépêchez-vous, votre père vous attend !

Miss Monckley traverse la cour et passe derrière l'angle du mur suivie de la jeune fille, qui, avant de disparaître, se tourne une dernière fois et sourit à Jean. Ce sourire illumine le jeune homme...

Le soir, il guette la sortie d'Élisabeth, mais elle a dû prendre une porte dans la cour inférieure et il ne la voit pas. Cela n'a pas d'importance. Il est plein d'un amour tout neuf, brûlant, si fort qu'il peine à marcher. Son geôlier voit l'éclat nouveau qui brille dans ses yeux mais n'y prête pas attention : les prisonniers, au bout de quelques mois de solitude, ont ainsi des périodes de grande euphorie qui succèdent à des jours d'abattement.

Deuxième partie

LA PESTE

— La comète ! Vous avez vu la comète ?

Un vent frais court sur la lande où la lune allume la bruyère et les ajoncs. Un arbre gesticule silencieusement et accroche les étoiles du bout de ses branches sèches. Le donjon de Merpuis, près de Bergerac, se trouve sur un tertre et domine la campagne déserte à plusieurs lieues à la ronde. Ils sont tous là, les dignitaires du temple derrière Raymond de Meaune. Et ce soir, après avoir longuement observé le ciel, ils se regardent, choqués par ce qu'ils ont vu. Enfin, Raymond de Meaune tend ses mains vers ses pairs :

— Le plus grand malheur de tous les temps est aux portes du royaume. Remercions Dieu !

Ils n'en reviennent pas. Jamais de mémoire d'homme on n'a vu pire combinaison. Saturne en conjonction avec Jupiter et Mercure, trois planètes de l'enfer. Remontant lentement vers l'étoile Polaire et le signe du Cancer, une comète inconnue déploie sa chevelure de feu, si longue qu'elle couvre la moitié du ciel.

— L'apocalypse ! s'écrie Gilles de Reuilly en portant la main à sa croix rouge à larges bords. Le monde va sombrer dans l'enfer !

— Dieu nous sert ! Il va purifier la terre de ses mauvaises âmes ! s'exclame Robert Dunois ! Et des ténèbres sortira la lumière !

— Où en sont tes recherches, frère Robert ? demande Raymond de Meaune. As-tu pu capturer la femme de Patte-Raide ?

Robert fait un pas en avant. Son imposante silhouette dépasse les autres d'une tête. Ses yeux clairs brillent dans la pénombre.

— Mes espies l'ont enfin retrouvée. Elle sera là dans quelques semaines.

— Dieu soit loué ! Patte-Raide parlera quand il verra nos tourmenteurs au travail. Nous avons assez perdu de temps et nous avons besoin d'or !

Un chant d'une grande ferveur s'élève alors vers les étoiles si mal disposées que manants et riches redoutent la fin du monde. Pas les templiers : ils ne craignent pas la mort ni la souffrance, ils ne craignent que l'enfer du péché.

Quand la comète apparaît, un vent de panique a soufflé sur le royaume. Jamais on n'a vu pareil prodige ! Une lumière intense, aveuglante en pleine nuit ! De la longue hampe de feu, des étincelles se détachent comme des grains de sable lumineux.

— Ce sont les larmes du Christ ! s'écrie un prêcheur illuminé, ces larmes qu'il verse sur nos péchés !

Les églises se remplissent d'une foule terrorisée qui ânonne ses suppliques. Chacun se barricade chez soi, tremblant, sursautant au moindre bruit.

— Tu as entendu la chouette ?

Les oiseaux du diable sont partout, claironnant leurs malheurs, sur l'arbre dans la cour, le rebord des fenêtres, le pas des portes. Au petit matin, quand la lumière de Dieu remplace celle du diable, les vilains osent enfin sortir, se rendent à leur travail, mais le manque de sommeil, la peur qui leur ronge encore le ventre les font errer sans but, s'attendant à chaque instant à entendre les trompettes du jugement dernier...

Guillaume de Capestang part pour quelques mois dans son fief où il attendra Jean dont la libération est imminente. Début septembre, il quitte Paris après une dernière recommandation de Philippe VI :

— Surtout soyez de retour avant le début de l'année nouvelle. J'ai besoin de vous !

En deux semaines, il atteint le Quercy. Depuis quelque temps, une terrible rumeur court les chemins. Un vieux pèlerin s'étonne :

— Quelle folie vous pousse, monseigneur, à aller au-devant de la mort ? Êtes-vous pressé d'en finir avec ce monde ?

— Que me racontes-tu là ? demande Guillaume.

— Je vous raconte que tout le monde fuit les régions où vous vous rendez ! Une maladie terrible, comme on n'en a jamais vu, fait des ravages...

— Des maladies, il y en a depuis toujours ! Ce n'est pas pour ça que le monde s'est arrêté ! reprend Guillaume.

— Non, monseigneur, pas comme celle-là ! Les malades pourrissent avant d'être morts ! À croire que Dieu leur fait payer tous les péchés depuis Adam !

Guillaume poursuit sa route. Les voyageurs colportent tant de nouvelles qu'ils gonflent, certaines sont vraies, d'autres naissent de leur imagination ! Des épidémies, Guillaume en a vu beaucoup ; il garde le souvenir d'un grand nombre de catastrophes, mais les hommes en réchappent toujours. Combien de famines dans ce siècle maudit, combien de massacres ont décimé vieux et jeunes, et il reste toujours des vilains dans les fermes, des valets dans les maisons fortes et les châteaux, des hommes de guerre sur les champs de bataille !

Guillaume est heureux et en même temps triste de rentrer chez lui, heureux de retrouver ses terres et ses gens, mais, avec les années, chaque retour a le poids d'un enterrement. Peut-être ne repartira-t-il jamais ! Partir a toujours été un moyen de rejoindre une image de Lydia qui ne peut vivre à Capestang. Sa vie n'a été qu'une longue quête, l'envie de ce qu'il n'a jamais eu. L'hiver dernier, en Bas-Limousin, il a cru jusqu'au dernier instant au miracle, à un cadeau divin et le voilà sur les routes, toujours seul, sans même son fils...

Enfin, les hautes tours de Capestang se profilent à l'horizon, énormes, massives dans cette campagne de petites collines douces. Guillaume se souvient du temps où il chevauchait à côté de son père. Son père ! Il a toujours envié cet homme silencieux que tout le monde aimait. Un amour aussi avait marqué sa vie, mais cet amour avait été heureux avec la femme qu'il avait épousée...

Au château, valets et intendants courent dans tous les sens. Le maître est enfin de retour après plus d'une année d'absence ! Les intendants vérifient leurs livres de comptes et cherchent une dernière erreur avant de les montrer. Les cuisiniers sortent les marmites qui n'ont pas servi depuis longtemps. Dans la cour basse, on égorge les porcs et les volailles pour le banquet qui va rassembler la noblesse locale et les notables, un banquet attristé par l'absence de Jean.

— On parle d'une curieuse maladie qui sévit en Provence ! dit Piedvin, l'intendant général. En trois jours, l'homme le plus robuste est expédié. La ville de Marseille ne serait que cadavres... Connaissez-vous tel fléau ?

Non, Guillaume n'a vu de maladie semblable ni à Paris ni ailleurs. Il demande :

— Comment l'appellent-ils, cette maladie ?

— Elle n'a pas de nom, monseigneur, puisqu'elle est nouvelle, apparue comme ça, de la pourriture de l'air. C'est la pire de toutes les pestes, alors les gens disent la peste !

Malgré ces rumeurs inquiétantes, ce soir, le village de Capestang s'endort serein. Le baron est de retour, sa haute silhouette veille sur le sommeil de tous. Les routiers ne s'aventureront plus ici et le vin fermentera mieux dans les cuves. Sans le maître, le fief tout entier est décapité. Les enfants ont le sommeil agité, les vaches ne donnent plus de lait, les loups s'approchent des maisons. Maintenant, on est tranquille, la peste restera à l'écart. Les chanteurs de rue peuvent agiter leur terrible menace dans leurs couplets, les prédicateurs appeler chacun à faire pénitence, personne ne les craint !

Le lendemain, Guillaume rend visite à Tino Bellini, un banquier lombard installé à Capestang depuis longtemps.

— Dans notre compagnie, dit Bellini, l'argent ne circule pas, les chemins ne sont pas assez sûrs.

C'est un petit homme rond, la tête massive ; ses cheveux frisés moussent sur son crâne. Il porte l'ancienne robe qui pend sur ses mollets maigres.

— Autrefois, les rançons étaient emportées par route et les voleurs toujours bien informés attaquaient les convois qui n'arrivaient jamais à destination.

— Et comment avez-vous payé ? demande Guillaume.

— Un simple billet, monseigneur. J'ai écrit une lettre qui avait la valeur de la somme. Et notre comptoir de Chiefield a compté aussitôt les cinq mille écus que vaut votre fils. J'y ai ajouté sur mon compte puisque votre maison a toujours permis aux Lombards de faire commerce sur son fief, cent écus pour l'escorte.

— Je vous remercie. Faites vite surtout. Je me languis de Jean !

Guillaume s'en va dans la poussière chaude de l'été. Il croise le jeune Fantet qui rentre au village avec son troupeau de moutons. Le baron accepte que ses paysans libres conduisent leurs bêtes sur ces landes maigres, couvertes d'ajoncs et d'herbes sèches à côté des douves. Fantet salue Guillaume qui est son parrain, comme il est le parrain de beaucoup de petits vilains du fief.

— Voilà que t'as grandi ! Tu es un homme maintenant ! dit Capestang. Quand je suis parti, tu étais encore un enfantelet !

— Oui, monseigneur, je vais sur mes seize ans !

Fantet est heureux, léger comme un papillon, et il siffle cette joie de vivre qui déborde de son jeune corps d'adolescent, tandis que le baron pique son cheval. Il a vu Marion et l'a aidée à faire fuir les rats qui effrayaient ses oies. Il a osé l'approcher et lui dire combien il la trouvait belle. Marion a rougi, mais ne s'est pas beaucoup défendue, ses gestes étaient mous pour empêcher Fantet de la prendre dans ses bras et de poser ses lèvres sur les siennes.

— C'est mal, a-t-elle dit, le feu aux joues. Très mal, faudra s'en confesser à notre curé.

— Tant pis si c'est mal, a dit Fantet. Dieu m'a donné l'envie de toi, c'est lui qui me commande le péché !

— Non, Fantet, recule-toi ou j'appelle. Je suis une bonne fille. Quand nous serons mariés, mais pas avant...

— Quand nous serons mariés ? Mais sais-tu que la grande dame noire à la faucille coupe toutes les herbes qui lui déplaisent. Peut-être sommes-nous déjà sur le fil de sa faux ! Profitons-en tant que nous sommes vivants !

Le désir du corps, cette force qui monte comme une flamme sur le buisson sec, fait oublier la menace de l'enfer. Fantet embrasse à pleine bouche Marion qui remue les bras en guise de protestation, un naufragé qui se laisse couler. Après un moment d'abandon, elle se dégage et s'en va à toutes jambes.

Fantet pense à ce baiser en ramenant ses huit moutons, toute la fortune de la famille. Des frissons parcourent son dos. Il ne se sent pas bien et met ce malaise sur le compte de cet amour qui le submerge, mais le frisson s'intensifie ; il lui semble que de l'eau gelée coule dans son dos.

Dans la petite ferme, il trouve son père et ses frères en train de fouler le raisin dans la cuve de bois. Sa mère et ses sœurs s'occupent de la basse-cour, donnent aux oies, aux poules, récoltent les œufs dans les nids. Ici, on n'est pas riche, mais on mange à sa faim et c'est déjà une belle aisance. La récolte a été abondante ; dans le grenier, les énormes paillasses sont pleines de bon froment, un grain si lourd qu'en dessous on peine à fermer les portes.

La mère lève les yeux sur le jeune homme et constate :

— Qu'est-ce qui t'arrive, tu es tout blanc ? Tu n'as pas plus de couleur qu'un fromage frais.

— Rien, je sais pas, j'ai dû prendre froid. J'ai des frissons par tout le corps et je claque des dents, comme au mois de janvier.

— Récite un « Je vous salue Marie » et confie-toi à Dieu, ça ira mieux ensuite.

— Bah, dit le père, va prendre un peu de vin chaud avec du miel, ça guérit tout !

Mais ni le vin chaud ni la prière ne guérissent Fantet. Le voilà près d'un feu que sa mère nourrit, dans cette maison surchauffée, en train de grelotter. Son front brûle, ses yeux brillent. Le vieux Mérigou qui a des secrets et guérit en posant les mains, arrive, tout bossu, couvert de son chaperon noir parce qu'il craint le soleil et se couvre en été comme en hiver. Il constate lui aussi une fièvre très forte. Fantet s'est mis au lit et les bouillottes ne réussissent pas à le réchauffer. Le vieux pose les mains sur son front, récite les prières à l'archange Gabriel, mais ne sent pas le fluide circuler en lui, de sa main vers ce front qu'il touche.

— C'est pas normal, dit-il. C'est pas une fièvre comme les autres !

Fantet délire. Ce qui frappe tout le monde, c'est ce regard, qu'il roule autour de lui en ne reconnaissant ni sa mère ni ses frères, ses yeux blancs qui semblent voir à travers sa souffrance le feu de l'enfer. Il dit des mots sans suite, se dresse sur les coudes, comme s'il était lucide et s'écrie :

— C'est Dieu qui me punit ! J'ai embrassé la Marion sur ses lèvres fraîches comme des groseilles !

Son père sourit : si ce n'est que ça, le mal n'est pas grand.

— Tu t'en confesseras, tu feras ta pénitence et tout sera guéri !

La nuit, Fantet ne cesse de se plaindre et de gémir. Le père et les enfants vont dormir dans l'étable, près des moutons. Seule la mère reste au chevet du jeune homme. Une odeur terrible de pourriture, cette odeur qu'ils connaissent tous pour avoir senti des cadavres sans sépulture, cette odeur d'homme qui devient boue, fruit corrompu, charogne, flotte dans la petite pièce. Tous en ont la nausée, sauf la mère qui ne la sent pas et tient la main de son fils.

— Mon petit Fantet, t'en fais pas. Dieu ne punit pas l'innocence. Calme-toi, il ne t'emmènera pas en enfer parce que tu as dis à une fille que tu l'aimais...

Elle sent confusément qu'elle dit n'importe quoi, qu'elle commet à son tour un péché, mais elle veut bien prendre la faute à son compte, pourvu que son petit aille mieux.

Le lendemain, l'odeur est tellement forte qu'ils ne peuvent rester près du malade. Mariette, la petite dernière, sent à son tour les frissons de froid dans le dos. Sa mère veut encore croire à une petite maladie de rien, pourtant le soir elle sait que Fantet n'embrassera plus jamais Marion. Il meurt en poussant un cri terrible. Des lambeaux de chair jaune suinte un pus empoisonné. Le curé Mogein constate le décès, confie l'âme de ce pauvre innocent à Dieu.

— C'est peut-être la peste !

À partir de là, la maladie s'amplifie à Capestang. Fantet n'est pas enterré que Marion le suit dans la tombe pour un baiser, celui de la mort, puis ses frères, son père. Ça commence toujours de la même manière : des frissons, l'impression d'avoir de l'eau froide dans le dos, puis une fièvre très forte qui fait délirer et toujours cette odeur de pourriture. Le corps se décompose avant que le cœur ne se soit arrêté de battre. On n'ose toucher les malades tant il semble qu'à la moindre pression la chair va tomber en bouillie nauséabonde.

Une deuxième maladie, proche de la première, apparaît durant les premiers jours d'octobre dans les hameaux voisins de Capestang jusque-là épargnés. De gros furoncles se forment sous les bras, au cou, à l'aisselle, si douloureux qu'il est impossible de faire le moindre mouvement. La pauvre Henriette qui vit difficilement en glanant du bois dans la forêt et en cueillant les fruits sauvages en est atteinte la première. Elle rend quelques services pour un bol de soupe, désherbe les légumes au jardin, lave le linge dans l'eau froide de la rivière, garde les troupeaux. La voilà sans forces, à se tordre de douleur sur sa couche de balle d'avoine. Tracassin qui l'attendait pour sa lessive la trouve tremblante de fièvre, le regard perdu. Elle lui montre les furoncles énormes qui ont poussé sous ses bras. Tracassin va chercher Larrisset dont on vante l'habileté dans tout le pays pour arracher les dents, remettre en place un os cassé ou panser une blessure. Quand il voit ces grosseurs, il dit ne pas savoir ce que c'est, mais en comprend la gravité. Il demande à Tracassin de tenir la malade et incise les bubons d'où sort un pus grisâtre avec cette fameuse odeur de pourriture, preuve que c'est aussi la peste. Après cette opération, la vieille se sent mieux, la fièvre tombe et Larrisset croit au miracle, mais pas pour longtemps. Deux jours plus tard, la fièvre reprend de plus belle, tandis que l'odeur de cadavre se répand autour de la pauvre Henriette qui meurt dans des souffrances horribles.

En moins de quinze jours, la peste se répand dans tout le fief et gagne les grandes villes. Les rumeurs les plus folles circulent et attisent la peur. À Béziers, la moitié de la population est morte en deux jours et il n'y a personne pour enterrer les cadavres. À Montpellier, on a vu d'étranges hommes aux pieds fourchus empoisonner les fontaines. À Capestang, quelques Juifs et des lépreux sont brûlés, mais cela ne change rien. D'ailleurs, les médecins s'aperçoivent très vite que le mal ne vient pas de l'eau, mais de l'air qu'on respire, de l'air pourri. Il faut surtout éviter d'approcher les malades, de les toucher. Les volontaires manquent pour creuser les fosses et enterrer les morts. Des cadavres pourrissants gisent dans les rues, sur les chemins. Dans les fermes, la maladie terrasse des familles entières, les animaux dont plus personne ne s'occupe tirent sur leurs chaînes ; les portes des étables restent ouvertes sur la nuit. Loups et ours pillent les basses-cours. La belle revanche pour cette sauvagine que les vilains contenaient dans les bois ! Désormais, les ours marchent dans les chemins, sur les pas des hommes, les loups entrent dans les fermes et mangent à la place du maître, laissant aux rats les réserves des greniers, des caves et des celliers. Parfois, dans l'entrebâillement d'une porte, derrière une fenêtre, un visage blême se montre avant de repartir se cacher dans l'ombre. La peur ronge autant que la maladie, la peur du premier signe qui est déjà l'agonie, du petit frisson qui parcourt le bas du dos ; chacun ne cesse de se palper, de se chercher une douleur, si petite soit-elle, qui pourrait ressembler au mal. On redoute ses proches, son fils, son frère, sa femme. Ceux qui ont un bouc dorment à côté de cet animal qui a la vertu de chasser le mauvais fluide. Les autres se terrent dans un coin, comme des bêtes traquées, jetant autour d'eux un regard terrorisé. On ne se touche plus, on ne s'embrasse plus, on ne fait plus l'amour. Les églises, pleines au début de l'épidémie de ces vilains en braies, de ces manants sans nom et sans âge qui venaient demander à Dieu de les épargner, restent désormais vides. Seuls les confessionnaux ne désemplissent pas. Chacun s'y rend, un gros tampon d'herbes sèches contre le nez et la bouche.

La maladie s'en va au hasard de sa fantaisie d'un village à l'autre, épargnant une ferme, un hameau et tuant tout le monde une lieue plus loin...

Jusque-là, le château de Capestang est resté en dehors de la tourmente, mais pas pour longtemps. À la fin octobre, la peste saute à pieds joints les douves et les murailles pour s'en prendre à l'abbé Lesourd qui s'occupe de la chapelle et des offices religieux. La peste l'emporte en deux jours d'une fièvre intense pendant laquelle il délire et dit tant de diableries que frère Julien, présent pendant son agonie, se demande si Dieu va l'accueillir en son paradis.

À partir de là, les victimes sont quotidiennes. La vieille Guerangère, tante de Guillaume, meurt dans des convulsions atroces, puis plusieurs valets.

L'odeur âcre, prenante, écœurante de pourriture est partout. Elle imprègne l'air malgré les parfums que l'on répand dans les différentes pièces du château. Elle surpasse celle du moût qui se transforme en vin.

Comme en pareille époque, les prédicateurs, les illuminés de toutes sortes envahissent les rues et répandent leurs mauvaises paroles. Des charlatans vont de ferme en ferme, vendent des eaux qui purifient le corps des mauvaises humeurs, des tampons faits d'herbes cueillies à la pleine lune, des poils de bouc, de la poudre de licorne qu'il suffit de vider dans son breuvage pour échapper à l'épidémie... Des fortunes se font en peu de temps, mais combien de ces marchands de miracles périssent à leur tour, foudroyés, leur sac d'écus à la main.

La ville de Capestang est durement touchée. L'échevin, en accord avec Guillaume, oblige les familles à déclarer leurs morts. Les maisons des pestiférés doivent être signalées par un chiffon rouge accroché à la porte. Les survivants n'ont plus le droit de sortir et sont ravitaillés par des sergents municipaux qui se protègent avec de longues robes camphrées, une heaumière de cuir sur la tête, percée de deux trous à la place des yeux et prolongée à la hauteur du nez et de la bouche d'un bec rempli d'herbes aromatiques et de sels. Il est interdit de rentrer chez soi avec les chaussures utilisées dans la rue.

Autant de contraintes, sûrement efficaces pour

contenir l'épidémie, deviennent très vite insupportables, alors les gens trichent au risque d'être pendus sans procès. Pour éviter la quarantaine, beaucoup cachent leurs morts dans leurs caves ou les abandonnent de nuit dans la rue, quittent leur maison pour fuir dans la campagne. La forêt devient le refuge de ces proscrits de la peste. Il leur semble qu'en courant droit devant eux, qu'en allant se cacher au fond des taillis, la maladie les oubliera. Mais elle n'oublie personne et les fossés, les sous-bois sont pleins de cadavres grouillants de vers. Curieusement, les corbeaux, si friands de la chair des suppliciés, dédaignent ceux que la peste a pris.

Dans les villes, le ramassage des morts reste la préoccupation principale. Personne ne veut s'en charger et il faut ouvrir les prisons, promettre aux condamnés d'échapper à la corde ; certains refusent, préférant être pendus sur l'heure que de risquer d'être malades. De rares volontaires que l'on paie très cher chargent chaque matin les cadavres sur des charrettes et les emportent dans des fosses creusées à la hâte.

Il pleut encore ce matin, le ciel gris se pose sur la tour de Chiefield. Au loin, la Tamise serpente dans une campagne terne. Voilà déjà l'automne. Jean de Capestang regarde depuis un an le même bout de campagne, les mêmes chaumières, les mêmes fumées qui s'en échappent. La colère monte en lui ; que fait son père ? Pourquoi n'a-t-il pas encore payé sa rançon ?

Heureusement, il peut rêver à Élisabeth, c'est sa seule raison de vivre. Autour de cette rencontre de quelques secondes, il brode toute une histoire qui occupe ses longues journées et remplit son cœur trop vide. Élisabeth lui a souri ; elle est tombée amoureuse de lui, un amour brûlant dont son père ne veut pas, raison pour laquelle il la retient à Londres. Mais Jean ne perd pas espoir, un jour, peut-être aujourd'hui ou demain, elle s'échappera, le délivrera et ils partiront tous les deux pour Capestang, le pays où le soleil brille toujours...

La porte de la geôle s'ouvre. C'est le barbier qui vient le raser une fois par semaine. Un homme gringalet d'une cinquantaine d'années qui manie son rasoir avec habileté et parle un peu la langue d'oïl avec un curieux accent qui fait sourire Jean. Le jeune prisonnier n'est pas, non plus, très à l'aise dans le parler de Paris mais il réussit à se faire comprendre.

— Belle journée, monseigneur ! dit l'homme en entrant.

Capestang jette un regard à la fenêtre. Le ciel est toujours aussi gris, on ne voit pas à deux cents pieds.

— Pour vous, William. Chez moi, une belle journée commence avec un grand soleil si éclatant qu'il vous aveuglerait !

— Il va venir, le soleil. Ce n'est que la brume du matin ! dit William en riant. Vous autres Français, n'avez aucun sens du mystère d'un matin brumeux.

Il pose sur la table une petite bassine d'eau tiède et aiguise son rasoir sur le cuir de bœuf.

— Je crois pouvoir vous annoncer une bonne nouvelle, monseigneur. Votre rançon est enfin payée.

Jean soupire ; son père a enfin pensé à lui !

— Un concours de circonstances malheureuses a fait que la chose n'a pu se faire plus tôt. Mais tout est arrangé. Vous allez être libéré dans la journée, certainement ce matin. J'ai ordre de vous raser de près. On va apporter de l'eau chaude pour votre bain et des vêtements propres.

Jusque-là Jean imaginait sa joie le jour de sa libération. Et le voilà presque indifférent. Seule la pensée de la belle Élisabeth avive son impatience.

— Mademoiselle Élisabeth est-elle en sa maison de Londres ?

— Je ne sais, messire. J'ai simplement l'ordre de m'occuper de votre confort.

Deux jeunes valets apportent une grande cuve en bois cerclée d'osier. Des servantes la remplissent d'eau tiède. L'une d'elles, aux joues piquées de son, regarde longuement Jean, son visage gracieux et surtout ses grands cils noirs relevés. Il se défait de ses habits sales et usés puis se glisse dans l'eau avec un ravissement qui se marque sur son visage. La captivité ne l'a pas trop éprouvé et il conserve un beau corps. La servante lui frotte le dos et prend un réel plaisir à masser ses muscles puissants qui roulent sous la peau.

Quand il est séché, elle lui présente des vêtements neufs, une chemise de laine, une cotte et des chausses, un surcot de velours.

— Que tout cela est bon ! dit Jean.

— Ainsi, vous ne garderez pas un trop mauvais souvenir de cette année passée ici. Mgr de Chiefield vous attend à sa table.

Le barbier conduit Jean dans une grande salle où s'activent les valets de bouche. On a corné l'eau et les convives prennent place après le seigneur des lieux qui trône en bout de table, dépassant les autres d'une tête austère. Sa barbe rousse, abondante et soyeuse, luit à la lumière blanche.

Un feu d'aulne brûle dans la cheminée ; deux petites filles surveillent les braises qui volent de l'âtre et roulent sur le sol couvert de joncs. Des chiens qui se chauffaient s'approchent de la table en sentant l'odeur des sauces que les valets apportent.

— Mes amis, dit le comte de Chiefield, je vous présente celui qui était mon prisonnier jusque-là, le chevalier de Capestang. Son père, le baron de Capestang, vient de payer sa rançon. C'est donc notre égal que nous accueillons à cette table.

Jean salue, s'incline devant le maître, mais se sent humilié. Le Français qu'il est reste un vaincu devant cette assemblée de chevaliers arrogants. Crécy et l'énorme bourde du roi de France le font encore rougir. Il s'assoit à la place que lui montre un valet et ses yeux se lèvent sur la jeune fille qui se tient à la droite du comte. Élisabeth ! Celle dont il a tant rêvé est là, qui le regarde ! Il rougit, honteux de ses envies de garçon solitaire. Maintenant, il regrette de partir. Le comte de Chiefield lève son hanap.

— Buvons à la trêve entre nos deux pays. La guerre n'a jamais rien apporté de bon !

Puis, s'adressant à Jean, il ajoute :

— Je ne suis pas très bien informé, mais on parle d'une curieuse maladie qui sévit dans les États de langue d'oc et progresse lentement vers le nord. Une terrible épidémie qui tue les hommes comme des mouches !

Il tape dans les mains pour que le majordome fasse apporter les plats du premier service.

— Cette maladie, ajoute-t-il, n'a pas de nom, ils l'appellent la peste...

Enfin, il sourit et soulève de nouveau son hanap :

— Nous sommes bien tranquilles, ici ! À moins qu'elle sache nager !

Jean n'écoute pas. Il se noie dans les yeux d'Élisabeth qui le regarde. Le temps qui ne passait pas jusque-là défile si vite que c'est déjà la fin du repas. Le comte de Chiefield dit à Jean :

— Mon jeune ami, je n'ai qu'une parole. Vous êtes libre. Votre père a ajouté à la rançon de quoi vous escorter et vous conduire en territoire français. Je mets donc à votre disposition six hommes d'armes qui vont vous accompagner.

Jean remercie, mais n'a plus envie de s'en aller. Son cheval l'attend pourtant dans la cour. Le soleil se montre par moments entre les bandes de brume, pâle, sans chaleur, mais il donne un peu de couleur à la campagne grise.

— Je souhaite revoir une dernière fois ma geôle. On ne quitte pas sans un certain pincement au cœur une prison que l'on a habitée pendant une année.

Il monte dans la tour, se penche une dernière fois à la petite fenêtre, s'assoit sur son lit. Il a vécu tant d'heures d'ennui, de vide total, tant de jours inutiles dans cette pièce aux murs nus ! Au moment de partir, il comprend qu'il n'a pas été si malheureux, qu'au fond de lui, dans les moments les plus sombres, l'espoir n'était pas éteint. Il descend, regagne la cour où il vit pour la première fois Élisabeth. La jeune fille est là, dans le coin de la tour.

— Je savais que vous viendriez ! dit-elle de cette voix douce et merveilleuse. Pendant le repas, je l'ai vu dans vos yeux.

Jean reste un moment silencieux, puis il dit :

— Je n'ai plus envie de partir !

— Je me suis échappée pour courir ici ! ajoute Élisabeth, à l'endroit où nous nous sommes vus pour la première fois. Vous vous souvenez ?

Ses grands yeux ont des reflets bleus et gris, comme le ciel. Ses cheveux dorés sont sagement attachés en grosses boucles au-dessus de sa tête. Jean fait un pas vers elle.

— Dites-moi où je pourrais vous retrouver, demande-t-il. Je ne suis pas à une journée près. Je partirai demain, dites-moi...

— C'est fou, cette envie de vous dire oui... L'escorte aura tôt fait d'avertir mon père, à moins que...

Le diable vient de lui souffler une idée, horrible parce que c'est un péché. Mais son être tout entier a envie de ce péché. Demain, la vie l'aura peut-être quittée, demain sera peut-être aussi noir qu'une nuit. Autant profiter tout de suite de ce rayon de soleil que les nuages vont cacher.

— Dites que vous voulez prier la Vierge de Fildech qui protège ceux qui vont prendre la mer, c'est à une lieue d'ici. Vous logerez à l'auberge du Saint-Lieu.

Vous ferez servir un copieux dîner à votre escorte en une salle indépendante. Vous irez vous recueillir seul au rocher de la Vierge. Je vous rejoindrai.

Elle s'éloigne, elle se confessera demain à l'abbé Juinille qui la réprimandera, mais l'abbé lui passe tout.

— Je ne recommencerai jamais, je le jure ! dit-elle en s'adressant à Jésus.

Jean rejoint son escorte et annonce son intention d'aller prier la Vierge. Les hommes le conduisent donc jusqu'à l'auberge du Saint-Lieu où il les invite à se restaurer. Fébrile, le jeune homme suit le sentier que les pèlerins ont tracé entre les fougères. Les nuages courent au-dessus des arbres. Le rocher se dresse entre les taillis, une énorme dent surmontée d'une statue de la Vierge. Une source jaillit sur la droite, coule jusqu'à un bassin dont le fond est couvert de pièces de monnaie. Jean s'agenouille, cherche en lui les premiers mots d'une prière, mais son esprit est ailleurs. Élisabeth arrive enfin.

— Ce que nous faisons est mal, très mal, dit-elle. Il me restera toute ma vie pour expier ce péché.

— Nous ne savons pas ce que Dieu nous réserve !

Elle se blottit contre lui.

— Je n'ai que très peu de temps. Miss Monkley me surveille. J'ai réussi à tromper sa vigilance, mais cela ne va pas durer.

— Élisabeth, je vais rester... Pour vous !

— Non, partez, mais revenez vite. Nos pays sont ennemis, mais la paix reviendra !

— Cela n'a pas d'importance. Je reviendrai, je vous le jure !

Déjà elle a disparu dans le sentier, ombre accompagnée d'un léger bruit d'étoffe. Jean, le cœur comblé d'amour, a envie de pleurer. Ce retour au pays tant attendu le désespère.

Durant l'automne 1347, la peste gagne les provinces au sud et au centre du royaume, dévaste l'Aquitaine, le Périgord, le Limousin, puis l'Auvergne. Elle touche en même temps des villes distantes de cent lieues, épargne comme par hasard tel hameau, telle maison. Dès les premiers cas, les plus riches bourgeois entassent leur mobilier sur des chariots et s'en vont dans leur résidence de campagne. Les pauvres fuient droit devant eux, aussi vite qu'ils peuvent, espérant que la maladie ne les rattrapera pas. Les routes se remplissent de cortèges d'attelages de bœufs ou d'ânes tirant des charrettes pleines à rompre les essieux, de groupes de fugitifs pour qui manger devient vite la préoccupation principale. Beaucoup agonisent dévorés par les rats dont ils n'ont pas la force de se protéger, meurent dans les fossés ou à l'abri d'un taillis. Les cimetières sont trop petits, il faut en aménager de nouveaux à la hâte. On n'enterre plus individuellement mais par charretées. À Tulle, la peste arrive en retard. Les prières constantes, la contrition des habitants ont protégé la cité jusqu'à la mi-novembre, puis le mal éclate d'un coup, faisant plusieurs centaines de victimes en moins de huit jours. L'évêque, inconsolable depuis la mort de ses chiens, décide de regagner sa résidence d'été de Saint-Maixent où aucun cas n'a été signalé. Au château, la peste enlève coup sur coup la langoureuse Iseult et une dizaine de valets. Hélène Dumonteil a peur :

— Partons, Gérald ! supplie-t-elle. Allons passer l'hiver dans votre château de Meyrignac, au milieu de la forêt. La maladie ne va pas sur les montagnes.

Gérald ne veut pas fuir.

— Je demande aux bourgeois d'être calmes, de rester chez eux, je leur répète à longueur de journée que la peste retrouve ses victimes où qu'elles aillent et vous voudriez que je m'enfuie. Nenni, ma mie ! Fuyez si vous le voulez, moi je reste.

Dans sa chambre qu'elle ne quitte plus, Constance de Gimel prie à genoux sous le crucifix. Elle ne craint pas la maladie ; mourir lui est indifférent, la vie lui a si peu donné qu'elle peut la quitter sans regret. Elle prie, même si sa conscience lui dit que c'est mal :

— Mon Dieu, vous m'avez assez fait souffrir. Si la peste est votre justice, frappez cette femme de mauvaise vie qui tient entre ses filets celui que vous m'avez désigné. Je vous en supplie, frappez-la et me frappez ensuite !

Mais Hélène résiste et se préserve du mal en respirant des sels de vinaigre. Le comte a fait attacher dans les différentes pièces plusieurs boucs qui répandent une odeur puissante. Par mesure de précaution, il a demandé à l'abbé Lebrunet de l'entendre en confession, puis il a repris sa vie habituelle. Depuis l'âge de quinze ans qu'il bataille contre l'Anglais ou les reîtres, il s'est habitué à l'idée d'une mort qui ne prévient pas. Et puis, il ne croit pas ce que disent les clercs à propos de l'enfer. Dieu, puisqu'il n'est que bonté, ne peut que pardonner et accepter tout le monde en son paradis.

— Et quel mérite ont alors les vertueux ? demande Hélène.

— Ils ont du bonheur avant les autres ! Moi, il me semble que privations et flagellations ne plaisent pas à Dieu. Nous nous devons de contenter le corps qu'il nous a donné.

En Bas-Limousin, l'épidémie dure peu. Avec le froid qui s'installe sur les collines, la maladie recule et disparaît complètement en décembre. Dans la cathédrale, l'évêque, qui regrette maintenant d'avoir cédé à la peur, rend grâces aux saints patrons de la ville. L'hiver se passe dans une relative aisance. Les charrois de vivres arrivent et, pour la première fois depuis plusieurs années, les pauvres gens ne meurent pas de faim.

La peste reprend en avril 1348 alors que personne ne s'y attend. Mardi, le quatorzième du mois, Hélène Dumonteil craint d'avoir pris froid lors de la chasse de la veille et se fait servir à dîner dans sa chambre. Mais, dès le lendemain, elle comprend que ce n'est pas un rhume ordinaire. L'odeur putride de son haleine lui indique qu'elle va mourir. Gérald, malgré la défense de l'abbé, reste à son chevet, serre sa petite main contre ses lèvres, lui murmure des mots d'encouragement. Le beau visage de la jeune femme est blême, ses joues pendent, molles, ses yeux brûlent d'un feu intérieur. Sa peau a pris une couleur grise et granuleuse. Elle délire, invoque son père ami des Anglais, sa mère qui, alors qu'elle était une enfant, l'offrit à un gros client qui menaçait de rompre un marché.

Gérald est abattu. Il tangue comme un donjon qui va s'écrouler. Il roule autour de lui ses petits yeux noirs, passe la main sur son abondante barbe. Hélène va mourir et il ne peut le supporter. Le corps voluptueux de sa maîtresse, son esprit lui sont indispensables, comme l'eau, comme l'air qu'il respire. L'abbé Lebrunet, un tampon de sels et de plantes aromatiques devant le nez, administre le dernier sacrement à la mourante.

— Monseigneur, je vous en supplie, protégez-vous !

Gérald se dresse, puissant au point de penser que rien, pas même la peste, ne peut l'abattre :

— Me protéger et pourquoi ? Que me reste-t-il, désormais ?

— Monseigneur, vous blasphémez !

L'abbé murmure rapidement les prières, approche son pouce du front brûlant sans le toucher, trace dans l'air un rapide signe de croix et sort. Hélène, la plus belle femme de Tulle, meurt dans une grimace horrible, la bouche tordue, les lèvres retroussées, les yeux aux paupières plissées ouverts sur une dernière vision d'enfer. Son corps que tous les hommes ont désiré pourrit déjà, immonde charogne déformée par le gonflement des viscères.

Alors, le comte de Tulle pousse un cri terrible, un rugissement de fauve prisonnier dans l'arène. D'un mouvement du bras, il renverse les aiguières, les fioles qui se trouvaient sur la petite table, près de la morte. Il sort en poussant des hurlements qui terrorisent les hommes de ronde. Les valets et les sergents fuient devant l'ouragan. Une statue tombe, se brise en sable, il éventre un coffre de solide chêne d'un seul coup de pied, enfonce une porte de l'épaule. Il erre ainsi de pièce en pièce, cassant tout sur son passage, sourd aux supplications de ses gens qui se tiennent à distance respectable. Le vieil Archambault qui fut son maître d'armes et compagnon de son père ose enfin l'approcher.

— Monseigneur, calmez-vous... Je vous en supplie !

Gérald l'écarte d'un brutal revers de la main, le vieil homme tombe, sa tête heurte le mur avec un bruit sec. Le comte voudrait détruire le château tout entier. Il arrive à la chapelle, fonce de tout son poids sur les portes ouvragées qui cèdent en craquant. L'abbé qui l'a suivi de loin en murmurant des prières veut intervenir :

— Monseigneur ! pensez à votre âme !

Mais Gérald ne l'entend pas. Il entre dans la chapelle, marche jusqu'à l'autel. D'un revers de bras, il balaie le livre sacré sur son présentoir, renverse une statue de la Vierge dans un fracas assourdissant. Ses rugissements s'amplifient sous la voûte, deviennent grondements de tonnerre. À la porte, les sergents se sont rassemblés autour de l'abbé qui gesticule, mais n'ose pas intervenir.

— Qu'est-ce que tu attends pour me l'envoyer ? crie Gérald menaçant de son énorme poing la petite flamme de la lampe à huile accrochée au mur. Hein, qu'est-ce que tu attends ?

Un remous de peur parcourt les hommes à la porte. Tremblant, l'abbé ose enfin s'avancer :

— Je vous en supplie à genoux, monseigneur. Cessez ! Vous allez attirer le malheur sur votre maison ! Dieu ne peut se défier de la sorte. C'est un sacrilège !

— Eh bien si, je le défie ! Qu'Il me l'envoie, Sa peste !

— Monseigneur...

— Qu'est-ce que tu attends ? crie de nouveau Gérald, la tête tournée vers l'autel. Qu'est-ce que tu attends ?

Il sort tandis que les autres s'écartent de son chemin, retourne dans la chambre de la morte qu'il faut enterrer au plus vite et là, son corps se détend tout d'un coup et il se met à sangloter, la tête posée sur le lit, comme un petit enfant.

Quand elle apprend la mort d'Hélène, Constance pousse un soupir de soulagement. Son visage s'illumine, ses yeux brillent. L'envie de rire lui secoue l'estomac, mais elle se retient devant ses servantes. Enfin, elle est morte, celle dont la beauté faisait ombrage à toutes les femmes du château ! Enfin, le diable l'a rappelée à lui, elle ne trônera plus auprès du maître, ses mots ne feront plus rire toute une tablée de courtisans, sa présence n'effacera plus celle des autres, son corps ne tentera plus tous les hommes. Dieu a entendu son appel, Constance peut mourir désormais, cela n'a pas d'importance !

Ce soir, il fait si doux qu'elle décide d'aller se promener dans la cour intérieure. Elle se sent légère : la mort de sa rivale ne lui rendra pas son mari, mais elle ne subira plus l'affront de cette beauté aguichante qui lui rappelait constamment ses disgrâces. Elle a envie de chanter et fredonne un petit air quand, tout à coup, la noirceur de son péché lui brouille la vue.

— Mon Dieu ! Que suis-je en train de faire ?

Alors, oubliant la douceur de l'air, Constance fait demi-tour.

— Rentrons ! dit-elle à ses dames. Je crois bien que je suis fiévreuse.

Elle passe la nuit en prière. L'énormité de sa faute la terrorise. En écoutant sa prière, le ciel lui a montré qu'Hélène pouvait être sauvée dans la seule vie qui vaille, celle de l'au-delà, alors qu'elle se précipite dans des tourments éternels. Une vie de renoncement pourra-t-elle lui rendre la lumière de Dieu ?

Au petit matin, tandis que des hommes s'agitent dans la cour, Constance, grave, s'en va trouver son époux, toujours en larmes.

— Mon ami, dit-elle, je viens de prendre la décision de consacrer le temps qui me reste à vivre ici-bas à Dieu, à la prière.

Gérald tourne son énorme tête velue vers sa femme et lève sur elle ses yeux rouges. Il lui trouve une grâce, une présence qu'elle n'a pas d'habitude.

— Je vais m'enfermer en un couvent.

Elle s'éloigne ; sa démarche assurée a tout à coup une noblesse qui n'échappe pas à Gérald. Il veut faire un geste pour la retenir, mais ne le peut, son bras reste inerte le long de son corps.

Depuis une semaine, Hélène Dumonteil dort avec ses ancêtres dans la petite chapelle du Puy-Saint-Clair. Le comte de Tulle, désœuvré, erre dans son immense château et rabroue tout le monde...

Ce matin, comme chaque matin, les guetteurs de nuit laissent la place aux guetteurs de jour. La forteresse retrouve ses bruits habituels que la peste n'a pas interrompus, hennissements de chevaux que l'on harnache, cris des sergents qui commandent les hommes de pied, bruit du fer que l'on frappe sur les enclumes... Un homme se présente à la porte. Les guetteurs en sont étonnés, mais saluent ce capitaine courageux qu'ils connaissent.

— Vous, messire Dunois ?

— Oui, c'est moi. Laisse-moi passer, j'ai une commission urgente à faire au comte.

Il avait disparu depuis des mois et voilà qu'il revient alors que tout le monde ne pense qu'à fuir la ville pestiférée. Un pressentiment l'a pris alors que la peste ravageait l'Aquitaine où il se trouvait avec ses frères. Il n'a pas pu résister à l'envie de revoir Hélène et l'homme de garde vient de lui apprendre qu'elle est morte.

Il entre dans la cour. Son visage dur reste impassible quand il passe à côté de ses anciens sergents qui le saluent, il saute de cheval et marche, décidé, vers le donjon. Arrivé au milieu de la cour, il crie d'une voix puissante qui se heurte aux murs :

— Où es-tu, ventrebleu ! Sors donc si tu l'oses !

Une autre voix tonitruante lui répond :

— Dunois ! Te revoilà, pendard ! Que veux-tu ?

— T'occire ! Viens donc par ici !

— M'occire ? Ce n'est pas un gueux de ton espèce qui m'occira.

Gérald de Masvallier arrive dans la cour. Les valets, les chevaliers présents se sont écartés pour laisser le champ libre aux deux colosses qui se regardent, qui se défient. Un peu de vent court sur la poussière. Le soleil se cache derrière un de ces nuages sombres de printemps qui apportent souvent la grêle.

— Je vais t'occire ! crie de nouveau Dunois en dégainant son épée. Tu as brûlé mon frère, Bonneville...

— Et alors ? Il a brûlé parce que le tribunal l'a condamné ! Je n'y suis pour rien.

L'épée nue, les deux hommes se fixent. L'amitié a cédé la place à la haine, mais ont-ils été un seul jour vraiment amis ?

— Hélène aussi, tu l'as laissée mourir ! Tu n'as pas voulu l'emmener, ni la laisser partir ! Si elle est morte, c'est toi qui l'as tuée !

Le visage de Dunois s'est contracté en une horrible grimace. Il serre les dents, son épée dressée lance des éclairs d'une lumière froide.

— Ainsi, tu as profité de mon absence pour l'approcher ! s'écrie Gérald.

— Jamais, tu entends, jamais, je ne l'ai approchée ! Mais c'est vrai que j'ai souvent regretté mon vœu ! Tu ne la méritais pas, gros bouc !

Leurs voix se heurtent aux murs de cette cour fermée, montent vers le ciel, deviennent grondements d'avalanche, roulements de tonnerre. Les épées se pointent et les deux hommes se jettent l'un sur l'autre, furieusement. Les lames raclées font un bruit de ferraille. Personne n'intervient, les chevaliers respectent ce combat qui devait fatalement éclater, qu'ils attendaient tous les jours lorsque Dunois était ici.

— Tu l'as tuée ! répète Robert Dunois. Et je ne m'en consolerai jamais !

— Tu l'aimais donc, gueux ?

— Oui, à en mourir ! Et je vais te tuer parce que tu l'as salie !

Les lames se heurtent de nouveau, glissent, se lèvent cherchent la faille, mais les deux hommes sont de même force. La sueur roule sur le visage rasé de Dunois, contracté, enlaidi de colère. Les spectateurs se taisent, conscients d'assister à un duel comme ils n'en verront jamais plus, le choc de deux montagnes.

Et le combat dure, acharné, démesuré. Parfois, les adversaires épuisés s'accordent un instant de répit, le temps de se passer la main sur le front et la lutte reprend, au milieu des nuages de poussière que leurs pieds soulèvent.

Les heures défilent. Le soleil s'est caché derrière le donjon, la fraîcheur monte des douves. Maintenant, les gestes sont moins vifs, moins assurés. Les haltes entre chaque engagement durent de plus en plus longtemps. Les deux adversaires à bout de forces se défient avec moins d'animosité et tandis que Gérald s'en va boire à grandes rasades l'eau qui coule du conduit de pierre dans le bac des chevaux, Dunois fait demi-tour, s'éloigne enfin, la tête basse, marche vers la porte. Les sentinelles s'écartent respectueusement pour le laisser passer. Il n'a pas perdu, il ne déclare pas forfait, il remet à plus tard l'ultime confrontation... Et, tandis qu'il remonte à cheval, il comprend la gravité de sa faute.

— Mon Dieu, qu'ai-je fait ? dit-il tout à coup accablé.

Terrible printemps pestilentiel. Le fléau s'étend de nouveau sur tout le Limousin, le Quercy, épargne en mai le Périgord pour mieux le surprendre au mois de juin. L'évêque regagne au plus vite sa résidence de Saint-Maixent. La ville de Tulle est un charnier. Les malades errent, s'affalent sur le pavé et meurent sans le moindre secours. Les rues sont jonchées de cadavres en décomposition que personne ne veut ramasser. Les ordonnances de la sénéchaussée ne sont pas respectées et les médecins refusent leurs soins, d'ailleurs inutiles. Les condamnés sont menacés d'être torturés sur-le-champ s'ils n'acceptent pas d'enterrer les morts. Alors, ils creusent des fosses dans lesquelles ils jettent les corps comme des sacs putrides. L'odeur est insoutenable.

Les bien-portants n'ont qu'une hâte : s'enfuir dans les forêts voisines, mais le comte a donné ses ordres : interdiction à tous les résidents d'aller hors des murs. Alors, ils se déplacent en baissant la tête et en se cachant la bouche et le nez avec un épais tampon d'étoupe imbibée de sels achetés à prix d'or. Chacun surveille les réactions de son corps comme d'un ennemi. Le moindre vomissement, la moindre douleur provoquent la panique. Celui qui se croit atteint part en courant dans les rues, se heurte aux portes, va se cacher, espérant ainsi échapper à la peste, mais la dame noire à la faux les retrouve vite : ceux sur qui elle a jeté son dévolu ne lui échappent pas.

Les gens refusent d'entendre la messe tant ils craignent la contagion. L'évêque a beau dire que Dieu ne permet pas à la maladie d'entrer en sa maison, cela ne fait rien. Par contre, ceux qui, un mois auparavant passaient à côté d'un pauvre sans le regarder lui donnent aujourd'hui le contenu de leur bourse.

Dans les champs, la terre retourne aux friches. Des villages entiers sont anéantis. Ce que la guerre, les bandes de reîtres n'avaient pas réussi jusque-là, l'épidémie l'accomplit en quelques semaines. Les marchandises ne circulent plus, les ateliers sont vides. Personne ne doute que le diable et ses maléfices ont définitivement gagné...

Jean de Capestang s'embarque à Douvres pour rejoindre Calais d'où il pourra entrer en territoire français. Il avait rêvé de ce jour comme du plus beau de sa vie et voilà qu'il s'attarde sur le quai, qu'il ne peut détacher ses yeux des hautes falaises blanches, des prairies vertes et de la forêt voisine. Le vent s'est levé et pousse les voiles vers le large, il est temps de partir et pourtant il ne se décide pas. Comment quitter ce sol pour un autre monde et laisser ici Élisabeth de Chiefield ? Comment partir avec cette douleur au ventre, cette envie de pleurer ? Il regarde la route mal empierrée entre les cabanes, ose croire un instant en entendant le bruit d'un cheval que la jeune fille va arriver pour lui tendre les bras et le retenir. Ce pays de brume et de vent froid qu'il haïssait tant jusque-là, qu'il comparait à l'enfer, est maintenant le plus beau qu'il connaisse. Il reviendra au plus vite, c'est certain.

— Monseigneur, il est temps d'embarquer. Le vent ne va pas tenir !

Il se dirige vers la passerelle. L'envie de pleurer lui pique les yeux. Les matelots larguent les amarres, hissent les voiles et le bateau glisse vers le large. Déjà, les falaises blanches se confondent avec la brume de l'horizon. La traversée se passe mieux que prévu ; Jean arrive sans incident à Calais le soir même. Des garnisons anglaises patrouillent dans les rues ; Édouard III a respecté ses engagements et n'a pas massacré la population, mais tous les Calaisiens ont été dépossédés de leurs biens au profit de colons anglais.

Dès le lendemain, Jean part vers le sud par longues étapes de quinze à vingt lieues. La distance qui le sépare d'Élisabeth croît à chaque pas de son cheval et la mer creuse entre eux son gouffre insondable ! Il passe la Loire à Orléans ; la rumeur de la terrible maladie arrive jusque-là, mais aucun cas n'est encore signalé. Les vilains labourent leurs champs, récoltent les derniers blés. Seuls ces gros rats qu'il n'avait jamais vus en Angleterre pullulent au point d'effaroucher les chevaux.

Il trouve la peste en Périgord, avec son odeur tenace que le vent apporte, ses cadavres putréfiés oubliés au bord des chemins. Des villages entiers sont abandonnés, les vaches, les porcs rendus à la liberté errent au hasard des chemins. À Périgueux, la puanteur l'oblige à se réfugier avec ses hommes dans une clairière de la forêt voisine...

Dans les champs, les blés que l'on n'a pas moissonnés pourrissent aux premières pluies d'automne. Le silence de la campagne est celui d'un cimetière, la vie est partie ailleurs. À mesure qu'il se rapproche de Capestang, Jean pense à son père. Aura-t-il survécu ?

Enfin, les montagnes des Cévennes cèdent la place à des petites collines caillouteuses, voilà l'Orb qui coule entre les vignes. La maladie a fait ici aussi beaucoup de ravages, mais le vent apporte des odeurs de moût qui fermente et de pain que l'on vient d'enfourner. Jean passe le pont-levis, arrive dans la cour intérieure. Son père est là, droit devant lui. Son père... Comme son image lui était lointaine ! Il saute au bas de son cheval.

— Mon père !

Les deux hommes s'étreignent. Guillaume a la gorge serrée et ne peut prononcer un seul mot. Jean se recule et regarde longuement ce visage et les larmes qui roulent sur les joues piquées de barbe grise.

— Je n'ai pensé qu'à vous pendant tout ce temps !

— Pardonne-moi d'avoir été si long à payer ta rançon. Le roi de France avait requis mes services !

Guillaume aussi contemple son fils. La captivité n'a pas affecté Jean. Il est toujours aussi beau avec ses cils relevés, ses yeux bleus et pourtant quelque chose a changé. Est-ce ce pli nouveau au coin des lèvres ? Ou ce reflet dans son regard qu'il n'avait pas autrefois et qui marque une pensée, une préoccupation étrangère à Capestang ?

Le soir, un banquet réunit la parentèle de Guillaume, ses vassaux et ses amis. Des jongleurs animent la soirée, des musiciens, des chanteurs. Tout va bien à Capestang : la peste s'éloigne, Jean est de retour après plus d'une année de captivité et la récolte a été abondante. Le lendemain, le père et le fils partent chasser le sanglier. Pendant ses longs mois d'absence, Guillaume s'est décidé à dire la vérité à Jean, sa provenance, le nom de sa mère, de son véritable père, mais maintenant il n'a plus le courage et remet cet aveu à plus tard.

Quelques jours passent ainsi, dans un calme heureux. Le travail ne manque pas : il faut réorganiser le fief qui a perdu beaucoup de bras. Jean accompagne son père, mais chaque jour qui passe augmente sa peine et l'envie de revoir Élisabeth se fait de plus en plus brûlante.

Un soir, il n'y tient plus :

— Père, je n'en peux plus, je vais repartir !

Surpris, Guillaume jette sur son fils un regard plein de soupçons.

— Repartir ? Mais où veux-tu aller ?

— Là-haut ! En Angleterre, où j'ai passé une année.

Guillaume ne comprend pas. Pour payer la rançon, il a dû s'endetter et voilà que le jeune homme décide de repartir chez ses geôliers.

— J'aime Élisabeth ! Je veux la revoir au plus vite. Je veux repartir à Chiefield et vivre près d'elle.

— Mais voyons, Jean, tu te rends compte que nous sommes en guerre, que ce sont nos ennemis ?

— Cela n'a pas d'importance.

— Tu oserais lever les armes contre les tiens, contre ton propre père ?

— Bien sûr que non !

— Jean, je t'en prie, attends que la paix soit faite... Cela ne saurait tarder !

— La paix, toujours la paix ! Elle ne se fera pas de sitôt. Et puis, j'ai peur pour elle, la peste peut traverser la mer ! Je veux revoir Élisabeth au plus tôt !

— Mon fils, tu me fais là beaucoup de mal.

Jean n'est pas un véritable Capestang et pourtant il a, comme eux, cette propension aux passions destructrices. Cela, Guillaume le comprend, mais comment lui pardonner de salir son honneur ?

— Jean, tu ne peux pas faire ça !

Guillaume a toujours pensé qu'il paierait au centuple sa faute, que cet enfant volé à qui il voue un amour sans bornes causerait sa perte au nom de la justice divine. Et voilà que Jean s'apprête à devenir un traître ! Guillaume pourra-t-il survivre à la honte lorsque la vérité sera connue ?

De son côté, Jean est décidé à repartir au plus tôt. La menace de la peste le fait hâter son projet. La seule pensée qu'il pourrait ne jamais revoir Élisabeth lui est insupportable. Et, face à cette peur, le déshonneur est bien peu de chose.

Il part un matin, en se cachant, laissant une lettre à son père qu'il a écrite pendant la nuit :

Je m'en vais et vous en mande pardon. Je vous aime autant qu'un fils peut aimer son père à qui il doit tout. Hélas, je ne peux pas vivre sans Élisabeth et je ne veux pas, comme vous, pour l'amour d'une femme dont vous m'avez si souvent parlé, rester seul toute ma vie. Je pars chercher Élisabeth que je ramènerai à Capestang. Pensez-vous qu'elle soit notre ennemie ? Que dire alors de ces chevaliers d'ici, comme vous en connaissez, qui rendent l'hommage à l'Anglais et n'hésitent pas pour des raisons de lignage à donner leur fille à un chevalier fidèle au roi de France ? Je vous prie de me pardonner, mais j'ai confiance, tout s'arrangera très vite et nous nous retrouverons pour vivre heureux à Capestang.

Guillaume ne cherche pas à poursuivre son fils. Il ne dit pas un mot sur ce départ et cache son déshonneur en partant chevaucher dans la forêt. Il rentre le soir, fourbu, et toujours sombre. Les jongleurs, les musiciens, les troubadours sont priés d'emporter leur joie ailleurs. Ici, les banquets, les fêtes n'ont plus leur place, et le vieux maître soupe seul ou avec ses intendants pour régler les affaires du domaine. Il ne parle jamais de son fils. Et tandis que la vieille Marion qui a élevé Jean pleure dans son coin, le baron, la mine grave, dit :

— Pour moi, il est mort.

Mais ce n'est pas vrai... Au début du mois de janvier, il reçoit une lettre du roi le rappelant à la cour.

J'ai appris le nouveau malheur qui vous frappe, écrit le souverain, *et tiens à vous assurer de mon amitié. Votre fils reviendra bien vite car c'est un véritable chevalier qui ne saurait renier trop longtemps ses engagements. Je vous prie de reprendre votre place près de moi. J'ai besoin de vous pour lever une armée digne de ce nom. Il est temps d'aller reprendre Calais.*

La nuit est tombée ; la mer clapote contre les lourdes planches de la grosse galère chargée de vins et d'épices. Le voyage de plusieurs semaines touche à sa fin. Cette nuit, le bateau s'est abrité dans cette crique que connaît le capitaine Regaudi. Une fois de plus, il a échappé aux pirates et l'armateur va vendre sa cargaison aux marchands de Gênes. Une fois de plus, il va gagner beaucoup d'argent, ce qui l'incitera à faire un nouveau voyage jusqu'au jour où il périra, vaincu par la tempête, ou les voleurs... C'est ainsi que finissent tous les marins. Mais le goût de la mer, le goût du jeu est toujours le plus fort. Regaudi sait qu'il devrait s'arrêter. Il a de quoi vivre bourgeoisement, s'installer dans un petit commerce de vin et de tissu, entretenir une femme et élever ses enfants, mais l'appel de la mer a toujours le dernier mot, malgré les avertissements que la providence multiplie. La mer demande toujours plus, le capitaine Regaudi le sait. Il pense aussi à ce curieux rameur aux jambes tordues qui récite les poètes anciens en tirant sur sa rame. Son regard aux longs cils noirs n'est pas celui des autres hommes. Il l'aurait volontiers libéré le jour où il arrêtera le métier au lieu de le vendre comme les autres à un nouveau capitaine. Son âge lui enlève toute valeur et il a une certaine noblesse, mais les frères templiers s'y opposent...

Les étoiles scintillent. Un légère brise apporte un peu de fraîcheur. Regaudi, en bon capitaine, sait que si les rameurs doivent être enchaînés, c'est surtout pour qu'ils ne passent pas par-dessus bord. Ils doivent dormir pour fournir le meilleur d'eux-mêmes et, quand le bateau fait halte pour la nuit, ils disposent de paillasses entre les bancs afin de s'allonger. Leurs ronflements s'accordent au clapotis de la mer. Patte-Raide est là, attaché à la cheville droite. Il ne se plaint pas. On peut faire ce qu'on veut de lui, cela n'a plus d'importance. À longueur de journée, il tire sur l'énorme rame de frêne, tandis que son esprit vogue ailleurs. Regaudi a suivi les consignes et l'a attaché à côté d'un géant d'une force redoutable, N'Hogo, un Noir qui peut ramer pour deux. L'homme connaît quelques mots de langue d'oc et raconte à Patte-Raide qu'il est prince en son lointain pays où le soleil brille tout le temps.

— Les Boudhos sont nos ennemis. Nous avons tenté de les vaincre et de prendre leurs femmes qui sont très belles et qu'ils refusaient de nous vendre. Nous avons livré bataille, mais ils ont prié Couthou, l'esprit mauvais de la montagne qui leur est venu en aide et a envoyé à mes guerriers une maladie qui les faisait dormir tout le temps. Et moi aussi, je dormais. Alors, les Boudhos ont eu la victoire et m'ont vendu un bon prix comme esclave. Un jour je retournerai là-bas, et je les vaincrai !

— J'ai de l'or ! dit Patte-Raide, beaucoup d'or pour t'aider à reprendre ton royaume. Mais il faut que nous partions d'ici.

N'Hogo ouvre de grands yeux blancs. Il passe sa langue rouge sur ses lèvres épaisses.

— On ne peut pas partir d'ici !

— Si, souffle Patte-Raide, on peut. Tu es fort, regarde l'anneau de ta chaîne, en le frottant contre l'anneau de l'autre chaîne, tu peux l'user et le casser... Tu m'as dit que tu savais nager... Rappelle-toi, je peux te donner de l'or...

— Lydia, je t'aime !

Lydia pose ses grands yeux bleus sur l'homme qui s'est assis près d'elle. Du bout de l'index, elle suit la longue cicatrice qui traverse sa joue droite. Les cheveux gris rehaussent la beauté austère de ce visage ; l'amour qu'il exprime y ajoute un fatalisme profond, une résignation complète, un aboutissement. Il est là, frère Jacques Granvet, au bord du gouffre, condamné mais certain de porter en lui, depuis son premier jour, ce feu, cet embrasement soudain qui attendait la première étincelle. Lydia pose la tête sur son épaule de guerrier, robuste et pourtant vaincue.

Jacques Granvet a affronté tous les dangers pour atteindre cette maison forte dans le nord de l'Angleterre. Un été passé dans les chemins remplis d'ornières, dans la boue. Il a fallu trouver un bateau, affronter une tempête pendant laquelle Lydia a cru mourir avant d'arriver enfin dans un pays aux collines vertes et au ciel toujours gris. Comment ont-ils pu échapper aux pillards qui pullulent, aux espions des templiers qui sont partout ? Un miracle ? Non, simplement l'obstination d'un homme qui se sait perdu et veut sauver ce qui lui reste d'espérance, un homme qui s'accroche à un sentiment si beau, si pur que, jusque-là, il le croyait impossible.

— Ma mère était très belle mais tu es plus belle encore !

— Voyons, je suis vieille et vous n'êtes plus tout jeune ! À partir d'un certain âge, ces sentiments deviennent indécents à exprimer. Et puis je ne peux pas être à vous, je suis à Patte-Raide.

— Je ne te demande rien que le privilège de te sentir près de moi, de te regarder encore et toujours.

— Mais cela ne conduira à rien !

— Quand ils m'auront pris, je penserai à tout cela et je supporterai leur châtiment sans peur.

Alors Lydia se laisse aller. Le beau corps de Granvet ne la laisse pas indifférente. Elle aime sa chaleur, l'odeur légèrement musquée de sa peau et cette naïveté d'enfant du moine-guerrier qui ignore tout de l'amour, qui découvre ses propres réactions.

L'été passe, tout en grisaille, près d'un feu de bois ou de tourbe qui brûle toute la journée dans la grande pièce de cette maison forte sans hommes d'armes, mais seulement quelques valets recrutés parmi les vilains les plus robustes du fief. Granvet et Lydia font de longues promenades dans les collines et au bord des étangs. Il a fait apprêter la plus belle chambre de la masure, une pièce froide aux murs nus d'où suinte une eau sale. Il surveille lui-même le feu.

— Pardon, Lydia, de t'offrir un été sans soleil. Je sais que tu préférerais celui de là-bas.

Elle sourit devant autant de sollicitation, lui prend la main et y porte ses lèvres. Alors Granvet est si heureux que ses joues rosissent.

— À mon âge, je ne vous mérite pas ! dit-elle. Vous êtes plus précieux que le soleil à une vieille femme à qui vous redonnez un peu de jeunesse.

— C'est vrai que je ne suis pas un homme pour toi, que j'ai encore beaucoup d'un enfant. Je n'ai jamais connu d'autre femme !

— C'est ce qui fait votre grandeur et vous rend émouvant.

Il la serre très fort contre lui. Parfois le souvenir de son ancien vœu monte en lui, comme un relent nauséabond, comme l'eau d'un puits vaseux et il le repousse. Le corps de Lydia est son refuge, le royaume de ce roi de légende que l'on dit vivant en un château d'or massif, quelque part en Orient. Pour une caresse de Lydia, pour l'ivresse de contempler ce visage endormi, Granvet accepte le jugement de ses frères.

Ils ne tardent pas à le retrouver. Granvet aurait dû fuir tant qu'il le pouvait, mais il savait cette fuite vaine : il n'est pas un château, pas un pays où les templiers n'ont des yeux grands ouverts sur tout ce qui se passe.

Quand, un soir de septembre, des chevaux hennissent dans la cour, il comprend :

— C'est fini. Peut-être avons-nous été trahis par nos propres valets. Nous allons tenter de fuir par un souterrain.

Ils ne vont pas loin ; les templiers connaissent aussi les souterrains et les cueillent à la sortie, derrière les murs du château. Granvet est séparé de Lydia qui s'accroche à lui.

— Tu croyais, frère maudit, que tu allais nous échapper ? Nous serions allés te chercher en enfer s'il l'avait fallu ! dit un des hommes d'une voix que la mentonnière du heaume déforme.

Les valets ont fui dans la forêt. Lydia est enfermée dans une pièce glacée. Au petit matin, deux hommes, vêtus de guerre, viennent la chercher.

— Le spectacle t'attend.

Ils la conduisent devant la maison. Le jour s'est levé, gris, mais des morceaux de ciel bleu glissent entre les nuages pressés. Il fait frais, le vent plaque sa main froide sur la figure. Dans la cour assez grande, d'autres chevaliers en armes sont réunis. L'acier des heaumes et des cottes luit à la lumière blanche. Ils portent tous la grande cape beige ornée de la croix rouge templière aux larges bords. Le silence est lourd d'une menace diffuse. Au milieu de la cour, un cheval pommelé tenu court par un jeune écuyer attend.

— Qu'on amène le condamné ! dit l'homme au centre du rassemblement.

C'est un géant aux épaules robustes. Son visage rasé est impassible. Il regarde Jacques Granvet s'approcher de ses petits yeux clairs sans le moindre mouvement des sourcils. Des pies qui se disputent une charogne jacassent et se défient du bec.

Enfin, Jacques Granvet, le torse nu, ce beau torse sur lequel Lydia a posé sa tête, se trouve devant ses juges. Les yeux du condamné rencontrent ceux de la femme, s'y plantent et n'en bougent plus.

— Tu es condamné pour avoir failli à notre règle, dit Robert Dunois. Tu es condamné pour n'avoir pas accompli la mission qui t'était confiée.

Robert Dunois pense à ce jour où il a chevauché jusqu'à Brunemare pour demander à Granvet d'emmener la femme au plus vite. Il était lui aussi au bord du gouffre. Et le retour d'Aquitaine à Tulle, en pleine peste, pour revoir Hélène ! Et le combat qui l'opposa à Gérald de Masvallier ! Il en veut à Granvet d'avoir eu le courage d'outrepasser l'interdit. Lui n'a jamais caressé le beau corps d'Hélène Dumonteil, jamais il ne s'est abandonné à la douceur de sa peau et il reproche à son frère d'avoir fait ce qu'il a tant désiré. N'aurait-il pas failli sans la peste ?

— Tu as renié ton vœu ! dit encore Dunois de sa voix sûre et méprisante. Tu as renié notre saint Créateur ! Tu mérites le pire des châtiments !

Granvet ne dit rien. Il pense lui aussi à la visite de Dunois à Brunemare. Ce jour-là, tout s'est joué.

— Qu'on défasse ses braies...

Le voilà complètement nu devant des hommes en armure et cette nudité blanche et fragile semble tellement offensante qu'il devient un animal différent, un autre être que ceux qui l'ont condamné. Maintenant il baisse la tête, conscient de sa laideur de gros ver blanc ; ses doigts tremblent, mais il n'a pas un geste de défense quand ses bourreaux attachent à ses poignets une corde reliée au cheval. Alors, l'écuyer prend le fouet et frappe l'animal qui part dans un terrible galop. Derrière, Granvet tente de courir, se blesse les pieds sur les cailloux saillants, tombe, roule sur le sol et le cheval poursuit sa course débridée, tirant ce corps comme un sac qui rebondit de cahot en cahot, heurte un arbre. Les cris du supplicié éclatent dans cette cour fermée, glapissements stridents. Lydia veut le rejoindre, mais deux hommes la retiennent par les bras. Enfin la course s'arrête, il ne faut pas qu'elle dure trop longtemps pour ne pas abréger le supplice. Granvet gît au sol, le corps couvert de plaies et de boue. Les bourreaux le portent sur une roue de charrette dressée sur son essieu planté en terre. Armé d'un gourdin de bois l'un d'eux frappe les membres qui pendent de la roue, les os craquent en se brisant. Lydia s'est évanouie.

— Attendez qu'elle revienne à elle pour continuer.

Le corps de Granvet ne vit plus. La douleur trop forte l'a emporté dans un univers où l'amour n'est pas coupable. Lydia revient à elle, mais ferme les yeux. Un homme vêtu de rouge, armé d'une énorme pince, grimpe sur la roue et arrache des lambeaux de peau sur la poitrine du condamné. Le sang coule en ruisselets vermeils. Lydia s'est de nouveau évanouie.

— Qu'on en finisse ! dit Robert Dunois assis au centre des chevaliers.

Les bourreaux descendent ce corps disloqué, le portent au billot sur lequel ils posent la tête. Un coup de hache suffit, la tête roule au pied du billot.

Lydia est reconduite dans sa prison. Elle reste longtemps prostrée, incapable de prononcer un mot, recroquevillée dans un coin, regardant ses geôliers de ses grands yeux bleus qui ont perdu toute expression humaine. Les jours se mettent à couler, réguliers, rapides et lents, des jours de prisonnière. Le dernier regard de Granvet la suit partout.

Le silence s'est emparé du château froid et humide. L'automne fait fleurir les premiers gels. Lydia attend. Son geôlier, un jeune garçon d'une vingtaine d'années, ne lui adresse jamais la parole. Il pose sur la table l'écuelle de soupe où nagent deux couennes et des pois chiches, si durs qu'elle les avale sans les mâcher, et s'en va. Elle comprend vite que le jeune garçon ne lui est pas hostile, mais chaque fois qu'elle tente d'engager la conversation, il détourne la tête.

Enfin, un matin froid et gris, des hommes vêtus de fer viennent la chercher et la font monter dans un chariot couvert. Ils traversent une campagne désolée par la pluie et la peste, embarquent sur un bateau qui craque de toutes ses planches.

Dans quel port débarquent-ils au bout de plusieurs jours de traversée ? Le chariot reprend sa marche sur des chemins toujours aussi inconfortables. Le froid est moins vif. De larges pans de ciel bleu laissent passer un soleil qui chauffe agréablement les épaules, puis des nuages sombres arrivent et déversent une pluie gelée qui trempe les cavaliers.

— Où m'emmenez-vous ? demande-t-elle au jeune geôlier.

Il ne répond pas, se contente de la regarder un peu plus longuement que d'habitude, puis reprend sa place à côté du chariot.

Les jours passent ainsi, d'étape en étape. Les maisons vides ne manquent pas et le convoi en investit une chaque soir. Lydia est enfermée dans une chambre. Son jeune geôlier lui donne tout ce qui est nécessaire pour sa toilette et pour la nuit, apporte ses repas toujours dans le même silence. Elle n'est pas maltraitée, mais reste prisonnière.

Où est Patte-Raide ? Cette pensée l'obsède, la mine. Pour se donner du courage, elle pense aux années sans histoire à Malemort. Elle se croyait malheureuse tant l'absence de son fils pesait en elle ; aujourd'hui, elle sait qu'elle goûtait un bonheur simple...

Enfin, par un soir sombre, sous des nuages épais, le convoi fait halte dans la cour d'un énorme château. Le voyage touche à son terme. On prie Lydia de descendre du chariot et des hommes portant lance et chapeau de fer l'escortent avec des torches jusqu'à une pièce nue, sans feu, au bout d'un escalier de pierres suintant d'humidité. Son jeune geôlier commande les hommes en armes et lui lance de temps en temps des regards pleins de tristesse, d'une sorte de peine intérieure, comme l'appel d'un enfant perdu. Ces regards sont le seul espoir de Lydia.

Dans une pièce voisine, plusieurs chevaliers se chauffent à un feu nourri. Au centre, massif mais élégant, sa chevelure noire luisant à la lumière changeante des torches, l'un d'eux, que Lydia ne voit que de dos, raconte les dernières nouvelles de la cour de France :

— Oui, la peste a emporté coup sur coup la reine et l'épouse du dauphin. Le roi a décidé de remarier au plus vite son fils. Son choix s'est arrêté sur Mlle d'Évreux. Quand Philippe a vu la jeune fille, son visage s'est transformé. Il a blêmi tout d'abord, puis rougi comme une écrevisse dans le bouillon. Ses doigts tremblaient, il ne put articuler une seule parole de bienvenue à cette jeune fille qui n'a pas dépassé dix-sept ans et qui, je dois le dire, est d'une beauté totale.

— Tout de même ! rétorque un chevalier, tu ne vas pas nous faire croire, frère Raymond, que le roi est tombé amoureux de cette fillette ! N'oublie pas qu'il va sur les cinquante-sept ! Ce n'est pas un âge à mignoter les petites filles !

— Je ne sais comment la chose se terminera, mais je sais que le dauphin présent n'a pas apprécié le comportement de son père qui n'a cessé de regarder la jeune fille, de lui sourire de la plus sotte façon, de s'adresser à elle comme si elle était la seule personne présente.

L'homme qui parlait se dresse, se tourne vers le jeune valet. Lydia remarque aussitôt le pommeau de son épée et constate qu'il bouge avec cette grâce des templiers, si habiles aux armes que leurs mouvements s'enchaînent comme rythmés par la musique intérieure de leur spiritualité. Par ces détails, il ressemble à Granvet.

— Piquedieu, dit l'homme, fais faire du feu dans cette pièce. Notre belle dame ne doit pas prendre froid. N'oublie pas que la peste préfère les corps affaiblis.

Puis, se tournant vers Lydia :

— Madame, vous me voyez ravi de vous accueillir en ce château d'Aquitaine.

Il pense, le rude chevalier, que la beauté de cette femme a effectivement quelque chose de diabolique.

— Si j'ai bien compris, s'exclame Lydia, je vais servir d'appât pour attirer ici qui vous échappe tout le temps.

L'homme fait quelques pas en direction de la fenêtre, passe la main dans ses cheveux, regarde un vieux valet apporter une brassée de bûches, puis se tourne en souriant vers Lydia.

— Non, point d'appât. Votre époux est actuellement enchaîné au banc d'une galère. On est allé le quérir.

Revoir Patte-Raide ! Une bouffée de chaleur monte à travers le corps de Lydia. L'homme ajoute, un mauvais sourire aux lèvres qui l'enlaidit :

— Réunis pour le meilleur, mais plus probablement pour le pire. Nous avons enfin le moyen de lui faire livrer son secret.

Il rejoint ses amis près de la cheminée. Lydia comprend que, cette fois, elle n'aura pas un Granvet pour la tirer des griffes des templiers et que Patte-Raide parlera. À moins qu'elle trouve le moyen de s'enfuir !

— Piquedieu, voilà enfin que je connais votre nom ! dit-elle au jeune gardien qui la conduit à travers les couloirs froids.

Le regard du jeune homme s'assombrit. Lydia remarque combien il est beau avec cette douceur du visage, cette candeur qui ne vont pas avec le métier des armes.

— Vous faites le mauvais choix, Piquedieu, poursuit Lydia. Vous êtes jeune, vous avez beaucoup de belles années à vivre. Fuyez...

Le jeune garçon la fait entrer dans une pièce nue, sort sans un mot et tourne la clef. Quelque part dans le château des hommes ripaillent ; le bruit de leurs voix arrive jusqu'à la prisonnière.

Les jours passent, tristes. La brume gelée noie la plaine silencieuse. Rien ne bouge. Piquedieu fait plusieurs visites à Lydia, mais ne dit pas un mot, comme s'il ne comprenait pas ses questions insistantes. Un jour elle lui souffle à l'oreille :

— Écoutez, je vous parle comme le ferait votre maman. Je sais que vous êtes bon, vos yeux en disent plus que votre bouche et j'ai compris que vous êtes malheureux. Quittez ce château avant que vous ne subissiez le sort de son maître qui sera châtié pour ses fautes. Je vous en supplie, allez trouver Guillaume de Capestang, en Languedoc. Dites-lui que Lydia a besoin de lui, que Lydia...

Elle se tait un instant, comme si, tout à coup, elle avait conscience de commettre un sacrilège. Le souvenir du corps disloqué de Granvet s'impose à elle.

— Dites-lui que Lydia l'appelle et lui demande de vous prendre sous sa protection, comme son propre fils !

Piquedieu sort sans rien répondre ; pourtant, dans ses yeux, une étincelle a brillé.

Chaque jour, Lydia attend avec impatience la visite du jeune homme devant lequel elle poursuit son monologue.

— Je vous en prie, allez trouver le baron Guillaume de Capestang et dites-lui de venir me délivrer. C'est le seul homme au monde en qui, en ce moment, je puis avoir confiance. Je sais que vous n'êtes pas mauvais...

Piquedieu baisse la tête comme s'il était lui-même prisonnier. Chaque jour, Lydia se dit qu'il va enfin se décider, mais au dernier moment, la bouche entrouverte, prête à parler, se ferme.

Un matin, enfin, il la regarde longuement et dit :

— Capestang, en Languedoc, près de la rivière Orb ?

Lydia sourit et lui prend la main.

— Vous ressemblez à mon fils ! dit-elle. Je ne veux pas que votre vie soit gâchée.

Piquedieu s'est de nouveau enfermé dans son mutisme. Il sort, mais, quand la porte se ferme, Lydia a la conviction d'avoir été entendue.

Le bateau a jeté l'ancre pour la nuit dans la rade près de Marseille. La mer est calme, ses petites langues d'eau clapotent contre la lourde coque. La terre couleur d'encre se confond au ciel. C'est ainsi chaque nuit, les grosses barques de commerce doivent s'arrêter pour permettre aux hommes de se reposer et surtout éviter les récifs nombreux en cet endroit. Affronter la haute mer demande des équipages intrépides et les bateaux de commerce préfèrent ne pas quitter les côtes de vue trop longtemps. Sur le pont, les rameurs dorment. Seul à l'arrière, sur le dernier banc, N'Hogo reste éveillé. Le bruit de râpe de ses anneaux qu'il frotte l'un contre l'autre ne gêne plus personne. Des fous qui rêvent de s'évader, ils en tous connu et n'y prêtent plus attention. Enfin, un bruit de fer tordu dérange les deux hommes allongés sur la paillasse voisine. L'un d'eux se tourne, murmure une menace. N'Hogo pousse Patte-Raide du coude.

— Regarde !

Patte-Raide se réveille, grogne à son tour et se dresse. Il voit, dans la lumière du ciel, l'anneau ouvert que le Noir tient dans sa main. Sous la lune qui vient de sortir, la mer est parcourue de sillons clairs qui se déforment.

— Je suis libre ! Partons ! T'en fais pas, je nage mieux qu'un poisson !

Le géant sourit. Des étoiles scintillent sur ses dents parfaites.

— Donne ta chaîne ! souffle-t-il. Je suis très fort, tu sais !

N'Hogo prend l'anneau de la base, assure sa prise et s'arc-boute. Le métal émet un cri plaintif en se tordant, un dormeur proteste et l'anneau cède dans un bruit de bois fendu.

— Voilà, mon frère, tu es libre aussi ! Tu m'as promis de l'or, beaucoup d'or, alors allons-y !

— C'est pas bientôt fini ce bruit ! crie un rameur en se dressant. Si ça continue...

N'Hogo prend Patte-Raide sous les bras, le soulève sans le moindre effort et se lance dans la mer. Les autres se réveillent en sursaut et regardent le remous piéger des langues de lumière qui se brisent.

— Qu'est-ce que c'est encore ? crie le gardien en sortant de la petite tente en retrait des bancs.

— Deux hommes à la mer !

— Et c'est pour cela qu'on fait tout ce vacarme, qu'on me réveille ! Ils sont déjà au fond !

Le gardien rentre dans sa tente et le silence retombe sur les bancs. Ce n'est pas la première fois, ni la dernière, que des prisonniers cassent leurs chaînes et sautent à l'eau, ils ne réussissent jamais à trouver la côte ; la nuit les trompe et ils errent jusqu'à l'épuisement. Regaudi ne va pas risquer de briser son bateau sur les récifs, de perdre son chargement pour deux fugitifs. Le courant les a déjà emportés vers le large où les attendent les requins.

Dans les États du Languedoc, la vie a repris son cours habituel, mais les effets de la peste se font encore sentir. Les bras manquent pour travailler la terre, couper le bois. Les échoppes sont vides et les champs trop souvent déserts. Pourtant, le goût de la vie est revenu et les survivants de la plus grande épidémie de tous les temps se reprennent à espérer et remercient Dieu d'avoir enfin éloigné le fléau.

Dans l'auberge où ils se sont installés, Patte-Raide et N'Hogo font sensation. La présence du Noir intrigue. Ce géant de près de six pieds est un si étrange animal que personne n'ose l'approcher. Certains clients ont fui, car qu'est-ce qu'un Noir sinon une image du diable ? Dieu a fait ses enfants blancs. Le diable a voulu imiter la création du Seigneur, mais n'a pu qu'obtenir ces animaux imparfaits dont le visage est un peu celui d'un homme, mais en plus grossier, en moins beau ! Il leur a donné la parole pour professer ses inepties, pour pousser les faibles au péché.

— Il est à vous ? demande l'aubergiste à Patte-Raide. Je vois bien qu'il n'a pas l'air méchant, mais les clients n'aiment pas. J'exige des montreurs d'ours que leur animal soit attaché. Si vous faisiez de même, cela rassurerait tout le monde.

— Attacher N'Hogo ? Mais vous n'y pensez pas, c'est un homme libre, pas un esclave.

— Un homme de Dieu ?

— Oui, un homme de Dieu qui connaît même un peu de latin !

— Un peu de latin ?

— Oui, je lui ai appris le *Credo*. Vous pouvez rassurer tout le monde. N'Hogo est certes très fort, mais aussi très doux.

— Dans mon pays, dit N'Hogo, l'hiver n'existe pas. Le soleil chauffe toute l'année et si fort que l'eau manque. Dans mon pays, je suis le roi !

Dans la région, on ne parle que du phénomène et les gens se déplacent pour voir cet homme noir comme la suie qui sait parler le latin. Ses épaules impressionnent et personne ne lui cherche querelle. Un amuseur public propose à Patte-Raide de le lui acheter :

— Sa force peut nous faire gagner une fortune. Faisons-lui tordre des barres de fer, combattre cinq hommes à la fois et la foule se bousculera dans notre tente...

— N'Hogo ne fait que ce qu'il veut ! répète Patte-Raide.

N'Hogo n'a pas besoin de se servir de ses muscles pour attirer la foule. Dès qu'il sort de l'auberge, une multitude d'enfants l'entoure et lui pose des questions. N'Hogo aime parler et n'en finit pas d'évoquer son pays avec ses éléphants, ses rhinocéros et tous ces animaux qui font rêver petits et grands. Beaucoup l'envient quand il raconte que, chez lui, il suffit de secouer un arbre pour faire tomber des fruits, il ne fait jamais froid et les hommes passent leur temps à chasser.

Un matin, Patte-Raide laisse N'Hogo seul à l'auberge.

— Je t'ai promis de l'or, je vais te chercher de l'or ! dit-il en s'éloignant sur son cheval.

Patte-Raide sait qu'il doit se méfier. L'Ordre a des espions partout ; les frères savent qu'il s'est évadé et le croient probablement mort, mais ils doivent surveiller les environs et le moindre mot peut le trahir. Il brouille les pistes en suivant des chemins qui éloignent du trésor, revient sur ses pas et finit sa route à pied en surveillant les environs. Quand il est absolument sûr d'être seul dans cette campagne dépeuplée, il se dirige vers la chapelle de Blanquemart. Son cœur bat très fort. Avec cet or, c'est sa jeunesse qu'il va retrouver enfouie dans les profondeurs de la terre, c'est lui-même et en même temps quelqu'un d'autre. Il se revoit parmi les Pastoureaux, sur le plateau de l'Espinouse, tenant tête aux hommes du comte de Foix. Castillau, le prêcheur de la croisade, qui avait conduit tous ces jeunes jusque là, agonisait sur la poussière, transpercé par un coup d'épée. C'était lui qui avait constitué l'énorme trésor volé aux Juifs aisés des villes mises à sac. Patte-Raide se souvient encore du vieil homme lui révélant l'emplacement de tout cet or avant de rendre son dernier soupir... Ce matin, en gravissant la colline sur laquelle se trouve la chapelle, il a l'impression d'être aussi vieux que ces ruines. À l'intérieur de l'édifice, rien n'a changé ; les blocs de pierre sont à la même place, le temps s'est arrêté. La dalle près de l'autel pivote et ouvre l'accès au passage souterrain. Patte-Raide descend les marches friables. Son cœur bat si fort qu'il doit s'arrêter pour reprendre son souffle. Le voilà dans la première salle voûtée avec ses jarres de terre cuite ; la deuxième dalle pivote à son tour et il poursuit, frénétique, son avancée.

Quand il arrive au trésor, la tête lui tourne. Le tonneau est là, comme il l'avait laissé trente années auparavant, rempli d'or et de pierres précieuses, plusieurs boisseaux de bijoux dans cette première chapelle et deux fois plus dans la seconde. Il prend dans un sac assez d'or pour que N'Hogo puisse mener la grande vie. Dehors, la nuit est tombée, sombre. Une chouette hulule dans le bosquet voisin.

En voyant ces bracelets, ces colliers, ces chaînes d'or serties de diamants que Patte-Raide sort de son sac, N'Hogo est pris de tremblements. Ses grosses lèvres remuent sans qu'il puisse parler ; son regard interrogateur va de Patte-Raide au trésor étalé sur la table.

— Tu es alchimiste ! Tu as trouvé la recette !

— C'est une vieille histoire. Voilà, N'Hogo, je t'ai donné ce que je t'avais promis, maintenant tu peux repartir dans ton pays.

— Si tu me donnes de l'or aussi facilement, c'est que tu en as beaucoup, des tas, des pleins chariots. Je veux plus d'or.

— N'Hogo, réfléchis un instant. Je t'ai donné tout l'or que je pouvais te donner. Tu as de quoi mener la grande vie dans ton pays, devenir le roi, alors n'insiste pas !

— Je veux plus d'or encore ! dit le Noir en marchant dans la pièce et en battant l'air de ses bras énormes.

Patte-Raide sait bien que l'or fait perdre la raison aux plus sages, il pensait pourtant que N'Hogo avait l'esprit assez fort pour résister à cette fièvre. Mais non, le voilà tremblant, le regard vide, hypnotisé par ces pièces, ces pierreries posées sur la table, n'osant les toucher comme si elles étaient la représentation divine.

— Raisonne-toi, N'Hogo. Je n'ai plus d'or, je t'ai tout donné. Nous étions d'accord au début. Sans moi, tu n'aurais pas pensé à t'évader, tu n'aurais pas ce formidable moyen de rentrer chez toi sans que personne te cherche le moindre ennui...

Mais N'Hogo ne croit pas que Patte-Raide soit assez stupide pour se défaire aussi facilement de sa fortune. Il s'obstine.

— Tu ne vas pas me faire croire que tu m'as donné tout ton or, ce n'est pas possible. Tu en as encore et beaucoup. Tu me l'as dit un jour sur le banc de la galère. N'Hogo n'oublie jamais rien.

N'Hogo s'empare de Patte-Raide et le tient solidement d'une main.

— Je croyais que nous étions amis !

— Nous étions amis, je le croyais aussi, mais l'or détruit l'amitié. Tu me mens, alors nous ne sommes plus amis.

— N'Hogo, l'or te rend fou, comme il rend fous tous les hommes. Fais attention, tu ne seras pas le plus fort !

Enfin, N'Hogo lâche Patte-Raide, enfouit les bijoux dans ses poches et sort. Patte-Raide tente de le retenir :

— Ne pars pas ainsi, tu n'iras pas loin. Prends le temps de réfléchir, N'Hogo, tu es noir dans un pays où les hommes sont blancs. Tu risques de finir sur le bûcher tout simplement parce que tu es noir !

Mais le géant n'entend pas. Il dévale l'escalier, bouscule l'aubergiste et part dans la nuit. Quelques instants plus tard, il revient. Son regard menaçant de fauve n'a plus cette douceur qu'on lui connaissait jusque-là. Il roule autour de lui des yeux de dément ; l'aubergiste comprend qu'il est, tout à coup, dangereux.

— J'achète cette auberge ! Ton prix est le mien. Donc je suis chez moi à l'instant. Alors, tout le monde dehors !

Il pose un superbe collier serti de diamants. Le cabaretier s'étonne.

— Où as-tu trouvé ce collier ?

— Prends et ne pose pas de questions ! C'est à toi, crie le Noir. Dépêche-toi, je veux que tout le monde sorte de mon auberge.

Patte-Raide descend lentement l'escalier. Dans la grande salle éclairée de bougies, il tente de raisonner N'Hogo, mais celui-ci le repousse vivement. Patte-Raide tombe à la renverse. Le Noir hurle :

— Allez, tout le monde dehors ! Cette auberge est à moi !

Le bruit de sa voix s'entend dans la rue. Quelques instants plus tard, les lanciers de la sénéchaussée arrivent. N'Hogo les menace :

— Je suis chez moi ! J'ai dit : tout le monde dehors !

— Cet animal est furieux ! fait le cabaretier. Il faut le rendre inoffensif avant qu'il n'ait tué quelqu'un.

Les sergents chargent alors N'Hogo qui fait des moulinets de ses bras. Il réussit à renvoyer au sol les premiers hommes mais cède devant le nombre. Tout à coup, il pousse un cri, une lance vient de le traverser de part en part. Le Noir fait un dernier moulinet et tombe. Patte-Raide se précipite :

— Vite, un chirurgien pour arrêter le sang et panser sa blessure !

— Ce n'est pas la peine ! dit le blessé au sol. Pardonne-moi, pardonne cette folie. Je me croyais aussi grand que Dieu et maintenant je ne suis plus rien.

— Non, Dieu te pardonnera. Tu as une grande âme !

N'Hogo rend son dernier soupir, l'esprit tourné vers le soleil de son pays, et ce royaume qu'il ne conquerra jamais.

L'hiver n'est pas très rigoureux, fort heureusement. Après les grands froids de ces dernières années, après la peste, tout le monde a envie de vivre. Le courroux divin s'est apaisé, la preuve, les rats qui étaient si nombreux l'hiver passé ont pratiquement disparu. Beaucoup sont morts, emportés par une étrange maladie semblable à celle des hommes. Quand ils sentaient leur fin arriver, par milliers, ils allaient se jeter dans la première rivière. Certains jours, la Marne, dans la région de Meaux, était noire de cadavres...

La tour de Blanpain est prolongée par plusieurs bâtiments qui servent d'abri aux hommes de guerre de Bertrand de Molligny. La peste est passée avec sa faux et a beaucoup fauché. La ville, comme tant d'autres proches de Paris, a payé un lourd tribut à la maladie et les maisons vides ne manquent pas. Les riches terres des alentours ne sont plus labourées et les friches poussent à la place du bon blé. Bertrand de Molligny a échappé à la mort grâce à un antidote à base de poudre de licorne dissoute dans de l'esprit de vin. Dans la tour sombre, les deux prisonnières, Dalila et Irénée, n'ont pas été inquiétées ; Dalila souhaitait mourir au plus vite, mais la peste n'a pas voulu d'elle. La bourse d'Irénée a fondu en deux années de captivité et elles doivent se débrouiller pour obtenir des gardiens du linge pour se changer et de l'eau tiède pour se laver. Irénée supporte la captivité avec la patience et la sagesse de son âge, mais Dalila sombre de plus en plus souvent dans de longues périodes de prostration. Elle reste alors assise sur sa couche, la tête posée sur les genoux et ne bouge plus, ne parle plus, refuse de manger et de boire.

À ces moments de léthargie succèdent souvent des périodes d'euphorie. La jeune femme est alors comme ivre, se déshabille, le corps en proie à une fièvre intense. Elle délire et s'offre au premier soudard qui passe. Irénée doit la surveiller pour l'empêcher de faire des bêtises.

— Je crois que je deviens folle ! dit-elle en prenant conscience de ses excès.

Le mois d'avril 1350 est frais. Les premières oies ont passé dans le ciel ; sur les bords de la Marne, les pêcheurs tendent leurs filets. Les nuits sont glacées, le vent hurle sur la tour dressée au milieu du tertre qui fut, quatre siècles auparavant, élevé par des hommes. Sur le chemin de ronde, les guetteurs font les cent pas et tapent dans leurs mains gelées. Après chaque tournée, ils s'accroupissent devant le feu allumé dans un coin de la cour, à l'abri du vent.

Ce soir, Dalila remarque des mouvements d'hommes inhabituels. Des lanciers à chapeau de fer se sont postés autour du castel. La nuit tombe ; elle fait signe à Irénée :

— Viens voir...

Irénée s'approche de la fenêtre et aperçoit un petit moine qui parle aux gardes en gesticulant. Il tend le bras vers le fort et finit par obtenir l'autorisation de passer.

— Voilà qu'il revient, celui-là ! dit Irénée. Où était-il passé pendant tout ce temps ? Cela fait bien deux années pleines que nous ne l'avons vu !

Dalila sourit. Cette visite lui fait un bien immense.

— Il ne peut être le messager du malheur ! Frère Bernard se déplace toujours avec la bonne humeur !

Elles l'entendent parlementer au bas de l'escalier de sa voix sourde et enfin son pas lourd gravit les marches. La porte s'ouvre et il entre. Dalila lui tend les bras, le moine serre contre lui la jeune femme avec une émotion qui teinte ses joues grasses. Ses gros yeux blancs se mouillent. Irénée dit, sur le ton du reproche :

— Voilà deux ans ou plus que vous nous laissez sans nouvelles et vous arrivez...

Bernard approche son index de ses grosses lèvres humides comme pour réclamer le silence.

— Finalement, vous n'avez pas dépéri pendant ces deux années. Je vous trouve bien replet pour un moine mendiant !

— Les gens apprécient mes tours et mes histoires ! dit Bernard, un peu honteux de sa bedaine.

Puis, entraînant les deux femmes dans un coin, il chuchote :

— Le roi vient de commettre la pire erreur de son règne. Il s'est remarié !

— En quoi est-ce une erreur ?

— Il a épousé la jeune Blanche d'Évreux, qui n'a pas dix-sept ans, alors qu'il va sur sur ses cinquante-sept. Et, dans sa liesse, il a libéré André d'Ivry qui n'a qu'une idée en tête, se venger !

— Expliquez-vous ! Dites que vous n'êtes pas venu pour nous, mais pour vos affaires !

— Ce ne sont pas mes affaires ! Ce sont celles du royaume tout entier.

Bernard se déplace avec beaucoup de vivacité. Il

marche les pieds nus et Dalila remarque ses gros orteils plats. Il s'assoit enfin sur le bord du lit, se prend la tête dans les mains.

— Mais moi, je ne suis qu'un petit moine mendiant à qui Dieu a donné une certaine habileté pour faire des tours... Que puis-je contre ces puissants personnages ?

Puis, se dressant, il ajoute, déterminé :

— Ma mission va bien au-delà d'une simple vengeance. Dieu nous a confié, à mon frère Jean et à moi, la tâche de détruire l'ordre du Temple. C'est sûrement qu'il nous en croit capables, alors je vais reprendre les chemins, dans la froidure et la nuit, comme un pauvre mendiant que je suis...

Irénée sourit :

— Voilà que vous vous faites plaindre maintenant.

Enfin, Bernard se dresse, s'en va vers la porte de son pas lourd de pachyderme.

— Et c'est pour nous raconter cela que vous nous avez rendu visite après deux années d'absence !

Il se tourne, revient vers le fond de la pièce et murmure :

— Non, c'est pour vous dire que je vais vous faire sortir d'ici. J'ai donné au gardien le contenu d'une bourse que me céda une veuve contre mon absolution. Il a ordre de bien vous traiter. Je reviendrai vous chercher très bientôt !

— Dans combien d'années ? Deux ?

— Dès que ce sera possible !

Jean de Capestang est poussé sans ménagement devant le comte Chiefield qui le regarde avec hauteur, les yeux fixes, les lèvres serrées. Cet homme force le respect. Hautain, peu bavard, son corps est anguleux ; son visage tranchant malgré la barbe rousse qui épaissit ses joues. Les bras attachés dans le dos par une solide cordelette, le jeune garçon butte de la pointe du pied contre un tapis et tombe. Il se dresse aussitôt sur les genoux, vaincu, certes, mais pas suppliant. La tête pleine de l'image d'Élisabeth, pleine de cet amour qui le brûle, il n'éprouve aucun regret d'être prisonnier de nouveau dans ce château austère où il a passé une longue année à surveiller une ombre.

Un seul regret le pince au plus sensible de son être. Son père le maudit, ce père qui a été son unique compagnon, son guide, son maître d'armes, et que, jusque-là, il aimait plus que tout. Sitôt arrivé à Londres, Jean a fait parvenir un billet à Élisabeth :

J'ai déserté. J'ai trahi l'homme à qui je dois plus que la vie, celui qui m'a accueilli petit enfant de rien et qui m'a élevé à la dignité de grand chevalier, celui qui m'a donné sa vie, qui a renoncé à lui pour moi. J'ai mérité le billot pour être revenu et me voilà. Je reviens vers vous pour toujours !

Élisabeth n'a pas résisté. La petite fille obéissante a eu la force de mentir et d'écrire dans un élan total :

Je comprends votre sacrifice. Le mien sera à la hauteur. J'arrive. Je quitte tout pour vous. Je suis prête à déserter à mon tour. Nous irons où vous voudrez.

Ils se sont retrouvés au rocher de Fildech puis sont partis vers la côte. Quand les sergents du comte de Chiefield les ont capturés, ils n'ont pas tenté de s'enfuir. Ils avaient décidé de mourir dans les bras l'un de l'autre, mais Élisabeth s'est écriée :

— L'amour est toujours plus fort que les hommes ! Nous gagnerons !

Et là, à genoux devant le comte qui ne bronche toujours pas, Jean se dit qu'il aura la force de vaincre le monde entier. Par moments comme un éclair, la pensée de son père le traverse, furtive, une pensée douloureuse, plantée en lui comme un clou rouillé.

Le comte de Chiefield, d'un geste lent, ordonne au prisonnier de se relever. Le visage grave, il ne cesse de le regarder fixement. Il pense à cette folie de la jeunesse qui fait commettre tant de bêtises merveilleuses. Arrive la comtesse suivie de ses femmes, portant un léger hennin tout en hauteur. Ses cheveux restés très noirs contrastent avec la blancheur de sa peau.

— Bien, dit le comte sans lever la tête vers son épouse qui s'assoit près du feu. Messire Jean de Capestang, vous êtes de la meilleure noblesse, j'en conviens. Mais vous venez de commettre un acte indigne d'un chevalier.

Il se tait un instant, se tourne vers sa femme qui approuve d'un mouvement de la tête.

— Élisabeth éprouve pour vous un sentiment... tendre. Mais vous êtes mon ennemi. Vous m'avez combattu aux côtés du roi Philippe...

— Monseigneur..., murmure Jean. Monseigneur, j'aime Élisabeth et c'est tout ce qui compte pour moi.

— C'est bien ce que je pensais, vous voilà traître à votre suzerain et père. L'amour n'est pas bon conseiller ! Cependant, nos deux royaumes bien qu'en guerre sont étroitement liés depuis des siècles. J'ai moi-même des cousins près de Paris et la noblesse anglaise qui parle la langue d'oïl ne doit pas oublier ses origines...

Jean tente de profiter des apparentes bonnes dispositions du comte pour ajouter :

— Le seigneur de Meyrignac, descendant d'une branche des Capestang, rend hommage au roi Édouard pour ses terres d'Aquitaine...

Le comte passe sa main droite sur sa barbe rousse et poursuit :

— Je suis trop attaché au bonheur de ma fille pour ne pas vous donner une chance. Ou vous acceptez de devenir mon écuyer, donc de combattre à mes côtés, ou vous renoncez à tout jamais à Élisabeth.

Jean n'hésite pas un instant. C'est plus qu'il n'en espérait et, redoutant que le comte ne se rétracte, il s'écrie vivement :

— J'accepte !

Puis le plomb de sa trahison écrase ses épaules. Une douleur violente serpente en lui.

— Mon ami, dit la comtesse, vous oubliez peut-être quelque chose.

— Non, madame, je n'oublie rien ! fait le comte.

Il fixe un brin de paille tombé de quelque botte et qui luit sur le tapis, près du feu, comme une brindille d'or.

— Si je vous prends de nouveau en compagnie de ma fille sans ma permission, je vous fais pendre comme un manant. Élisabeth se mérite sur le champ de bataille !

Depuis le départ de Jean, Guillaume de Capestang n'a plus envie de vivre. La confiance du roi lui pèse car il doit réussir l'impossible : constituer une armée de vingt mille hommes avec à peine assez d'argent pour en rassembler cinq mille. Mais cela occupe ses pensées et l'empêche de sombrer dans le désespoir. Il a retrouvé sa maison près du Louvre, la vie de la cour où l'on se moque beaucoup du vieux Philippe VI qui ne cesse de mignoter sa jeune épouse de quarante ans sa cadette et qui en dépérit ; son teint s'est flétri, il maigrit à vouloir jouer aux jeunes amants.

Pendant ces longs mois, Guillaume a espéré qu'un événement lui permettrait de retrouver Lydia, mais pas un des nombreux cavaliers qu'il a envoyés un peu partout n'a pu lui rapporter la moindre information, le moindre motif d'espérance. Blessé, déchiré, il va comme un automate et n'espère rien. Sa vie entière a été une suite d'échecs, d'espoirs déçus, d'amours rejetées. Le temps lui pèse et ne passe pas assez vite.

Ce soir, il dîne en compagnie des capitaines chargés de recruter les hommes d'armes et du maréchal de Clermont. Portino, son astrologue lombard, est aussi présent, un homme silencieux qui semble toujours absorbé dans une réflexion profonde. Son regard n'est pas celui d'un homme ordinaire, il voit au-delà des choses et des gens. Guillaume lui accorde toute sa confiance et le consulte toujours avant d'entreprendre quoi que ce soit. Portino donne de bons conseils et les astres ne lui cachent rien. Ainsi, il a annoncé qu'un événement important se produirait avant l'été 1350. Mais avril a cédé la place à mai et aux premières chaleurs, et les jours passent, identiques et vides.

Un homme se présente et demande à parler au maître. Fourbu, il se tient à peine sur ses jambes tant il a chevauché. Ses chausses sont déchirées, sa chemise porte des traces de sang séché, une entaille dans le tissu à la hauteur de l'épaule montre qu'il a dû livrer combat.

Les gardes le questionnent sur sa provenance, sur les nouvelles qu'il apporte, il refuse de parler. Il délace son heaume, secoue ses cheveux noirs et bouclés, comme un chien qui s'est roulé dans la poussière.

— Mais c'est un enfant ! s'exclame un des gardes.

La fatigue marque de profonds cernes ses yeux qui ont encore un contour juvénile. Les traces de lanières de cuir entaillent ses joues imberbes.

— Je ne puis parler qu'au seigneur de Capestang, uniquement à lui.

Sa tête lourde de fatigue tombe malgré lui. Il s'appuie sur le mur, ses paupières se ferment.

Un valet va avertir Guillaume qui fait entrer aussitôt le voyageur. En voyant les morceaux de cygne fumant sur la table, les aiguières remplies de vin, le garçon ouvre un instant les yeux, mais la fatigue est plus forte que la faim.

— Parle d'abord et tu mangeras ensuite.

— Je ne puis, monseigneur ! Je ne puis parler qu'à vous seul.

— Tu n'as rien à craindre, je ne suis entouré que d'amis.

— Impossible, monseigneur, je ne puis.

— C'est bien, suis-moi.

Guillaume se lève, prie ses invités de poursuivre leur repas pendant son absence et sort de la grande pièce. Des pétales de roses jonchent le sol, l'air sent la fleur, une odeur légère qui rend la chaleur plus supportable.

Guillaume entraîne le visiteur dans le grand couloir qui conduit aux cuisines. Le va-et-vient des serviteurs est incessant, les uns apportant les plats fumants couverts d'une cloche en cuivre, les autres ramenant sur des petits chariots à quatre roues les aiguières vides, les restes de gibier et de poissons.

— Monseigneur me pardonnera, mais je ne puis parler devant autant de passage. Une oreille tendue et tout est éventé, ce qui ne saurait être.

— Tu sais que tu m'agaces avec tes mystères. Est-ce une aussi grande nouvelle que tu m'apportes pour faire autant de manières ?

— C'est une aussi grande nouvelle ! insiste le jeune homme.

Guillaume fait entrer le garçon dans une pièce dont il ferme la porte.

— Et maintenant, vas-tu parler ! Je commence à me lasser de tes secrets.

Le garçon regarde autour de lui, va à la fenêtre, se penche et revient vers Guillaume.

— Vous me pardonnerez, monseigneur, de vous parler à voix basse et à l'oreille, mais je ne puis me risquer...

— Qui redoutes-tu pour prendre autant de précautions ?

— Les templiers, monseigneur. Ils régentent tout en ce royaume.

— Que me racontes-tu là ? Je n'ai que des amis autour de moi. Il n'y a pas de templiers.

— Que si, monseigneur. Il n'est de maison qui n'ait un templier ou une espie toute dévouée à l'Ordre.

— Laissons tout ça, reprend Guillaume. Quelle nouvelle grave m'apportes-tu ?

— Je vous ai cherché à Capestang, puis j'ai de nouveau traversé le royaume pour vous trouver ici.

— Mais enfin, vas-tu parler !

— J'étais cet hiver geôlier d'une femme. Une femme très belle bien qu'un peu âgée, si belle qu'un homme est mort pour elle.

Guillaume retient son souffle. Son regard s'allume. Un hibou pousse son cri dans le lointain.

— Si belle, monseigneur, que le geôlier que j'étais a décidé de la servir. Elle est prisonnière en un château, pas très loin d'ici. Prisonnière des moines guerriers.

Guillaume frissonne. Le souffle court, il pose sa main maigre sur l'épaule du garçon qui titube. Les ongles durs s'enfoncent dans le tissu de la chemise et la peau, en dessous. Il n'entend plus le brouhaha qui vient de la salle à manger.

— Et cette femme... Pourquoi m'en parles-tu ? Pourquoi as-tu fait autant de chemin pour m'avertir ?

— Parce qu'elle s'appelle Lydia.

Guillaume de Capestang chancelle à son tour. Le poids soudain de son existence affaisse son vieux corps. Il attendait cette nouvelle depuis si longtemps qu'elle le laisse sans voix. Un coup de poignard en pleine poitrine ne l'aurait aussi facilement terrassé. Il fait quelques pas hésitants.

— Mon Dieu, que dis-tu, mais que dis-tu ?

Le chevaucheur, oubliant les convenances, s'est laissé tomber sur un siège. Ses paupières se ferment, ses lèvres murmurent quelque chose, sa tête roule sur son épaule droite. Tout à coup, Guillaume revient vers lui et le soulève brutalement.

— Pourquoi est-elle prisonnière ? Parle vite ou je t'étrangle.

Le garçon ouvre les yeux, semble s'étonner d'être là.

— Je ne sais, monseigneur. Ces hommes sont peu bavards. Elle m'a dit : « Un seul homme peut me tirer de là, lui seul pense encore à moi assez fort pour ne pas reculer devant l'épreuve, et cet homme, c'est Guillaume de Capestang. Va lui dire que Lydia l'appelle au secours ! »

— Mon Dieu !

Il tourne en rond dans la pièce, s'arrête devant la cheminée éteinte, revient vers le chevaucheur qui de nouveau s'est endormi et roule du fauteuil, tombe brutalement sur les dalles, mais ne se réveille pas. Le soleil s'est couché et l'ombre noie les coffres et la table. Un air un peu plus frais arrive par la fenêtre ouverte. Guillaume se penche au-dessus du vide, regarde un instant les guetteurs sur le chemin de ronde. Lydia l'appelle au secours ! Il n'entend plus rien que cet appel, ce cri tant attendu. Il revient vers le garçon qui ronfle, enroulé comme un chat, et le secoue vivement.

— Où se trouve-t-elle ?

— Que me veut-on ?

— Vas-tu parler ou je te fais fouetter.

— En une tour froide sur le bord de la rivière Dordogne, près de Bergerac.

Guillaume va prévenir le roi et partir au plus vite. Brusquement, cette nouvelle l'a délesté du poids des ans, il se penche sur le jeune homme.

— Tu as faim, me dis-tu ? Eh bien, je t'invite à ma table. Viens donc banqueter avec mes amis. Nous partirons demain !

Mais le jeune garçon n'entend pas. Il dort si profondément que deux valets l'emportent sans le réveiller, comme un ballot.

Guillaume retourne à la salle de banquet. Son visage a changé. Les rides qui taillent son front austère sont moins profondes, un sourire fleurit sur ses lèvres. Tout le monde s'étonne de le trouver tout à coup rajeuni et guilleret.

— Où sont passés les musiciens ! s'écrie-t-il. On dirait une veillée mortuaire. Allons, que l'on chante et que l'on danse autour de cette table !

À la cour, les physiciens sont réunis au chevet du roi, si faible qu'il garde sa chambre toute la journée. Son visage s'est ridé ; il ressemble à un vieillard et ne peut plus remplir ses obligations auprès de sa jeune épouse, ce qui le désespère. Les hommes de l'art lui ont administré plusieurs potions qui n'ont eu aucun effet. Tous sont du même avis : Dieu n'approuvait pas son mariage avec une fille aussi jeune et le lui fait payer.

Au début du mois de juillet, Philippe VI ne peut plus quitter sa chambre. Sa faiblesse est telle qu'aller à la fenêtre et revenir à son lit lui demandent un effort considérable. La chaleur est torride et il suffoque sur ses coussins. Des valets l'éventent continuellement. Blanche, sa jeune épouse, reste à son chevet. Cet homme qui va mourir, qui a l'âge de son grand-père, a fait d'elle une femme, une petite reine comme on l'appelle et bientôt une jeune veuve. Elle se contraint, se punit à rester dans cette odeur de sueur et de linge souillé. Sa jeunesse se révolte en une répulsion qu'elle cache quand le roi lui caresse la joue de sa main molle. Elle pense alors, l'estomac retourné, aux prairies normandes quittées trop tôt pour cette cour clinquante où la ruine menace sous le faste. En la faisant reine, Philippe l'a assassinée. Sa vie sera tellement vide durant ces nombreuses années de solitude qui l'attendent ! Blanche se force à sourire au moribond, mais elle baisse les yeux pour cacher sa pensée quand il lui murmure des mots d'amour.

Philippe VI ne s'aperçoit pas de ce dégoût, de ce fossé qui le sépare de sa jeune femme. La mort est déjà entre eux et il n'est plus qu'un souvenir. Son corps décharné aux peaux trop grandes n'a plus d'envies. Le voilà désormais à la place où il vit son père et quatre rois de France. Il y eut d'abord Philippe le Bel, si fort que la mort semblait n'avoir aucune prise sur lui. Et pourtant, après une chute de cheval, le plus grand roi de la chrétienté dut courber la tête et accepter une échéance qu'il n'avait pas fixée. Puis il y eut Louis X, condamné à une agonie de plusieurs jours ; on murmurait qu'il avait été empoisonné. Et Philippe V, dit *le Long* ou *le Borgne* tant il avait la vue basse, puis Charles IV. Maintenant c'est au tour du *Roi trouvé* de faire, durant ces journées trop longues et trop chaudes, l'examen de sa vie, et de douter. Pendant son règne, le royaume s'est appauvri, même s'il a réussi à annexer le Dauphiné ; il a accablé ses sujets d'impôts pour financer une guerre désastreuse. Il a surtout perdu la ville de Calais.

— Appelez Capestang. Je le veux auprès de moi. Il y fut lors de ma défaite à Crécy et me fut d'un grand secours.

Il s'agite sur sa couche. Les valets accélèrent le mouvement des évents. Guillaume de Capestang arrive, essoufflé. Le roi l'aperçoit puis ferme de nouveau les yeux :

— Je vous remercie, mon ami.

Surmontant son dégoût, Blanche lui caresse la main.

Le moribond la regarde avec, au fond des yeux, cette terreur remontée du fond de lui-même, puis sombre dans une sorte de sommeil agité. Les physiciens assemblés autour du lit savent que le roi ne souffre pas de la peste mais d'un mal plus sournois encore, et la punition divine ne se soigne pas comme une maladie ordinaire. Les humeurs de ce corps vieillissant n'ont pas supporté la vivacité du jeune corps de Blanche. C'est au lit que le roi a contracté sa maladie, au lit qu'il a fleureté avec la mort. Capestang ne bronche pas. Il s'est assis au chevet du roi et pense à Lydia qu'il a désespérément cherchée sur les bords de la Dordogne avec le jeune Piquedieu. Un espoir déçu de plus ! Il voudrait être à la place du roi.

Le mois de juillet s'achève par des orages qui lacèrent les nuits de leurs éclairs aveuglants. Philippe VI sursaute à chaque coup de tonnerre, son corps se contracte, il grimace, mais il n'ouvre pas les yeux. La maladie a fait son nid au fond de lui et grignote son cœur déjà trop faible pour lui permettre le moindre mouvement. Parfois des bribes de phrases d'une étrange netteté sortent de ses lèvres couvertes d'une bave blanche qu'essuie une servante.

— À Crécy j'ai été battu parce que l'Anglais n'a pas respecté les règles de la guerre !

Ou alors son front se contracte, son menton tremble. Sous le voile de ses paupières closes défilent les silhouettes hagardes des assiégés de Calais, ces héroïques résistants qu'il a abandonnés au moment ultime.

— Calais... Calais, ils n'ont que ce mot à la bouche !

— Le voilà tout près du juge suprême, dit un médecin. Il peut tenir encore une semaine, mais guère plus.

Puis, brusquement, comme repris d'un regain d'énergie, il ouvre ses yeux pleins d'effroi, exprime son remords :

— Gens de Calais, pardonnez-moi ! Je vous ai trahis ! Où est Capestang ? A-t-il fini de recruter mon armée ?

Des chevaucheurs partent à Fontainebleau chercher le Dauphin. Jusque-là, Jean ne s'est pas inquiété de la santé de son père et n'a pas changé sa manière de vivre. L'annonce de la fin prochaine du roi n'est pas une mauvaise nouvelle pour lui, bien au contraire.

— Le gueux ! Voilà ce qu'il en coûte de mignoter jeunesse !

Cette réflexion fera vite le tour de la cour et arrivera jusqu'aux oreilles de la reine. Jean cache mal sa joie. Il n'a jamais aimé son père parce qu'il a ses défauts, ce goût pour la grandiloquence, le panache, les actes chevaleresques creux. Son esprit ne discerne jamais l'essentiel des événements, mais s'arrête sur un détail, souvent infime, qu'il gonfle. Il est en plus obstiné, souvent cruel, coléreux et, par un curieux instinct d'autodestruction, enclin à suivre les conseillers les moins sages.

Le dauphin rentre au Louvre à bride abattue pour ne pas rater les derniers instants du moribond. Sa jeunesse lui donne ainsi une revanche naturelle sur l'humiliation subie six mois plus tôt.

Pour les médecins, le roi n'a pas plus de huit jours à vivre. Il tiendra trois semaines dans cette inconscience parsemée de phrases souvent criées comme une défense. Le tribunal suprême a beaucoup à lui reprocher et il se débat au milieu de ses erreurs. Enfin, le 22 août au soir, dans un dernier sursaut de vie, il se dresse sur les coudes et dit à Jean :

— Méfiez-vous des templiers. Ils sont derrière tout ce qui nuit à notre maison et au royaume !

Il retombe sur ses oreillers et rend son dernier soupir. Le duc de Normandie devient Jean II que l'histoire appellera à tort « le Bon ».

Il est sacré à Reims le 3 septembre suivant. De retour au Louvre, à peine descendu de cheval, le capitaine de ses gardes lui dit :

— Sire, un moine mendiant souhaite vous parler. Voilà des jours qu'il hante les couloirs du palais. Il voulait parler à feu votre père et maintenant demande à être reçu par vous...

— Que veut-il, encore ?

— C'est un moine mendiant fort gras ! Il dit s'appeler Bernard de Montlaud et avoir une communication de la plus haute importance à vous faire, mais ne veut en parler à personne sauf à vous !

Le roi réfléchit un instant, puis décide :

— Faites-le fouetter et qu'il ne paraisse plus jamais au Louvre !

Sitôt libérés, André d'Ivry et Louis de Borincourt se sont réfugiés en Aquitaine. Jean II décide de poursuivre la lutte contre les templiers entamée par son père. Il interdit à tout membre de l'Ordre de séjourner dans le royaume sous peine de recevoir les condamnations réservées aux hérétiques. C'est donc au château de Merpuis, près de Bergerac, que le grand maître reçoit ses frères venus lui rendre hommage. Ils sont tous là, Raymond de Meaune, Gaétan de Jargeau, Robert Dunois, Jean de Montlaud et les autres. André d'Ivry, amaigri par trois années de captivité, rêve plus que jamais de vengeance, mais les nouvelles ne sont pas bonnes et il laisse éclater sa colère.

— Patte-Raide tombé à la mer ! Franchement, frère Raymond, quelle idée as-tu eue de l'embarquer sur une galère !

Jean de Montlaud s'approche du maître :

— C'est moi qui ai eu cette idée. L'air des geôles est malsain, tandis que l'air marin conserve !

— Tu m'étonnes, frère Jean ! s'écrie André d'Ivry. Toi, d'ordinaire si prudent ! Tu aurais dû te douter qu'il pouvait nous échapper.

— C'était la nuit, mais il a probablement survécu. On a parlé d'un boiteux accompagné d'un énorme Noir qui aurait été tué dans une auberge à quelques lieues de Béziers...

— Et la femme ?

— Elle est en lieu sûr ! dit Dunois. Chez les frères hospitaliers.

— Parfait, mais il nous faut Patte-Raide ! Mettez tous nos frères sur ses traces ! Cet or nous est indispensable pour affirmer notre puissance auprès du roi anglais et pour reprendre définitivement le royaume de France. Je vous le dis : indispensable !

— Ne te tracasse pas ! fait Raymond de Meaune, rassurant, jamais aucun poisson n'a échappé aux mailles de notre filet. Celui-là sera bientôt pris !

— En attendant, poursuit le maître, nous devons terrasser nos ennemis pour contrôler le roi. Le premier est mon pire ennemi, le connétable Raoul de Brienne.

Le regard du templier s'allume d'une lueur froide pleine de haine. D'un geste habituel, il repousse ses cheveux blonds qui ont roulé sur son front.

— C'est lui qui m'a arrêté au château d'Étampes. L'heure est venue de le faire payer ! Et si la cour nous est interdite, nous y conservons quelques bons amis, poussés par l'intérêt, certes, mais décidés de nous servir ! Frère Robert, tu vas aller trouver l'évêque de Sens, Robert le Coq. Il nous est acquis. Tu lui promettras le chapeau de cardinal s'il nous aide !

Au Louvre, Jean II est bien décidé à conduire le royaume d'une main de fer. Il ne manque pas de bonne volonté, il en a même trop, ce qui gâte son jugement. Il est surtout fort mal conseillé par son cousin, Monsieur d'Espagne, qui ne pense qu'à tirer profit de sa situation. Comme lui, Robert le Coq ignore tout scrupule et les deux hommes s'entendent à merveille lorsqu'il s'agit de récolter de nouveaux bénéfices.

— Sire, un de vos proches, prisonnier de l'Anglais, vient de réunir la somme énorme que demandait le roi d'Angleterre pour le libérer ! commence l'évêque de sa voix onctueuse.

— Vous voulez parler du connétable de Brienne ?

— Oui, sire, Mgr de Brienne qui, jusque-là, était prisonnier de l'Anglais a, comme par miracle, réuni l'énorme somme qui lui était demandée en rançon. Un véritable trésor de guerre...

— Que voulez-vous dire ?

— Que Brienne vous trompe, sire. Il sert votre ennemi anglais !

— Je ne comprends pas...

— Un chariot a été nécessaire pour transporter l'or de sa liberté ! Ce fier chevalier n'a jamais été un prisonnier comme les autres, mais un... comment dirais-je... un ami qui joue au prisonnier pour cacher d'autres agissements.

— Un chariot ? fait le roi. En effet !

— Sire, la preuve est faite que le connétable vous trompe ! Nous avons pu intercepter des lettres que voici !

— Des lettres ?

— Oui, toute une correspondance avec le roi d'Angleterre et d'autres princes qu'il assure de ses loyaux services contre la maison de Valois qu'il dit usurpatrice du trône de France !

Jean II se gratte les poils de barbe blonds et roux qui ornent son menton un peu fort.

— En effet, en effet ! fait le roi en parcourant les parchemins que l'évêque étale devant lui.

Le Coq sourit : « Voilà la graine semée, pense-t-il. Laissons-la germer et, dans ce terreau, les mauvaises graines germent facilement ! » Enfin, il ajoute :

— Brienne possède moult fiefs en Normandie, en

Touraine, en Bourgogne. Tout ceci fait de lui l'homme le plus puissant du royaume après Sa Majesté !

— En effet ! reprend le roi qui se tourne vers Monsieur d'Espagne dont les yeux ont brillé à l'évocation des biens du connétable.

Depuis qu'il est oint des saintes huiles, Jean II tient la tête haute, légèrement penchée en arrière, comme s'il voulait se grandir. Son pied droit est un peu de travers, alors il le redresse, mais n'y pense pas toujours et sa démarche devient dissymétrique, semblable à celle d'un manant déformé par des années de dur labeur.

Les jours passent. Plus une seule fois Jean II ne parle de Brienne. Monsieur d'Espagne, qui se voit déjà ceindre l'épée de connétable, sait faire les bonnes allusions, au bon moment. Les colères de son royal ami, surtout quand elles sont sans fondement, se forment elles-mêmes, fermentent comme la meilleure pâte, s'enflent, se trouvent de nouveaux arguments et quand elles éclatent, violentes, rien ne peut les arrêter...

Raoul de Brienne arrive à Paris le 5 novembre 1350. Il passe par son hôtel particulier, proche du Louvre. Dans la cour, tandis qu'il descend de cheval, un petit moine bedonnant, vêtu d'une robe grossière et marchant les pieds nus, s'approche de lui.

— Monseigneur, je vous conjure de m'écouter...

— Que me veux-tu ? Ne vois-tu pas que je suis fourbu et, pourtant, je dois aller voir le roi au plus vite.

Des valets se précipitent pour écarter le moine. Brienne, de la main, leur ordonne de le laisser parler.

— Monseigneur, je suis frère Bernard de Montlaud et veut vous entretenir de choses importantes mais que je dois vous dire sans témoins.

— Sans témoins ? Est-ce aussi grave ?

— Ça l'est, monseigneur !

Frère Bernard roule ses gros yeux blancs autour de lui. Il redoute toujours d'être assassiné dans le dos et surveille les hommes d'armes qui l'entourent.

— Viens ! dit Brienne.

Le connétable l'entraîne dans un coin de la cour. Alors Bernard, à voix basse, lui dit :

— Fuyez, monseigneur. Fuyez tant que vous le pouvez. Ceux que vous avez combattus en veulent à votre vie et sont bien près de l'obtenir.

— Que me dis-tu là ? Tu veux parler des templiers, ces serpents venimeux qui se cachent et ne savent frapper que dans l'ombre ?

— Oui, monseigneur. Fuyez, n'allez pas voir le roi. Retournez en Angleterre où vous êtes en sécurité...

Brienne réfléchit un instant. Il sait que les templiers en veulent à sa vie, mais ils n'oseront pas l'attaquer devant le roi.

— Comment sais-tu tout cela ?

— À vous je peux tout dire. Une affaire de famille, monseigneur. Mon frère Jean et moi-même, nous sommes autant opposés à l'Ordre que vous. Ils nous ont ruinés. Ils ont tué notre père. Nous avons juré de les combattre toute notre vie...

— Bon, je vais réfléchir à ce que tu m'as dit ! fait Brienne, l'esprit déjà ailleurs.

Frère Bernard s'éloigne. Brienne sourit en voyant la lourde silhouette frôler les murs dans la rue sombre. Il mettra le nouveau roi en garde, mais ne redoute pas les templiers. Au Louvre, personne n'osera s'attaquer au connétable de France.

Il ne prend pas le temps d'aller se restaurer. Un écuyer lui amène un cheval frais et il monte en selle.

— Au Louvre ! dit-il.

Quelques instants plus tard, le chambellan l'annonce au roi :

— Il dit apporter de nouvelles propositions de paix...

Robert le Coq jette un regard au roi qui signifie : « Je vous l'avais bien dit ! » Monsieur d'Espagne pousse discrètement son ami du coude.

Jean II fait la moue, ses joues se colorent, ses yeux prennent un éclat sévère. La colère monte en lui, puissante comme l'explosion d'une bouche à feu. Il ordonne :

— Qu'on s'empare de lui et qu'on l'emprisonne sur-le-champ !

Le chambellan n'a pas compris et se permet d'insister tant l'ordre lui semble extravagant :

— Sire, vous me pardonnerez mais...

— Qu'on l'emprisonne sur-le-champ ! J'ai mes raisons.

— Mais, sire, Mgr le connétable arrive avec des propositions de paix...

— Justement, je ne veux pas les entendre. Qu'on l'enferme tout de suite.

Raoul de Brienne, qui patiente dans l'antichambre du cabinet du roi, voit alors quatre hommes de guerre, la lance à la main, s'approcher de lui.

— Au nom du roi, nous vous arrêtons et vous prions de nous suivre...

Brienne est assez corpulent. Son visage ne porte pas les stigmates d'une longue captivité. Rasé de frais, ses cheveux lisses tombent sur ses oreilles. Il est vêtu avec une certaine élégance, surcot vert orné de motifs d'argent, haut-de-chausses noir, hausses de laine beige, poulaine légère en veau de Brie et chapeau de chasse.

— Veuillez me suivre, ordre du roi ! répète le capitaine.

Il est interloqué ; sa position l'autorise à demander des explications.

— Le roi n'a point voulu en donner. Il vous arrête et vous reprend l'épée de connétable.

L'autre tend la main pour que Brienne lui remette son épée.

— Je veux voir le roi. Il a été abusé, qu'on me conduise au roi !

— Le roi ne souhaite pas vous voir.

Brienne n'insiste pas. Il connaît Jean II, ses colères brutales et infondées, mais il sait aussi que le roi n'osera quoi que ce soit contre lui, ses nombreux amis seront là pour aller plaider sa cause et arranger ce qui n'est qu'un incident.

Le connétable est enfermé dans la prison du Châtelet en une cellule froide. Un rai de lumière passe par une minuscule ouverture dans le mur, il la regarde pendant des heures. Les pas qui s'approchent éveillent en lui l'espoir qu'il va être libéré, mais les pas s'éloignent et le silence retombe, minéral, mort. Alors il pense à sa captivité dans un luxueux hôtel particulier de Londres, à cette vie jusque-là facile et agréable. Qui est à l'origine de cette terrible méprise ? À cela il n'a qu'une réponse : l'ordre du Temple qui veut sa mort. Pourquoi n'a-t-il pas écouté le petit moine ?

La nuit passe ; la première en geôle dans son pays pour ce prisonnier de guerre que l'ennemi traitait en prince. Une nuit lourde, ponctuée de cris lointains, de pas dans les couloirs pavés. Raoul de Brienne ne ferme pas l'œil un instant. Il tente de prier, mais n'y arrive pas. La pensée de Dieu déserte sa tête. Au petit matin enfin, la clef tourne dans la porte qui s'ouvre. Quatre hommes en armes sont là.

— Il faut nous suivre !

— Enfin, le roi a compris son erreur et me fait libérer...

— Point ! Il faut vous préparer à mourir.

Brienne ne peut se lever de son siège. Se préparer à mourir ! Mais pourquoi, bon Dieu ? Pourquoi mourir quand il n'a fait que servir son roi et son royaume, quand personne ne veut lui dire ce qu'on lui reproche ? Les pires criminels sont jugés avant d'être condamnés, lui le plus puissant baron du royaume, lui qui toute sa vie a côtoyé les rois, n'a même pas ce recours.

— Allons, c'est l'heure.

Il réussit enfin à se mettre sur ses jambes, mais titube. Il a froid, il grelotte et claque des dents. Le sergent lui fait signe de sortir de la cellule, ce qu'il fait d'un pas de vieillard. Mourir tout de suite ! Le bourreau ne peut-il pas attendre quelques heures, afin que Brienne s'habitue à l'échéance ? Le jour s'est levé, dans la rue les porteurs d'eau crient, un cheval hennit, un enfant éclate de rire. Mourir ! Perdre tout cela sans savoir pourquoi. Il n'a pas été un exemple de piété, Raoul de Brienne. Jusque-là tout allait bien et ces questions restaient loin de ses préoccupations. N'a-t-il pas refusé la virginité de la mère de Jésus ? N'a-t-il pas repris à son compte l'hérésie qui fleurit dans le peuple que l'âme s'endort en même temps que le corps meurt et qu'elle ne se réveillera qu'à la fin des temps ?

Ils marchent le long du couloir. Brienne concentre son attention sur ses pas, mais il trébuche. Il respire à pleins poumons cet air frais de la prison qui porte des odeurs d'urine et d'excréments, des odeurs de vie. Le voilà seul au monde, séparé de toute l'humanité, de ces quatre sergents qui l'encadrent, de la terre tout entière, le voilà rejeté... Bientôt il ne sera plus rien qu'un corps mutilé de sa tête, vide de son sang. Il a peur.

— Je veux un prêtre !

— Nous n'avons pas d'ordres en ce sens.

La marche se poursuit, interminable et en même temps trop courte puisque au bout la mort l'attend. Ils arrivent enfin à une cour intérieure et ce qu'il voit en premier, posé à même le pavé, est le billot de vieux bois qui a dû beaucoup servir puisque la surface est rognée par les coups de hache successifs. À côté, le bourreau, la tête couverte d'un capuchon rouge, appuyé sur le manche de son outil, attend. Il vient au-devant du condamné, tire sur le col de son surcot, tâte sans gêne la qualité du tissu, puisque ces effets lui reviennent. Enfin, il dégage la nuque.

— Ça ira ! dit-il en constatant que les cheveux ne sont pas longs.

Sans rien ajouter, il passe un bandeau sur les yeux du condamné. Cette fois, c'est fini, le jour a disparu derrière ce tissu, Raoul de Brienne se trouve du côté de l'ombre, du côté de ceux qui ont monté cette machination. Il ne verra plus la lumière, ni l'éclat d'une fleur au printemps. Que n'a-t-il fui quand frère Bernard l'en priait ! Le service du roi, sa fidélité à la couronne lui coûtent la vie.

Tandis que le bourreau en le tenant par le coude le conduit jusqu'au billot, Brienne ne pense à rien. L'ombre du bandeau s'est répandue dans son esprit. Il lui tarde maintenant d'en finir. Le bourreau le fait s'agenouiller et, d'une main ferme, l'oblige à poser la tête sur le billot. La rugosité du bois pique sa joue. Alors l'attente commence, infinie. Un caillou pointu blesse son genou droit.

— Avec cette hache, comment voulez-vous que je le décolle en un coup !

Les pas s'éloignent sur le gravier. Brienne entend la meule qui crisse, puis les pas se rapprochent, cette fois, c'est fini, un bruit sec, une vague douleur et la nuit, celle de l'inconscience, de la mort. Le comte d'Eu, sans aucune explication, vient d'être décapité. Une fois de plus, les templiers ont gagné.

Quand il apprend la mort de Brienne, frère Bernard pleure amèrement. Il a demandé refuge pour quelque temps aux moines cordeliers de Saint-Germain. Sa connaissance des abeilles sera très utile puisque depuis deux ans déjà les ruches dépérissent, meurent ou produisent peu de miel. Or les moines fabriquent des bonbons avec ce miel, fort prisés des riches bourgeois et de la cour : une pâte sucrée fondue autour d'une amande ou d'une noisette. Ces dragées ont valu de bons revenus au monastère de Saint-Germain, mais sans abeilles, leur industrie est condamnée.

— Chez nous vous ne risquez rien ! a dit frère Rémi en l'accueillant.

Avec la mort de Brienne, Bernard de Montlaud a compris que les templiers poursuivent leur plan implacable et que la disparition de leur principal ennemi va marquer un durcissement de leur action. Il envisage de retourner au Louvre, mais sait bien que Jean II ne l'écoutera pas plus qu'il ne l'a écouté jusque-là.

— Je vais être obligé de repartir ! dit-il au père Rémi. Ma place n'est pas au chaud dans un monastère, mais sur les routes à tendre la main de maison en maison en semant la bonne parole...

Un peu plus d'une année a passé depuis la mort de Raoul de Brienne. Frère Bernard de Montlaud est reparti sur les routes sans avoir trouvé l'origine du mal des ruches de Saint-Germain. Il va d'un village à l'autre, de château en château, avec ses tours de cartes, ses histoires et n'a pas besoin de mendier son pain comme le veut son ordre. Il grossit au point de trouver la marche difficile et ses étapes sont de plus en plus courtes.

Guillaume de Capestang a décidé de quitter la cour. Il a condamné le supplice de Brienne qu'il appréciait et compris que le nouveau roi s'occupe plus de futilités que de son royaume. Jean II, poussé par Monsieur d'Espagne qui n'aime pas cet intendant austère et triste qui réclame toujours plus d'argent pour l'armée, a accepté. Guillaume en profite pour se lancer dans de nouvelles recherches. Avec le jeune Piquedieu, ils font un détour par Bergerac, fouillent de nouveau le pays sur les bords de la Dordogne, les grands domaines où travaillent des esclaves. Ils passent ensuite par le Bas-Limousin, saluent Gérald de Masvallier, s'arrêtent à Malemort, questionnent les gens. Ils doivent se rendre à l'évidence : Lydia a disparu.

— Non, elle n'est pas morte ! dit Piquedieu. Elle

vit, j'en suis certain, quelque part où nous n'avons pas pensé à aller la chercher. Elle vous appellera de nouveau !

Ils reprennent le chemin de Capestang. Le baron est de plus en plus sombre. Son dos s'est voûté, lui qui était grand et marchait fièrement s'est cassé. Il va la tête basse comme un vieillard. Son corps rompu aux exercices des armes a fondu, les rondeurs de ses muscles cèdent la place aux angles de ses os.

L'absence de Jean l'accable même s'il n'en parle jamais. Piedvin, son vieil intendant, lui a dit un jour :

— Monseigneur, la jeunesse est ainsi, mais je sais que votre fils vous aime et qu'il regrette déjà son départ. Si vous lui faisiez parvenir une lettre...

Guillaume s'est dressé, son regard dur s'est posé sur le fidèle serviteur :

— Et c'est toi, Piedvin, qui oses me proposer cela ? Tu veux que je me déshonore une seconde fois ?

Il reprend sa vie d'homme seul, parcourant de longues randonnées à cheval et ne disant mot de toute la journée. Il rappelle aux vieux serviteurs la silhouette sombre de son père après la mort de dame Gertrude. Guillaume ne se bat plus, il va au gré des jours ; ses gens s'inquiètent pour sa santé et quand ils le voient rentrer, éreinté, ils comprennent que sa fin sera celle de tous les Capestang, brutale et inattendue.

— Monseigneur, vous n'êtes point prudent ! À votre âge, on ne chevauche pas ainsi jusqu'à l'épuisement.

Alors, il se cabre, exprime un peu de ce désespoir qui le ronge :

— Et pourquoi serais-je prudent ? Pourquoi vivrais-je un an, une saison, un jour de plus ?

Piedvin pense à la succession de Capestang qui risque d'aiguiser des convoitises ; chaque fois qu'une parentèle se dispute un fief, ce sont les plus pauvres qui paient le prix fort. Alors, Piedvin se décide : il va écrire à Jean et lui expliquer tout cela. Jean est un bon garçon, plein d'amour et d'admiration pour son père, il comprendra et reviendra !

Ainsi passent le printemps et l'été 1352, le quatrième depuis le départ de Jean. Sur les routes la rumeur court qu'il faut surtout éviter les parages de Capestang. Le maître dîne seul, replié sur ses pensées, toujours le même plat, dans ce silence que personne n'ose interrompre. Un seul bruit le distrait et lui fait lever la tête : la venue d'un cavalier, l'annonce d'un coursier porteur d'un message. Mais ce n'est jamais le message qu'il attend, jamais le cavalier de l'espoir.

L'hiver 1352 est particulièrement rude. À la fin décembre, la neige tombe en abondance et recouvre la terre pendant deux mois entiers. Dans les bas-fonds, le vent a entassé des congères de cinq ou six pieds que les voyageurs évitent. À la fin du mois de février, le froid est toujours aussi vif. Les charrois ne circulent plus depuis trois semaines et, dans certaines villes, le ravitaillement manque. À Paris, on trouve encore du pain, mais les prix augmentent de jour en jour. Les marchands de farine, les bateliers qui la transportent disent que le fourrage est de plus en plus cher, mais tous s'enrichissent sur la misère des plus démunis.

Lydia, que Guillaume a tant cherchée, est là, qui marche avec les autres femmes dans le sentier où la neige tassée s'est transformée en glace. Des femmes ? Non, ce ne sont pas des êtres humains, mais des animaux qui exécutent les basses besognes. La plupart n'ont même plus de nom et ont perdu jusqu'à la mémoire de leur vie passée. Lydia, elle, n'a rien oublié et surtout pas cet homme au regard de feu qui est venu lui annoncer la mort de Patte-Raide, noyé au large de Marseille. L'homme attendait d'elle une réaction violente, il se délectait à l'avance de son désespoir, comme si la fin d'un amour humain le rassurait dans son choix de solitude. Mais Lydia n'a pas réagi. Curieusement, cette nouvelle n'a allumé en elle aucun désespoir, car elle savait que ce n'était pas vrai.

— Le bateau était bien trop au large pour qu'un homme si bon nageur soit-il puisse rejoindre la berge ! a ajouté l'homme.

Lydia n'a toujours pas de réaction, le ressort de la vie est cassé en elle. Elle se sait vieille et proche de sa fin. Cela n'a pas d'importance, tant de femmes sont mortes à son âge ! Mourir la délivrerait du poids de sa solitude.

— Alors, a continué l'homme, comme tu ne nous es d'aucune utilité ici, nous t'avons vendue aux hospitaliers qui ont besoin de bras pour leurs œuvres. La peste a fait tant de ravages que tu vaux cher ! Et puis, à ton âge, que veux-tu faire d'autre que travailler ?

Depuis, Lydia lave du linge à l'hôpital de Bergerac, dans ce troupeau de femmes que l'on paie d'un bol de soupe et de quelques raves pour un travail pénible. La peste est finie, mais les maladies ne manquent pas pour tourmenter les survivants.

— Plus vite, les belles ! Vous ne pensez pas qu'on va vous nourrir à flemmarder dans ce chemin.

Les pieds protégés par de vieux tissus glissent sur la glace. De temps en temps, une femme s'affale. Un claquement de fouet la remet prestement sur ses jambes. Ce sont des condamnées pour de menus larcins ou tout simplement des femmes à qui la peste a tout pris, mari et enfants, et qui ne savent où aller. La rareté de la main-d'œuvre a ainsi contribué au renouveau d'anciennes pratiques et les plus faibles sont retournés en esclavage. L'Église ferme les yeux quand ces travailleurs forcés sont utilisés au secours de plus malheureux encore.

Ce matin, Lydia et ses compagnes vont laver des vêtements souillés retirés aux morts, et qui devront resservir. Un vent gelé cingle les joues. La neige craque sous leurs pieds. Le ballot de linge puant casse leurs reins. Elles marchent cependant, bêtes de somme qui redoutent le bâton. La corvée de la lessive en plein hiver est la pire. Toute la journée les mains dans l'eau gelée à taper le linge qui sent la mort et la pourriture. Toute la journée à genoux sur les pierres froides dans le vent, la pluie ou la neige. Les filles les plus fragiles ne tiennent pas longtemps. Combien Lydia en a-t-elle vu piquer de la tête et tomber dans la Dordogne, parmi les glaçons ? Le gardien fait son possible pour sortir les malheureuses de l'eau, mais souvent elles ne se débattent plus ; la mort les a cueillies dans ce plongeon gelé.

L'homme qui les accompagne est un robuste gaillard d'une trentaine d'années. Il est chaudement vêtu d'une pelisse en loup et d'un chaperon en loutre. Il ne redoute pas le froid et agite son fouet autour de ce troupeau soumis. Il souffle dans ses mains et lance des grossièretés. Bien sûr, il a tous les droits sur ce bétail, mais ne choisit pas n'importe qui pour son plaisir. Il préfère souvent Lydia malgré son âge à des jeunes femmes qui n'ont pas son corps, sa classe, cette noblesse de silhouette qu'envient tant les hommes du commun. Elle le subit avec dégoût, mais toute détermination a fui son esprit et elle se laisse aller, morceau de bois emporté par un courant furieux.

— Toi, dit-il, tu es un morceau de roi !

Le groupe arrive au lavoir, à un endroit où le fleuve assez profond lèche une berge abrupte. Les femmes déposent leur ballot et s'agenouillent les unes près des autres pour se protéger du vent. Le ciel est gris, plombé. Quelques mouettes tournent, en poussant des cris stridents.

Les lavandières trempent le linge dans l'eau glacée, l'enduisent de cendres et de charbon de bois puis rincent à grande eau. Un travail tout en force qui réchauffe, et le gardien n'a pas besoin de faire claquer son fouet.

Lydia ne sent pas le froid qui engourdit ses doigts. Peut-être sera-t-elle morte demain, cela n'a pas d'importance ! Le mois de février s'achève, mars arrive, bientôt les beaux jours ramèneront douceur et envie de vivre. Guillaume de Capestang viendra la délivrer. Lui seul le peut, avec ce désintéressement, cette noblesse qui met au cœur de Lydia comme un bouquet de violettes.

À la fin de la journée, les détenues retournent à ce qui leur sert de refuge, un bâtiment attenant à l'hôpital. Elles vont pouvoir manger, se chauffer les mains à un feu toujours trop maigre et enfin se reposer après les prières, la messe obligatoire où beaucoup tomberont de fatigue. Elles s'endormiront, serrées les unes près des autres, pour conserver la chaleur...

Ce soir, après la prière, deux hospitaliers viennent chercher Lydia et la conduisent à frère Legrand qui dirige la communauté. Frère Legrand porte bien son nom, il mesure plus de six pieds et ses épaules le prédestinaient plus au métier des armes qu'à celui de la prière. Sa tête carrée, son front large lui donnent l'aspect d'un taureau. Il a passé la quarantaine et des rides profondes entaillent la peau de son visage.

Les hommes font entrer Lydia dans une pièce où frère Legrand se retire pour méditer. Comme beaucoup de prélats importants, il entretient une correspondance fournie avec de nombreux clercs, discute beaucoup de théologie et de philosophie. Jean XXII a marqué la pensée contemporaine. Lui qui doutait de tout, qui n'hésitait pas à remettre en cause certains dogmes, a laissé parmi les lettrés cette envie de tout raisonner, de comprendre, de déduire. Ainsi, l'existence de l'enfer est de plus en plus contestée, d'abord par ceux que cela arrange tant leur âme a de reproches à se faire, ensuite par ceux qui voient là une contradiction entre les textes de l'Église. La dualité du monde est l'hérésie la plus répandue, celle dont on discute le plus sous le manteau et pas seulement des clercs attirés par le soufre des chemins de traverse, mais de grands prélats, évêques et cardinaux. Frère Legrand est de ceux-là. Pour lui, l'âme est de nature divine. La terre, le corps sont objets du diable. L'homme ici-bas a le choix entre les deux tendances, la divine dont les fruits seront récoltés plus tard, dans une autre vie, et la vie immédiate qui sait si bien attirer les faibles par son agrément. Mais Dieu, dans son immense bonté, ne laisse pas qu'une chance aux hommes. Au contraire, il leur en donne autant qu'il faut et ceux qui n'ont pas été bons dans leur première vie terrestre en accomplissent une seconde, puis une troisième, jusqu'à ce qu'ils atteignent la perfection. Ainsi Dieu triomphe-t-il du diable, le bien du mal, ainsi l'enfer n'existe que sur terre !

Le cas de Lydia intrigue frère Legrand. Il a appris son existence par la confession de plusieurs de ses frères qui se sont accusés d'avoir eu des idées de luxure. Quand elle arrive, il la regarde marcher jusqu'au feu de cette démarche de femme de noblesse, avec cette élégance rarement donnée à ceux qui font un travail pénible. Le diable a ainsi des servantes qui savent attirer l'œil par un détail de leur silhouette. De toute évidence, Lydia est une âme jeune nouvellement créée par Dieu et qui a succombé souvent au pouvoir de la chair.

— Laissez-nous ! dit frère Legrand aux deux moines.

Maintenant, Lydia lui fait face et ne baisse pas ses yeux bleus. Ses mains rouges et craquelées lui semblent si laides que, dans un geste de coquetterie, elle les dissimule derrière son dos.

— Tu n'es pas une condamnée comme les autres ! dit frère Legrand. Je ne sais point d'où tu viens, mais tu n'es pas du même monde que ces pauvres filles !

— Je suis une pauvre femme à qui on a tout pris !

— Quel âge as-tu ?

— Je ne sais avec exactitude. Je suis autour de cinquante.

— Cinquante ! Ce n'est que mensonge. À cet âge, toute femme est vieille, la poitrine flétrie qui tombe, le dos bossu par le travail, le mollet noueux. Et puis le visage, as-tu regardé le visage d'une vieille, craquelé comme une figue gelée ? Et ces peaux ridées, et ces cheveux qui perdent leur vigueur ! Allons, tu mens puisque tu n'as rien de tout cela !

— Je ne mens pas !

— Soit, dit Legrand en marchant vers la fenêtre. Alors explique-moi pourquoi tu as l'apparence d'une femme encore jeune ? Pourquoi as-tu tes dents encore blanches et bien rangées ? Pourquoi ta poitrine reste haute et attirante, pourquoi ton visage a si peu de rides qu'elles l'enjolivent, pourquoi tes cheveux restent aussi abondants, d'une blondeur que les mèches blanches rehaussent, pourquoi tes yeux ont toujours autant de lumière ? Tu sais qu'une femme de cinquante ans a fait beaucoup d'enfants, des vivants et des morts, et que chacun griffe le corps de sa mère, lui prend un peu de cette jeunesse qu'il emporte avec lui ?

— Je sais, mais Dieu ne m'a donné qu'un fils, vite perdu.

— Alors tu as usé de sortilèges pour ne pas faire d'enfant !

— Non, j'aurais tant voulu en avoir d'autres et ne pas être seule désormais.

Elle baisse la tête. Il va vers le feu. Plusieurs candélabres répandent une lumière vive qui éclaire toute la pièce. Lydia regarde une magnifique fresque sur le mur qui représente Jésus au mont des Oliviers.

— Et s'il y avait là-dessous de la sorcellerie, rien que de la sorcellerie ! J'ai vu une femme qui vivait depuis deux cents ans et qui avait la fraîcheur d'une fille de vingt. N'es-tu pas de ses disciples ?

— Je ne sais pas de quoi vous parlez. Ma vie est finie, bientôt je mourrai et ce sera sans regret !

— Quoi qu'il en soit, une femme comme toi est dangereuse dans une communauté religieuse ! Tu leur mets des idées en tête au mépris des vœux et serments essentiels. Tu ne peux rester ici.

Lydia comprend bien que cette conversation n'est pas gratuite, que Legrand a une idée en tête.

— J'ai envie de t'aider. Dieu te sera reconnaissant du bien que tu auras fait sur cette terre aux pires d'entre nous. Il te pardonnera tes fautes que j'imagine nombreuses !

Legrand s'en va à la fenêtre, revient. Lorsqu'il marche, sa robe beige vole autour de son corps massif.

— Le bûcher ne peut purifier que des vieilles âmes. Pour toi, il y a mieux !

Legrand agite une clochette. Deux moines entrent dans la pièce.

— Emmenez-la chez les lépreux.

— Comment ?

Lydia a crié. La léproserie est pire que l'enfer ! Des

charognes immondes que la maladie dévore petit à petit s'entassent dans la boue et la puanteur. Des plaies purulentes recouvrent leur corps ; ils errent dans cet enclos, haineux, maudissant le monde qui les rejette, pratiquant des messes noires, des incantations au diable. Les âmes des condamnés viennent les visiter et ils peuvent ainsi passer d'un monde à l'autre, de celui des vivants à celui des morts.

— Non, je ne veux pas !

— Dieu veut te racheter. Ton beau corps sera souillé par le mal, c'est la seule manière pour toi de comprendre ce qu'est la laideur, le rejet des autres, et d'élever ton âme jusqu'au don suprême, celui de ta personne !

Les deux moines la prennent à bras-le-corps et l'emportent au long d'un couloir qui n'en finit pas, traversent une cour où la neige a été enlevée. Lydia tente de se libérer, mais les bras robustes l'immobilisent, une main aux ongles durs écrase sa bouche.

Ils arrivent au mur d'environ neuf pieds qui court autour de la colline et encercle la léproserie. Qui rentre là n'en ressort jamais si ce n'est en agitant une petite clochette pour éloigner les bien-portants. Les portes de l'enceinte ne sont pas fermées ni gardées, ce n'est pas la peine. Tout lépreux qui les franchit sans s'annoncer est mis à mort aussitôt.

Le domaine est assez grand, avec ses champs, ses bois, ses maisons, son moulin. Là vit la vermine humaine rongée par un mal incurable, inventé par Dieu pour punir ceux qui s'adonnent à la luxure. Les lépreux se marient entre eux, cultivent du blé et des légumes, mais pas suffisamment pour subvenir à leurs besoins, les hospitaliers leur lancent de la nourriture par-dessus le mur, comme ils le font à leurs porcs.

Un des deux moines frappe à la lourde porte.

— Qu'est-ce que c'est ? demande une voix rude.

— L'aide que tu nous as demandée, frère Henri.

La porte s'entrebâille. Apparaît dans l'encoignure la silhouette épaisse de frère Henri. Il dévisage un instant Lydia.

— Elle est saine ?

— Certes. Mais elle va venir t'aider. Ordre du père Legrand.

— C'est bon.

Lydia est poussée à l'intérieur à côté de frère Henri qui ne cesse de la dévisager. Une odeur de pourriture prend à la gorge malgré le froid. La nuit minérale, pleine des aiguilles du gel, cache une menace lourde et sournoise, celle de serpents embusqués. Des hommes en braies sales se sont rassemblés dans le chemin. Lydia devine leurs visages curieux. La lune sort des nuages et éclaire ces silhouettes estropiées, les unes sans mains, d'autres à qui il manque la moitié d'une jambe et qui s'appuient sur des béquilles de bois. Un vieillard qui n'a plus de pied rampe en s'aidant de ses moignons de bras comme un monstrueux animal. En face de Lydia, un homme encore jeune s'approche et tend la main.

— Holà ! crie Henri. Toi, recule !

Le lépreux n'a pas entendu, sa main dont il manque deux doigts s'approche du visage de Lydia.

— Tu es belle ! dit-il d'une voix rauque. C'est la première fois que je vois une femme aussi belle !

— Recule, je t'ai dit ! crie Henri tandis que son bâton s'abat sur la plaie.

Le lépreux pousse un cri et recule en bougonnant.

— Viens, dit frère Henri à Lydia. On va entrer dans ce bâtiment, il m'est réservé, et tu n'y risqueras rien.

Ils entrent dans une solide maison de pierres. Henri pousse la porte qu'il bloque avec une traverse de chêne. Le feu s'éteint dans la cheminée en répandant une épaisse fumée noire et visqueuse. Henri ajoute des branches et propose un tabouret à Lydia.

— Le bois n'est pas sec et brûle mal ! Cet hiver est rude, beaucoup de malades sont morts.

Les flammes allument son large visage. Son nez est minuscule au milieu d'une barbe grise abondante. Il porte un chapeau en fourrure de loup. Ses petits yeux noirs fixent Lydia.

— Ce qu'il faut surtout, c'est ne jamais toucher ce qu'ils ont touché. Ne jamais se laisser approcher par un malade, et surtout, quand tu dors, t'assurer qu'ils ne peuvent pas entrer.

Il tend aux flammes ses mains aux gros doigts courts et tordus.

— Tu ne dois jamais leur faire confiance. Ils ont le mal en eux, ils sont voleurs, jaloux, portés aux pires déviances. Mais ce sont des créatures de Dieu ! fait le moine, comme pour justifier son action auprès des lépreux.

Lydia s'est enhardie. Henri a une bonne tête et parle avec bon sens. Elle lui demande :

— Vous êtes là depuis longtemps ?

Il se tourne, plante ses petits yeux dans les siens, une étincelle de fierté les allume.

— Dix ans ! Et toujours sain. Elle a essayé de m'avoir, la chienne puante, elle a voulu me tenter par tous les moyens, mais jamais je n'ai cédé. Jamais !

Il se dresse.

— C'est une attention de chaque instant. Le geste le plus anodin et elle te tient, car elle t'attend, tapie là dans l'ombre, prête à te dévorer. Mais moi, elle ne m'aura pas !

Il prend son bâton.

— Je vais t'en trouver un. Et n'hésite pas à t'en

servir, que ce soit des vieillards ou des enfantelets. La bête hideuse sait attendrir ses victimes. Tu dois lutter contre toi-même, contre le moindre élan du cœur qui te serait fatal !

Il fait froid dans cette pièce humide où règne un grand désordre. Des marmites, des écuelles sont entassées sur la table. Une odeur de moisi prend à la gorge.

— Et qu'est-ce qu'il faut faire ?

Le moine hausse les épaules. Quand il marche, il se balance d'une jambe sur l'autre.

— Leur parler de Dieu, ce qui est essentiel. Stimuler leur âme pour qu'ils ne deviennent pas des animaux. La maladie a toujours une action sur l'entendement, et ils n'ont souvent pas plus de raison qu'un chien. Il faut leur ordonner de travailler, leur indiquer les dates des moissons, des labours. Et surtout faire régner la discipline. Je te dis, il te faut un bâton. Quand ils sauront que tu n'hésites pas à t'en servir, ils te respecteront parce que, malgré leur âme noire, ils redoutent les bien-portants.

Il se tait un moment. Le feu crépite sur le bois humide.

— Cela fait longtemps que je demandais une femme au frère Legrand. Je suis tout ici, médecin, apothicaire, chirurgien. Il me faut quelqu'un de sain pour m'aider...

— Le frère Legrand m'a enlevée de l'hôpital parce qu'il a peur que je détourne les frères de leurs vœux ! Vous n'avez pas peur, vous ?

Il se dresse, s'approche de Lydia. Son regard a toujours cette lumière triomphale.

— Quand on a résisté pendant dix ans à la chienne puante, on résiste à toutes les tentations. Toute idée de chair est sortie de mon esprit depuis longtemps, et s'il en revenait une, une seule, demain, je serais un lépreux comme les autres !

— Une femme ! Une femme si belle que si je l'embrasse, je serai sûrement guéri !

L'homme qui vient de parler s'approche de Lydia, les bras tendus. Sa main droite n'est qu'un moignon purulent. Alors, Lydia lève son bâton et frappe sur la chair malade. L'homme hurle sa douleur, puis recule, une lueur de haine dans le regard.

— Très bien ! dit frère Henri. Voilà que tu commences à faire des progrès.

La neige a fondu, c'est le printemps dans la léproserie. Les rosiers plantés jadis par Henri sont couverts d'énormes et superbes fleurs. À côté de ces merveilles, rampe le monde de l'horreur, l'enfer de la lèpre. Frère Henri accompagne Lydia et la conseille. Sa silhouette épaisse, son regard franc et généreux la confortent, mais elle n'en peut plus.

— La lèpre, dit-il, c'est pire que la peste qui frappe en aveugle. La lèpre te regarde dans le fond des yeux avant de te prendre ; elle te défie, c'est le diable, l'expression absolue du mal.

De ces huttes rassemblées, et construites à la va-vite en rondins de bois ou pierres mal jointes et couvertes de joncs, viennent un grouillement d'insectes, comme le bruit d'une fourmilière, des grognements d'animaux, parfois une voix qui implore ou fâche.

— Les bâtons peuvent remplacer les jambes, continue Henri, mais rien ne remplace les mains. Aussi beaucoup ne mangent jamais à leur faim.

Le comble de la déchéance se trouve là. Des hommes et des femmes qui lapent dans leur écuelle comme des chiens, qui se jettent sur la nourriture et se la disputent comme des porcs. L'humiliation totale de ces bêtes qui furent des êtres humains et ont encore une âme se trouve dans ces petits gestes quotidiens et beaucoup urinent dans leurs braies qui sentent affreusement mauvais.

Henri oblige les plus sains à aider les autres, mais il n'arrive pas toujours à se faire obéir. Parfois, des émeutes éclatent, des révoltes forcent le frère à sortir de la léproserie en attendant que le calme revienne. Cela prend souvent plusieurs jours pendant lesquels les lépreux les moins atteints allument des bûchers et brûlent les impotents.

— Surtout ne te laisse jamais apitoyer par un enfant ! dit frère Henri. Le diable connaît son métier et sait se servir des bons sentiments !

Lydia sait bien qu'elle finira par sombrer, par se faire avoir, par prendre dans ses bras une petite fille en pleurs, par serrer cette main tendue ; pourtant, depuis deux mois qu'elle est là, elle résiste et apprend chaque jour un peu mieux à se servir de son bâton.

— On va faire du bon travail, tous les deux, dit frère Henri. Être lépreux ne les protège pas des autres maladies. J'ai demandé qu'on te fasse des gants et une tenue pour que tu m'assistes pour les soigner !

Il a dans le regard une étincelle de défi. Provoquer la maladie sur son terrain est devenue sa raison de vivre, son combat permanent.

— Il y a trois ans, j'ai bien cru... Une mauvaise plaie ramassée je ne sais comment au bras et qui grossissait. Je me disais qu'elle avait eu le dernier mot, la sale bête, je me disais que mon orgueil était puni comme il se doit. Mais je savais aussi la pureté de mon âme, et Dieu ne punit pas du mal infamant ceux qui lui restent fidèles. La lèpre ne s'en prend qu'aux corps lubriques et faibles, qu'à ceux que la chair tourmente. Et la mauvaise blessure s'est refermée toute seule.

Lydia sait qu'elle n'est pas pure, que son âme ne comporte pas que de la lumière, mais des points d'ombre qu'elle ne cherche pas à explorer. L'élévation d'Henri lui semble inaccessible.

Ils vivent tous les deux dans la même pièce sans la moindre gêne. Henri n'a pas d'envies, pas de désirs. Il ne voit pas en Lydia la femme tentatrice, mais une âme en chemin vers Dieu pour laquelle il prie chaque jour. Il n'a qu'une ennemie, la lèpre.

— Tu sais, dit-il en joignant les mains, je ne suis pas aussi parfait que tu le crois ! J'ai moi aussi mes travers que je combats et qui résistent. Mais Dieu ne demande pas aux hommes d'atteindre ce qu'ils ne connaîtront qu'au paradis, Dieu nous laisse la tentation, mais nous demande de savoir lui résister.

Il va et vient dans cet intérieur minuscule. Sa ceinture de corde pend sur ses hanches épaisses. La présence de Lydia a transformé sa vie, et il le dit :

— Ton arrivée ici a été pour moi un grand bonheur, la preuve que je commets encore des péchés. Tu es un miroir dans lequel mon âme se reflète.

Jamais il n'a le moindre geste déplacé. Sans être gourmand, il aime pourtant manger et se plaît à cuisiner pour elle. Il goûte alors ses sauces en regardant Lydia d'un air coquin.

— Je suis de famille noble, les Chartinget. Un fief

assez petit près de Libourne. Mais Dieu m'appelait si fort que je n'ai pas résisté. Et puis, un jour, j'ai vu un lépreux, j'ai compris que c'était un signe : devant autant de déchéance, Dieu m'invitait à une pureté absolue. J'avais dix-sept ans et je n'ai jamais connu la chair. C'est ma force contre la tentation.

Lydia, assise sur un tabouret ou sur le rebord de sa paillasse à côté de celle d'Henri l'écoute ainsi pendant les longues soirées qu'ils passent ensemble.

— Tu es sûrement trop belle pour accéder à la pureté, continue frère Henri.

Il a allumé un petit feu, les flammes s'accrochent aux bûches humides et lèchent une marmite.

— La soupe va manquer de lard ce soir, mais nous nous rattraperons demain. J'ai demandé à frère Legrand un peu de salé.

Il se fait une joie de ces petites choses du quotidien. Lydia l'envie, tant son passé la poursuit, la harcèle.

— Pour vivre ici, dit-elle, il faut se défaire de tout, ne plus avoir la moindre attache au-delà de ces murs. Moi, je pense à Patte-Raide qui n'est pas mort. Je voudrais revenir avec lui, dans notre maison !

Elle ne finit pas sa pensée. Car, aussitôt, l'image de Guillaume de Capestang s'impose à elle, puis le corps dénudé de Jacques Granvet. Non, elle n'est pas pure ; la lèpre finira par l'avoir !

— Je suis une piètre femme !

— Ne parle jamais comme ça ! Tu es ce que Dieu t'a faite. Te maudire, c'est lui faire insulte. Allons, dors !

Frère Henri se tourne, se roule en boule et s'abandonne au sommeil brutal. Il ronfle, homme en paix avec lui-même, et Lydia n'arrive pas à s'endormir. Elle a froid, pourtant la couverture qu'elle tire sur ses épaules est assez épaisse. Pourquoi Guillaume de Capestang n'a-t-il pas répondu à son appel ?

La nuit minérale glisse vers un jour peuplé d'oiseaux. Dehors des hommes parlent, des enfants crient. Frère Henri s'est levé et, comme tous les matins, s'agenouille devant le crucifix, s'abîme dans une profonde prière. Lydia se joint à lui.

Enfin, Henri se dresse, massif. Dans la lumière du matin sa grosse tête aux petits yeux noirs a un air de grande bonté qui rassure, sans perdre cette détermination de chaque instant.

— Ma mère était une sainte femme, commence-t-il. Elle ne prenait aucune grande décision sans la précéder d'une prière muette. J'ai poursuivi cette habitude et, ici, commencer une journée, décider de sortir, de franchir cette porte est une grave décision qu'il faut prendre tous les jours.

Il s'empare de son bâton, Lydia prend le sien.

— Au travail !

La porte se déverrouille et s'ouvre sur un village miséreux où le printemps n'apporte aucune gaieté. Les pruniers en fleur ne masquent pas les moignons de mains, les visages décharnés. Hommes et femmes s'activent devant leurs masures. Certains sont allés glaner du bois et portent tant bien que mal un maigre fagot avec leur membre intact, des enfants poursuivent un troupeau de chèvres. Des porcs fouillent les herbes nouvelles.

Le travail est collectif et ils partagent les récoltes. Frère Henri tient à cette organisation qui ne défavorise pas les plus atteints. Les nouveaux venus, toujours valides, rechignent souvent, mais Henri réussit toujours à les convaincre avec son bâton.

Comme tous les matins, Lydia s'occupe des enfants qu'il faut vêtir et faire manger. Henri organise les travaux de la journée. Les malades sont souvent incapables de se décider eux-mêmes à faire quelque chose d'utile. Sans ordres, ils errent dans les sentiers, perdus dans ce qui est leur prison, n'ayant goût à rien. Beaucoup refusent de prier et Henri se fâche. Aucun prêtre ne vient dire la messe ; les lépreux vont l'entendre, à tour de rôle, aux différentes églises de la ville, par le trou du lépreux, en agitant leur clochette. Ils ne peuvent recevoir les sacrements et sont considérés comme morts. Ainsi, tuer un lépreux n'est pas un acte condamnable.

Lydia commence par visiter les plus atteints, ceux à qui la lèpre a pris les jambes et les bras. Des femmes valides s'occupent d'eux, les font manger, les changent comme elles le feraient d'un bébé. L'odeur est insoutenable, mais Lydia s'y est habituée. Elle se souvient du conseil d'Henri :

— Surtout pas de familiarités ! Aucune marque d'humanité. Tu dois toujours exprimer la plus grande indifférence !

Ce matin, tandis qu'elle traverse la petite place boueuse, une fillette d'une huitaine d'années la rejoint. Le mal, à son tout début, rougit et gonfle la dernière phalange de son index droit. Lydia remarque ses grands yeux noirs, ses cheveux bouclés qui sortent de son capuchon, ses joues creuses et surtout cet air de désarroi, d'animal traqué.

— Je te connais pas, toi ! Tu es une nouvelle ?

La petite fille baisse la tête ; ses cheveux roulent devant sa figure.

— Tu es toute seule ?

Alors la petite fille lève sur Lydia ses yeux tristes.

— Madame, comme vous êtes belle !

— Comment tu t'appelles ?

— Louisette ! Ils voulaient me tuer ! Monsieur le curé m'a sauvée en me faisant entrer ici.

— Louisette, tu ne dois pas t'approcher de moi, sinon je serai obligée de te donner un coup de bâton.

Le visage de l'enfant se referme. Une larme roule sur sa joue droite. Elle fait quelques pas en direction de l'étable où bêlent des moutons, puis se tourne de nouveau :

— Tu dois être une gentille maman !

— Non, je ne suis pas ta maman !

Lydia s'éloigne très vite, honteuse de fuir, car elle ne peut pas rester insensible aux larmes qui roulent de ces yeux innocents. Elle va s'enfermer dans la maison qu'elle occupe avec frère Henri et se laisse tomber sur sa couche. Elle a parfois envie de s'enfuir, mais pour aller où ?

En son château de Merpuis, en Aquitaine, André d'Ivry ne décolère pas. Il frappe la table du poing. Ses boucles blondes s'agitent.

— Je ne comprends pas ! Nous avons vu tous les boiteux du royaume et toujours pas de Patte-Raide !

— Mon frère, reprend Robert Dunois, comment veux-tu le trouver ? Il y a tant de boiteux qu'il est impossible de ne pas en oublier !

— Mais Patte-Raide n'est pas un boiteux comme les autres : sa jambe droite ne se plie pas au genou, et ses beaux cils noirs de fille... C'est quand même facile de le reconnaître !

— Mon frère, j'ai à te parler en particulier !

André d'Ivry se lève et s'éloigne du groupe, suivi de Robert Dunois.

— Mon frère, dit Robert à voix basse, je suis presque sûr que nous sommes trahis.

André s'étonne. Comment la trahison pourrait-elle exister entre des frères qui se sont juré fidélité jusqu'à la mort ?

— Soyons vigilants. Quelqu'un parmi nous ne souhaite pas que nous retrouvions Patte-Raide !

— Tâche d'en savoir plus, mon frère ! Il nous faut Patte-Raide, il nous faut surtout le butin des Juifs qui intéresse de plus en plus de monde !

André revient vers le groupe. Son regard sévère et déterminé va des uns aux autres. Lequel de ces solides chevaliers est un félon ? Raymond de Meaune ? Sûrement pas, il a montré son dévouement à tant de reprises. C'est lui qui l'a remplacé pendant ses trois années de captivité. Gaétan de Jargeau ? Non, il préférerait mourir que de renier la parole donnée. Jean de Montlaud ? Il n'y a pas plus vif que lui, plus rapide sur un champ de bataille ! Son manque de corpulence est compensé par une incroyable habileté. Son regard est franc, même si André y devine comme une fêlure, non, ce n'est pas lui !

— Nos ennemis doivent tous tomber les uns après les autres ! dit enfin le maître. Nous avons coupé la plus belle branche sur laquelle le roi s'appuyait, je veux dire Raoul de Brienne. Il est temps de l'isoler encore, de le laisser sans défense. Notre prochaine cible sera donc ce bellâtre espagnol dont Jean s'est entiché. Ensuite, nous convierons le dauphin à un grand banquet. Une fois le dauphin expédié, il ne nous restera plus beaucoup de chemin à parcourir !

— Certes mon frère, mais ce fameux Monsieur d'Espagne sait qu'il n'a pas que des amis et se méfie. Il ne quitte guère le Louvre.

Le regard d'André s'allume :

— Si, nos espions à la cour nous ont appris qu'il doit se rendre en Alençon.

André sourit :

— Et pour cela, nous devons mettre de notre côté le pire rejeton de la famille de France, Charles d'Évreux, autrement dit le roi de Navarre, à qui nous allons rendre une petite visite en son fief normand. Et je vous rappelle que pas un d'entre nous ne doit tomber vivant dans les mains de l'ennemi. Tout frère qui se voit pris doit se passer au fil de sa propre épée.

Au mois de janvier 1354, six cavaliers quittent les bords de la Dordogne en direction de la froide Normandie. Ils piquent leurs chevaux que la terre gelée gêne. Bien protégés par leurs épais manteaux en loup et une heaumière couverte d'un capuchon, ils soufflent eux aussi une buée blanche. Ils se rendent à Évreux qu'ils atteignent en une semaine de chevauchée ininterrompue. Autour de l'énorme château, la neige couvre les champs et les prairies, ne laissant que le cours sinueux et paresseux de la rivière.

Les cavaliers s'arrêtent près d'un gardien en armes.

— Va dire à tes maîtres que nous sommes là.

— Mais qui dois-je annoncer ?

— Des hommes sans nom et sans visage. Ils savent...

Les portes s'ouvrent aussitôt, et les six cavaliers entrent dans la cour intérieure. Des valets les aident à descendre de cheval et les conduisent jusqu'à une grande pièce éclairée par un bon feu. Charles d'Évreux, roi de Navarre depuis la mort de sa mère, est là, en compagnie de ses vassaux qui se chauffent après une journée de chasse au loup. Âgé d'à peine dix-huit ans, sa petite taille étonne les rudes chevaliers qui remarquent aussi les bonnes proportions de son corps. Moins de cinq pieds, pense André d'Ivry, mais que de grâce chez ce petit roi : un visage fin, des cheveux blonds qui s'arrangent eux-mêmes de la meilleure façon, un regard clair, un sourire d'ange, tant de charme que personne ne lui résiste longtemps. Tel est cet arrière-petit-fils de Philippe le Bel dont l'Histoire se souviendra sous le nom de Charles le Mauvais.

André d'Ivry lui tend les bras, met un genou au sol.

— Sire, nos épées sont à votre service. Des épées qui ont les mêmes ennemis que vous. Voici mes frères, tous dignitaires de l'Ordre, Robert Dunois, Gaétan de Jargeau, Raymond de Meaune, Jean de Montlaud et Gilles de Reuilly !

Charles d'Évreux salue à son tour les cavaliers. Il sait que Jean II a banni les templiers. L'occasion est trop belle pour ce turbulent adolescent qui rêve d'en découdre avec son cousin le roi de France dont il voudrait bien ravir la couronne.

— Sire, poursuit André d'Ivry, nous venons vous aider à éliminer une personne de vos ennemis, très proche du roi, comment dire, par le siège !

Charles d'Évreux éclate de rire. Il aime la plaisanterie grasse et pourtant sait être fin et délicat. Un curieux mélange de vulgarité et d'élégance. Insatiable, comme son ennemi, il arrange si bien ses mensonges, sait les enrober de tant de beaux sourires qu'on oublie souvent de lui en vouloir.

— Vous voulez parler de cet Espagnol qui hante la cour de France où je ne parais plus, et le lit de celui qui se prétend le roi !

Son visage se durcit, ses yeux envoient un éclair de haine.

— Que le diable l'emporte dans ses tourments ! Qu'il soit maudit, ce ribaud ! S'il était là, je...

Il a porté la main à son épée.

— Justement ! Nos espies à la cour nous ont rapporté que Monsieur d'Espagne doit se rendre en Alençon visiter une cousine à lui. Nous n'avons plus qu'à l'attendre.

Quelques jours plus tard, un cavalier arrive à bride abattue à Évreux et annonce que Monsieur d'Espagne est enfin en route.

— Il a fait préparer pour lui une auberge à Laigle où il sera demain soir avec une petite escorte, au plus douze hommes.

— Douze hommes, ventrebleu ! s'exclame Charles le Mauvais. Douze hommes, dites-vous, mon ami ? Quelle belle occasion ! À moi, Philippe !

Arrive le jeune frère du roi, plus solide que lui, robuste, mais avec les marques de l'adolescence sur un visage ingrat, des boutons de puberté sur le front et quelques poils hirsutes au menton.

— Philippe, fais donc sonner les cornes. Je veux que mes barons normands arrivent au plus vite. Tu feras donner un banquet, demain, comme nous les aimons. Appelle Graville, le sire de Clère, Mainemart et tous les autres ! Je les attends avec leurs chevaliers. Nous serons une cinquantaine pour un travail facile qui va enfin débarrasser le royaume de cette sangsue, ce profiteur, cet Espagnol sodomite !

Il regarde tour à tour son frère, puis les six cavaliers qui ne cachent pas leur croix templière sur leur cape.

— Le roi en mourra de chagrin, et c'est ce que mérite cet usurpateur. Après le roi, il ne restera plus qu'à éliminer le dauphin.

— Tout se fera en son temps ! dit André d'Ivry. Nous vous avons assuré de notre soutien.

— Holà ! s'écrie le roi de Navarre. Que l'on prépare bonnes chambres et bon feu pour mes amis !

Le lendemain, à tierce, ils sont tous là, les barons normands, solides gaillards prêts à tous les combats pour leur minuscule suzerain. La table a été dressée dans la grande salle d'armes du château. Dans les cuisines, un bœuf entier rôtit. Les maîtres queux mitonnent chapons et brochets, pâtés de brèmes, bouquets d'écrevisses à la sauce poivrade. Le comte d'Évreux sait recevoir ses amis fidèles jusqu'à la mort et peu enclins à servir Jean II, usurpateur de la couronne.

La nuit tombe vite en ce début janvier. Les guetteurs postés à Laigle sont revenus apporter la bonne nouvelle : Monsieur d'Espagne s'est arrêté à l'auberge de la Truie-qui-file. Alors, repus, les chevaliers normands quittent le château d'Évreux sous le commandement de Philippe d'Évreux qui n'a pas encore seize ans. Deux lieues sont à parcourir, mais ils ne se pressent pas, ils ne veulent pas intervenir avant minuit. Une fois à Laigle, Philippe place discrètement des hommes autour de l'auberge. Les autres entrent, maîtrisent rapidement la suite de Monsieur d'Espagne qui court à la fenêtre pour s'échapper, mais la lune éclaire les épées dégainées de ceux qui l'attendent en bas. Alors, tremblant de peur, il souffle la lampe à huile et se cache sous le coffre où les assaillants le délogent aussitôt.

— Pitié, messeigneurs ! s'écrie-t-il d'une voix bêlante. Je vous en conjure...

La seule réponse est un coup d'épée qui déchire sa robe de nuit et lui entaille le foie. Monsieur d'Espagne pousse un cri strident tandis que d'autres coups le lacèrent. C'est à qui frappera le plus fort cet homme en chemise de nuit. Tous veulent le transpercer.

Enfin, les conjurés quittent la Truie-qui-file sans précautions particulières et rentrent à Évreux où les attend Charles d'Évreux.

— C'est chose faite, sire ! dit Jean de Fricamps, gouverneur de Caen.

Un large sourire illumine le visage du jeune comte. Il lui semble qu'avec cet assassinat toute sa vie vient de basculer et que, désormais, plus rien ne l'arrêtera sur le chemin du trône.

— Mes amis, c'est un beau jour qui se lève !

Un grand feu brûle dans la salle et les chevaliers

s'en approchent. Certains n'ont même pas pris le temps de nettoyer la lame de leur épée tachée du sang de Monsieur d'Espagne. Tous avec le lever du jour prennent cependant conscience du forfait auquel ils ont participé. Jean de Fricamps, un petit gringalet, vif et malin, exprime sa peur :

— Maintenant, il va falloir affronter la colère du roi !

— Nenni ! reprend Charles de Navarre. Le roi en mourra probablement et ce n'est pas moi qui le pleurerai.

— M. de Fricamps a raison, intervient Philippe, il faut penser à demain. Certes le roi va avoir beaucoup de chagrin, mais il faut imaginer le cas où il n'en mourrait point !

— Maman, je t'en prie, montre-moi ta tête, tes cheveux, tes yeux, tes joues que j'aimerais tant embrasser !

— Surtout ne l'écoute pas ! N'en fais rien ! Toi, Louisette, va-t'en. Va garder tes cinq moutons et ne viens surtout plus ennuyer Lydia.

Lydia a tendu vers la petite fille sa main gantée. Elle porte sur sa tête la cagoule de cuir fin d'agneau. Ainsi protégée, elle peut approcher les malades sans risquer de se faire contaminer. « Surtout aucun contact ! répète toujours Henri. Tu dois penser chacun de tes gestes avant de les accomplir et en mesurer les conséquences. »

Combien de fois Lydia s'est-elle arrêtée à quelques centimètres de cette main rongée, combien de fois ses lèvres ont-elles effleuré cette joue qui réclame une caresse, un baiser ? Combien de fois a-t-elle retenu son élan vers la fillette privée de toute tendresse parce que malade ?

— Petite Louisette, comme tu es douce et gentille !

Lydia se révolte. Dieu ne peut pas punir un enfant comme Louisette, la condamner à la solitude de sa maladie alors qu'elle n'est que douceur, affection, alors qu'elle n'a jamais commis aucun de ces péchés que l'on dit porteurs de la lèpre.

Alors, Lydia enlève sa cagoule et montre son visage à la fillette, lui sourit.

— Je t'ai préparé des galettes, viens, je vais t'en donner une.

Elle l'emmène devant la maison d'Henri où aucun malade n'est autorisé à entrer. Le moine se fâche :

— Lydia, tu n'as pas raison. Le mal sait se présenter sous des aspects qui t'attirent, mais cela reste toujours le mal. Je t'interdis de t'intéresser plus à Louisette qu'aux autres.

Mais Lydia n'en fait qu'à sa tête.

— Petite Louisette, je voudrais tant que Dieu te guérisse, qu'il t'autorise à revenir parmi nous. Alors, je te serrerai très fort contre moi. Mais pour l'instant je ne peux...

— Maman Lydia, comme ta joue doit être douce à caresser !

L'obsession de la petite Louisette, c'est l'interdit, le contact avec un être bien-portant comme s'il pouvait lui rendre la santé. Ses grands yeux brillent de ce désir que frère Henri trouve déjà coupable.

— Maman Lydia, je voudrais dormir près de toi. Je dormirais mieux que seule sur ma paillasse où grouillent les punaises.

— Non, Louisette, tu sais que c'est interdit !

Lydia s'en veut, pourtant, de s'enfermer dans son monde des bien-portants. Il lui semble qu'une caresse sur la joue d'une fillette innocente peut se faire sans risque. Dieu ne peut pas punir de la pire manière un acte aussi anodin, un acte de tendresse, mais elle se retient. La silhouette de frère Henri se profile devant elle.

— Toi, tu es fragile, tu es faible, dit-il. Tu n'es pas

de taille à affronter la lèpre. Un jour, tu vas commettre l'irréparable. Il faut que je te garde contre toi-même.

— Allez, Louisette, va t'occuper de tes moutons !

La fillette essuie une larme qui roule sur sa joue et s'éloigne, sa main malade tendue vers Lydia.

Pendant tout le mois qui suit l'assassinat de Monsieur d'Espagne, Jean II erre dans son grand palais du Louvre, d'une pièce à l'autre, perdu dans sa maison, incapable de fixer son attention sur les questions du royaume et déléguant tout à ses proches. À de longs moments d'abattement succèdent des colères violentes pendant lesquelles il balaie tout ce qui se trouve sur son passage, dégaine son épée qu'il fait virevolter autour de lui. Il hurle qu'il va tuer tous ceux qui ont trempé dans cet odieux meurtre. Son élan ne l'emmène pas au-delà des écuries où son cheval que personne n'a sellé le regarde avec des grands yeux ronds.

Un matin, après une nuit de cauchemars où il n'a cessé de patauger dans le sang de son ami, Jean, plus abattu que jamais, se décide à aller arrêter lui-même les coupables dont Charles d'Évreux, qui est aussi son gendre. Le Mauvais n'a pas participé à l'assassinat, mais il l'a ordonné et son jeune frère était à la tête des chevaliers normands.

— Sire, dit le maréchal Jean de Clermont, il héberge les templiers et ne s'en cache pas. Il brave ainsi votre édit et s'en glorifie !

Le roi est blême de colère. Il serre les poings qu'il agite.

— Nous allons mettre le siège autour du château d'Évreux et ferons pendre ces ribauds !

Clermont a une soixantaine d'années et il s'exprime avec calme, et le roi l'écoute volontiers car ses avis sont judicieux, surtout lorsqu'il s'agit de mener quelque action guerrière.

— Sire, vous ne pouvez pas mettre le siège sur un château du royaume dans lequel se trouve votre gendre. Cela ne vous vaudrait que de multiplier le nombre de vos ennemis. Non, il faut prendre le mal à la racine. À votre place, j'agirais en chevalier. Je commencerais par écrire au baron Guillaume de Capestang qui est le plus honnête, le plus habile intendant des armées que j'aie vu !

— Certes..., fait le roi.

— Vous devez vaincre les Anglais qui vous narguent, cela suffira à nettoyer le pays de toute sa vermine et en particulier des templiers. Pour cela, il vous faut constituer la plus grosse armée de tous les temps !

Clermont a haussé la voix. Le visage de Jean II s'éclaire :

— Une armée comme on n'en a jamais vu ! Qui écrasera tout sur son passage ! Enfin la victoire ! s'écrie le roi.

Il se tait un instant. Après l'émotion suscitée par ce grand projet, il pense à son trésor vide, au peu de moyens dont il dispose...

— Ont-ils retrouvé ce Patte-Raide ?

— Non, sire. Personne ne sait où il est. On a dit qu'il s'est noyé à Marseille. J'en doute puisque les templiers continuent de le chercher, mais il se cache.

— Bien, fait le roi. Je vais donc envoyer un chevaucheur à M. de Capestang qui doit s'ennuyer dans son nid d'aigle. Vous avez raison, c'est un bon intendant. Personne mieux que lui ne sait payer quatre cavaliers avec l'argent de trois !

La misère est grande en cet automne 1354. Une fois de plus, le pain manque ; pourtant les récoltes ont été abondantes. Les vilains, dessaisis de ce qu'ils produisent, écrasés d'impôts, se révoltent d'abord dans les

Flandres, puis dans tout le pays. Ils s'arment de leurs faux et attaquent les maisons nobles. Mais l'ordre de Dieu doit toujours être respecté : les sergents du roi et des princes saignent ces trublions comme des porcs ou les pendent aux branches basses...

Dans cette agitation, les pèlerins, les voyageurs de toute sorte sont en grand danger : les hommes destinés à ramener l'ordre ne comptent pas les cordes, et frère Bernard de Montlaud met bien en évidence sa croix de moine mendiant pour éviter toute confusion. Il va par les chemins du Languedoc sur le dos de la mule qu'un riche bourgeois lui a donnée. La distance à parcourir justifie cet agrément à son état de serviteur de Dieu démuni de tout. Et Dieu lui demande beaucoup.

Il a vu son frère Jean en prière sous la nouvelle lune et Jean lui a dit :

— Ils ont assassiné Monsieur d'Espagne, ils vont assassiner le dauphin, puis le roi... Mon frère, il est temps de passer à l'action...

Bernard a tourné de grands yeux blancs vers Jean.

— L'avenir du royaume repose sur toi, Bernard. Personne ne te soupçonne. Continue d'aller de maison en maison en jouant le moine simplet. C'est la meilleure manière de te dissimuler. Tu vas aller trouver Patte-Raide. Je sais où il se cache. Il est temps d'utiliser l'or dont il est le gardien ! Va, mon frère, cours !

Et Bernard parcourt ainsi les routes infestées de voleurs, de coupe-bourses, de mendiants prêts à tout pour un peu de pain. Personne ne lui cherche querelle, un moine mendiant ne possède rien, mais son embonpoint montre qu'il mange plus qu'à sa suffisance, et sa mule peut tenter un piéton fatigué.

— Et moi qui avais promis à Dalila et Irénée de les faire sortir de leur geôle ! Mais, mon Dieu, vous ne me laisserez jamais en paix !

À la Toussaint, il séjourne à l'auberge où N'Hogo fut navré d'un coup de lance en plein cœur. Personne ne sait ce qu'est devenu ce vieil homme aux longs cils de fille qui marchait difficilement. Bernard est fatigué ; ses jambes peinent à le porter, il doit pourtant reprendre son chemin, écrasé par la gravité de sa tache.

— Mon Dieu, vous m'avez envoyé tant d'épreuves ! Je suis vieux et las, et vous me demandez de sauver le royaume de France !

Bernard monte sur le dos de sa mule et repart sur la route mouillée. Un peu de vent arrache quelques feuilles qui s'envolent, comme des papillons...

Troisième partie

LA COLÈRE DU ROI JEAN

— Holà, marauds, faites place au prince de Mongolta ! Poussez-vous, manants, ou je vous montre le plat de l'épée !

Cette arrivée tonitruante n'a pas manqué d'attirer les badauds, le menu peuple de Paris toujours prompt à profiter du spectacle gratuit des laquais en livrée, des chevaux harnachés, des bannières flottant au vent et de ce cortège sans fin qui entoure un prince ou un puissant personnage du royaume. Ce matin gris de septembre 1354, trente cavaliers ouvrent le chemin de part et d'autre d'une litière richement décorée aux rideaux baissés suivie d'une longue file de chariots qui avancent lentement dans la rue envahie d'une foule toujours plus dense. Chacun espère apercevoir le prince caché dans la litière, mais ce qui étonne le plus, c'est ce chevalier géant à l'avant, portant une cape rouge et monté sur un énorme cheval qui peine.

— Il fait pas loin de sept pieds de haut !

— Et son poids ? Au moins trois cents livres !

— On dit que c'est le fils du seigneur de Mongolta que personne ne peut voir !

— Ah bon ? Et pourquoi ?

— Une maladie de peau, une vérole qui le rend si laid, si repoussant que seuls son fils et ses vieux valets peuvent l'approcher. Les riches aussi ont leurs misères !

Le chevalier ne prête aucune attention aux propos qu'il suscite. Il va, regardant de ses petits yeux autour de lui, ébahi par le spectacle de Paris. Sa barbe noire fournie luit comme la toison d'un animal bien nourri.

— Poussez-vous, gueux, et laissez la rue aux chevaux.

Deux cavaliers arrivent en face et le saluent. Il reconnaît le banquier juif et son fils qu'il a chargé de trouver un hôtel particulier à acheter pour le prince qui s'installe à Paris. Les deux hommes soulèvent leur large chapeau de cuir.

— Monseigneur de Mongolta, soyez le bienvenu en Paris !

— Emmène-nous chez nous au plus vite ! fait l'énorme cavalier, mon cheval est fatigué et nous sommes en route par tous les temps depuis plus d'un mois.

— Tout est prêt pour vous accueillir. Vous serez confortablement logés, soyez sans crainte !

Le banquier fait faire demi-tour à son cheval et précède le cortège dans un dédale de ruelles boueuses envahies de tas de détritus que fouillent des porcs et des chiens.

— Pressons ! Mgr de Mongolta est fourbu.

Ils arrivent enfin au bout d'une ruelle sans issue, entrent dans une cour protégée par de hauts murs. Les voituriers conduisent les chariots dans les dépendances pour décharger le fourrage, d'autres commencent à descendre les coffres et les portent à l'intérieur. Une centaine d'hommes en armes assurent la surveillance et la sécurité du maître. Quatre valets accolent une litière à bras à l'autre dont on a dételé les chevaux. Le prince, que personne n'a vu, change de siège et les porteurs entrent dans le bâtiment central. Ils montent à un appartement au dernier étage, posent la litière dans la grande pièce principale et sortent sans un mot. Lorsque la porte est fermée, les rideaux se poussent et le prince de Mongolta en sort. Il s'appuie sur des cannes et marche difficilement jusqu'à la fenêtre, constate qu'elle donne sur la cour intérieure comme il l'avait demandé. Son visage est maigre, ses cheveux blancs tranchent avec ses yeux aux beaux cils noirs longs et relevés, comme des cils de femme. Il s'assoit enfin sur un fauteuil et agite une clochette. Le géant grimpe l'escalier et entre dans la pièce.

— Nous voilà enfin arrivés ! Envoyez donc nos hérauts au roi que vous devrez rencontrer prochainement.

— Ce sera fait, mais permettez que je donne ordre qu'on corne l'eau, j'ai une faim à dévorer un cheval.

— Faites donc !

Enfin, les nobles de la suite du prince se mettent à table. Lui reste dans ses appartements où il dînera en compagnie de frère Bernard de Montlaud, un moine ventripotent à la tête plate, aux gros yeux blancs toujours en mouvement.

— Dieu me pardonnera-t-il ces excès de table ? demande le moine en regardant avec gourmandise le chapon rôti que les valets de bouche apportent. Je ne dois pas oublier que je fais partie d'un ordre mendiant...

— Bah, fait le prince, Dieu ne vous retiendra qu'un seul péché, celui de ne point vous être hâté pour sauver Mgr de Brienne. Il vous reprochera surtout la peur qui vous tient le ventre et vous empêcha d'agir avec promptitude. Mais soyons sérieux. Nous voici sur la place. Il faut espérer que tout se passera comme prévu, l'opération a coûté assez cher !

Lorsque les émissaires du prince de Mongolta ont sollicité la permission pour leur maître de résider à Paris, Jean II s'est empressé d'accepter, mû par ce sens chevaleresque qui s'accommode fort bien de son esprit plein de contradictions alors que ses proches lui conseillaient la méfiance. Ce soir, informé de l'arrivée spectaculaire de son visiteur, il consulte ses géographes pour savoir où se trouve cette principauté de Mongolta.

— Je pense que c'est par-delà les Alpes ! dit Louis de Jonsac. Il existe ainsi, dans ces montagnes, des petites principautés dont les maîtres sont aussi sauvages que leurs ours.

— Il m'a écrit une lettre des plus courtoises, m'assurant que ma renommée de roi-chevalier va jusqu'en Orient et me demandait l'honneur d'être mon vassal !

Il échange avec Guillaume de Capestang, arrivé depuis peu à la cour, un regard entendu, sourit en coin, preuve que Jean II ne dit pas tout ce qu'il sait.

Dès le lendemain, il reçoit une nouvelle missive :

Sire, écrit le prince, *je suis un vieil homme défiguré par une horrible maladie qui, selon mes médecins, ne pourra guérir qu'avec l'air purificateur de Paris. J'attendrai donc, pour ne point vous offenser, d'être guéri avant de me présenter à Votre Majesté, mais je vous dépêche mon propre fils qui sollicite l'honneur d'être votre homme lige. Je reste à votre disposition pour vous servir en ce qu'il vous plaira.*

Le maréchal de Clermont, responsable de la sécurité du roi, veut en savoir un peu plus et envoie ses espions près de l'hôtel. Ils reviennent bien vite.

— Monseigneur, on ne peut s'approcher du maître. Des hommes en armes patrouillent autour de son hôtel et ne laissent passer personne. On raconte que son domaine est tout petit, mais comporte les meilleures mines d'or du monde.

— Faites-lui dire que je serai heureux de le recevoir et de faire son fils chevalier de l'Étoile ! Je suis persuadé qu'il est digne d'une telle distinction, précise Jean II.

Ainsi, deux jours plus tard, Gérald de Mongolta se présente au Louvre. Sa carrure et sa taille impressionnent les courtisans et le roi lui-même.

— Monseigneur, soyez le bienvenu ! dit Jean II en l'accueillant. Vous transmettrez au prince tous mes vœux pour que son séjour à Paris soit bénéfique et lui permette de vaincre sa maladie. Mais qu'est-ce au juste ?

— Sire, dit Gérald d'un air enjoué, Dieu n'est pas seulement cruel envers les petites gens, il accable aussi ceux de la meilleure noblesse. Notre ancêtre fut dans les vainqueurs de Jérusalem mais, de retour en Dauphiné où il avait son fief, il décida de s'installer dans une vallée complètement déserte à laquelle on ne peut accéder que par des chemins de montagne tellement escarpés que peu de voyageurs s'y hasardent. Un lac se trouve au milieu de notre domaine et de ce lac s'échappent parfois des fumées épaisses et lourdes. Ces fumées sont à l'origine de maladies de peau qui affectent souvent les habitants. Mon père en est atteint depuis des années et ne supporte pas que l'on voie son visage qu'il cache sous des tissus. Ainsi, il ne se montre à personne et vous mande de lui pardonner cette impolitesse.

— Et l'or ? Est-il vrai que vos mines sont si riches ?

Le regard du roi a pris un air amusé.

— Nenni, sire, il y a effectivement un peu d'or, c'est notre seule manière de survivre, mais il y en a moins que ce qu'on dit.

Le roi toise alors Gérald ; son regard s'arrête un instant sur sa barbe noire, ses épaules impressionnantes.

— Vous ne devez pas craindre grand monde en joute !

— Sire, dit Gérald, mon épée est à votre disposition.

Quand Gérald a pris congé, le maréchal de Clermont souffle au roi :

— Je trouve cela plutôt singulier, sire, je me demande ce qui se cache derrière cette mascarade ?

— Que voulez-vous qui se cache là ? Ces gens-là sentent leur montagne lointaine, mais ce Gérald est vraiment très grand et très fort.

L'arrivée du prince de Mongolta fait le tour de Paris et des tavernes. Dans les rues, les chanteurs riment l'événement et ne cessent de parler de l'or, des montagnes d'or que possède cet homme touché par une maladie inconnue qui fait de lui un monstre hideux.

Deux longues journées sont nécessaires pour décharger et placer tout le mobilier. Les curieux ne cessent de se tasser aux grilles de l'hôtel et repartent en inventant chacun un détail. Un tel a vu des coffres remplis d'or, un autre rapporte, le regard plein d'effroi, qu'il a vu le prince à la fenêtre de l'étage et qu'il en a encore froid dans le dos tellement son visage est horrible...

Quelques jours plus tard, à l'occasion de l'hommage, le roi donne un tournoi à Vincennes. Gérald fait tout de suite impression en enlevant avec grande aisance toutes les joutes auxquelles il participe. Jean II, qui a l'amitié aussi prompte que la haine, s'entiche aussitôt de ce géant bon enfant et un peu rustre. Le soir au dîner, il le fait asseoir à sa table assez près de lui pour faire des jaloux. Il lui parle longuement de l'ordre de l'Étoile et de la maison de Saint-Ouen dans laquelle les chevaliers se réunissent une fois l'an.

— Cet ordre doit rassembler des chevaliers attachés aux valeurs de la noblesse, le courage, la générosité, la vaillance... Je souhaite que vous en soyez !

— Sire, l'honneur est trop grand !

L'évêque Robert le Coq, qui passe plus de temps à intriguer à la cour que dans son diocèse de Sens, a bien senti la menace qui se cache derrière cette mascarade. Il ne croit pas un mot de ce que racontent ces prétendus princes, mais ses espions n'ont pas pu percer leur secret. On ne dépense pas autant d'or sans avoir à cacher quelque chose de plus important qu'une maladie de peau !

Le soir même, il écrit à André d'Ivry :

Je me demande si celui que vous avez cherché avec tant de persévérance n'est pas ce fameux prince de Mongolta. Cependant, il s'est entouré d'un tel tapage, son hôtel est si bien gardé qu'il sera difficile de tenter quoi que ce soit. Je ne manquerai pas de vous informer de ses moindres faits et gestes...

De même, le maréchal de Clermont a un doute.

— Votre père, demande-t-il à Gérald, est atteint d'une grave maladie qui le retient chez lui, n'est-ce pas ?

— Il pourrait sortir, mais ne le veut !

Clermont acquiesce de la tête mais n'est pas convaincu ; le lendemain, il insiste auprès du roi :

— Sire, tout ceci ne me semble pas clair. Je vous le répète, essayez de percer le secret de cet homme qui est trop bien défendu pour n'avoir rien à cacher.

— Que voulez-vous que ce soit ? Un espion à la solde de l'Anglais ? Ce n'est pas le premier, puisque j'en suis entouré.

— Je ne sais pas, sire, je ne sais pas...

Guillaume de Capestang assiste à l'arrivée tonitruante du prince. Quand frère Bernard est venu lui demander de l'aide, Guillaume a refusé net. La lettre du roi le rappelant à la cour l'a contraint d'accepter :

— Vous aurez beaucoup d'or, monseigneur, a insisté frère Bernard. De quoi armer dix batailles et plus, acheter des bouches à feu, de quoi enfin permettre au roi de repousser ses ennemis.

— Je ne veux pas voir votre prétendu prince de Mongolta.

— Qui vous oblige à le voir ? s'étonne Bernard. Nous sommes assez nombreux pour aller de votre maison à la sienne. Lui non plus ne souhaite pas vous voir ! Cela ne doit pas vous empêcher de travailler ensemble pour le bien du royaume.

Et les voilà tous les deux dans la place, réunis pour un même but. Guillaume reconnaît tout de suite le géant à la cape rouge et sourit : cet homme qui écrase son cheval a tous les travers, il peut se montrer plus retors qu'un usurier juif, plus gouailleur qu'un marchand de poudres de jouvence, violent, jouisseur, il a cependant le don de semer la bonne humeur autour de lui. Sa voix tonne et les chevaliers lui obéissent... Guillaume a de l'amitié pour lui.

Son regard se fige, ses traits se durcissent quand la litière du prince passe sous ses fenêtres. Et il a mal en lui, une douleur qui serpente jusqu'à ses yeux où se forme une larme brillante. Il est là, celui par qui son malheur est arrivé, celui dont il a souhaité la mort chaque jour, celui qu'il hait et envie en même temps. Un curieux sentiment le pousse vers lui, une fascination pour ce boiteux qui a su éblouir le cœur de Lydia et, en même temps, il veut rester caché derrière son rideau. Le voir sans se montrer, se remplir l'âme de ce visage aimé de Lydia, mais surtout ne pas paraître devant lui, inférieur, vaincu !

L'hiver 1354 passe, le printemps revient. À la cour, on s'est habitué à la présence du prince de Mongolta qui mène son existence cachée en son hôtel. Les courtisans rient du rustre montagnard qu'est Gérald, mais louent sa force et sa convivialité.

Il s'est fait une solide réputation de coureur de bordels. Le géant semble insatiable dans ses appétits, mais très vite les dames se sont rendu compte que ce chevalier, à la force redoutable dans les tournois, est plutôt terne au lit. « On dirait un manœuvrier épuisé par le travail de la journée et pressé de dormir pour pouvoir accomplir la tâche du lendemain ! » dit la comtesse de Pongiland.

Au mois de novembre, à l'occasion d'une chasse à Vincennes, il rencontre une fille d'honneur de la baronne de Gisors, Octavine de Montcéan. Quand leurs regards se sont croisés, Gérald s'est senti mollir, les genoux tremblants, le geste mal assuré. La jeune fille a rougi à son tour et le soir même ils étaient dans le même lit dans une auberge près du Louvre. Depuis, Gérald a loué une maisonnette, rue de la Huchette, pour abriter ses amours.

Il ne cesse de s'extasier sur la beauté d'Octavine.

Tout en s'étonnant que cette fille aussi fine, aussi gracieuse, puisse aimer l'ours mal léché qu'il est resté. Et ce miracle le réjouit chaque jour un peu plus.

Pourtant ce matin, allongé sur son lit, il se sent aussi vulnérable qu'un petit oiseau. En face de lui, allant du lit à la cheminée, Octavine ondule des hanches, joue des reflets de ses longs cheveux bouclés, pointe en contrejour ses seins parfaits. Complètement nue, la jeune femme n'a pas les retenues de Gérald qui appréhende de devoir se montrer ainsi.

— Je ne voulais pas venir à Paris quand mon... mon père a décidé de quitter notre vallée. Je redoutais plus que tout l'ennui ! dit-il. Et c'est toi que j'ai rencontrée !

La belle revient vers le lit, s'allonge et pose la tête sur la poitrine velue de Gérald.

— Tu vas bientôt repartir ! dit-elle et moi, je reviendrai à Gisors où mon père me trouvera un vieux barbon plein d'or, mais puant comme un bouc.

— Non, je reviendrai, mon père n'est pas guéri. Et je ne souhaite pas qu'il guérisse trop vite ! Je t'emmènerai avec moi, dans mon fief, très loin d'ici et personne ne viendra te chercher. Mon château est imprenable.

— Ton château dans cette vallée inaccessible par-delà les Alpes ?

— Oui, par-delà les Alpes !

Gérald se sait assez maladroit pour commettre quelque bévue, alors il évite certaines conversations que la belle Octavine apprécie particulièrement.

— Et ces mines d'or sont-elles si riches qu'on le dit ?

— On dit du vrai et du faux. Les mines d'or produisaient beaucoup plus autrefois, mais on y trouve encore de quoi faire face...

— Et ton père ? Pourquoi ne se montre-t-il pas ?

Ces petites questions reviennent incessamment, ce qui agace Gérald, mais le beau minois de la jeune femme sait prendre l'air ingénu, le regard d'une petite fille qui semble dire : « Pardonne-moi, mais je suis si curieuse ! » Alors, il la serre contre lui. De son côté, Octavine se blottit contre sa poitrine et en conçoit un sentiment de puissance qui la grise. Elle domine cet animal redoutable, elle le fait obéir d'un simple geste du petit doigt et se sent ainsi la force de commander tous les hommes.

— Que penses-tu de l'assassinat de Monsieur d'Espagne ? Lui si beau, si bien en cour...

— La politique ne m'intéresse pas. Laissons cela, ma mie. Mignarde-moi encore un peu.

Octavine approche ses lèvres de l'oreille du géant qui sent leur chatouillis délicat.

Dans la pièce qu'il ne quitte jamais, le prince de Mongolta boitille du fauteuil près de la cheminée à la croisée. Les gardes se relaient jour et nuit à sa porte, d'autres surveillent les alentours de l'hôtel. Le prince paie bien, mais exige un dévouement total.

Il sait qu'il arrive au bout de son chemin, que sa vie va s'arrêter ici, dans cette grande maison parisienne, mais il n'a pas peur. Quand sa poitrine s'est enflammée la première fois, quand il a senti la terrible douleur bloquer son cœur, les tempes en feu, il n'a pas tremblé. Il connaît trop bien la mort pour la redouter. Tant de fois, elle est venue rôder autour de lui, le caresser, le mignarder ! À cinquante-cinq ans, il ne regrette rien, il demande seulement à Dieu de lui laisser la force d'aller au bout de la mission qu'il s'est fixée.

Au matin brumeux de ce début mars 1355, un coursier arrive à l'hôtel particulier et demande à parler au maître. Gérald le reçoit discrètement dans un petit cabinet du rez-de-chaussée. L'homme a chevauché toute la nuit et titube de fatigue.

— Ils partent, monseigneur ! Dans trois jours au plus tard. Ils vont rejoindre le Prince noir qui vient d'arriver en Aquitaine. La guerre va reprendre.

— Qu'est-ce que tu dis là ?

— Le grand maître de l'Ordre André d'Ivry part d'Évreux pour rejoindre le Prince noir en Aquitaine. Il sera accompagné de Louis de Borincourt et de quelques hommes d'armes, pas plus de dix.

— Et les autres ?

— Ils restent sur place. Charles d'Évreux a entrepris de séduire le dauphin pour l'attirer dans quelque guet-apens.

— C'est l'occasion ou jamais ! s'écrie Gérald en abandonnant le coursier et en montant à l'étage.

Ainsi, le lendemain, le prince de Mongolta quitte Paris pour quelques jours. Dans sa litière portée par quatre superbes chevaux précédée de ses bannières et protégée par une cinquantaine de cavaliers, il discute de théologie avec frère Bernard. Et, pour commander cette troupe, Gérald, sa grande cape rouge au vent, caracole sur son cheval percheron.

Ils disent se rendre à Caen où vit une lointaine parente et se déplaceront par petites étapes. Le deuxième soir, ils s'arrêtent dans les parages de Conches où une auberge entière a été retenue pour les maîtres et un pré pour les gardes qui pourront y dresser leurs tentes. Le lieu est désert tant la peste a fait de ravages.

— Il ne nous reste plus qu'à attendre ! dit le prince à frère Bernard. Un jour, deux, peut-être trois, mais l'occasion se présentera bientôt si nous sommes bien renseignés et vous comme moi allons enfin nous venger.

Les chevaliers allument des feux dans la prairie, se restaurent en bavardant de tout et de rien. Il ne fait pas froid, un petit vent doux coule du sud.

Le jour se lève enfin. Les oiseaux chantent ; des pruniers fleuris font des taches blanches dans la grisaille des branches encore nues. Les hommes s'étirent ; les chevaux s'ébrouent. L'attente commence, mais personne n'est pressé. La journée s'annonce belle, les chevaliers passeront leur temps à jouter, les hommes de pied joueront leur solde aux dés.

Au château d'Évreux, André d'Ivry, escorté d'une garde réduite commandée par Louis de Borincourt, se prépare à rejoindre le château de Merpuis en Aquitaine. Les autres maîtres templiers resteront auprès de Charles d'Évreux pour l'aider à intriguer contre le roi et placer des espions à la cour de France. Le soleil n'est pas encore levé, la lune déverse sa lumière crue et ils voient comme en plein jour. Ce matin, André, pris d'un curieux pressentiment, propose à son ami de remettre leur départ au lendemain.

— Hé quoi ? Que veux-tu qu'il nous arrive ! Nous sommes suffisamment escortés pour nous défendre d'une bande de malfrats. Et, demain, les mêmes dangers subsisteront. Tu sais bien que nous devons y aller !

— Je ne sais pas, je sens comme une douleur au ventre !

— Que veux-tu qu'il nous arrive ?

— Je ne sais pas, mais soyons prudents. Attendons demain matin ; nous allons en profiter pour doubler notre garde et tenter d'en savoir plus...

— Comme tu veux !

Le lendemain enfin, André et Louis quittent Évreux en direction de Verneuil-sur-Avre. Le ciel est encore sombre, mais la lune les éclaire comme en plein jour.

— J'ai toujours un pincement au ventre et je n'aime pas ça ! dit André d'Ivry.

Ils chevauchent en compagnie d'une douzaine d'hommes, tous excellents guerriers. Le soleil se lève sur l'horizon et annonce une belle journée de printemps. André oublie son pincement au ventre.

Ils entrent dans la forêt de Conches quand une clameur les surprend. L'endroit est désert à part quelques huttes de bûcherons. Une armée sort des taillis, piétons la lance pointée, chevaliers qui ont tiré l'épée. Les deux hommes qui se tiennent devant, l'un monté sur un cheval blanc, l'autre sur une mule, ne portent pas de heaume. Les cheveux blancs du premier se soulèvent au vent du matin ; son visage est maigre, taillé de rides profondes. Sous ses beaux cils noirs relevés, son regard pétille, cruel et satisfait, un regard de loup. Le second est un moine aux pieds nus, au large visage et aux gros yeux inquiets.

— Patte-Raide ! murmure André d'Ivry. Robert le Coq avait donc raison.

— Oui, Patte-Raide que vous avez tant cherché ! Patte-Raide que vous avez poursuivi inlassablement et qui a juré de vous détruire, André d'Ivry, grand maître de l'Ordre ! L'heure est enfin à la vengeance !

— Et qui est ce moinillon ?

Frère Bernard bredouille :

— Ce moinillon est Bernard de Montlaud, frère de Jean de Montlaud. Vous avez tué notre père qui devait de l'argent à l'Ordre, il y a vingt années, souvenez-vous, André d'Ivry, vous étiez si jeune et si impulsif...

— Je n'ai jamais fait tuer d'homme au nom de Montlaud. Je m'en serais souvenu...

— Vous n'avez même pas pris la peine de demander le nom de vos victimes. Elles étaient une dizaine dans la cour du château de Vincennes que vous avez traînées au bout d'une corde attachée à un cheval. Je me souviens de leurs cris de douleur et de votre sourire...

— Jean de Montlaud, un traître ! murmure le grand maître de l'Ordre. C'était donc lui ! Je ne peux le croire...

Les chevaliers se sont mis en ordre de bataille. Gérald de Masvallier fait sonner la charge et se lance dans la mêlée. Il mouline avec son épée qui pèse bien quarante livres et prend très vite l'avantage. Louis de Borincourt et André d'Ivry sont maîtrisés tandis que Gérald poursuit les fuyards : il ne doit rester aucun témoin.

— Combien d'années ai-je dû attendre dans les geôles de vos châteaux, sur les bancs des galères ? dit encore Patte-Raide. Je me devais de vivre pour savourer cet instant, frère André.

André délace son heaume et secoue ses cheveux blonds. C'est un templier : mourir lui importe peu. À côté, Louis pleurniche, le visage tordu, et demande pitié.

— L'Ordre a détruit ma vie ! continue Patte-Raide. J'ai perdu Lydia et je vais probablement mourir sans la revoir. Mais je ne vous ai pas cédé.

— Et vous avez inventé le prince de Mongolta ! s'exclame André d'Ivry.

— Mais que pouviez-vous, tant nous avons fait de bruit, tant nous nous sommes montrés ? Et vous savez par quels moyens ?

— L'or des Juifs, je m'en doutais !

— Exactement, cet or qui dormait depuis trente années dans deux chapelles en ruine et qui va servir à armer notre roi Jean contre les Anglais.

André sourit, secoue une nouvelle fois sa chevelure, comme un animal qui sort de l'eau.

— Que croyez-vous ? Vous allez me tuer ? Soit ! Un autre me remplacera ! Il est déjà en chemin. L'Ordre ne peut disparaître ! Il n'y a pas d'autre manière de gouverner le monde. Un jour, il dominera les royaumes, alors les rois seront frères et la paix régnera sur terre jusqu'à la fin des temps !

Patte-Raide fait un signe.

— Qu'on les passe au fil de l'épée ! dit-il, les yeux luisants de cette lueur froide que Gérald ne lui connaissait pas.

— Pitié, s'écrie Borincourt, tandis qu'on l'emmène de force. Pitié, je serai avec vous, je vous aiderai...

André a un regard dédaigneux pour son ami mais ne dit mot. Il reste droit, digne et fier, un templier n'est jamais lâche. Il regrette de ne pas avoir écouté l'appréhension qui lui nouait encore le ventre ce matin, mais ce n'est qu'un simple regret. Il se tourne de nouveau vers Patte-Raide :

— Jamais vous ne réussirez à détruire le Temple, jamais !

Dans la léproserie, l'été est la pire des saisons. L'air chaud amplifie les odeurs qui coulent en vagues lourdes et écœurantes. Les malades se dénudent, montrent leurs moignons que des mouches harcèlent sans cesse. Aux odeurs de chairs pourries s'ajoutent celles de suint, d'excréments, qu'il faut supporter dans le bâtiment des grabataires. Et la chaleur augmente l'agressivité des hommes, les rend hargneux et accroît leurs désirs. Lydia doit se défendre et joue du bâton ; elle a pris de l'assurance et ne redoute plus d'affronter ses agresseurs.

L'été passe, un de plus. Les malades valides vont aux champs, coupent le blé qu'ils ont semé et fauchent les prés. Le forgeron tape son fer dans sa forge, le menuisier aiguise sa varlope, le boulanger chauffe son four. Frère Henri veille à tout, organise sans cesse, donne des ordres et la vie s'écoule, presque normale. Avec l'habitude, on finit par ne plus voir les blessures béantes, les bras qui manquent, les os dénudés.

Frère Henri est partout à la fois. Sa bonhomie rassure. Dans ce village de douleur et de cris, sa voix sourde réconforte, sa silhouette empâtée fait sourire. Il se démène, court toute la journée et s'emporte contre tout le monde, mais chacun sait qu'il n'a aucune méchanceté et que la communauté ne peut pas se passer de lui. Personne mieux qu'Henri ne sait remettre à leur place les fortes têtes, personne comme lui ne connaît les mots de réconfort que son attitude bougonne rend plus humains encore.

Lydia a pour lui une grande affection. Le soir, tandis que la nuit tombe lentement dans une agréable fraîcheur, il aime s'asseoir à côté d'elle devant la porte et regarder jouer des enfants qui, comme tous les enfants du monde, se poursuivent en criant. Alors il parle, car c'est un infatigable bavard. Ses longues années solitaires dans ce mouroir lui ont laissé une grande envie de confidences.

— J'étais un enfant infernal ! Ma pauvre mère m'avait confié à une nourrice trop bonne qui, au lieu de me flanquer des fessées, me serrait dans ses bras et riait à chacune de mes bêtises. C'était une femme d'une grande bonté que je n'oublierai jamais et que je recommande à Dieu tous les jours...

Quand il évoque ainsi ses souvenirs, ses petits yeux brillent ; il caresse sa barbe du bout des doigts.

— Moi, je n'avais même pas de nom ! dit Lydia. Mon père et ma mère sont morts alors que j'étais toute petite. Je me suis retrouvée seule et j'ai dû en faire des choses pour survivre ! Et puis Patte-Raide est venu. Nous étions encore des enfants ! Patte-Raide, c'est le seul homme que j'aie aimé d'amour. On m'a dit qu'il s'est noyé à Marseille, moi je ne le crois pas, mais comment le retrouver ?

Son visage s'est assombri, une larme se forme au coin de ses yeux.

— Tu le retrouveras un jour. Écoute, Lydia, je ne veux pas t'imposer cette vie pénible. Tu n'es pas malade, si tu veux partir, je m'arrangerai.

— Où veux-tu que j'aille ? Tu es bon, frère Henri,

mais je suis une vieille femme. Et je suis si loin de chez moi. Ma maison a été détruite. Que puis-je faire dans des chemins infestés de brigands ?

Louisette arrive des champs derrière son troupeau de moutons qu'elle enferme dans une cabane de planches. Quand la porte est poussée, elle revient vers Lydia.

— Au moins, constate Henri, la lèpre nous protège des loups. Les enfants peuvent emmener les moutons dans tout l'enclos et ne risquent rien.

— Bonjour, maman Lydia ! dit Louisette en s'asseyant en face d'elle, à bonne distance, celle que les malades doivent respecter pour s'adresser aux bien-portants.

Lydia sourit à la petite fille.

— Bonjour, Louisette ! Tu as bien travaillé ?

— Oh ! oui, les moutons sont restés dans la colline et ne sont pas allés dans les champs. Il faisait si chaud ! Comme cela doit être bon de se baigner quand il fait chaud !

Ici, ce qui manque, c'est l'eau. Les deux puits donnent de quoi boire, se laver succinctement, mais il n'y a pas d'étang ni de rivière, juste une petite mare remplie de vase.

— Si un jour je guéris, si je sors d'ici, j'irai habiter au bord de la Dordogne, et le soir, quand il fera bon comme aujourd'hui, je me baignerai dans l'eau, avec les poissons.

— Mais tu ne peux pas, tu ne sais pas nager !

— Je resterai sur le bord, avec de l'eau jusqu'aux genoux seulement.

Tout à coup, le visage de Louisette se ferme, ses lèvres font la moue, ses grands yeux noirs se plissent. Une larme roule sur sa joue. Un sanglot soulève ses épaules.

— Jamais je ne sortirai ! Jamais !

Lydia s'approche d'elle sous l'œil vigilant de frère Henri.

— Petite Louisette, je t'en prie, ne pleure pas !

Puis, se tournant vers Henri, Lydia s'écrie :

— Tu vois bien que c'est une injustice ! Cette petite fille n'a commis aucune faute et pourtant la voilà punie !

Henri fronce ses gros sourcils noirs :

— Lydia, sache que Dieu ne peut pas se tromper et ce qu'il fait, c'est dans l'amour des hommes.

Alors, Lydia se tourne vers la petite fille :

— C'est peut-être vrai. Mais je sais que je ne te quitterai pas, petite Louisette, que je resterai avec toi ! Allons, ne pleure plus.

Mais les larmes de la fillette redoublent. De gros sanglots contractent sa poitrine. Elle tourne vers Lydia sa figure mouillée :

— À quoi bon, jamais je ne pourrai me blottir contre toi, jamais, je ne pourrai te serrer fort, te prendre la main, te sentir... Et puis je serai de plus en plus laide !

Elle montre sa main droite que la maladie a déjà amputée de deux phalanges.

— Je me dis que mourir est la meilleure chose qui puisse m'arriver.

Lydia ressent cette détresse comme une lame rougie au feu qui la brûlerait, mais que faire ? Depuis longtemps, frère Henri a appris à se protéger de cette compassion qui ne peut que pousser à l'erreur. Le diable sait très bien ce qu'il fait !

— Allez, Louisette, va avec les autres enfants et n'oublie surtout pas de prier Dieu !

La petite fille obéit, et s'en va la tête basse, en sanglotant.

— Un jour, je la prendrai dans mes bras ! dit Lydia.

Je ne peux pas continuer à regarder de loin cette enfant à qui la vie refuse tout, même une caresse.

Henri s'est dressé, le bâton levé :

— Tu ne feras jamais ça, tu comprends, jamais ! Ce serait donner raison au diable ! Ce serait baisser les bras, s'avouer vaincu ! Jamais, tu entends !

Il s'assoit de nouveau, pose son bâton à côté de lui.

— Pardonne-moi, Lydia, mais je me bats depuis si longtemps contre le mal absolu ! Ne crois pas que je sois insensible, mais n'est-ce pas la plus grande faiblesse que de céder ?

Ils rentrent. La nuit tombe lentement sur la léproserie. Parfois des cris traversent le calme du soir. La lèpre rend fou et il arrive qu'un père s'acharne sur ses propres enfants et les frappe à mort. La petite Louisette est allée chercher un morceau de pain à la cuisine qui prépare les repas des indigents et s'est endormie avec ses moutons sur un ballot de paille. Une larme sèche a laissé des cristaux de sel sur sa joue. Elle dort, son pouce dans la bouche, ses deux doigts mutilés dressés comme une protestation.

Lydia a fait chauffer du bouillon et en remplit une écuelle pour Henri, songeur depuis un moment.

— Tu comprends, Lydia, mon prédécesseur avait tenté de guérir des malades peu atteints. Par exemple un lépreux qui serait sain sur tout son corps et n'aurait la maladie qu'à une main, si tu coupes la main et si la plaie guérit, souvent la lèpre ne revient pas. Parfois, elle revient mais après des années ! Hélas, une main porteuse de lèpre démange, alors, forcément tu la grattes avec l'autre main qui répand le mal sur tout le corps...

Il se tait un long moment, puis ajoute :

— Le lépreux vit avec des lépreux, dont il a de nouveau la lèpre. Regarde toutes les précautions que nous devons prendre pour ne pas l'attraper ! Alors, forcément, un lépreux, c'est plus faible, le diable le tente plus facilement !

— Ne me parle pas comme ça ! s'insurge Lydia. La petite Louisette n'est pas tentée par le diable.

— Qu'en sais-tu ?

— Tu dis qu'en coupant la partie malade...

— Oui, frère Guridan qui avait fait ces essais pensait qu'il y avait une chance de guérison à condition que le mal ne soit pas trop répandu, qu'il soit à son début. Bien sûr, s'il a atteint l'âme, tu peux le supprimer à un endroit, il pousse ailleurs.

L'été 1355 passe. Déjà les jours sont plus courts et, le soir, la fraîcheur tombe plus vite. C'est l'époque de l'abondance dans la léproserie comme ailleurs. Les pommiers plient sous le poids de leurs fruits. Cette année, la récolte a été bonne. Frère Henri loue Dieu de sa générosité et convie les malades à en faire autant. Louisette emmène ses moutons dans les chaumes et les landes de bruyères. Le domaine des hospitaliers est très grand et elle peut faire brouter ses bêtes en dehors des limites de la léproserie à condition d'agiter sa clochette. Chaque soir, quand ses bêtes sont à l'étable, elle rend visite à Lydia, s'assoit en face d'elle et lui sourit, lui parle aussi.

— Depuis toujours je garde les moutons. Avant de venir ici, je gardais déjà les moutons, j'étais toute petite et pourtant les bêtes ne me faisaient pas souffrir. Je les appelais et elles me suivaient.

— Et le mal, comment tu l'as attrapé ?

Elle baisse les yeux, honteuse. Lydia admire la beauté de son visage rond, son front large, ses grands cheveux noirs qu'elle enferme dans son capuchon, ou que parfois elle laisse libres quand il fait chaud, même si cela ne se fait pas : les lépreux peuvent tout oser puisqu'ils sont au diable.

— Ils ont dit que j'avais le mal. Moi je sais que je l'avais pas. J'avais rien. Mais le maître ne me voulait plus, il voulait me tuer... Depuis, je l'ai attrapé.

— Tu as bien une maman ?

La petite fille lève ses grands yeux sombres sur Lydia :

— C'est toi, ma maman. Avant j'en avais une autre, presque aussi belle que toi, mais elle est morte !

— Et ton papa ?

— Je ne sais pas. On m'a jamais dit que j'avais un papa.

Lydia regarde la main mutilée que l'enfant, par un geste de pudeur, cache constamment derrière son dos.

— Tant que tu seras ici avec moi, je serai heureuse. Mais si tu pars, je me laisserai mourir !

— Ne parle pas comme ça, Louisette. Et puis tu sais que je ne te laisserai pas. Suis-moi dans la maison.

Louisette se fige, les lèvres entrouvertes, et regarde Lydia terrorisée.

— Mais je n'ai pas le droit... Les malades...

— Je te dis de venir avec moi.

— Frère Henri va me donner des coups de bâton.

— Frère Henri n'est pas là pour le moment. Je veux te voir.

Blême, en retenant son souffle, consciente de commettre une terrible faute, l'enfant entre dans la maison devant Lydia. L'intérieur, pourtant pauvre et gris, la ravit.

— Comme vous devez bien dormir sur ces paillasses de balle d'avoine !

— Mets-toi nue.

Interloquée, la petite fille regarde une nouvelle fois Lydia avec ses grands yeux étonnés.

— Mais c'est interdit ! Les malades ne peuvent pas se mettre nus comme ça !

— Je veux voir ta peau, toute ta peau. Mets-toi nue.

Louisette obéit et se déshabille lentement. Lydia observe bien ses gestes.

— Mais tu es gauchère ?

— Oui.

— Et ta main malade, tu t'en sers ?

— Non, même que ça me gratte, mais je fais ce que m'a dit frère Henri, je me gratte jamais avec mon autre main.

— C'est sûr ?

— C'est sûr !

Louisette a dans le regard une détermination qui durcit son visage et y ajoute une maturité, une force d'adulte.

Elle défait les lacets de sa misérable robe qui glisse au sol, puis le tissu dans lequel elle plie son bas-ventre. La voilà entièrement nue et superbe. Le soleil de la fenêtre allume sa poitrine d'enfant, ses cuisses fines, ses épaules délicates. Lydia l'inspecte méticuleusement.

— Mais tu n'as pas d'autre plaie ! Ta peau est parfaite, sauf à cette main.

— Je te l'ai dit ! reprend Louisette et tu n'as pas voulu me croire !

— Maintenant, je te crois. Reprends vite tes habits et va-t'en. Si frère Henri te voit ici, tu auras le fouet !

La petite fille s'habille prestement et déguerpit dans la lumière du soir. Quand Henri rentre, Lydia est en train de préparer le bouillon.

— J'ai vu la petite Louisette toute nue, dit-elle sans lever les yeux de sa marmite. Sa peau est parfaite, sans la moindre rougeur. Il n'y a que sa main...

— Oui, mais il y a sa main ! Et tu n'y peux rien !

— Écoute, Henri, elle a beaucoup de courage. Peut-être qu'on pourrait essayer...

Henri porte le bouillon fumant à ses lèvres et aspire bruyamment le liquide. Puis, posant l'écuelle sur la table, il dit :

— Tais-toi, Lydia, je suis fatigué. Tu sais bien que c'est interdit. Les lépreux sont des créatures du diable. Ils ne guérissent jamais.

— Elle peut guérir. Elle en a la volonté !

— Pour cela il faut lui couper le bras. Comment pourra-t-elle travailler ensuite, avec un seul bras ? Personne ne voudra d'elle et elle sera condamnée à mendier son pain. Ici, elle mange, elle dort au chaud avec ses moutons, elle est utile. Quand elle sera plus grande, un garçon lépreux l'épousera... À moins que la maladie l'ait emportée avant !

— Il faut essayer ! insiste Lydia.

Patte-Raide va mal. Son cœur s'emballe, une terrible douleur lui scie constamment la poitrine. Il demande à Dieu de lui laisser assez de vie pour détruire le Temple, mais il sent bien ses forces décliner et surtout ce feu terrible le consumer chaque jour un peu plus. L'absence de Lydia lui pèse. Il a envoyé des émissaires un peu partout, mais leurs recherches n'ont rien donné. La présence à la cour de Guillaume de Capestang le gêne. Quand il a vu cet homme si fier, il a compris que Lydia ne pouvait rester indifférente à autant de noblesse. Capestang a tout pour plaire à Lydia, une belle tête grave, un regard profond et en même temps vif, un beau corps qui n'a subi aucun sévice. C'est de tout cela que Patte-Raide est jaloux, de cette fierté hautaine, de ce pouvoir de fascination sur les autres.

Les deux hommes se sont toujours évités, Gérald qui ne comprend rien à ce qu'il appelle « des manières de bonne femme » sert d'intermédiaire en brassant beaucoup de vent.

À la fin du mois de septembre, Patte-Raide, qui se sent pressé par le temps, décide d'agir en ne se cachant plus et rend visite au roi. Ce jour-là, Guillaume de Capestang est à Vincennes pour passer en revue de nouvelles recrues. Jean II s'étonne de ce curieux vieil homme qui peine tant à se déplacer et qui a conservé de beaux cils noirs de fille.

— Sire, dit Patte-Raide, je vous remercie de vous être prêté à ce jeu ! L'importante garde que je maintiens autour de mon hôtel est nécessaire pour éviter toute intrusion des templiers qui ont compris la supercherie depuis le début. Maintenant, il faut faire vite. Un ennemi pire que tout me guette, sire, la mort ! Mes jours sont comptés.

— Que dites-vous là ?

— Les sévices que j'ai subis ont pris mes dernières forces.

Jean II opine, gratte sa barbiche blonde taillée ce matin même par son barbier Norand. Il s'est assis sur un fauteuil en coin de la baie qui donne sur les jardins du Louvre inondés de soleil. Des abeilles tournent sur les roses gallicanes plantées en bordure de l'allée. Patte-Raide ne quitte pas le roi des yeux même s'il baisse la tête. Pas un mouvement de menton du souverain ne lui échappe.

— Sire, les templiers et Charles d'Évreux sont capables de tout, tant ils vous haïssent ! Ils projettent d'assassiner votre fils, le dauphin !

— Mon fils ?

— Pourquoi croyez-vous que Charles d'Évreux lui manifeste une aussi grande et soudaine amitié ?

Le roi fronce les sourcils.

— Que le diable l'emporte, celui-là !

Son visage a rougi puis blêmi, signe chez ce prince d'une colère prête à éclater.

— Le fils d'Édouard III, que l'on appelle le Prince noir, rassemble ses forces en Aquitaine, poursuit-il. Mes espies m'ont appris qu'il y avait d'importants mouvements de bateaux entre Calais et Douvres... Je vais devoir faire la guerre.

— Capestang est en train de vous donner les moyens de battre l'Anglais et leurs amis templiers. Votre armée sera la plus importante de tous les temps. Rien ne lui résistera !

— J'ai hâte de lever l'ost ! s'écrie le roi en serrant les poings.

Après avoir pris congé du roi, Patte-Raide regrette de ne pas avoir vu Capestang. Il redoute cette rencontre comme il la désire. Il voudrait croiser les yeux de son rival, le regarder bien en face pour y trouver une autre image de Lydia ou de lui-même. Curieux lien de répulsion et d'attirance qui unit deux hommes ayant eu la même femme ! Tandis que Gérald l'aide à monter l'escalier jusqu'à son appartement au premier étage, il grimace. La douleur de sa poitrine est si vive qu'il ne peut plus avancer d'un pas.

— Il faut faire vite, je ne vais pas durer.

— Ne parlez pas comme ça ! s'insurge Gérald, vous êtes encore solide !

— Vous vous trompez, et mon regret sera de ne pas avoir réussi.

Quelques instants plus tard, Gérald rejoint sa maîtresse, Octavine de Montcéan, dans la petite maison qui abrite leurs amours. L'été cède lentement la place à l'automne. Les cerisiers en bordure de rue perdent leurs feuilles. Les pigeons roucoulent. Sur la Seine, les cygnes et les canards commencent à s'agiter, à voleter en tous sens à l'approche de la migration d'hiver.

Octavine attend Gérald comme chaque jour, en tenue légère, longue robe de soie qui ne cache rien de ses avantages ; ses grands cheveux blonds aux reflets roux tombent sur ses épaules. Devant Gérald, elle semble minuscule et fragile comme une poupée. Il la prend dans ses bras, la soulève à sa hauteur et la serre contre lui. Elle est toujours étonnée par sa force, sa taille, l'énormité de ses bras. C'est bien d'ailleurs ce qui la retient. Ceux qui l'emploient ont beau la presser, la menacer, elle n'arrive pas à se résoudre. Ce qu'elle croyait n'être qu'une formalité est devenu impossible avec le temps.

Gérald est toujours pressé. Il bouge beaucoup, marche, va d'un lieu à l'autre, entreprend beaucoup de choses à la fois et ne finit jamais rien. Ce qu'Octavine éprouve pour son géant n'est pas de l'amour, mais un besoin tout simple de se laisser porter dans le creux de sa main, de le savoir près d'elle et de vivre dans son tourbillon.

Son désir a la spontanéité de la tempête et la jeune femme ne peut y résister. Il l'emporte comme un vent furieux, se jette sur le lit avec elle. Et pourtant, l'homme sans visage a bien insisté :

— Nous t'avons sauvée de la corde, nous t'avons vêtue, nous t'avons inventé un passé. Alors, maintenant, tu dois obéir.

— Laissez-le moi encore un peu, jusqu'à l'hiver. C'est si beau l'automne quand je suis dans ses bras. Hier, un petit orage a éclaté, et le tonnerre avait le son de sa voix.

— Pas de poésie ! Tu n'es pas là pour ça. Tu dois obéir et tu sais ce que tu as à faire.

Son désir apaisé, Gérald paresse un instant nu sur la couverture d'ours. Octavine, près de lui, ne bouge pas. Ses yeux perdus au plafond, elle semble ne pas penser, se laisser aller aux battements de son cœur qui cogne régulièrement à sa tempe, à côté d'une boucle blonde. Pourtant, dans sa tête, les menaces continuent de la harceler : « Tu dois obéir, sinon, tu sais ce qui t'attend ! »

Le soir même, alors que Gérald est reparti en son hôtel, deux hommes pénètrent dans la petite maison.

Octavine est à l'étage en train de broder à la lumière d'une chandelle. Le bruit qu'elle entend lui semble venir de la soupente, comme une poursuite de rats. Puis quand une porte grince en s'ouvrant elle comprend et se dresse, s'arme du petit ciseau posé sur la table et se tourne. Deux hommes vêtus de noir dont elle discerne seulement la silhouette s'approchent d'elle. Un capuchon relevé cache leurs traits.

— Qu'est-ce que vous me voulez ?

— On t'avait dit de te dépêcher. Tu n'as encore rien fait aujourd'hui. Et tu ne feras rien demain...

— Si, je vous jure, je le ferai demain...

— Non, tu ne feras rien, demain. Nous nous débrouillerons autrement.

L'un des deux hommes tient un solide lacet qu'il passe rapidement au cou de la jeune femme tandis que l'autre la maîtrise. Elle pousse un cri, mais une main décidée se plaque contre sa bouche. Le lacet se serre autour de son cou, entaille la peau. Le jeune femme étouffe, une terrible douleur monte dans sa poitrine tandis que l'ombre envahit sa tête.

Le lendemain, Gérald vient lui rendre visite comme convenu. Il s'étonne tout d'abord de ne pas l'apercevoir à sa fenêtre ouverte. Il entre dans la maison et le silence le surprend. Il appelle, aucune réponse. À l'étage, il découvre la dentelle sur la table, la chandelle s'est brûlée entièrement et il ne reste dans le bougeoir qu'un peu de suif et un bout de mèche charbonneuse. Par terre, il ramasse les petits ciseaux.

Un moment, Gérald se dit qu'Octavine est partie, mais pourquoi n'aurait-elle pas emporté ses vêtements et cette petite bourse remplie de pièces qu'il lui a donnée ?

— Vous ne la reverrez plus ! dit Patte-Raide. Elle était sûrement chargée d'une mission qu'elle n'a pas accomplie !

À la tour noire de Meaux, deux femmes rentrent de promenade, l'une est âgée, mais marche avec vivacité, l'autre est encore jeune, brune aux grands yeux noirs. Elles longent un sentier le long de la Marne puis entrent dans la sinistre tour alors qu'une petite averse martèle la surface de l'eau.

— Nous arrivons à temps pour éviter d'être trempées ! dit la vieille. Je t'avais dit qu'il ne fallait pas s'éloigner !

La jeune femme fait une grimace contrariée.

— Avec l'âge, ma pauvre Irénée, tu es devenue si prudente que, si je t'écoutais, nous resterions enfermées toute la journée dans cette maudite tour !

— Et si je te laissais faire, tu commettrais une bêtise par jour !

— Est-ce une bêtise que de vouloir s'en aller de ce lieu maudit ? Que de vouloir vivre à trente ans ?

— S'en aller ? Et comment ? Si c'est pour quitter une geôle qui finalement n'a aucune porte fermée pour en trouver une plus rude ? Et puis, que peuvent deux femmes seules ?

— Je n'en peux plus, Irénée, voilà la vérité. Nous croupissons ici depuis neuf longues années !

L'averse s'est renforcée, un ruisselet s'est formé dans la cour et l'eau boueuse coule vers le fleuve. Dans le chemin, une silhouette s'agite et court lourdement en faisant de grands gestes. Dalila l'aperçoit, se moque un moment de ce moine engoncé dans sa robe et son épais capuchon qui lui tombe devant les yeux.

— Mais, dit Irénée, c'est frère Bernard ! D'où revient-il, celui-là ?

Bernard arrive en effet, complètement trempé. De grosses gouttes ruissellent sur ses joues grasses. Son dos fume.

— Vous voilà, vous ? Vos visites sont de plus en plus espacées ! La dernière fois, c'était il y a au moins quatre années !

— Ne m'en veuillez pas ! dit Bernard essoufflé. Je suis vieux et la tâche qui m'a été confiée si lourde !

— Vous n'êtes pas venu ici pour vous faire plaindre, je suppose ! Ne comptez pas sur nous pour nous apitoyer sur votre sort. Vous avez encore grossi !

— Non, je suis venu vous chercher pour vous délivrer ! Pour vous ramener en vos terres qui vous seront rendues par ordre du roi !

Dalila ouvre de grands yeux, s'étonne. Dehors, l'averse s'est arrêtée, un rayon de soleil fait miroiter les flaques.

— Oui, André d'Ivry a été navré d'un coup d'épée ainsi que votre époux. Le roi a enfin décidé d'en finir une bonne fois pour toutes avec ses ennemis... L'or de Patte-Raide va lui permettre de constituer la plus grande armée qu'on n'ait jamais vue !

— Patte-Raide ? Je n'ai pas oublié ce nom ! dit Dalila.

— Assez bavardé ! dit le moine. Je n'ai pas que ça à faire !

— Cessez donc de jouer à l'important !

— Venez, je vous dis. Une escorte vous attend.

Elles courent toutes les deux à l'étage, prennent leurs effets et redescendent en moins de cinq minutes, redoutant que Bernard ne change d'avis ! Dalila attend ce moment depuis si longtemps ! Retrouver une vraie vie, rencontrer de beaux chevaliers et non ces soudards grossiers qui peuplent la forteresse, écouter de la musique, danser...

— Dépêchons ! fait le moine qui s'ébroue comme un chien.

Elles sortent. Personne ne s'oppose à leur départ. Le

gardien a toujours espéré qu'elles s'en iraient car ce sont deux bouches inutiles à nourrir. Il voulait seulement mettre Dalila dans son lit, mais elle a toujours repoussé ses avances.

D'un pas lourd mais assuré, Bernard traverse la cour en soufflant. Dalila et Irénée le suivent dans le sentier le long de la rivière. Ils arrivent enfin à une clairière où les attendent une dizaine d'hommes. Dalila remarque tout de suite celui qui se tient devant, portant une longue cape rouge sur sa cotte de fer. Gérald soulève son heaume pour saluer les dames et son regard croise celui de Dalila. Un frisson lui parcourt le dos. Elle ne le quitte pas des yeux, ses joues se colorent.

— Mesdames, soyez les bienvenues ! dit enfin Gérald. Nous allons vous conduire en notre demeure à Paris d'où vous pourrez rejoindre votre fief qui vous est rendu par ordre du roi.

Les deux femmes et Bernard montent dans un chariot couvert qui les attend en retrait. Quand elles sont assises sur le banc de bois, Dalila dit à Irénée :

— Mon Dieu, cet homme ! Quelle force ! Je sens que je vais me pâmer !

Ils arrivent à Paris à la nuit, fourbus. Patte-Raide est grave, visiblement préoccupé.

— Eh bien que se passe-t-il ? fait Gérald. N'a-t-on pas préparé à dîner ? Nous sommes morts de faim !

— Si, dit Patte-Raide, le dîner est certainement prêt. Mais venez voir. Frère Bernard, venez aussi, cela vous concerne !

Il conduit Gérald et Bernard dans une pièce minuscule qui donne sur un jardinet. Une caisse en planches disjointes a été posée à même le sol.

— Ouvrez ! dit Patte-Raide.

Bernard, en regardant autour de lui soulève lentement le couvercle et pousse un cri.

— Mon frère Jean !

Le corps horriblement mutilé de Jean de Montlaud gît dans la caisse. Le moine éclate en sanglots.

— Mon frère, mon cher frère, que t'ont-ils fait ?

— Voilà la déclaration de guerre de l'Ordre ! dit Patte-Raide. Il faut renforcer la surveillance autour de la maison.

Les jours suivants, la menace des templiers pèse sur l'hôtel particulier. Les gens s'épient, se méfient les uns des autres et le moindre bruit fait sursauter les gardes nerveux. Pourtant, l'air est si doux, ce soir, que Patte-Raide regarde la lune monter sur Paris. L'ombre grandit entre les arbres du jardin. Le bruit aérien de la fontaine se remplit de voix lointaines qui lui parlent. Il ne pense à rien, goûtant un des rares moments de sérénité où la douleur de sa poitrine le laisse en paix.

Il pense à Lydia. Où est-elle en ce moment ? L'envie de parler d'elle avec Capestang fait fleurir un petit sourire sur ses lèvres. Puis son visage s'assombrit : jamais il ne reverra Lydia.

La lune s'est cachée derrière un nuage, une étoile scintille dans le ciel. L'eau de la fontaine cascade en bruissant, les gouttes brillent dans le noir comme des étincelles...

L'homme marche depuis des jours, mais jamais son pas n'hésite, il sait où il va. Les vilains de Clignancourt regardent passer cette haute silhouette de plus de six pieds dont la maigreur fait saillir les os sous la grosse robe de bure grise. Parfois la lumière entre sous son capuchon et éclaire son visage osseux d'une maigreur extrême ; ses yeux profonds ont pourtant encore la détermination et la volonté des hommes de caractère. On ne saurait lui donner un âge ; sa barbe est restée bien rousse sans le moindre poil blanc et ses cheveux sont ceux d'un homme encore jeune, mais son front large a les rides profondes de la vieillesse.

Il regarde le chemin à ses pieds. Le bruit des lanciers de la prévôté ne le distrait pas. Quand un voiturier qui se dirige vers Paris lui propose de monter sur son chargement, il refuse. Son bâton de pèlerin frappe les pierres du chemin, il va la tête remplie d'une seule idée, un besoin de rachat que Dieu lui demande d'accomplir.

Son âme s'est enfin ouverte à la lumière après tant d'années d'errance. Parfois il murmure entre ses lèvres. Les gens croient qu'il prie, c'est un peu ça, mais ses mots ne sont pas ceux des prières ordinaires.

— Le pardon existe ! dit-il entre ses dents. Puisque Dieu a tout créé, il a aussi créé le mal et le désir.

Le désir qui conduit au mal. Le désir brûlant d'Hélène Dumonteil. Un templier qui renie son vœu de chasteté doit périr sur la roue. Il ne l'a pas renié, il a fait pire en s'acharnant sur Jacques Granvet pour lui faire payer son propre péché. Car il n'a pas résisté par dévotion, mais par peur !

— Jean de Montlaud, pardonne-moi !

C'est lui qui a découvert la traîtrise de son frère, qui l'a mis à mort de la pire manière. Du sang noble tache ses mains ! Il était prêt à tout pour devenir le grand maître après la mort d'André d'Ivry. Maudit soit-il !

La lumière de Dieu l'a éclairé cet hiver quand la maladie a commencé à grignoter son corps, quand des douleurs insupportables ont taillé ses os. Alors, tant de morts sont venus le harceler et lui parler à travers ses souffrances, lui montrer le chemin de la lumière. Les dernières forces qui lui restent sont pour accomplir cette mission essentielle.

La nuit tombe. Chaque soir, il trouve une cabane de berger, parfois une grange ou une maison bourgeoise qui lui offre un peu de soupe et une paillasse parmi les domestiques. Ce soir, il ne mangera pas, il dormira dans cet abri, près de la forêt d'où montent les premiers hurlements des loups. Le but approche, bientôt il sera à Paris.

Le lendemain, le soleil brille, illumine la campagne couverte de gelée blanche. Dunois n'a pas vraiment dormi, il a sombré dans une sorte de léthargie tandis que des images défilaient devant ses yeux clos, sa dernière lutte avec Gérald de Masvallier, le supplice de Granvet, puis de Jean de Montlaud...

Il se remet en route. Le soleil monte dans un ciel pur. Vers la mi-journée, il traverse un hameau rempli d'une vie grouillante d'enfants, de porcs que l'on conduit à la glandée, de volailles dérangées sur les nids. Les murs de Paris se profilent à l'horizon, souverains. Dans les champs, les vilains s'activent et crient à leurs bêtes. Au bord de la Seine, des pêcheurs étalent leurs filets au soleil...

Cette année 1356 s'annonce prometteuse de belles récoltes. En ce début avril, les blés verdissent dans les champs, les pruniers sont en fleur. Après la peste qui a dépeuplé le royaume, le ventre des femmes est de nouveau fertile et beaucoup d'enfants naissent chaque jour. On ose croire au pardon de Dieu, mais chacun sait qu'il ne faut pas se réjouir trop tôt, ce siècle est celui du malheur.

Un orage éclate, bref et violent. Dunois marche au bord de la Seine, insensible à la pluie qui tombe et aux bruits des bateleurs surpris. Il va, la tête baissée, sans entendre les cris des enfants qui courent à côté de lui. Enfin, il frappe à la lourde porte toujours gardée du prince de Mongolta. L'orage s'éloigne, un rayon de soleil d'une grande douceur caresse la colline de Montmartre. Deux gardes pointent leur lance vers l'arrivant.

— Je voudrais voir votre maître.

— Qui êtes-vous ? Qui doit-on annoncer ?

— Un homme qui va bientôt mourir et vient implorer un pardon.

Les gardes font signe à Dunois de les accompagner. L'eau ruisselle de sa longue robe sur le plancher.

— Eh bien quoi ? Qu'est-ce que c'est encore ? s'écrie Gérald.

L'homme pousse son capuchon et découvre sa tête d'une maigreur de squelette.

— Dunois ? Ventrebleu, que t'arrive-t-il ?

L'autre fait un pas en avant et, sans baisser les yeux, dit :

— Pardonnez-moi !

Gérald éclate d'un grand rire sonore, déplacé devant ce moribond, mais comment faire taire cet exubérant, comment réduire au silence cet homme qui même à l'église ne peut être attentif et ne cesse de bouger, de soupirer, de grogner. Il regarde Patte-Raide qui vient d'arriver en s'appuyant sur ses cannes et dit en riant :

— Te pardonner ! Mais de quoi, ventrebleu ? Rien de tel pour se disputer qu'une ribaude ! Allons, n'en parlons plus. Nous nous sommes bellement battus !

Puis se tournant vers frère Bernard, Dunois ajoute :

— C'est moi qui ai tué ton frère Jean. Que je sois maudit !

Bernard inspire bruyamment. Ses lèvres bougent, ses yeux vont des uns aux autres et se mouillent.

— Dieu accorde son pardon aux repentis ! dit-il enfin.

— Pardonnez-moi ! répète Dunois.

Alors Gérald se tourne vers ses gens :

— Qu'on aille préparer un lit pour messire Dunois. Qu'on hâte les cuisines, vous voyez bien qu'il meurt de faim. Qu'on force le feu et lui trouve des vêtements secs.

— Ce n'est pas tout ! fait Dunois en s'affalant sur un siège. Je voulais être grand maître de l'Ordre. Je vous faisais surveiller, je vous ai trompés.

Son visage décharné s'anime, ses lèvres bougent.

— Vous me traitiez en ami et j'étais un serpent venimeux.

— Bah, n'en parlons plus ! s'écrie Gérald. Mais que t'arrive-t-il pour être aussi maigre ?

Il pose son énorme main sur l'épaule sèche de Dunois.

— La maladie qui ronge mon corps va m'emporter loin de ce monde. Monseigneur, il n'y a pas une minute à perdre !

— De quoi veux-tu parler ? fait Gérald. Je vais faire chercher les meilleurs physiciens de la ville. Ils sauront te trouver un remède...

Dunois secoue négativement la tête et joint ses mains.

— Inutile. La maladie m'a été envoyée par Dieu pour m'éclairer. Et je sais maintenant que j'ai fait fausse route. Je vous en prie, il faut se hâter !

— Mais quoi ? Que veux-tu dire ?

— Il n'y a pas une minute à perdre, répète Dunois. Les Anglais vont reprendre les combats. Les maîtres templiers sont avec Charles d'Évreux à Rouen. Ils ont pour projet de tuer le dauphin d'abord, puis le roi Jean, ensuite.

— Que me dis-tu là, ribaud ? Ta tête déraisonne !

— Non point. Demain soir, un grand dîner sera donné par le dauphin au château de Bouvreuil. Ce qu'il ne sait pas, le jeune Charles de France, c'est que ce dîner sera le dernier pour lui. Il y aura quelques barons de Normandie auprès de Charles d'Évreux et les maîtres, en armes, bien sûr.

— Ah ! les vauriens ! les gueux ! Mais dis-moi, comment sais-tu cela ?

Dunois baisse la tête, soupire.

— La chose est préparée depuis longtemps !

Patte-Raide s'approche.

— Il faut en parler au roi ! s'écrie-t-il.

Le jour même, il se présente au Louvre et demande à voir Jean II au plus vite.

— Le roi est à la chasse ! répond le chambellan, du côté de Gisors, et ne reviendra pas avant une semaine.

— Dans ce cas, tout est perdu !

— Lydia, je te promets que tu n'as pas raison. Tu vas mutiler cette petite fille pour rien. Elle ne guérira pas et suppose qu'elle guérisse, que pourra-t-elle faire sans sa main droite !

— Elle est gauchère !

Lydia se campe devant Henri qui ne comprend pas sa détermination.

— Écoute, continue Henri, au début je pensais que tu n'arriverais pas à te faire à cette vie, que tu ne pourrais pas vaincre la maladie. Voilà quatre ans que tu es là et tu t'en tires. Alors, que cherches-tu de plus ?

— Je cherche à sauver Louisette. Quand elle sera guérie, nous partirons toutes les deux. J'ai une maison en Bas-Limousin et pas d'enfant. Cette maison est probablement en ruine, mais nous trouverons le moyen de la reconstruire et elle sera pour elle.

— Mais c'est une fille de rien ! On ne sait même pas qui est son père. Elle n'a pas de nom, rien...

— Quand tu parles comme ça, frère Henri, tu me déplais. Moi aussi, je suis une fille de rien.

Cette fois, c'est décidé. Lydia va tenter l'impossible pour Louisette. Depuis des semaines, des mois, elle mûrit le projet. Henri n'était pas d'accord et l'a menacée d'en parler à frère Legrand qui aurait fait disparaître la fillette. Mais Henri a bon cœur et écoute volontiers les avis de Lydia. L'homme est insensible aux femmes, mais pas à la beauté particulière de sa compagne, à son charme auquel personne ne résiste bien longtemps.

— Si tu sauves celle-là, pourquoi tu ne sauves pas les autres enfants ?

— Parce que les autres ont leur mère. Ils ne cessent de se gratter, de se frotter, de répandre le mal. Louisette est seule et n'est que très peu atteinte. Son corps est sain, tu le sais. Depuis que je lui fais prendre le gant, elle fait bien attention à chacun de ses gestes. Louisette est aussi forte que toi, frère Henri. Elle pourrait résister à la maladie pendant des années !

Henri n'est pas insensible au compliment :

— Écoute, fais ce que tu veux, je te prêterai mon concours. Mais si Louisette meurt, tu en porteras le regret toute ta vie !

La petite fille est la première à demander qu'on lui coupe le membre malade :

— Quand je serai guérie, dit-elle en souriant, je pourrai me serrer contre toi, maman Lydia, et le soir, avant de m'endormir, tu viendras m'embrasser !

— C'est promis !

Lydia connaît les risques d'une telle opération. Rien ne garantit que la lèpre ne poussera pas ailleurs, sur une jambe ou sur le bras restant, et combien d'amputations se terminent par la gangrène et la mort dans d'horribles souffrances ?

— Et puis, demande encore Henri, qui va la tenir ? Tu ne connais pas la force d'un corps qui se débat dans la douleur ! Il faudrait quatre hommes forts et nous n'avons que des lépreux. Nous allons lui couper un membre malade pour contaminer les autres !

— J'y pense depuis longtemps, répond Lydia et depuis longtemps, je la prépare à ça. C'est moi qui la tiendrai.

— Mais tu ne pourras pas ! Je te dis, un corps sous la douleur a une force énorme. Même la petite Louisette !

— Non, la petite Louisette ne bougera pas. D'ailleurs, tu pourras l'attacher !

Il se décide enfin. Louisette est pressée, elle voudrait que ce soit déjà fait tant elle a confiance en Lydia. L'opération sera effectuée cet après-midi, quand le village sera presque vide. Frère Henri prépare son matériel : la table d'abord, qu'il recouvre de tissu pour boire le sang qui va couler abondamment, ses couteaux dont il vérifie le tranchant, la scie pour couper l'os, les fils de chanvre pour obturer l'artère et enfin le fer rouge pour brûler la plaie. Il est grave. Un peu de sueur perle sur son front. Il a le sentiment de commettre un péché : un chirurgien ne peut aller contre la volonté de Dieu. Bientôt Louisette hurlera de douleur sur la table, comme un porc que l'on égorge, et cette douleur inutile fait déjà mal au moine.

— Sache, Lydia, que quiconque autre que toi m'aurait demandé une telle chose, je ne l'aurais pas faite !

— Sache aussi, frère Henri, que si je te l'ai demandée, c'est que j'ai une grande confiance en toi et en ton savoir !

— Le savoir ne suffit pas pour guérir un malade ! Il faut aussi l'accord de Dieu.

La pointe de ses doigts tremble, tandis qu'il déplace machinalement ses outils sur la table.

— Je n'ai pas de peur ! dit-il encore pour se justifier. Mais la souffrance infligée à un enfant m'a toujours semblé monstrueuse !

Le regard qu'il adresse à Lydia est celui d'un homme pur et bon.

Les bêlements des moutons qui rentrent au village avertissent Henri de l'imminence de son intervention.

Il baisse sa large tête épaissie par la barbe. Il s'agenouille sous le crucifix, prie en silence, puis dit à haute voix :

— Je n'ai jamais perdu confiance en Vous. Je sais que si Vous avez mis ensemble la petite Louisette et Lydia, c'est pour quelque chose. Alors je vais être l'instrument de Votre volonté. Guidez mes gestes, faites que je ne tremble pas et que mon cœur ne cède pas dès le premier cri de l'innocence !

La porte s'ouvre et Louisette entre, en souriant. Elle n'a aucune appréhension et regarde les couteaux, la scie, le fer qui est au feu sans marquer sa surprise. Son innocence déterminée allume une larme au coin des yeux de frère Henri.

— On y va ? dit-il d'une voix blanche.

— Maman Lydia, je suis contente ! dit la petite fille. Je vais devenir comme tout le monde. Je vais sortir d'ici !

Elle s'est assise elle-même sur la table. Lydia essuie ses yeux et lui dit :

— Il faut que j'attache tes jambes pour que tu ne gênes pas Henri dans son travail. Et je dois aussi attacher tes bras.

— Mais pourquoi ? Tu me dis qu'il ne faudra pas bouger, alors, je ne bougerai pas !

Lydia s'essuie de nouveau les yeux et ajoute :

— Mais tu vas avoir mal !

— J'ai l'habitude !

— Non, ma petite Louisette, tu vas avoir plus mal que d'habitude.

La petite fille se trouble, regarde frère Henri qui, une fois de plus, déplace ses couteaux et la scie.

— Vraiment mal ?

— Oui, vraiment mal !

— Alors attache-moi, si tu penses qu'il le faut !

— Louisette, je te promets que tout ira bien ! Nous avons prié pour toi !

— Moi aussi j'ai prié. Et j'ai vu une belle lumière devant moi ! Et cette lumière me disait que j'allais guérir.

Elle s'est allongée sur la table. Frère Henri entoure ses chevilles d'une cordelette qu'il lie au bois, mais ses gestes sont imprécis, il tremble trop pour travailler avec efficacité. Enfin, il attache les bras. Lydia s'est penchée sur la petite fille et la regarde fixement dans les yeux.

— Maman Lydia, avec toi, je n'ai pas peur.

Alors, puisant son courage au fond de lui, l'esprit plein de cette idée que Dieu s'exprime par ses mains, Henri prend son couteau.

— Ne regarde pas, petite Louisette ! dit Lydia, regarde-moi, tu auras moins mal.

Le chirurgien entaille la peau à la hauteur du coude. Il sait par expérience qu'un membre coupé trop près de l'endroit infesté par la lèpre ne guérit pas. À mesure qu'il travaille, il retrouve enfin son assurance, ses gestes redeviennent précis.

Louisette grimace, serre ses dents qui grincent, mais ne pousse pas une plainte. Les yeux toujours dans ceux de Lydia qui partage sa douleur, elle se force à penser aux jours où toutes les deux quitteront définitivement la léproserie pour cette lointaine maison en Bas-Limousin. Quand la lame pénètre un peu plus profond dans les chairs, la fillette lâche alors un cri aigu, puis serre de nouveau les dents. La respiration saccadée, la poitrine soulevée de brusques contractions, elle fronce les sourcils et grimace. Henri admire ce courage d'enfant qui dénote une âme juste. Combien d'hommes a-t-il opérés, et combien sont lâches devant la douleur ? Méthodiquement, il éponge le sang qui coule abondamment même s'il a évité de couper l'artère, ce qu'il fera après l'avoir ligaturée avec du fil. À deux pouces du coude, il dégage l'os qu'il va devoir couper à la scie, l'épreuve la plus dure avec le fer rouge.

Quand la scie attaque le premier os, Louisette ne peut plus retenir ses cris. Son petit corps attaché se tord dans tous les sens. Elle hurle, mais frère Henri ne ralentit pas son travail. Alors Lydia se laisse tomber sur la petite fille et la serre très fort contre sa poitrine. Elle sent les mouvements désordonnées de ses muscles minuscules à qui la douleur donne une force considérable.

— Ma petite Louisette, ma petite ! C'est presque fini. Je suis avec toi.

Mais Louisette n'entend plus. Le mal trop fort pour elle la submerge ; elle n'est que douleur, un feu embrase sa tête. Et cela dure longtemps, si longtemps qu'elle s'évanouit. Lydia éponge la sueur sur le petit front lisse et blanc.

— J'ai presque fini ! dit Henri en poursuivant méthodiquement son opération.

Il coupe l'artère et le restant de chair en dessous. Enfin, il pose le membre coupé, toujours revêtu de son gant, à côté de ses outils sanglants, va au feu, prend une plaque rougie au bout d'une longue hampe, et, sans se presser, applique le métal brûlant sur la blessure. Une forte odeur de chair grillée emplit l'air. Henri rabat les peaux sur la plaie et les coud avec une grosse aiguille et du fil de chanvre. Le chirurgien lève ses yeux sur Lydia :

— Voilà qui est fait ! La guérison appartient désormais à Dieu. Nous saurons très vite s'il est de notre avis !

Louisette reprend connaissance en fin d'après-midi. La nuit tombe lentement. Avec précaution, Henri et Lydia emportent la fillette sur un lit préparé à côté de celui de Lydia. La blessure ne saigne plus, c'est un bon signe, mais Henri sait bien que les véritables complications surviennent après deux ou trois jours.

Louisette ouvre les yeux, grimace puis regarde Lydia.

— J'ai mal ! dit-elle.

Lydia lui caresse la joue.

— Maintenant tu peux me toucher ?

Lydia ne répond pas. Peut-être vient-elle de contracter la lèpre pendant l'opération, mais cela n'a pas d'importance pour l'instant. Elle voudrait seulement soulager la petite fille qui grimace toujours.

Dans la nuit, ce que redoutait Henri se produit. La fièvre monte très vite et Louisette grelotte sur son lit. Il lui fait boire des tisanes de sa composition qui n'ont aucun effet.

— Le feu des hommes ne guérit pas toujours du feu de l'enfer. La voilà prise, et c'est mauvais car elle est faible. Pourvu que la pourriture ne se mette pas dans son bras !

Lydia soupire. Henri la regarde, résigné.

— Je te l'avais dit ! Maintenant, il ne reste plus qu'à prier.

Trois jours durant, Louisette délire en proie à une fièvre qui allume son regard et la fait claquer des dents. Henri pose sur son front des tissus humides, mais la fraîcheur de l'eau ne calme pas le feu qui la ronge. L'odeur putride qui se dégage de la plaie ne laisse aucun doute. Des plaques de sang caillé se craquellent, un jus jaunâtre et épais coule des fissures. L'avant-bras a gonflé et pris une couleur violacée. Henri reste au chevet de la malade et prie. La nuit, il ne s'accorde pas plus de deux heures de sommeil d'affilée, mais cela ne change rien. Lydia murmure des mots gentils à la petite fille qui délire toujours et ne la reconnaît plus.

Le temps est particulièrement doux pour la saison. Le soleil monte dans un ciel limpide. Le vent du sud apporte un air de printemps. Louisette ne prend aucune nourriture, Lydia réussit seulement à lui faire boire un peu d'eau, l'espoir de la sauver s'amenuise de jour en jour.

— Je te l'avais dit ! fait frère Henri.

Mais ce n'est pas un reproche.

— Non, rien n'est perdu ! s'écrie Gérald. Quel jour sommes-nous ?

— Le 4 avril au soir !

— Il n'y a pas une minute à perdre !

Déjà il donne des ordres pour qu'on selle les chevaux.

— Nous partons aussitôt !

— En pleine nuit ? Monseigneur, ce n'est pas prudent !

— Nous partons, je te dis, fais préparer une quinzaine d'hommes à cheval pour nous escorter et une litière pour Patte-Raide ! Dunois est trop faible pour suivre !

— Permettez-moi de vous accompagner ! fait frère Bernard.

Dalila s'est approchée de Gérald et le regarde s'agiter, prendre du plaisir à rabrouer tout le monde.

— Tu me quittes déjà ?

— Il le faut, ma mie ! tonne-t-il. Je serai vite de retour et nous partirons enfin en ma comté de Tulle.

Dès le premier regard, Gérald et Dalila ont su qu'ils étaient l'un à l'autre, que chaque jour de leur vie ils s'étaient préparés à cette rencontre. Un frisson gelé a parcouru leur dos, puis une chaleur intense a gagné leur corps tout entier avec ce désir sublime de se toucher, de se serrer, de se mordre ! Pendant le dîner ils ne se sont pas quittés des yeux et quand l'heure est venue d'aller se coucher, Dalila a suivi Gérald sans prêter attention aux remontrances d'Irénée. C'était naturel, inscrit dans l'ordre du monde.

— Reviens-moi vite ! dit encore Dalila à Gérald qui attache sa longue cape rouge. Le temps est long quand tu n'es pas là !

— Aussi vite que possible !

Gérald ne cache pas la joie que lui procure ce départ précipité. Il aime l'action et le danger. Il aime surtout bouger, remuer de l'air, parler fort, secouer ses capitaines.

— Voilà qu'on somnole ! crie-t-il.

Et il s'en va ailleurs, sa cape rouge vole sur ses épaules. Le séjour à Paris prend enfin un sens, car il commençait à s'ennuyer à vivre bourgeoisement. La guerre est indispensable à son grand corps fait pour l'exercice.

Ils se mettent en route. Dans la litière, Patte-Raide et frère Bernard subissent les secousses des chevaux lancés au trot. Patte-Raide se dit qu'il ne tiendra pas jusqu'au bout et fait la grimace quand, à chaque cahot, sa poitrine s'enflamme.

Il comprend bien que tout a été préparé avec minutie, avec ce sens du temps qu'ont les templiers, louvoyant toujours, se faisant oublier pour mieux frapper quand personne ne s'y attend.

Le 5 avril au matin, après une nuit de chevauchée, Gérald et sa suite arrivent à Gisors. Le roi est en train de faire une partie de paume quand on vient l'avertir que le prince de Mongolta souhaite lui parler. Il fronce les sourcils.

— Comment se fait-il qu'il ne m'a point envoyé ses hérauts ?

— Je ne sais, sire, il m'a dit que la chose était urgente.

— Faites-le venir.

Patte-Raide met un genou en terre devant le roi et demande l'aide de Gérald pour se lever.

— Sire, vous me revoyez devant vous pour vous apporter une bien triste nouvelle.

— Eh bien quoi ?

— Le roi de Navarre aidé des templiers s'apprêtent à tuer le dauphin !

Le roi est lent de réflexion, il entend ce qu'on lui dit, mais n'en comprend le sens qu'après un moment, surtout si l'annonce est très grave.

— Que me dites-vous ?

— Je vous dis que lors d'un banquet ce soir, au château du Bouvreuil à Rouen, le dauphin votre fils sera assassiné par les templiers avec la complicité de Charles de Navarre. Ils vous assassineront ensuite.

Le visage du roi devient écarlate. La colère monte en lui comme l'orage dans le ciel d'été, une de ces terribles colères qui l'agitent parfois et pendant lesquelles personne ne peut lui faire entendre raison.

— Que l'on selle les chevaux. Et vite !

Les yeux de Patte-Raide brillent de cet éclat froid de l'animal sauvage qu'au fond de lui il est resté quand, devant lui, il voit Guillaume de Capestang. Les deux hommes se sont évités jusque-là. Ils se toisent, se mesurent du regard, l'un cassé, bossu, l'autre droit et fier et tous les deux pensent à Lydia.

— Ah ! les traîtres ! murmure le roi. Ah ! les félons ! Ah ! les mauvais sujets que voilà !

Jean II est parcouru de tremblements qu'il ne peut contrôler. De rouge, son visage est devenu d'une pâleur de mort. Dans la cour, les chevaux hennissent. Les hommes ont revêtu la cotte de mailles et le chapeau de fer. Le soleil est sorti entre les nuages bas. La journée sera favorable à la chevauchée, sans chaleur excessive, sans vent, ni soleil.

— Il n'y aura pas de grâce ! répète-t-il. Je vais les châtier de pire manière ! Tous !

Et fouette, le temps presse ! Si l'un de ces traîtres avait la fâcheuse idée de s'échapper ! Aucun ne doit survivre. Patte-Raide et frère Bernard dans leur litière sont vite distancés, l'avenir du royaume se joue peut-être dans cette chevauchée.

Quelle journée ! Gérald a crevé plusieurs chevaux sous son poids. Le roi a toujours gardé la tête des cavaliers et, mû par sa colère, ne sent pas la fatigue qui courbe le dos des autres.

Ils arrivent à Rouen à la tombée de la nuit, éreintés, le dos moulu, les fesses en sang. Seul le roi tient bon. Au château du Bouvreuil, on a allumé les candélabres. Des torches de résine brûlent au-dessus des larges portes gardées par des hallebardiers. Entre les cuisines et la grande salle à manger, tendue de tissus précieux, éclairée comme en plein jour, les valets de bouche s'activent. La table du dauphin est une des meilleures du royaume. Les chevaliers accompagnés de leurs écuyers bavardent. Tous ont pris leurs plus beaux atours et ne se font pas prier pour piocher dans les plats, les poissons, les pâtés, les chapons, les cygnes, autant de bonnes nourritures légères autorisées en temps de carême. On sert des vins de champagne et de Paris. La salle est envahie d'écuyers, de pages, de valets qui apportent les aiguières d'argent. Il y a beaucoup de bruit et personne n'entend l'arrivée du roi. Les rudes chevaliers normands qui ignorent tout du complot ont déjà assez vidé de hanaps pour avoir la voix haute et le verbe facile. Les maîtres de l'Ordre ont aussi revêtu leurs plus beaux vêtements et rien ne les distingue des autres si ce n'est leur retenue à boire.

Ils sont là, Raymond de Meaune, Gaétan de Jargeau, Gilles de Reuilly et quelques autres. Tous regrettent l'absence de Robert Dunois qu'une maladie des os va bientôt emporter. Peut-être est-il mort à cette heure !

Tout à coup des bruits viennent de l'escalier : porte ouverte précipitamment, ordres brefs, cris, pas sur les dalles sonores. Alors surgit, vêtu de fer, le maréchal d'Audrehem, l'épée levée, accompagné de Gérald de Masvallier. Des convives portent la main à leur arme, Audrehem s'écrie :

— Que personne ne bouge s'il ne veut mourir de cette épée, ordre du roi !

Charles d'Évreux, minuscule entre ses chevaliers puissants et aguerris aux jeux violents, à côté du dauphin qui n'a pas bougé, veut se lever à son tour, l'épée du maréchal s'approche de sa poitrine, menaçante. Il s'assoit.

Maintenant, la salle est pleine d'hommes en armes, d'archers prêts à tirer, de lanciers. Le roi entre, crotté jusqu'au heaume, les traits tirés, toujours aussi blême. Il s'adresse d'abord à Charles d'Évreux :

— Traître ! Maudit félon ! Que fais-tu là à côté de mon fils que tu projettes d'assassiner ? Je ne pourrai dormir de nouveau que tu ne sois mort !

Il le saisit par le surcot qui se déchire, lève la main pour le frapper, puis le lâche.

— Enfermez-moi ce traître tout de suite !

Le dauphin se lève à son tour. C'est un garçon calme que l'on dit plein de sagesse malgré son jeune âge :

— Sire... Sire mon père...

Les sergents saisissent rudement Charles d'Évreux qui s'écrie :

— Je suis roi de Navarre ! Et je dois être traité en roi.

— Tu es comte d'Évreux et félon ! réplique Jean II d'un ton ferme et pour une fois plein d'autorité.

— Sire mon père, s'insurge le dauphin, vous me déshonorez ! J'ai prié ces chevaliers à dîner et vous les traitez comme des assassins !

Alors le roi se tournant vers son fils s'écrie :

— Calmez-vous, Charles ! Vous ne savez pas ce que je sais ! En prison, tous !

— Mais que savez-vous ?

— Il y a là nos pires ennemis qui ne seront satisfaits qu'une fois notre race éteinte. Charles est avec eux. Leur but : s'emparer du royaume ! Voilà un demi-siècle qu'ils mènent leurs activités sournoises de serpents !

— Mais de qui voulez-vous parler, père ?

— Des templiers, morbleu ! Ils sont là, parmi vous, sous l'aspect bienfaisant de chevaliers normands ! Regardez si je mens...

Le roi s'approche d'un écuyer qui ne bronche pas et d'un geste brutal déchire son surcot de drap vert, plonge sa main sous la chemise qu'il soulève et montre enfin la croix rouge aux larges extrémités.

— Que te disais-je, Charles ? Un traître de plus ! En prison ! Et celui-là aussi, et celui-là ! Tous ceux qui portent la croix en prison. Et vérifiez avant de laisser sortir quelqu'un !

Le roi s'assoit, pose son heaume ; ses cheveux sont collés en désordre sur son front. Il regarde sur la table un chapon à peine entamé et découvre tout à coup qu'il a faim.

— Allez chercher un bourreau ! dit-il en détachant un peu de chair de la patte du chapon.

Gérald de Masvallier s'approche du roi et lui murmure quelque chose à l'oreille.

— Vous avez raison, dit le roi en mastiquant. Attendez avant de les exécuter que je vous en donne l'ordre. Mais pas un ne doit s'échapper. Vous m'en répondez sur votre vie !

Enfin, le roi mange. Les autres qui comme lui n'ont rien pris de la journée n'osent pas se servir et regardent les plats avec envie. Le dauphin s'est approché de son père. Il sait que ses colères tombent vite, et commence à plaider la cause de son cousin :

— Sire mon père, vous ne pouvez exécuter un roi sans jugement. Navarre est roi et doit être traité en roi. Vous allez vous mettre à dos tous les rois de la chrétienté, vous...

Jean II ne répond pas. Il mastique sa cuisse de chapon. Après cette longue chevauchée, après cette terrible colère, il se sent vide de toutes forces. Autour de lui, on reprend espoir de sauver les chevaliers condamnés sur un coup de tête. Le roi vide son hanap et demande :

— Le bourreau est-il prêt ?

— C'est que...

— Eh bien, quoi encore ?

— On n'a pas trouvé de bourreau. On a pris un condamné à qui on a promis la liberté s'il accomplissait le travail. Il aiguise sa hache, mais l'outil semble bien lourd pour ses maigres bras.

Le dauphin debout en face de son père et, près de lui, son oncle Charles d'Orléans ne veulent pas en rester là. Tous deux avancent prudemment leurs arguments pour sauver Charles d'Évreux.

— Sire, mon frère, dit Charles d'Orléans, si les rois s'envoient les uns les autres à l'échafaud, comment pourront-ils conserver leur autorité ?

Le roi ne bronche pas. Il boit lentement ; sa pomme d'Adam monte et descend sous son menton. Les autres, debout, restent de marbre, n'osant à peine respirer de peur de se retrouver parmi les condamnés. Et tout à coup, des pas sonnent, entre un géant à l'abondante barbe noire.

— Ils sont en sûreté, sire.

— Parfait ! dit le roi.

— Ventrebleu ! reprend Gérald, cette course m'a donné assez d'appétit pour manger un cardinal et son chapeau !

Des rires retenus fusent. Gérald de Masvallier à qui la taille et la corpulence donnent des privilèges prend des deux mains un cygne et le porte à sa bouche. Le roi sourit à son tour. On espère de nouveau.

— Sire, mon père, poursuit le dauphin, une exécution de roi sans le moindre procès, sans le moindre jugement... Il me semble que le félon après un long jugement pourrait alors être expédié et vous en sortiriez grandi.

Le roi hausse les épaules. Il mange encore.

— Sire, mon frère, poursuit Orléans, décapiter un tel félon est une peine bien douce, trop rapide à mon sens. Au lieu de cela, si vous le gardiez pour le maintenir dans la terreur, lui faire croire à son supplice à chaque instant du jour et de la nuit...

— C'est ça ! dit le roi en s'essuyant la bouche avec la nappe. C'est ça ! Qu'on le tienne dans la terreur jour et nuit ! C'est ça !

Dans la cour, des pas de chevaux annoncent l'arrivée de la litière et de son escorte. Le roi plonge les doigts dans le plat à la recherche des morilles confites dans la sauce.

— Que Patte-Raide voie les templiers, dit-il sans lever les yeux. Je lui en ai fait la promesse ce matin.

Gérald a fini de dévorer son cygne à belles dents. Il s'essuie les mains aux tentures de la fenêtre et rejoint Patte-Raide dans la cour.

— C'est fait ! dit-il à l'arrivant. Ils sont tous fermés. Le roi vous autorise à les voir.

Patte-Raide se fait conduire à la pièce où des lanciers retiennent les templiers. Les moines guerriers sont à genou dans la pénombre et prient. Ils ne demandent pas grâce et sont prêts. Une torche en résine répand une odeur aigre.

— Vous savez qui je suis ! dit Patte-Raide. J'ai obtenu du roi la grâce de celui qui me dira où se trouve Lydia.

Les templiers se regardent. Alors l'un d'eux se lève, arrogant, fier. Un soldat de Dieu ne baisse pas la tête au moment de mourir.

— Ta Lydia est chez les frères hospitaliers à Bergerac. Dans la léproserie.

— Dans la léproserie ! reprend Patte-Raide en baissant la tête. Comment est-ce possible ?

Le nouveau coup le fait vaciller. Son cœur bat à éclater, puis il se ressaisit :

— Tu as la vie sauve ! Qu'on le laisse partir !

— Je n'en veux pas ! Je veux mourir avec les miens. Le Temple n'est pas perdu, n'aie crainte ! Il ne peut disparaître !

Patte-Raide s'éloigne péniblement. Jamais son corps n'a été aussi lourd et la marche aussi difficile. Lydia est dans une léproserie ! Comment a-t-elle pu attraper ce mal terrible réservé aux âmes faibles ? Il l'imagine la face déformée, rongée, et voudrait la rejoindre. Mais il sait bien que ce n'est pas possible. Cette course depuis Paris a usé ses dernières forces et sa poitrine lui fait atrocement mal. Il est condamné aussi sûrement que ces templiers.

Dans la cour, les préparatifs sont terminés. Des archers sont alignés, chapeau de fer en tête. Le roi, enfin repu, monte à cheval, encadré par sa garde rapprochée et quelques familiers dont Capestang. Il ordonne :

— Qu'on les délivre !

Les torches répandent une lumière jaune et une

lourde fumée âcre. Les condamnés sont là en tas, un troupeau de bêtes à la porte de l'abattoir, mais conservent une attitude digne.

Le premier à poser sa tête sur le billot est le comte d'Harcourt, un solide gaillard avec un pouce de graisse sous la peau. Il ne prie plus. Il va laisser sa vie à cet endroit, sur ce billot de hêtre pourrissant qui perd son écorce, il n'ira pas courir le cerf demain, ce cerf repéré ce matin. Il quitte son grand château et le printemps, le beau printemps qui apporte chaque matin des nouveaux chants d'oiseaux. Comme il aimait respirer l'air frais du matin en marchant au hasard des chemins, en écoutant les bergères chanter ! Non, il n'a pas peur de la douleur, il regrette surtout les petits plaisirs de chaque jour, les joutes avec les chevaliers voisins, les banquets, sa belle vie...

On lui a bandé les yeux et l'obscurité devient l'écran où se projettent ses jours passés.

Le bourreau improvisé tremble en prenant son élan. La hache tombe sur l'énorme cou, dérape, fait une entaille de trois pouces, le comte pousse un hurlement qui fend le silence, tandis que le fer, moins assuré, recommence son va-et-vient, s'acharne sur ce cou qui ne veut pas céder comme sur un nœud de bois dur. Le sang gicle, éclabousse le bourreau et le cheval du roi intrépide. Les autres condamnés assistent au spectacle de leur propre mort et ne bronchent pas.

— Qui est allé chercher un bourreau aussi maladroit ! s'exclame Jean II quand, enfin, au sixième coup de hache, la grosse tête d'Harcourt roule dans la mare de sang qui entoure le billot.

Capestang ne bronche pas. Depuis longtemps il est habitué aux exécutions sommaires et ne redoute pas la hache. Par moments, il pense au regard de Patte-Raide, fixé sur lui, ce regard dur et en même temps curieux dans lequel il voyait le reflet de Lydia.

Frère Bernard assiste à la mort digne des templiers. Son père et son frère sont vengés, pourtant il est triste. Ce qu'il considérait jusque-là comme la plus belle victoire a le goût amer d'une défaite. Dans cette cour, tandis que les moines guerriers meurent sans un cri, il comprend combien la haine est l'expression d'une petite âme et, l'estomac retourné, il a envie de vomir.

La boucherie dure deux heures. Les condamnés grelottent, seul le roi reste impassible. Le bourreau maladroit fracasse les mâchoires, entaille les épaules avant de trancher au bon endroit. Le sang gicle sur les archers, forme une mare glauque à la lueur des torches qu'il faudrait remplacer. Des hommes chargent dans une charrette les cadavres des templiers qu'ils ont passés à l'épée et empilés dans un coin, comme des sacs.

Le roi de France vient de remporter la seule victoire de son règne, et pourtant les chroniqueurs parleront du banquet de Rouen comme d'un excès pitoyable.

Depuis une semaine, Lydia veille la petite Louisette qu'une forte fièvre fait délirer. La plaie ne se referme pas, l'action du feu n'a pas suffi à brûler les mauvaises humeurs. Le mal s'est enfoncé dans les chairs qu'Henri n'arrive pas à nettoyer correctement.

La petite fille somnole durant de longues heures, respirant difficilement, parfois elle pousse des cris perçants qui font sursauter frère Henri. Ses yeux pleins d'effroi voient alors des monstres qu'elle tente de repousser de sa main valide. Lydia lui caresse le front, tente de l'apaiser, mais Louisette n'est plus de ce monde.

— Le diable ! s'écrie-t-elle. Il veut m'emporter ! Et ce loup qui se cache...

Frère Henri sait ce que signifie ce délire. Il se force pourtant à garder espoir jusqu'au bout :

— Lydia, tu vas m'aider, nous devons la faire boire. Mon maître disait que l'eau éteignait parfois le feu du corps.

Alors Lydia, avec précaution, assoit la petite fille et lui tient la tête tandis qu'Henri laisse tomber un filet d'eau entre les dents serrées.

— Louisette ! Ma petite Louisette ! dit Lydia. Tout ceci est de ma faute !

Parfois, la fièvre desserre son étau pour quelques minutes ; alors, Louisette ouvre ses grands yeux noirs et regarde Lydia. Un sourire triste déride ses lèvres.

— Maman Lydia ! murmure-t-elle.

Mais, bien vite, la fillette replonge dans le délire. Sous ses paupières défilent alors des images terribles :

— Monsieur le curé l'avait dit au maître que je n'étais pas malade ; mais le maître ne m'aimait pas, il voulait me tuer !

Le printemps fait éclore des petites fleurs qui courent le long des fossés. La léproserie est pleine du parfum des cerisiers. L'air est doux, les sous-bois sentent la mousse, l'humus, la vie qui renaît. La petite Louisette n'ira plus dans la prairie cueillir les premières pâquerettes. Bientôt son corps décharné ne sera plus qu'une charogne immonde...

Cet après-midi, des moustiques tournent dans l'air ensoleillé. La petite fille est si faible qu'Henri n'a pas réussi à lui faire avaler une gorgée d'eau. Il prie toujours, implore le miracle quand une mouche, une grosse mouche noire entre par la porte que le moine a laissée ouverte, et bourdonne dans la pièce, Henri sursaute :

— Cette mouche ! s'écrie-t-il. Cette mouche...

Lydia le regarde étonnée, prête à chasser l'insecte.

— Surtout pas, Lydia ! Ferme la porte, cette mouche doit rester avec nous !

— Mais tu perds la raison, frère Henri ! Une mouche, c'est sale, ça se pose partout !

Henri s'approche de Louisette, caresse du bout des doigts le front brûlant de l'enfant.

— C'est peut-être un signe de Dieu ! dit-il.

La mouche attirée par l'odeur putride de la plaie se pose sur le bras de Louisette, s'envole de nouveau, revient sur la peau grisâtre et tendue. Le moine, d'un air ravi, ne la quitte pas des yeux et la voit se glisser sous le pansement.

— Mais voyons, Henri, s'insurge Lydia, tu ne vas pas laisser cette horrible bête apporter son poison...

— Elle n'a pas de poison, tranquillise-toi. Prie Dieu qu'elle ponde !

Le lendemain, Louisette est toujours aussi faible, mais son état ne s'est pas aggravé. Lydia et Henri réussissent à lui faire boire de l'eau sucrée au miel. Lydia, en soulevant le pansement, voit avec effroi des petits vers blancs qui grouillent sur le moignon entre les croûtes et la chair pourrissante.

— C'est horrible ! Il faut nettoyer ça au plus vite.

— Surtout pas ! s'écrie Henri en levant sa main aux gros doigts tordus. Ces vers sont en train de faire ce que nous ne pouvons. Ils mangent les mauvaises humeurs, les pus, les chairs perdues et vont nettoyer la plaie mieux que le meilleur des chirurgiens. Ils n'en laisseront pas le moindre bout de saleté. Et notre petite va peut-être guérir !

Alors, pour éviter que les asticots ne tombent de la plaie, Henri enferme le moignon dans un tissu. Le lendemain, Louisette va mieux. Son bras n'est plus enflé et la peau a retrouvé sa blancheur habituelle.

— Dans deux jours elle sera sur pied ! dit Henri en souriant.

Patte-Raide sait qu'il va mourir. Il ne peut plus quitter le lit que le roi lui-même a fait préparer au château de Bouvreuil. La douleur cisaille sa poitrine. Par moments, son cœur s'arrête, la vie se retire au fond de lui, puis le cœur bat de nouveau et les pensées lui reviennent. Une servante lui propose de temps en temps une écuelle de bouillon qu'il avale difficilement. Frère Bernard le veille jour et nuit.

Ce soir, vers minuit, son cœur s'emballe une fois de plus, sa respiration se bloque. Il sait que la mort va le prendre, d'un instant à l'autre, ici, dans ce château de Rouen. Gérald, averti par la servante, vient près de lui et le veille en luttant contre l'envie de dormir. Vers prime, Patte-Raide se dresse sur les coudes, se tourne vers Gérald qui ouvre brusquement les yeux.

— Cette fois, c'est fini ! dit-il.

Puis, reprenant péniblement son souffle, il ajoute :

— Allez chercher Guillaume de Capestang.

Quelques instants plus tard, Guillaume grimpe l'escalier qui conduit à la chambre du mourant, s'arrête sur le palier. Le sang cogne à ses tempes ; pousser cette porte lui demande un effort considérable. Il se sent lourd d'un sentiment confus, écrasé par ses regrets.

Enfin, retenant son souffle, il entre. Bernard et Gérald restent dans le couloir.

Patte-Raide tourne lentement les yeux vers Guillaume qui n'ose plus bouger. Dans sa tête défilent ses hontes, le rapt de Jean, les visites furtives à Lydia, et le départ de Jean pour l'Angleterre...

Patte-Raide le regarde toujours sans parler. Tous deux ont la respiration rapide et prennent conscience tout à coup de ce qui les rapproche et se confond au souvenir de Lydia, haine et jalousie, mais aussi la curiosité, un sentiment qui pousse ses racines dans les coins sombres de leur âme où ne passe jamais la lumière divine. Guillaume pense à Jean. Il doit dire la vérité, montrer ce côté odieux de sa personne à celui qui va partir, implorer son pardon, mais sa bouche reste muette, ses pensées défilent dans sa tête comme si elle n'était plus rattachée à son corps, à ses poumons qui poussent l'air dans sa gorge incapable de prononcer un seul mot. Enfin Patte-Raide inspire profondément et dit :

— Le roi n'a remporté qu'une petite victoire. Le plus dur reste à faire...

Sa voix n'est pas naturelle, mais au contraire forcée, presque rauque. Capestang acquiesce et tente à son tour de parler, mais lui aussi a la voix rayée par une énorme boule dure qui lui comprime les poumons.

— Grâce à vous nous pouvons compter sur trente mille hommes, précise-t-il. Avec l'ost, le roi peut espérer rassembler soixante mille soldats, la plus grande armée de tous les temps !

Patte-Raide grimace, porte sa main à la poitrine.

— Vous trouverez cinq cent mille livres chez Bollini, le banquier lombard. Cette somme devrait vous permettre de vaincre définitivement les Anglais. Ainsi, l'or volé aux Juifs par les Pastoureaux aura servi une juste cause.

Ils se taisent. Le poids du silence les fige tous les deux dans la même pensée, les unit comme s'ils étaient proches depuis toujours, frères en Lydia. Patte-Raide grimace de nouveau, pousse un gémissement de douleur. Sa respiration bruyante devient saccadée.

— Je vais mourir. À chaque battement de mon cœur, une lame me transperce la poitrine.

Capestang veut parler, inspire, ouvre la bouche, mais ne trouve pas les mots. À cet instant, il pense à Jean, à ce fils dont Patte-Raide a été privé.

— Vous trouverez Lydia à la léproserie des hospitaliers de Bergerac !

Guillaume sursaute. Il l'a tant cherchée dans cette région, de maison en maison, d'un hameau à l'autre !

Patte-Raide veut soulever la tête qui retombe sur l'oreiller.

— Lydia, pardonne-moi de t'avoir donné cette vie d'errance..., dit-il.

Puis, après avoir inspiré, il ajoute :

— Je t'attendrai sous l'olivier !

Son corps tout entier est agité d'un tremblement qui le fait claquer des dents. Puis, tournant les yeux vers Guillaume, il expire.

Guillaume abaisse les paupières aux beaux cils noirs de fille. Celui qui aurait pu être le grand maître de l'Ordre a rejoint son père spirituel. Ils seront sûrement heureux tous les deux à commenter les poètes anciens, à s'émouvoir des lumières du ciel auxquelles ils ont rêvé pour leurs enluminures.

Enfin Capestang qui était de marbre bouge un bras, un geste pour rien, pour le différencier de celui qui vient de mourir. La dernière phrase de Patte-Raide tourne dans sa tête, le rejette loin de cet amour qui se poursuit au-delà des limites de la vie. Pourtant, il se sent tout à coup délesté d'un poids, une chape qui le bloquait. Cette mort ne l'attriste pas et il a conscience de sa monstruosité. Dans ce monde, Patte-Raide ne sera plus entre lui et Lydia. Ainsi, lui, le voleur d'enfant, est récompensé ! Comme il a bien fait d'attendre toute sa vie !

Puis son regard s'assombrit. Lydia n'est-elle pas lépreuse, condamnée à vivre dans ce cloaque de la maladrerie ? Lydia déformée par le mal, son beau corps rongé, voilà ce que Patte-Raide lui laisse en attendant des retrouvailles dans l'au-delà.

Non, il ne va pas se résigner, il va partir la chercher, il la fera sortir : on ne peut rien refuser au baron de Capestang, ami du roi de France ! Il l'emmènera dans son fief et passera le restant de sa vie à la servir dans le plus bel appartement du château !

Frère Bernard et Gérard de Masvallier entrent dans la chambre et s'agenouillent.

— Ainsi finit celui qui a su tenir tête à l'Ordre ! dit le moine, et il se met à prier.

À plus de deux cents lieues de là, sur sa couche Lydia sursaute, se dresse les yeux pleins d'effroi et pousse un cri strident. Elle tremble comme brusquement malade, les larmes roulent sur ses joues. Dans son rêve, elle a vu Patte-Raide mourir à l'instant. Elle en est certaine. Son corps se vide à son tour de toute vie.

— Il est mort ! crie-t-elle.

— Maman Lydia, qu'est-ce qui te prend ?

— Il est mort ! crie encore Lydia. J'en suis sûre ! Je l'ai vu !

Elle se laisse tomber de nouveau sur sa couche en sanglotant. Louisette approche sa tête de la sienne.

— Lydia, ma petite maman !

— Je suis morte aussi !

Henri s'est réveillé et pose sa grosse main sur celle de Lydia.

— Pleure ! dit-il. C'est le meilleur moyen de vaincre le chagrin ! Pleure, ma Lydia !

Le jour se lève. Lydia gémit, recroquevillée sur sa paillasse. Louisette, de sa main valide, lui caresse la joue. Henri va mettre ses hommes au travail et revient :

— Je prie pour toi, Lydia.

— Patte-Raide est mort. Je n'avais que cette raison de vivre et je veux mourir aussi.

Louisette laisse couler une larme sur sa joue.

— Lydia, ma petite maman, si tu veux mourir, c'est que je ne compte pas pour toi ! Alors, je peux mourir aussi !

Lydia regarde la fillette comme si elle en découvrait tout à coup l'existence.

— Je veux faire comme les chiens qui quittent leur maison quand ils sentent leur fin arriver, qui vont se cacher...

Elle se dresse. Henri s'interpose :

— Lydia, tu ne peux pas. Tu sais bien que les dangers sont trop grands ! Et que tu ne sais où aller !

Elle ne l'écoute pas et part au hasard des chemins, vers sa mort, comme une roue que l'on lâche dans la descente. Elle ne court pas, elle marche comme si elle voulait aller très loin. Louisette s'accroche à ses pas.

— Ma belle maman, pourquoi tu me laisses ?

Oui, Lydia la laisse. Sa douleur remplit ses pensées, la noie dans une vase nauséabonde. Elle sort de la léproserie par la petite porte et marche au hasard, sans voir les arbres autour d'elle, les premières fleurs, ces laboureurs, la bêche à la main, en rang dans le champ, sans entendre les oiseaux qui chantent, les bergères qui poussent leur troupeau. Patte-Raide est mort, comme est mort son fils, comme tous ceux qui la retenaient en ce monde. Dieu lui a peut-être épargné les atteintes du temps, mais il le lui fait payer cher. Comme elle voudrait être laide et repoussante ! Elle marche, son chaperon sur la tête qui ne laisse voir que son visage fin et ses grands yeux bleus. Maintenant, elle ne pleure plus ; sa douleur est trop forte pour cela, ses jambes se meuvent sans les commander. Devant se trouve le précipice qui va l'engloutir. Elle parcourt ainsi plusieurs lieues dans la journée, fuyant les maisons grises, les manœuvriers qui taillent les vignes et la hèlent en riant. Louisette la suit, fidèle comme son ombre, et l'appelle de temps en temps :

— Ma belle maman, où vas-tu ?

Elles arrivent à la Dordogne, immense et sereine dans les couleurs du soir. Elles n'ont rien mangé, mais leurs estomacs restent bloqués. De gros poissons sautent au milieu du courant. Les premières hirondelles tournent au ras de l'eau.

La nuit tombe. Lydia ne mesure pas le danger qui la menace. Elle marche le long de la grève. Les bateliers ont arrêté leurs chevaux ; sur l'autre rive, un groupe bavarde et rit près d'un feu. La vie est à côté d'elle, mais elle en est séparée. Louisette a glissé sa petite main dans la sienne et Lydia ne la rejette pas. Ah ! mourir tout de suite, se laisser emporter par l'eau profonde, comme un fétu de paille ! Elle s'approche de la berge escarpée à cet endroit. Les crues de l'hiver ont creusé l'argile et elle surplombe une eau noire et profonde. Lydia va se laisser aller, rejoindre ainsi celui à qui elle était liée pour toujours.

— Lydia, qu'est-ce que tu veux faire ? crie Louisette en se plantant devant elle.

Le vent s'est renforcé et fait craquer une branche, alors Lydia baisse le regard sur Louisette qui la regarde, de ses yeux noirs immenses, aussi grands que le monde.

— Allez, viens.

Lydia sait qu'elles sont des proies toutes désignées pour les loups et les maraudeurs. Elle trouve un repli de terrain, comme une bauge de sanglier, et s'y blottit. Louisette, confiante malgré son estomac creux, se pelotonne contre elle et dort de ce sommeil profond qui n'appartient qu'aux enfants.

Le jour se lève enfin ; Lydia retrouve un peu de courage. Le ciel est drapé de blancs, d'ocres sur la rivière qui scintille. Louisette dort toujours, sa tête posée sur les genoux de Lydia. Il fait froid et elle frissonne. La mort de Patte-Raide remplit toujours son esprit. Elle voudrait aller le retrouver, prier sur sa tombe...

Louisette se réveille et sourit à Lydia. Elles reprennent leur marche. Les brumes se lèvent sur le fleuve et s'en vont en fumerolles légères au petit vent. Le soleil allume la campagne qui ruisselle de rosée. Les laboureurs arrivent dans les champs, la pelle sur le dos, ou bien poussant une charrue de bois attelée à un âne maigre.

À un croisement de routes remplies d'ornières, une roulotte tirée par deux mules se dirige vers Lydia et la fillette. Lydia sait qu'elle doit se méfier de ces hommes à la peau sombre qui vont ainsi d'un village à l'autre, ces *Égyptiens* qui donnent le spectacle, vendent toute sorte de médicaments et surtout volent les poules et les enfants. Une pensée lui est venue, comme un espoir fou, déraisonnable, au fond de sa détresse : c'est probablement dans une roulotte semblable à celle-là, aux roues de bois qui cahotent dans les trous, éclaboussent d'eau sale les bas-côtés que Jean vit. Il est peut-être là, parmi ces hommes engoncés dans de gros manteaux en loup.

— Holà, où allez-vous ainsi ?

Celui qui commande les ânes est assez âgé et marche

la tête penchée en avant. Des cheveux blancs dépassent de son chaperon et il parle d'une voix grasse une langue d'oïl que Lydia comprend un peu désormais.

— Où allez-vous ? Ici, c'est plein de ces routiers, de diables qui vident les maisons, s'en prennent aux voyageurs, des Anglais qui dépouillent tout ce qui leur tombe sous la main. N'avez-vous pas peur ?

— Non, je n'ai pas peur ! dit Lydia.

— Mais tu as une bien belle voix. Saurais-tu chanter par hasard ?

— Je ne sais rien. Je veux rentrer chez moi en Bas-Limousin.

L'homme siffle entre ses dents. Des enfants sont sortis de la roulotte, crasseux, vêtus de vieux tissus enroulés autour de leur corps, puis une femme très brune aux yeux pleins de feu tenant un nourrisson à son sein, deux garçons, visiblement les fils du vieux qui conduit la roulotte et une vieille femme, édentée, la tête pliée dans un tissu sale, qui s'appuie sur une sorte de béquille en bois fabriquée avec des bâtons tordus. Tous regardent curieusement Louisette.

— La petite... Pourquoi a-t-elle un bras coupé ?

— Un rocher a roulé dessus et l'a brisé. Il a fallu le couper ! dit Lydia.

— C'est bien sûr, hein ?

La vieille s'approche de Lydia.

— Tu n'as pas des yeux comme tout le monde, toi, tu n'es donc pas une femme ordinaire. Fais voir ta main.

Lydia dévisage les deux jeunes en cherchant les traits de Jean, mais ni l'un ni l'autre n'a les beaux cils noirs relevés de Patte-Raide. La vieille lui prend la main, regarde la paume puis ouvre de grands yeux. Son visage s'arrondit d'étonnement.

— Le signe de Rah !

Elle regarde tour à tour les autres ; ses lèvres tremblent, ses rides s'animent de nouveau :

— Tu fus reine d'Égypte autrefois, tu fus l'épouse de Pharaon, voilà pourquoi le temps a si peu abîmé ton corps et ton visage. Tu viens de là-bas.

— Que voulez-vous dire ? demande Lydia, étonnée.

— Je m'entends ! Nous autres aussi, venons de loin. Dieu nous a enseigné la Vérité, c'est pour cela que nous ne pouvons pas nous fixer, nous arrêter dans un village et cultiver le blé comme les autres. Nous allons, tel est notre destin...

La vieille regarde de nouveau la main droite de Lydia qu'elle ne lâche pas.

— Tu pleures ton homme, mais tu vivras encore longtemps, au moins vingt-cinq années. Dieu te rend la vie qu'il t'avait prise lorsque tu étais reine d'Égypte et que tu mourus à vingt ans après avoir mis au monde le fils de Pharaon. Dieu fait toujours justice : ce qu'il ne te donne pas dans une vie, il te l'accorde dans une autre.

— J'avais un fils, dit-elle. Il s'appelait Jean. Il avait presque trois ans. Un jour on me l'a volé !

La vieille n'est pas étonnée.

— Ta main me l'avait dit ! fait-elle. Ton fils vit, c'est tout ce que je sais, car c'est tout ce qui est écrit dans ta main, mais il vit, tu peux en être sûre...

Enfin, la bohémienne prend l'unique petite main de Louisette. Elle l'observe un instant puis demande à Lydia :

— Où l'as-tu trouvée ? Ce n'est pas ta fille !

— Non, ce n'est pas ma fille. Je l'ai prise avec moi parce qu'elle n'a personne.

— Tu as bien fait, elle peut te rapporter quelques piécettes en tendant la main qui lui reste.

Les ânes piaffent, piétinent d'impatience. Le vieux

à la tête penchée dit quelque chose dans une langue que Lydia ne comprend pas. Enfin, il frappe les bêtes qui reprennent leur marche. Derrière, trois autres roulottes se mettent à avancer. Lydia les regarde s'éloigner, puis elle se met à courir vers elles.

— Emmenez-nous avec vous !

La vieille passe la tête par la fenêtre.

— Nous ne pouvons pas. Nous allons vers le nord jusqu'à la Loire, puis nous irons dans l'Ouest...

— Emmenez-nous ! insiste Lydia.

— Bien, c'est parce que tu as été reine d'Égypte ! Mais si tu viens avec nous, il faudra travailler. Et la petite devra gagner sa pitance.

— Je travaillerai, je ferai ce que vous voulez, mais emmenez-moi !

Lydia et Louisette montent sur le marchepied et entrent dans la roulotte. Un forte odeur d'urine prend à la gorge. La vieille femme les fait asseoir sur un tas de chiffons.

— Moi, c'est Rénéta ; celle qui donne le sein au bébé, c'est Patima, et puis il y a Morka que tu verras tout à l'heure...

Le soir, Lydia peut visiter les autres roulottes. Dans des cages en fer se trouvent les « animaux » qu'un couple de nains nourrit de racines terreuses. Il y a la femme à barbe, énorme, dont le corps a pris la forme de la cage. Toute repliée sur sa bedaine et son gros visage couvert de poils. Dans une autre cage, deux fillettes collées par le dos jettent autour d'elles des regards vides. Un homme sauvage venu des forêts profondes du bout du monde, au corps couvert de poils épais, exhibe un sexe énorme dressé devant lui comme une canne. Dans la cage voisine un vieux lion d'une maigreur extrême lève sur les visiteurs son regard triste.

La nuit, tout le monde dort dans la même roulotte. Les deux jeunes hommes montent la garde assistés de Bon et Bien, deux molosses qui restent enfermés la journée dans la roulotte des animaux. Bon, un jour, a dévoré un enfant, depuis il faut le surveiller et le frapper souvent, car il a pris le goût de la chair humaine.

Ils vont ainsi de village en village, entrent parfois dans la cour des châteaux et donnent leur spectacle, toujours le même. Les garçons font des tours de force en pliant le fer, Rénéta lit l'avenir dans les mains. Le succès vient surtout de la ménagerie, et des siamoises. L'homme sauvage et son gros sexe a aussi beaucoup de succès. Lydia prépare les repas, vend les flacons d'herbes qui guérissent de toutes sortes de maladies, les élixirs particuliers qui rendent jeunesse et vigueur, les médicaments contre les maladies de peau, la toux, le mal d'entrailles. Son visage toujours lisse, ses beaux yeux sont bien la preuve de l'efficacité de ses remèdes. Louisette s'en va tendre sa main unique aux portes des églises, sur les marchés. Ses grands yeux noirs, son petit visage rond attirent la compassion et elle ne revient jamais sans une pleine poche de piécettes.

— Je savais qu'avec vous on gagnerait de l'argent ! dit la vieille.

Un jour, dans une caisse, Lydia découvre un luth en mauvais état mais qui a conservé ses cordes. Elle frissonne. Cet instrument lui rappelle tant de bons souvenirs. Alors, elle se met à pincer les cordes tandis que les autres s'approchent, la bouche béante, pris par le charme de cette musique nouvelle pour eux.

— C'est qu'on peut gagner beaucoup avec ça ! dit Rénéta quand la mélodie s'arrête. Pourquoi nous as-tu caché ce talent ?

À partir de ce jour Lydia joue de la musique sur les places des villages et surtout dans les maisons des riches bourgeois et des nobles. Elle chante aussi, ces vieilles chansons en langue d'oc apprises autrefois avec Enguerrand de Niollet et auprès de Guillaume de Capestang.

— Tu veux revenir chez toi, belle Lydia, nous ne nous y opposerons pas. Mais ce sera une grande perte pour nous !

Ils vont au hasard des chemins, passent la Loire à Meung-sur-Loire et se dirigent vers Blois. Cette vie ne déplaît pas à Lydia. Elle aime surtout Rénéta toujours intéressée, mais d'une grande bonté :

— Ta vie n'est pas finie, Lydia. Je ne saurais te dire pourquoi, ce n'est pas écrit, mais un grand événement que tu n'attends pas va arriver !

Lydia se laisse bercer par ces belles paroles. Le soir, elle dort, la petite Louisette pelotonnée contre elle et, au fond du cœur, le regret cuisant d'être séparée de Patte-Raide pour toujours.

— Nous allons passer par la Touraine et redescendrons par le Poitou. Lydia, je te promets, nous te ramènerons en Bas-Limousin, chez toi !

Une fois Patte-Raide inhumé dans la crypte de la cathédrale de Rouen par ordre du roi, Guillaume de Capestang et Gérald de Masvallier partent à bride abattue à Bergerac. Le roi leur demande de revenir au plus vite, car il veut en finir une bonne fois pour toutes avec les Anglais. Son esprit chevaleresque ne se contente pas d'exécutions sommaires dans une cour de château et il veut reprendre la guerre.

— Nous serons de retour dans un mois ! promet Gérald.

C'est le voyage de l'espoir et de la dernière chance. Cette fois, Guillaume de Capestang sent qu'il touche au but. La mort de Patte-Raide a fait de lui un vainqueur sans victoire. Il va retrouver Lydia certes, mais ne pourra plus l'approcher. Lydia est défigurée sûrement, horrible à voir et pourtant, à la seule pensée de la retrouver, le cœur de Guillaume s'emballe. Il l'aime même défigurée, même monstrueuse, il l'aime parce que c'est sa destinée.

Ils arrivent sur les bords de la Dordogne en moins de dix jours et se font indiquer la léproserie de Bergerac. Guillaume frappe à la lourde porte sombre. Frère Henri vient ouvrir et s'étonne de ces chevaliers en cotte de fer et cervellière.

— Nous venons chercher Lydia qui est malade ici...

Henri ouvre de grands yeux. Sa barbe grise luit à la lumière de midi. Son regard va des uns aux autres. Par un réflexe de défense, il tient toujours son bâton dressé.

— Lydia, vous dites ?

— Oui, Lydia ! fait Capestang d'un ton autoritaire. Dépêche-toi d'aller la chercher.

— Je ne sais qui vous êtes, monseigneur, à me parler d'aussi haut. Ici, il vaut mieux être humble. Lydia n'est plus là !

— Tu veux dire que...

— Non, elle n'est pas morte. Elle est partie !

— Elle est partie ?

— Oui, monseigneur, elle est partie et j'en suis le premier très triste, car elle m'aidait dans les soins aux malades et me tenait compagnie. Je la regrette beaucoup.

— Mais tu veux dire que Lydia n'était pas lépreuse, qu'elle...

— Non, Lydia n'était pas lépreuse. Elle s'occupait des malades avec moi.

— Mais elle est partie où ? s'écrie Capestang.

Frère Henri soulève ses lourdes épaules dans un geste d'impuissance.

— On ne retient pas les gens contre leur gré ! Je lui

ai assez dit que les grands chemins sont dangereux, mais elle n'a pas voulu m'écouter !

Guillaume et Gérald remontent sur leur cheval et s'éloignent. Les jours suivants, ils fouillent les alentours, questionnent les vilains, sans résultat. Guillaume est abattu, une fois de plus Lydia lui a échappé !

Après le démantèlement de l'ordre du Temple, Bernard de Montlaud, que rien ne retient auprès du roi, reprend sa vie errante de moine mendiant. Mais il n'a plus le goût de faire des tours de cartes ou de raconter des histoires. Il se contente de parler de Dieu et maigrit. La haine, le désir de vengeance qui l'animaient jusque-là ont cédé la place à un profond amour des hommes et il prie chaque jour pour ceux qui tuèrent son père et son frère. Il oublie d'être gourmand et va de maison en maison, se contentant d'un peu de pain rassis...

Jean II est pris d'un besoin d'action. Enfin, il se secoue, le roi de France ! Enfin, il se décide de reprendre tout en main et à contraindre les Anglais à respecter leurs engagements ! Il lève l'ost dans ses États avec la ferme intention de ne pas se contenter de demi-mesures.

Guillaume de Capestang a bien travaillé. L'armée, forte de soixante mille hommes, se rassemble près de Chartres pendant l'été 1356. Les blés sont piétinés sur des lieues à la ronde, les villages voisins désertés et pillés. Dans la ville, que les bourgeois ferment soigneusement chaque soir, les crimes, les vols se multiplient et la milice municipale n'y peut rien.

En juillet, le duc de Lancastre et deux mille hommes débarquent en Cotentin et se dirigent vers le sud pour rejoindre le Prince noir parti de Bordeaux. Jean II décide d'empêcher cette jonction et ordonne à son armée de se mettre en route. Aussitôt, les valets démontent les tentes, sellent les chevaux, chargent les coffres dans les chariots, et le serpent de fer, long de quatre lieues, se met en branle, s'étire sur la route de Normandie. Il fait si chaud que beaucoup de chevaliers se sont contentés de la simple cotte de mailles, de houseaux de cuir et d'une cervellière.

— Les Anglais sont à Breteuil !

— C'est là que nous allons les tailler ! dit le roi.

Et il ordonne qu'on force l'allure.

— Nous serons ce soir en vue de Breteuil. Nous n'en ferons qu'une bouchée ! ajoute-t-il, sûr de sa victoire.

— Sire, il y a dix-sept lieues ! Les chevaux et les hommes de pied ne tiendront pas. Quant aux chevaliers, ils auront le cul en sang.

— Qu'à cela ne tienne, Audrehem ! L'occasion est trop belle !

Les Anglais ont tout brûlé, tout pillé sur leur passage, ravagé les champs, tué, violé ; ils laissent un pays dévasté où progresse la longue armée du roi qui ne trouve plus rien à manger.

Jean II chevauche en tête entre ses fils. Le dauphin, Charles, n'aime pas la guerre. Sa santé fragile est très éprouvée par des courses aussi longues. Aussi, il se tait. Depuis le banquet de Rouen, il est taciturne, comme tourmenté. Il comprend qu'un futur roi de France ne doit faire confiance à personne et surtout se méfier de ceux qui lui témoignent le plus d'amitié. La félonie de son beau-frère, le roi de Navarre, fort heureusement en prison, l'a décontenancé. Se trouve aussi près du roi Guillaume de Capestang, déçu une fois de plus de n'avoir pu retrouver Lydia. Il se sent vieux, inapte au combat, mais cette grande armée est son œuvre ; cette fois, la victoire ne saurait échapper au roi de France !

Jean II est de bonne humeur. Le voilà à la tête de soixante mille hommes ! La chance a tourné, il a vaincu les templiers, la reconquête de son royaume s'amorce. Ah ! ce banquet de Rouen, quelle belle action ! Il se tourne vers Gérald de Masvallier qu'il a voulu près de lui :

— Vous allez avoir l'occasion de faire du bel exercice !

Certain de sa victoire, il cherche à faire des bons mots, des phrases qu'il voudrait historiques :

— Si l'ennemi a soif, il boira son propre sang ! déclare-t-il face à ses chevaliers suant sous un soleil de plomb.

Ils arrivent à Breteuil avant la tombée de la nuit pour découvrir, fourbus, après une course infernale, que les Anglais sont déjà partis. Ils ont cependant eu le temps de prendre le château et de s'y préparer à une attaque.

— Ils ne seront pas faciles à déloger ! s'exclame le maréchal de Clermont. Le château est bien défendu !

— Vous dites que l'armée de Lancastre est à Verneuil ? demande le roi. Eh bien, nous les écraserons à Verneuil !

Le lendemain, après une nuit trop courte, la poursuite recommence. Verneuil-sur-Avre a été saccagée ; les Anglais sont encore partis, emportant un gros butin et des prisonniers.

— Ils se dirigent vers Laigle ! disent les éclaireurs.

Laigle ! Le cœur du roi s'emballe. Laigle ! Le souvenir de Monsieur d'Espagne lui arrache des larmes.

— Laigle ! dit-il entre deux sanglots ! C'est un signe ! Nous les taillerons, n'est-ce pas ?

— Certainement, sire, mais au train où nous allons, il n'y aura plus un seul cheval sur pied !

— Assez parlé ! Poussons jusqu'à Laigle.

Le 9 juillet enfin, ils arrivent à Laigle par une chaleur étouffante. Les hommes cuisent dans leurs armures, les chevaux qu'on n'a pas pris le temps de ferrer boitent. Le roi fait arrêter le convoi et met pied à terre. Il s'agenouille devant l'auberge de la Truie-qui-file et pleure abondamment. On vient lui annoncer que les Anglais de Lancastre sont enfin à deux lieues de là, repliés dans la forêt de Tubœuf. Alors, Jean II, avalant un dernier sanglot, remonte à cheval et ordonne de se mettre en ordre de combat.

— Formez batailles ! crie-t-il.

Le maréchal Audrehem lui fait remarquer que les hommes sont fatigués, les chevaux ne pourront tenir une charge, que l'armée tout entière doit se reposer avant d'envisager un combat.

— Toujours ces incapables ! Suis-je fatigué, moi ?

— Sire, vous leur menez un train d'enfer depuis plusieurs jours ! supplie le maréchal de Clermont. Ils ne peuvent se battre sans avoir pris un peu de repos !

Alors, le roi, sautant de sa monture, décide :

— Nous attaquerons demain.

Les hommes peuvent enfin sortir de leurs cottes de fer, poser cervellières et cuirasses, mettre à nu cette peau qui croupit depuis plusieurs jours dans sa sueur.

Le lendemain, à l'aube, les éclaireurs annoncent que les Anglais, une fois de plus, ont déguerpi.

— Que n'avais-je raison ! s'écrie le roi, de vouloir les attaquer hier ! Ce sont des lâches à qui il ne faut pas laisser le champ libre, sinon ils s'enfuient comme des lièvres !

Enfin le roi s'approche de Guillaume de Capestang.

— Votre fils qui a bon sang pourra-t-il supporter

plus longtemps de servir un prince qui ne sait que fuir contre toutes les règles de la chevalerie ? Allez, vous allez le retrouver bien vite et je vous ordonne de lui pardonner !

— Sire, il m'en coûtera de vous désobéir ! Malgré l'amour qui brûle en moi pour lui, je ne lui accorderai aucun pardon.

— Bah ! Nous arrangerons cela dès notre retour à Paris.

Les Anglais fuient une nouvelle fois. Jean II est las de cette poursuite sans fin et décide de ne pas conserver une armée qui ne combat pas. Il retourne à Chartres pour dissoudre l'ost. Capestang s'insurge :

— Sire, nous avons largement de quoi reprendre Calais !

— Nous allons commencer par prendre Breteuil ! décide le roi.

Demi-victoire ou demi-échec, Breteuil se rend après plusieurs jours de siège. Pendant ce temps, les Anglais se regroupent et, au lieu de fuir en direction de Calais, l'armée de Lancastre marche vers Poitiers pour rejoindre celle du Prince noir. Jean II n'a pas aussitôt dissous l'ost, qu'il le rassemble de nouveau au mois d'août. Les tentes à peine démontées doivent être replantées. Les chariots qui ont parcouru dix lieues font demi-tour. Ordres et contrordres se succèdent et personne ne sait plus ce qu'il doit faire. Enfin, à la mi-août, les soixante mille hommes de l'armée française se pressent dans la plaine autour de Chartres. Des tentes à perte de vue, plantées dans les champs que l'on n'a toujours pas eu le temps de moissonner. Des milliers de piétons, d'archers qui dorment à la belle étoile et, tout autour, grouillent des marchands de toutes sortes, des amuseurs, des maquerelles et leurs filles légères.

— L'Anglais n'ira pas loin ! Cette fois...

Puis, tandis qu'il visite l'armée, va d'une tente à l'autre, passe parmi les piétons qui n'ont rien d'autre à faire qu'à trouver à manger et pillent les hameaux voisins, le roi s'adresse à Gérald de Masvallier et à Guillaume de Capestang qu'il garde près de lui :

— Capestang, vous m'avez bien servi ! Je fais le serment de vous radouber avec votre fils !

Capestang est sombre : les décisions du roi le déconcertent de plus en plus.

— C'est un bien curieux guerrier ! dit-il à Gérald. Il a fait l'assaut du château de Breteuil sans importance tandis qu'il laisse son ennemi se regrouper. Il dissout l'ost pour le relever deux jours plus tard...

Gérald de Masvallier s'est fait une belle réputation. Il peut renverser un cheval en lui tordant le col d'une main, il résiste à la charge de cinq hommes vêtus de fer. L'amitié que le roi lui témoigne lui vaut la visite de nombreux courtisans. Dans sa tente, c'est la fête continuelle, le vin coule à flots, les filles légères s'y succèdent.

— Vivons ! puisqu'il n'y a rien d'autre à faire !

À la fin du mois d'août, l'ordre de partir en campagne est donné. Les tentes sont démontées une fois de plus ; en moins d'une journée, la plaine est de nouveau désertée. Les gens de Chartres et des alentours peuvent enfin tenter de récolter ce qui reste, c'est-à-dire des blés renversés, piétinés, les rares fruits oubliés aux branches hautes des arbres.

L'armée du roi se dirige vers la Loire en plusieurs batailles qui vont passer le fleuve en des endroits différents. Le roi est enfin heureux : il va en découdre une bonne fois pour toutes avec l'ennemi, reconquérir ce qu'il a dû abandonner de son royaume et remettre au pas les provinces un peu trop favorables à l'ennemi. La victoire est assurée par une écrasante supériorité.

Encore une folle équipée ! Chevaux et hommes s'épuisent en étapes de dix à quinze lieues par jour, mais cela n'a pas d'importance : soixante mille hommes fatigués viendront facilement à bout de cinq mille Anglais et Gascons ! Alors, piquons les chevaux dans cette chaleur lourde, la gloire n'attend pas et se refuse à qui ne sait la prendre au bon moment ! Enfin, les Anglais sont en vue près de Maupertuis, dans le Poitou. Enfin, la charge va être sonnée, les cornes sont en bouche. Le maréchal de Clermont demande une fois de plus une nuit de repos.

— Et quoi en plus ? Vous voulez qu'ils nous filent encore entre les doigts ! s'écrie le roi.

Arrivent, entourés de toute leur cour de diacres et de clercs, deux cardinaux, Périgord et Capoucci, représentants du pape Innocent VI, qui demandent à être reçus par Jean II. Ils sont venus pour négocier une reddition des Anglais, afin d'éviter une bataille sanglante dont l'issue ne fait aucun doute.

— Laissez-moi au moins, dit Périgord, tenter de trouver un arrangement. L'Anglais vous accordera ce que vous voulez puisqu'il n'a aucune chance. Il ne peut point s'enfuir tant vos batailles l'encerclent bien. Il se sait pris dans votre nasse. Vous n'allez pas envoyer à la mort de bons chrétiens alors que vous pouvez conclure cette maudite guerre à votre avantage ? C'est demain dimanche, laissez au moins son jour au seigneur !

— Soit ! dit le roi après un instant de réflexion et commençant à délacer son heaume.

Durant tout le dimanche, le cardinal de Périgord fait la navette entre le Prince noir sur sa butte et le roi de France. Les Anglais profitent de ce répit pour organiser leur défense désespérée et se positionner en mettant à profit le terrain qui leur est favorable. Des fossés sont creusés pour abriter les archers. Au soir, tandis que les chevaliers français ont occupé leur temps à jouer aux dés, les cardinaux ont obtenu la capitulation du Prince noir sans dégainer une seule épée. Il renonce à la couronne de France, à ses prétentions territoriales hors de l'Aquitaine et se dit prêt à rendre hommage au roi de France pour cette province. C'est une victoire totale pour Jean II qui, trop sûr de lui, demande alors l'inacceptable.

— Je renonce à la bataille, dit-il au cardinal de Périgord, à la seule condition que le Prince et cent de ses proches dans la meilleure noblesse anglaise se constituent en ma prison.

Capestang sursaute :

— Sire, vous ne pouvez pas...

— Hé quoi ? Il est bien obligé d'accepter s'il ne veut être mis en pièces !

Le Prince noir refuse et s'apprête alors à livrer la bataille du désespoir.

Ce lundi matin, le roi est sur pied avant le soleil. Il entend la messe avec ses fils et tous les chevaliers présents, puis se décide :

— Avant ce soir notre bannière flottera sur la place ennemie que nous allons écraser une bonne fois pour toutes. Je préfère livrer bataille à tout arrangement qu'on pourra contester par la suite.

— Sire, propose Clermont, les Anglais sont bien entourés, ils ne peuvent fuir. Si nous attendions quelques jours, histoire de les affamer ! Ils en seraient réduits à accepter vos propositions.

— Nous les vaincrons selon les lois de la chevalerie !

Puis, le roi réfléchit un instant et déclare :

— Nous n'allons pas répéter l'erreur de Crécy. Nous allons les attaquer à pied. Messires, mettez pied à terre, nous allons seulement garder trois cents chevaliers pour la première attaque.

On se regarde dans les rangs. Des chevaliers en armure à pied, est-ce possible ? À Chartres, le roi a congédié tous les piétons et maintenant il demande aux chevaliers de les remplacer !

— Mais, sire...

— J'ai dit !

Et voilà les hommes bardés d'acier qui courent à l'ennemi comme de gros insectes maladroits sous une pluie de flèches. Les trois cents cavaliers attaquent à leur tour, mais les chevaux s'empalent sur les piquets acérés que les Anglais ont plantés autour de leur camp. Par contre, les piétons anglais, très mobiles, font merveille. Armés de gaufendarts, sortes de couteaux munis d'un crochet, ils font tomber les cavaliers de leur monture. Une fois au sol, les lourds chevaliers sont incapables de se relever.

Au soir de la première journée, le Prince noir est fier de ses hommes qui ont su contenir l'énorme armée française et il commence à croire à l'impossible.

Le lendemain, les hostilités reprennent au lever du soleil. Capestang et Masvallier sont restés à cheval près du roi. Masvallier fauche à grands coups d'épée. Dans un engagement un peu plus appuyé que les autres, Guillaume de Capestang et quelques chevaliers de sa bannière sont séparés de la suite du roi et encerclés par des Anglais. L'un d'eux charge Guillaume qui évite la pointe de sa lance et réussit à le faire chanceler. L'Anglais tombe de sa selle dans un bruit de ferrailles tordues. Le cri qu'il pousse quand la pointe de la lance trouve un passage à la jointure de l'aine terrorise Guillaume. Cette voix, cet accent, il le reconnaîtrait entre mille...

— Jean !

Il a hurlé si fort que les autres se sont arrêtés de combattre. Sans se soucier du danger, Guillaume descend de cheval et se précipite sur l'homme dont la ventaille baissée cache encore le visage.

— Jean ! répète Guillaume en serrant contre lui ce pantin de fer inanimé.

Alors, Guillaume traîne le jeune chevalier à l'arrière. Les autres laissent faire et ont baissé leurs armes. D'ailleurs, la bataille s'est éloignée. Les bruits de fers choqués, les cris arrivent jusqu'à lui, mais feutrés par le bosquet. Il demande un forgeron et fait quérir un chirurgien.

Avec beaucoup de précautions, le forgeron délace le heaume du jeune chevalier et découvre enfin la tête de Jean que Guillaume pose doucement sur sa cuisse.

— Fais vite ! Il est blessé au ventre.

Le sang coule toujours des jointures de l'armure. Le forgeron réussit sans trop de difficultés à enlever les jambières puis les parties hautes et larges, les brassières articulées. Il doit seulement couper à la pince des rivets et des attaches. Le chirurgien est arrivé avec ses instruments. Il fouille la blessure large d'une main, passe les doigts dans les chairs pour en mesurer la profondeur et la gravité.

— Il a perdu beaucoup de sang ! Je ne puis rien dire !

Alors, d'un geste vif, Guillaume prend le petit chirurgien par la cotte et le soulève comme fétu de paille.

— Il faut le guérir, tu entends ! Il faut le guérir !

Le soir tombe, un soir de septembre, avec cette lumière jaune de fin d'été. Il fait très doux. Du bocage voisin viennent les cris, les plaintes des blessés que personne ne secourra. La bataille est finie. Le roi de France a tout fait pour la perdre ! Le Prince noir remercie Dieu. Hier, il acceptait sa capitulation, ce soir, c'est lui qui va poser ses conditions. Ce qu'il a refusé hier au roi de France, il l'obtient pour lui-même : Jean II est son prisonnier ! Le royaume vient de s'enfoncer un peu plus dans la désastreuse misère qui ne le lâche pas depuis près de cinquante ans, mais, cette fois, les templiers survivants, qui pourtant se sont regroupés dans l'armée anglaise, n'y sont pour rien, seule la cervelle vide d'un roi en est la cause !

Gérald de Masvallier qui a échappé aux Anglais est déçu par tant de maladresse et de bêtise.

— Je n'ai plus rien à faire ici ! Dès demain, je rentre chez moi.

L'ost est dissous, maintenant, chacun se débrouille. C'est l'heure où vainqueurs et vaincus vont piller les villages voisins, dévaster les fermes pour trouver à manger. Seul Guillaume reste au chevet de son fils allongé sous une tente. Le chirurgien a nettoyé et pansé la plaie, mais il reste toujours aussi réservé. Guillaume pense avec écœurement à cette occasion manquée, cette victoire facile que seul le roi Jean dans son obstination a laissée filer.

— Son père avait de l'amitié pour moi et d'une certaine manière, j'en avais pour lui, dit-il à la nuit. Mais ce roi est un fat qui n'a pas plus d'idées qu'un gardien d'oies. Tout cet or qui devait lui donner le dessus dans cette guerre a été perdu pour rien. Le royaume mettra longtemps avant de s'en relever ! Quel gâchis ! Heureusement que Patte-Raide n'est pas là pour voir ce désastre !

Le lendemain, à l'aube, Guillaume décide d'emmener Jean à Maupertuis où il loue une auberge pour installer le blessé dans un bon lit aux draps propres. Il fait venir les meilleurs médecins qui sont tous du même avis : Jean a perdu trop de sang ; son pouls est trop faible pour lui laisser quelque chance de survivre.

Guillaume pleure en silence. Il sait ce que cela signifie : Dieu le punit une ultime fois. Il a voulu que ce soit lui, Guillaume, qui frappe à mort ce faux fils tant aimé. Alors, il n'ose pas prier pour demander un miracle. Ce serait une lâcheté de plus.

La première journée passe, dans le silence de cette pièce sombre. De temps en temps, le médecin qui est resté prend le pouls du blessé et opine.

Le deuxième jour, Guillaume reprend espoir. Il lui semble avoir vu bouger les grands cils noirs relevés de Jean, mais, très vite, il doit se rendre à la raison : le jeune homme est toujours inconscient. Le soir, Guillaume se décide enfin à laisser la garde au médecin et va se dégourdir les jambes. Le mois de septembre est beau au bord de la Vienne. Les arbres commencent à jaunir, mais les soirées presque fraîches gardent cette douceur de vivre de la saison des fruits. Dans les enclos, les vignerons coupent le raisin. Capestang pense à ses vignes à lui. La grêle n'a-t-elle pas tout détruit ! Depuis combien de mois n'a-t-il pas parcouru son fief et ses forêts à courre le cerf ?

Sur la place, en bordure du fleuve, trois roulottes sont arrêtées. Des femmes battent le linge sur la berge, des enfants crient. Tandis qu'il passe, une musique attire son attention, il s'arrête, les yeux perdus sur le fleuve qui coule, insensible au temps et aux tourments humains.

La musique vient d'une des roulottes, c'est du luth, un air qui lui rappelle quelque chose de très agréable, de très doux, un air de sa jeunesse qu'il a entendu tant de fois quand Lydia était à Capestang...

La musique s'arrête ; Guillaume revient à l'auberge, l'âme retournée, avec le fol espoir que pendant son absence Jean est revenu à lui, mais non, rien n'a changé et le blessé n'a toujours pas repris connaissance.

Une nouvelle journée passe. Le soir, Guillaume revient à la place, dans l'espoir d'entendre de nouveau cette musique qui lui met un brin de joie au cœur, mais les trois roulottes sont parties, fuyant les hordes de soudards qui pillent les fermes et rançonnent les voyageurs...

Depuis quatre jours Jean gît sur ce lit dont il faut changer les draps tous les matins. Quatre longues journées. Le blessé respire calmement, mais son âme est ailleurs, trop loin pour venir le visiter. Guillaume attend, il attendra ainsi toute sa vie s'il le faut. Sa place est ici, près de son fils. Il regrette ses paroles dures et demande pardon à ce corps allongé qui vit encore.

— Non, Jean, tu n'es pas un traître. Ce que tu as fait, je l'aurais fait aussi. J'ai fait pire. J'ai renié mon engagement envers Dieu pour une autre femme que celle qu'il m'avait destinée. Si dans ce grand sommeil dans lequel tu te trouves tu m'entends, sache que je t'ai volé, je t'ai pris à ta mère et à ton père, en me cachant ! C'est bien la pire des trahisons ! Parce que ta mère...

Il se tait un long moment, soupire :

— Ta mère, c'est toujours la plus belle !

Lydia ! Où est-elle en ce moment ? Est-elle encore en vie ? Il soupire et, se tournant vers le crucifix, il dit la main tendue :

— S'il guérit, je jure de lui dire la vérité. Je sais qu'il me haïra, mais je le lui dois !

Il n'a pas fini de parler que les longs cils relevés se mettent à battre. Ce n'est qu'un frémissement d'aile de libellule, un léger mouvement à peine perceptible mais qui n'a pas échappé à Guillaume.

— Il vient de bouger ! crie-t-il en sortant de la pièce, dévalant l'escalier. Il vient de bouger.

Un enfant part chercher le médecin qui arrive quelques instants plus tard, un gros homme essoufflé et suant.

— Il vient de bouger ! redit Guillaume qui n'a pas osé remonter seul dans la chambre.

— C'est un très bon signe ! fait le médecin.

Mais l'espoir dure peu. Le jeune blessé est de nouveau immobile, ses yeux fermés n'ont plus aucun mouvement.

Durant deux jours entiers, Guillaume refuse de quitter le chevet de son fils et guette un nouveau signe qui vient enfin. Cette fois, les cils battent à plusieurs reprises, puis les yeux s'ouvrent.

— Jean !

Jean s'étonne de se trouver là dans cette pièce qu'il ne connaît pas et de voir son père près de lui. Il est guéri, mais si faible ! Il n'a rien mangé ni bu depuis cinq jours.

— Élisabeth...

C'est le premier mot qu'il prononce. Guillaume pleure sa joie.

— Mon Jean ! Te voilà enfin ! C'est moi qui t'ai frappé dans la bataille ! Mais tu es là !

Jean sourit. Il se souvient maintenant de ce chevalier en face de lui, de sa charge et de la manière dont il a été désarçonné.

À partir de ce jour, le blessé reprend rapidement des forces et il peut enfin se lever, faire quelques pas.

— Élisabeth, je veux rejoindre Élisabeth !

— Dans ce cas, dit Guillaume en souriant, tu es mon prisonnier et j'exige rançon pour te libérer !

— Capestang me manque, mais Élisabeth me manque plus encore !

— Écoute, reprend Guillaume, nous irons la chercher, ton Élisabeth ! Je paierai la dot que demandera son père et vous vivrez tous les deux à Capestang. Mais comprends que tu ne peux pas laisser Capestang à l'abandon !

Le jeune homme s'est assis sur son lit et regarde à la fenêtre au loin, la Vienne qui scintille au soleil d'automne.

— Je sais, mon père. Vous m'avez manqué aussi, mais Élisabeth...

Alors Guillaume baisse la tête.

— Jamais je ne t'empêcherai de retourner auprès d'Élisabeth. Je sais trop bien ce qu'il en coûte ! Mais pour l'instant nous devons revenir à Capestang, pour remettre tout en ordre. Ensuite, nous irons la chercher !

Guillaume pense à la promesse faite quand Jean était encore inconscient, celle de lui dire la vérité sur son origine, mais à l'instant il n'ose pas.

— N'oublie pas que tu es mon prisonnier !

— Dans ce cas, dit le jeune homme en souriant, je peux m'évader !

Ils partent deux jours plus tard après avoir loué les services d'une escorte de dix hommes d'armes.

— Nous ferons d'assez longues étapes. Voilà deux ans que j'ai quitté le fief pour servir un roi incapable. Nous passerons aussi par le Limousin, j'ai quelque chose à te montrer.

Au fond, Jean n'est pas mécontent de retrouver son château et ses terres. Le soleil lui a manqué en Angleterre, son père aussi, son père qui ne le maudit pas après sa trahison.

— Nous passerons dans un village qui s'appelle Malemort où se trouve la maison où tu es né. C'est proche d'un autre village, Brive, et d'une ville, Tulle, où j'ai séjourné il y a quelques années pour aider Gérald de Masvallier à chasser les Anglais de sa comté. Nous lui rendrons visite.

Jean se tourne vers son père, ses longs cils noirs battent à plusieurs reprises.

— La maison où je suis né ?

Guillaume baisse la tête. Il n'a toujours pas le courage de dire la vérité :

— La maison où tu es né, oui. Ta mère était la plus belle femme du royaume.

— C'est parce qu'elle est morte que tu as toujours été seul ?

— C'est parce qu'elle n'est pas avec moi. J'ai fait le serment de ne connaître aucune autre femme après ta mère et j'ai tenu ma promesse. C'est sûrement pour cela que Dieu t'a permis de guérir.

Jean regarde longuement son père. Ainsi, lui aussi a vécu un amour absolu, irremplaçable ! À ses questions d'enfant, Guillaume répondait évasivement, lui disait que sa mère était morte d'une fluxion de poitrine. Et ce matin, le voile se déchire enfin. Jean redoute cependant de découvrir une vérité moins belle que celle qu'il a imaginée.

Ils chevauchent dans la douce lumière de ce début de mois d'octobre en direction de Bellac. Le vent pousse des vols de feuilles mortes qui bruissent. Ils croisent trois roulottes tirées par des mules. Les hommes d'armes passent sans les regarder. Guillaume ne reconnaît pas les roulottes arrêtées sur la place de Maupertuis où il avait entendu de la musique de luth. Ils arrivent à Bellac, petite ville du Haut-Limousin réputée pour ses foires, s'arrêtent dans une auberge et, comme la nuit tombe, Guillaume décide d'aller se reposer un peu avant le dîner. Jean va se promener dans les rues basses et malodorantes, admire l'énorme église, furète un moment parmi les étals des marchands ambulants qui plient leurs bancs. La rue voisine est occupée par des Juifs qui tiennent banques ou boutiques de reliques. Les trois roulottes croisées cet après-midi se sont arrêtées sur une petite place. Les mules dételées broutent dans un lopin de pré entouré de murets. Des notes de luth s'égrènent dans l'air qui fraîchit et le jeune homme s'arrête un instant pour les écouter. Une petite fille brune d'une douzaine d'années, aux grands yeux noirs, sort d'une roulotte et regarde Jean. Son bras droit a été amputé en dessous du coude et elle cache vivement son moignon derrière son dos. Enfin, la petite fille entre, la musique s'arrête et Jean entend la voix enfantine dire :

— Maman Lydia, je viens de voir un jeune chevalier avec des yeux aussi bleus que les tiens et de grands cils noirs...

Lydia pose le luth à côté d'elle et, sans réfléchir, sort devant la roulotte. En apercevant Jean, elle se fige, reste longtemps incapable de faire un geste. Les yeux bleus du jeune homme, certes, mais surtout les longs cils noirs et relevés lui rappellent Patte-Raide, et ce nez court, la forme du menton...

— Non, ce n'est pas possible ! dit-elle en entrant dans la roulotte.

— Mais qu'est-ce qui te prend, maman Lydia ?

— Rien, ma Louisette ! Ce n'est rien, dit-elle en pressant la petite fille contre elle.

Les cloches sonnent à l'église. Jean s'éloigne, flâne le long de la rivière puis rentre enfin à l'auberge.

Il trouve son père en train de se chauffer auprès d'un bon feu.

— Les roulottes que nous avons dépassées cet après-midi sont venues jusque-là ! dit Jean en tendant ses mains aux flammes.

— Ah bon ? Et pourquoi me dis-tu cela ? fait Guillaume.

— Parce que j'ai entendu une belle musique et je me suis arrêté pour l'écouter. Alors j'ai vu une femme assez vieille et pourtant très belle, d'une beauté qui ne peut appartenir qu'aux anges parce que je ne saurais dire pourquoi je la trouvais si belle. Et cette femme m'a regardé d'une curieuse manière, pendant un bon moment et puis elle est rentrée en disant : « C'est pas possible ! »

Alors Guillaume comprend. Son visage se colore. Il regarde intensément Jean. La respiration rapide, il demande :

— Tu dis que cette femme jouait du luth ?

— Oui, puisque la musique s'est arrêtée quand elle est sortie.

— Tu dis aussi qu'elle était d'une beauté étonnante.

— Oui, elle était avec une petite fille très brune à qui il manque un bras...

Guillaume se tourne de nouveau vers les flammes, ses épaules s'abaissent.

— Une petite fille... Mon Dieu ! Je me demande si...

— Mais allez-vous m'expliquer ? Qui est cette femme ?

— Ta mère !

Jean, à son tour, reste un moment sans comprendre. Les jambes molles, il regarde son père qui baisse la tête. Enfin, Guillaume se décide.

— Viens...

Le ciel est ocre, plein d'une lumière qui vient de nulle part et se diffuse entre les maisons. Guillaume marche vite, comme si la roulotte allait encore lui échapper. Jean redoute une vérité qui va lui faire mal. Que n'est-il retourné directement en Angleterre, auprès d'Élisabeth ?

Ils arrivent alors aux roulottes. Des chiens maigres fouillent des tas d'immondices à la recherche de quelques os. Maintenant, Guillaume n'a plus de force dans les jambes. Il ne trouve pas en lui le courage de traverser cette petite place et d'aller frapper à la porte. Son cœur bat fort, il respire difficilement. Une mule l'aperçoit et se met à braire.

— J'ai tant désiré ce moment, et maintenant...

Jean s'est approché de lui. Leurs épaules se touchent et ils ne font qu'un face à ce chariot couvert d'une toile. Le silence les écrase.

— Jean, tu vas me maudire !

Alors, le jeune homme prend la main de son père et la serre à l'écraser.

— Non ! dit-il.

La porte s'ouvre et Lydia, un seau à la main, sort pour aller chercher de l'eau à la fontaine au milieu de la place. Elle ne voit pas les deux hommes dans la pénombre et s'éloigne. Guillaume tremble et claque des dents. La voilà donc, cette Lydia qu'il a tant cherchée ! La voilà, cette femme qui lui a toujours échappé et l'a condamné à vivre avec un souvenir ! Pour elle, il est devenu voleur d'enfant, pour elle, il a renié son nom et son honneur. Il a envie de s'enfuir à toutes jambes :

— Elle va me maudire aussi !

À cause de lui, Patte-Raide est mort sans revoir son fils, ce fils volé dont il sent l'épaule toucher la sienne et la main chaude qui enveloppe toujours ses doigts froids. Guillaume en a fait un Capestang ; il l'a dénaturé pour un amour qui se refusait à lui. Cette fois, il doit affronter sa bassesse.

Lydia remplit son seau à la fontaine et revient vers la roulotte. Alors, son regard se tourne vers ces deux silhouettes et elle reconnaît tout de suite le jeune homme, puis ses yeux se posent sur Guillaume. Elle échappe son seau qui se renverse.

— Guillaume ?

— Lydia...

Un hibou pousse un cri perçant. Guillaume, en baissant la tête, pense à la dernière parole de Patte-Raide : « Je t'attendrai sous l'olivier ! », alors il murmure :

— Voici Jean. Je te rends ton fils.

Un moment, Lydia hésite, entre les larmes et les cris de colère. Elle pense à Patte-Raide, à toutes ces années où elle a vécu privée de son enfant.

— C'était donc vous !

Elle a parlé calmement, comme si tout à coup le passé n'avait plus d'importance, comme si seulement cet instant était déterminant. Guillaume, qui s'attendait à une explosion de colère, dit d'une voix blanche :

— Jean, c'est ta mère.

Lydia reprend alors son seau, court le remplir de nouveau à la fontaine et revient à la roulotte sans se retourner.

— Ce n'est pas vrai ! dit-elle en entrant et en fermant vivement la porte.

Guillaume et Jean attendent un long moment, mais la porte reste fermée. Guillaume décide :

— Laissons. Nous la retrouverons demain.

Ils retournent à l'auberge. Tant de questions se pressent dans l'esprit de Jean qu'il n'arrive pas à trouver le sommeil. Guillaume de son côté se demande pourquoi Lydia a réagi de la sorte : il aurait préféré qu'elle hurle sa colère et son indignation, qu'elle l'accuse devant Jean d'être un voleur d'enfant. Elle s'est cachée derrière son incrédulité dressée comme un mur pour ne pas affronter la réalité.

Lydia entre dans la roulotte. Des lampes à huile répandent une lumière jaune, épaisse, qui éclaire peu. Cela n'a pas d'importance, personne n'a besoin de voir pour se diriger dans ce fouillis. Lydia pose son seau ; ses mollets sont trempés. Rénéta voit à son visage blême, son regard affolé qu'il s'est passé quelque chose. Lydia ne répond pas à ses questions et va se réfugier dans le coin le plus sombre. Elle s'assoit et ne bouge plus.

— Maman Lydia, tu as de la peine ?

Louisette se presse contre elle. Lydia la repousse, la vieille gronde l'enfant :

— Laisse ta mère tranquille. Elle doit regarder en elle ce que personne ne peut voir pour elle.

Lydia ne bouge pas de la nuit. Elle passe de la répulsion à l'horreur, de la colère à l'indifférence. Guillaume de Capestang est là, à quelques pas de sa roulotte, avec Jean, ce fils qu'elle a tant attendu. Il a privé Patte-Raide de ce bonheur unique, et elle devrait le haïr, mais n'y arrive pas. Guillaume est resté tel qu'elle l'a connu, avec cette hauteur, cette noblesse dans le regard qui est l'apanage des Capestang. Il ressemble désormais à son père et c'est ce lignage de la plus vieille noblesse qu'il a donné à Jean.

Le lendemain, tandis que la ville s'agite, Lydia sort devant la roulotte. Le jour se lève, frais et laiteux, sur la rivière. Des hérons poussent leur cri rauque. Lydia part droit devant elle, en donnant la main à Louisette.

— Il faut la laisser ! dit la vieille Rénéta à ses fils. Ce qu'elle fait là est écrit dans sa main. Personne ne pourra jamais l'en empêcher.

Les chariots de légumes entrent par la porte ouest de la ville. Des voituriers crient après leurs bêtes, s'invectivent, se montrent le bâton. Au couvent, une clochette égrène ses sons aigres pour appeler les sœurs à la prière. Lydia passe devant l'auberge où se trouvent Guillaume et Jean, poursuit son chemin jusqu'à la porte et sort.

— Nous allons retourner avec frère Henri ! dit-elle à Louisette. Nous n'aurions jamais dû partir.

Louisette fait la moue. Les larmes roulent sur ses joues. Elle ne veut pas retourner à la léproserie ; pourtant, en baissant la tête pour cacher ses sanglots, elle dit :

— Comme tu voudras, maman Lydia. Ce que je veux, c'est rester avec toi !

Elles s'éloignent sans penser un instant aux dangers qui les guettent ; Lydia marche sans penser, le cœur plein d'un sentiment sale, aussi épais que du pus. Ce matin, Patte-Raide est mort pour la deuxième fois.

Un homme court pour la rattraper. Il est parti précipitamment puisqu'il n'a pas boutonné sa cotte ni pris son manteau alors qu'il fait froid. Les boucles de ses cheveux blancs s'envolent à chaque pas.

— Lydia, je t'en prie...

Il se place devant elle, écarte les bras comme pour l'empêcher de passer.

— Ne pars pas. Je ne te demande pas de me pardonner. Reste, Capestang est à ton fils...

Elle s'arrête. Louisette voit les larmes rouler sur les joues piquées de barbe blanche du vieux chevalier, ce qui l'apeure car elle n'a jamais vu pleurer un homme de cette manière. Elle ose à peine respirer.

— Lydia...

Il ne sait plus quoi dire. Les mots qui se bousculent dans son esprit lui semblent tout à coup fades et mal venus.

— À cause de vous, Patte-Raide a été privé de son fils !

Il ne trouve pas de réponse. Il pense aux derniers mots de Patte-Raide sur son lit de mort, à son dernier regard posé sur lui. « Je t'attendrai sous l'olivier ! » Ce rendez-vous de l'au-delà dresse devant lui sa barrière qu'il ne peut franchir. Un vol de pigeons ramiers passe près d'eux ; dans le silence, le bruit des ailes qui claquent occupe leurs esprits. Louisette suit des yeux les oiseaux jusqu'à ce qu'ils se noient dans la grisaille de l'horizon. Jean arrive à son tour, essoufflé d'avoir couru.

— Voyons, père, qu'est-ce qui vous a pris ? Nous devons partir si nous voulons passer Limoges avant ce soir.

Lydia regarde Jean. Tout en lui rappelle Patte-Raide et c'est cette ressemblance qui lui fait mal. Mais Jean est un solide chevalier qui marche sans béquilles et, sans aucun doute, un Capestang tant il a les manières et la voix assurée de ceux qui sont nés pour commander. Guillaume se tourne vers lui.

— Jean, je t'ai volé à ta mère et à ton père qui est mort !

Jean ne bronche pas. Un nuage de buée sort de ses lèvres entrouvertes. Par amour, il a trahi ses engagements de chevalier, par amour il a combattu contre les siens, contre son père, et il se sait prêt à recommencer. Il serre le vieil homme dans ses bras.

— Vous êtes mon père et vous avez toujours été bon avec moi ! Mais l'heure passe, nos hommes s'impatientent !

Il tourne les talons et s'en revient vers la ville. Alors Lydia n'écoutant que son cœur crie :

— Jean, attends-moi !

C'est elle qui demande pardon d'être là, de vivre, de lui avoir donné le jour. Son ventre n'était pas assez digne pour un aussi grand seigneur ! Elle court et se précipite contre lui en sanglotant.

— Lydia, insiste Guillaume, viens vivre avec nous à Capestang. Jean va bientôt se marier. Il y aura des fêtes dans le grand château, des bals, des chasses... La vie qui l'a quitté il y a si longtemps reviendra à pleines portes avec le grand soleil de là-bas.

Lydia sait bien que pour Jean elle restera toujours une étrangère, alors elle secoue la tête, puis se dirige vers la petite Louisette qui lui tend son unique main :

— Non, je ne veux pas venir à Capestang. Je veux rester dans le souvenir de Patte-Raide à Malemort. Il faut que je m'habitue... Il faut que Jean s'habitue aussi. Vous viendrez me voir et peut-être qu'un jour j'irai à Capestang...

Près de l'auberge, Jean, fils de Lydia et de Patte-Raide, et futur baron de Capestang, ordonne à ses hommes de se mettre en selle...

Table

Panique électrique

Lumière à Cornemule
Gilbert Bordes

1903, Corrèze. À l'approche des élections municipales, le maire de Cornemule, Valentin Lescure, est bien décidé à remporter une nouvelle fois la majorité des suffrages. Mais lorsqu'il annonce que l'électricité va être installée dans le bourg, celui-ci devient le théâtre d'une bataille sans merci entre partisans et opposants au projet. Et quand la lumière se fait finalement sur la nuit corrézienne, elle fait sortir de l'ombre des activités jusque-là insoupçonnées…

(Pocket n° 11992)

La loi du silence

Le silence de la Mule
Gilbert Bordes

Surnommée la Mule par tout le village, Jeanne, une gamine sourde et muette au regard noir, inspire la méfiance à tous ceux qui la croisent. Exploitée par ses maîtres, abusée par les hommes, elle en connaît plus que la plupart mais ne peut rien dire. Lorsque Antoine Rolandier revient chez lui à la fin de la guerre, c'est pour trouver sa maison incendiée, sa famille disparue et son héritage volatilisé. Et si ces deux êtres, abandonnés de tous, réussissaient à unir leurs forces et à briser le mur de mystère qui les entoure ?

(Pocket n° 11582)

www.pocket.fr
Le site qui se lit comme un bon livre
Informer
Toute l'actualité de Pocket, les dernières parutions collection par collection, les auteurs, des articles, des interviews, des exclusivités.
Découvrir
Des 1ers chapitres et extraits à lire.
Choisissez vos livres selon vos envies :
thriller, policier, roman, terroir, science-fiction...
POCKET
Il y a toujours un Pocket à découvrir sur www.pocket.fr

Achevé d'imprimer sur les presses de

BUSSIÈRE

GROUPE CPI

à Saint-Amand-Montrond (Cher)
en juin 2005

POCKET - 12, avenue d'Italie - 75627 Paris Cedex 13
Tél. : 01-44-16-05-00

— N° d'imp. : 51525. —
Dépôt légal : juillet 2005.

Imprimé en France